二見文庫

殺し屋　最後の仕事

ローレンス・ブロック／田口俊樹＝訳

Hit and Run
by
Lawrence Block

私のいとこ　ピーター・ネーサンに

謝辞

〈フェアチャイルド・ハウス〉のリタ・オルモとベアトリス・アプリグリアーノ-ジーグラーに謝意を捧げたい。本書をものするに際し、著者は彼女たちのニューオーリンズ式の丁重なもてなしに大いに助けられ、また鼓舞された。

殺し屋　最後の仕事

登 場 人 物 紹 介

ジョン・ポール・ケラー	殺し屋
ドット（ドロシア・ハービソン）	殺し請負の元締め
アル	殺しの依頼人
ハリー	耳毛の男。アルの代理人
ジェームズ・マッキュー	アイオワ州在住の切手ディーラー
ジョン・テータム・ロングフォード	オハイオ州知事
グレゴリー・ダウリング	ケラーの殺しのターゲット
ミラー・L・レムセン	ガソリンスタンドの経営者
ニール	ケラーのアパートメントのドアマン
ジュリア・エミリー・ルサード	ニューオーリンズ在住の教師
ドニー・ウォーリングズ	ニューオーリンズ在住のリフォーム業者
パッツィ・モリル	ジュリアの友人。ドニーの姉
エドガー・モリル	パッツィの夫
ニコラス・エドワーズ	ケラーの偽名

1

ケラーは胸のポケットから自前のピンセットを取り出し、それを使ってグラシン紙の封筒から切手を注意深く抜き出した。その切手は星の数ほどもあるノルウェーの郵便ラッパ・シリーズのもので、値段は一ドルもしなかった。が、どういうわけかなかなか見つからず、彼のコレクションにはまだ加えられていなかった。その切手を明かりにかざしてよく調べ、まえの所有者がアルバムに貼《は》るときに使ったヒンジ（片面だけ糊づけされたパラフィン紙片）が取り除かれた紙の部分が薄くなっていないかどうか確かめた。それが確かめられると、買うことにして切手を封筒の中に戻し、脇《わき》に置いた。

ディーラーは極端に痩《や》せた背の高い男で、顔の片側が硬直していた。男が言うには顔面神経麻痺《まひ》を患っているとのことで、片頬に笑みを浮かべて言った。「見て愉《たの》しいものをひとつ挙げるとするなら、それは自分のピンセットを持ち歩いておられるお客さまです。見てすぐ熱心なコレクターが店にやってきたってわかりますからね」

ケラーは自分のピンセットを持ち歩くこともあれば、持ち歩かないこともあり、それは熱心さというよりただの記憶力のせいではないかと思った。旅に出るときには、いつも千百ページもある分厚い『スコット・カタログ』を持って出る。それには世界最初の郵便切手（一八四〇年にイギリスで発行されたペニー・ブラック）から、郵便制度が始まって最初の百年に発行された切手が写真入りで載っていた。大英帝国の切手だけはジョージ六世が死んだ一九五二年のものまで含まれた。ケラーが集めているのがそれらの切手で、そのカタログは資料としてだけでなく、チェックリストとしても使っていた。コレクションに新しい切手が加えられるたびに、切手の番号を赤い丸で几帳面《きちょうめん》に囲むのだ。

そのカタログが常に彼とともに旅をするのはそういうわけだ。それが手元になければ物色すべき切手を知る手だてがない。ピンセットは持っていれば確かに役に立つが、どうしても必要というわけでもない。誰であれ、彼に切手を売ろうとする者からいつでも借りることができる。だから荷物に入れるのをついつい忘れてしまう。それに出発直前に思い出しても、飛行機に乗るときには、服のポケットや手荷物に入れるわけにはいかない。セキュリティ・ゲートにいるどこかのまぬけに没収されてしまう。切手用のピンセットを武器にするテロリストを想像するといい。客室乗務員の胸ぐらをつかんで、眉毛をむしり取ってやるぞと脅すぐらいはできるかもしれないが……

今回ピンセットを持っていたのはケラーにしても意外なことだった。カタログを持っていくのさえやめようと思っていたのだから。今回の依頼人の仕事はまえにも一度請け負ったことがあり、そのときにはアルバカーキーまで出向いたのだが、荷解きをする暇もなかった。珍しく過剰なまでに用心を重ね、三軒のモーテルを予約し、それぞれチェックインまですませながら、結局のところ、衝動に任せてあっというまに終わらせ、どのモーテルにも泊まることなく、その日のうちにニューヨークに戻ったのだった。だから、今回依頼された仕事も滞《とどこお》りなく手早く片づけられれば、切手を買う時間もないだろうと思ったのだ。それに、アイオワのデモインに切手ディーラーがいるなんて誰にわかる？

遠い昔、まだ子供の頃なら——ごくたまに週に一ドル以上、あるいは二ドル奮発して切手のコレクションを増やしていた頃なら——どこの町でもそうであったように、切手ディーラーはデモインにも大勢いたことだろう。切手蒐《しゅうしゅう》集は今も相変わらず人気のある趣味だが、街中にある切手専門店は絶滅危惧《きぐ》種のリストに挙げられている。保護しようとする動きも見られない。最近の切手の取引きはそのほとんどがインターネット販売や通信販売でおこなわれるからだ。わずかばかりのディーラーが今でも店を構えているのは、切手を販売するためというより、将来、切手を売ってくれるかもしれない客の注意を惹《ひ》くためだ。切手に知識も興味もない男でも、毎日店のまえを通っていれば、フレッド伯父さんが亡くなり、売れそうな切手のコレクションを相続した場合、それをどこへ持っていけばいいか、すぐにわかるというわけだ。

切手ディーラーは、ジェームズ・マッキューという男で、デモイン郊外の町、アーバンデールのダグラス・アヴェニューにある自宅の一階の玄関側を店にしていた。ケラーにはその町の名がいかにも語意矛盾に思えた。アーバンデール？　そこはことさら都会《アーバン》にも広い谷《デール》にも見えなかった。住むのにはきっと快適な町なのだろうとは思ったが。マッキューの家は築七十年ぐらいの木造家屋で、玄関ポーチと出窓があった。店主はパソコンのまえに坐《すわ》っていた。たぶんそこで仕事の大半をこなしているのだろう。ラジオから耳にやさしい音楽が低い音量で流れていた。店の中は居心地がよく、がらくたでさえ整然と置かれており、心が和んだ。ケラーは残りのノルウェーの切手を一枚一枚丹念に見て、もう二枚コレクションに加えてもいいものを見つけた。

「スウェーデンのものは要《い》りませんか？」とマッキューが言った。「スウェーデンのはとびきりいいのがあります」

「スウェーデンの切手はけっこうそろっていてね」とケラーは言った。「現時点で欲しいのは高くて手が出せない切手だけだ」

「その気持ち、よくわかります。一番から五番はお持ちですか？」

「奇遇だな。それは持ってない。といって、三スキリング（スウェーデンで近世から十九世紀後半まで用いられた低額貨幣単位）・オレンジを持ってるわけでもないが」『スコット・カタログ』に1aと番号をつけられたその切手はエラー切手で、ブルーグリーンにするところを誤ってオレンジに印刷されたものだった。きわめて珍しい切手ということで、数年前に所有者が変わったときには三百万ドルで取引きされていた。あるいは、三百万ユーロだったか。ケラーは思い出せなかった。

「それはうちにはありませんが」とマッキューは言った。「一番から五番までならそろっています。お手頃な値段です」ケラーが眉を吊り上げると、マッキューは言い添えた。「公式の再販切手です。未使用、センターの状態はまずまずで（印刷された部分がきちんと切手の中心にあること）、ヒンジ痕が少しあります。カタログにはそれぞれ三百七十五ドルと書かれています。見てみますか？」

店主はケラーの返事を待たず、ファイルボックスの中を調べて一枚のストックカードを取り出した。それには保護用のクリアファイルがついていて、中に切手が五枚はいっていた。

「急ぎませんから、とくとご覧ください。なかなかのものでしょう？」

「とてもいい」

「この切手でアルバムの空白をお埋めになってはどうです。それにそうすれば、あのときこの切手を買っておけばよかったなんて、あとで後悔せずにすみますよ」

今後オリジナルの切手が手にはいることがあったとしても――およそありそうにないことだが――再販切手のセットがコレクションにあってもよさそうに思えた。ケラーは値段を尋ねた。

「セットで七百五十ドルと言いたいところですが、六百ドルでけっこうです。郵送する手間が省けますから」

「五百ドルなら」とケラーは言った。「考えるまでもなく、すぐに買うよ」

「そういうことなら、どうぞじっくりお考えください」とマッキューは言った。「六百ドル以下ではお売りできません。クレジットカードも使えますよ。そのほうがお買い求めやすければ」

そのほうがお買い求めやすかった。が、ケラーはそういうルートを通る気はしなかった。自分の本名が記載されているアメリカン・エキスプレス・カードを持ってはいたが、今回の旅で本名はいっさい使っておらず、今後も使おうとは思わない。〈ハーツ〉からニッサンのセントラを借りたときにも、〈デイズ・イン〉にチェックインしたときにも、VISAカードを使っており、その名義人の欄に書かれているのはホールデン・ブランケンシップという男の名だった。財布の中にはそれと同じ名前が書かれているコネティカット州の運転免許証もはいっていた。ブランケンシップのミドルネームのイニシャルはJ。そのイニシャルひとつで、彼と世に存在する彼以外のホールデン・ブランケンシップとの差別化が図れるというわけだ。

クレジットカードと運転免許証を調達してくれたドットによれば、空港のセキュリティ・ゲートはその運転免許証で通過でき、カードのほうは少なくとも二週間は使えるということだった。が、クレジットカードで使った金は、請求されても支払う人がどこにもいないわけで、いずれ不渡りになるだろう。〈ハーツ〉や〈デイズ・イン〉やアメリカン航空にカードで支払った代金がそうなっても、ケラーは少しも気にならない。しかし、切手ディーラーを騙《だま》し、本来そのディーラーのものになるはずの金を取り上げるような真似はしたくなかった。損金をかぶるのはおそらくクレジットカード会社なのだろうとも思ったが、それでもやはり気が差した。切手蒐集という趣味は、彼の人生で唯一やましいところのない領域だ。切手を買いながらその代金を払わなければ、それはつまるところ盗みであり、ジェームズ・マッキユーから盗もうが、クレジットカード会社から盗もうが、盗んだことに変わりはない。彼のアルバムのスウェーデンの欄の最初のページを公式の再販切手で埋めることには、なんの問題もない。が、そうするために再販切手を盗んで手に入れたいとは思わなかった。たとえそれがオリジナルであっても、盗んだ切手は欲しくなかった。きちんと金を払って手に入れたのでなければ、買わずに立ち去るほうがまだいい。

ドットならそんな考えにぴしゃりと反論するだろう。少なくとも、あきれたように眼をぐるりとまわすぐらいのことはしてみせるだろう。しかし、コレクターならその大半がわかってくれるにちがいない。

それより現金がそれだけあるだろうか。

店主のまえで確認したくはなかったので、ケラーはトイレを使わせてくれと言った。どっちみち、それは悪い考えではなかった。朝食の際にはコーヒーも飲んでいたので。トイレに行くと、財布の中の札を数えた。八百ドル近くあった。切手を買うと、二百ドル足らずしか残らないことになる。

が、どうしてもその切手が欲しかった。

それが切手蒐集の厄介なところだ。欲しい切手というものは尽きることがない。切手以外のものを集めるのが趣味だったら――たとえば石とか古い蓄音機《ヴィクトローラ》とか美術品だったら――遅かれ早かれ、置き場所がなくなる。ケラーが住んでいるワンベッドルームのアパートメントは、ニューヨークの厳しい住宅事情を考えれば、充分に広いほうだが、空いている壁を全部使ったとしても、それほど多くの絵は飾れないだろう。しかし、切手はちがう。ケラーは分厚いアルバムを十冊持っているが、本棚のわずか五フィート分を占めているだけだ。それでも、このさき一生切手を集めつづけ、何百万ドル使おうと、アルバムの空白がすべて埋まることとさえないのだ。

デモインまで足を運んだ仕事をやりおえたあとに受け取る報酬を考えれば、スウェーデンの再販切手に六百ドル払えないわけではない。それにマッキューーがつけた値段は確かに安かった。カタログに載っている三分の一の値段で切手が手にはいるのだ。カタログに近い値段でも喜んで支払うだろう。

それに、現金が少なくなったからといって何か困ることがあるだろうか？　あと一日か二日、どんなに長くても三日もすればデモインにはもういない。新聞やコーヒーを買う以外に現金が必要になることがあるだろうか？　空港から自宅までのタクシー代は五十ドルもあれば足りるだろう。必要なのはそれだけだ。

彼は財布から六百ドルを取り出して胸ポケットに入れると、店内に戻り、もう一度切手を見た。議論の余地はなかった。この子たちはおれと一緒に家に帰る。「現金で払ったら」と彼は言った。「いくらか値引きしてもらえるかな?」

「近頃、現金にはめったにお目にかかれなくなりました」とマッキューは言い、にやりとした。一方の口の端が吊り上がった。もう一方の端は硬直したままだったが。「売上税の分をお引きしましょう。このことを州知事に言わないと約束してくださるなら」

「口にチャックした」

「さきほどお客さまがお選びになったノルウェーの切手もおつけします。と言っても、さほど勉強させてもらったことにはなりませんが。全部合わせても十ドルも超えなかったですよね?」

「六ドルか七ドルだろう」

「でも、ハンバーガー代ぐらいにはなりますね。まあ、フライドポテトまでは無理にしても。六百ドルぴったりでけっこうです」

ケラーは金を渡した。マッキューが金を数えているあいだに、買った切手がすべてそろっているかどうか確認し、ジャケットの内ポケットにしまうと、反対側のポケットにピンセットを入れて、カタログを閉じた。そのときマッキューが唐突に言った。「なんてことだ！ちょっと待ってください」

偽札だった？　ケラーはその場に突っ立ったまま、何があったのか訝《いぶか》った。マッキューは立ち上がると、ラジオのところまで行き、音量を上げた。音楽はやんでいて、興奮したアナウンサーが臨時ニュースを読み上げていた。

「なんてことだ」とマッキューは繰り返した。「とんでもないことが起きた」

2

おそらくドットは電話のすぐそばに坐っていたのだろう。最初の呼び出し音が鳴りおわらないうちに電話に出ると言った。「あれってあなたがやったんじゃないわよね？」

「もちろん、ちがうよ」

「そうだと思った。ＣＮＮが流してる写真は依頼人が送ってきた写真とは似ても似つかないもの」

携帯電話で話していることにケラーは居心地の悪さを覚えた。テクノロジーは日々進歩を続けている。電話をかけるたびにその記録がどこかに残され、政府は一瞬のうちにその情報を手に入れる。そんなことまで考えなければならないほど発展を遂げている。携帯電話も使った場所までピンポイントで特定される。ネズミ捕りは日々改良に改良を重ねられているので、ネズミもそれに合わせて臨機応変に対応しなくてはならない。だから、ケラーも最近は仕事がはいるたび、西二十三丁目通りにある店で偽名と偽《にせ》の住所を書き、プリペイド式の携帯電話を現金で二台購入することにしていた。そのうちの一台をドットに渡し、もう一台を自分で持ち、互いにやりとりする以外には使わないようにしていた。実際、数日前にデモインに着いたときにもその電話でドットに連絡していた。今朝もその電話で、少なくともあと一日待つように指示されたことを伝えていた。そうでなければ、とっくに男を始末して、今頃はもう家路についているところだった。

今、また電話をかけているのは、ついさきほど誰かの手にかかり、オハイオ州知事が暗殺されたからだ。ほかにどんな事件があろうと、それは世間の耳目を集めてやまないニュースだろう。オハイオ州知事のジョン・テータム・ロングフォードは、オハイオ州立大学時代には、アメリカン・フットボールのランニングバックとして、アーチー・グリフィン（オハイオ州立大学で活躍した偉大なランニングバック）の再来と言われた男だった。卒業後は、シンシナティ・ベンガルズに入団するものの、その年に膝を痛めて《ブルー・アウト》退団を余儀なくされ、そのあとロースクールに進んだのだった。カリスマ性を備えたハンサムな男で、コロンバスの州議事堂に君臨する最初の黒人州知事という栄にも浴している。が、正確に狙《ねら》いを定めた銃弾に膝とは異なる場所を吹き飛ば《ブルー・》された《アウト》とき、彼はオハイオ州の州都、コロンバスにはいなかった。オハイオ州にさえいなかった。有力な大統領候補として、大統領指名選挙初期段階の重要な州のひとつであるアイオワ州を遊説中だったのだ。昨夜は、エイムズ（アイオワ州中部の都市）でアイオワ州立大学の学生や職員をまえに演説したあと、党関係者とともにデモインに移動し、アイオワ州知事のゲストとして、テラス・ヒル（州知事の公邸）に泊まっていた。そして、今朝十時半に高校の講堂の壇上に立ち、さらに正午頃、地元のロータリークラブの昼食会で演説しようとしたところを狙撃《そげき》されたのだ。急いで病院に搬送されたが、到着したときにはすでに事切れていた。

「今回のターゲットは白人で」とケラーは言った。「肥満短軀《たんく》の男だ。写真に写っていたとおり」

「写真は顔写真《ヘッド・ショット》だったでしょうが。ヘッド・ショットと言っても、州知事の身に起きたことを言ったんじゃないけど。言いたいのは、背が低いかどうかはわからないってこと。肥ってるってことも」

「二重顎《あご》だった」

「まあね」

「それにどう見ても白人だった」

「それはまちがいないわね。写真の男は雲のエースのように真っ白だった（〝スペードのエースのように〟で〝色の濃い黒人〟の意）」

「ええ？」

「なんでもない。これからどうするの？」

「どうしよう。実のところ、昨日の朝、ターゲットを見にいったんだ。唾《つば》を吐きかけることさえできるくらいそばまで近づいた」

「どうしてそんなことをしたくなったの？」

「あのねえ。言いたいのは仕事を片づけることもできたということだ。そうすれば、今頃は家にいられた。実際、ドット、もう少しで手にかけそうになった。銃でも素手でもどちらでもやれた。待てとは言われたが、なんで待たなきゃならないんだって思った。たぶん依頼人は腹を立てるだろうが、その頃にはおれはここからいなくなってる。でも、そうはならず、おれは今、まだ犯人が特定されていない人間狩りの真っ只中にいる。最新ニュースで何か新しいことがわかったのなら、話は別だが」

「テレビはつけっぱなしにしてるけど」とドットは言った。「新しいことは何も言ってないわね。でも、もう帰ってきたほうがいいかも」

「それはおれも考えた。でも、この近辺の空港のセキュリティがどんなことになってるか考えると――」

「ええ。そういうことはしないほうがいい。レンタカーを借りたんでしょ？　だったら、それでどこかまで行って、そう、シカゴあたりまで行って、そこから飛行機で戻ってくれば？」

「そうだな」

「あるいは、ニューヨークまで車で戻るという手もある。あなたにとって、より楽な帰り道を選べばいい」

「道路じゃ検問はしてないと思う？」

「忘れてた」

「もちろん、おれは何もしてないわけだけど、持ってる身分証明書は偽物だからね。少しでも注意を惹くのは――」

「とびきりすばらしい考えとは言えない」

ケラーはしばらく考えてから言った。「こんな事件を惹き起こしたクソ野郎が捕まるのはたいてい時間の問題で、だいたい捕まるときに抵抗して殺される」

「そうすれば、あとで彼を始末するためにジャック・ルビー（ケネディ大統領暗殺犯とされるリー・オズワルドを射殺した犯人）を送り込む誰かさんの手間が省けるものね」

「きみはおれがやったのかと訊《き》いたね」

「そうじゃないことはわかってたけど」

「ああ、もちろん。それはおれがこんなことには絶対関わらないことをきみは知ってるからだ。世間の関心を惹くようなこんなことにはね。いくら金を積まれようと関係ない。なぜなら、それを全部つかえるほど長生きなどできないことがわかってるからだ。もしお巡りに殺されなかったとしても、雇い主に殺される。生かしておいたら心配でしかたないだろうからね。これからおれはどうするか。わかる？」

「どうするの？」

「じっとしてる」と彼は言った。

「そして、ほとぼりが冷めるのを待つ」

「あるいは冷えきるまで。それほど長くはかからないだろう。数日も経てば、犯人は逮捕されるか、あるいは逃走したことがわかるだろう。それでデモインで起こったことに関する人々の関心も薄れる」

「それであなたは家に帰れる」

「そういうことを言うなら、仕事さえ片づけられるかもしれない。まあ、そこまでは無理としても。でも、今は金を返しても全然かまわない」

「こんなふうに思うのはたぶん人生で初めてだと思うけど」とドットは言った。「わたしも同じ気持ちよ。それでも、諸事情に鑑《かんが》みて――」

「それがどんな意味であれ」

「わたしもよく思う。まあ、何か言うまえにつけ加えるにはいいことばだけど。それはともかく、諸事情に鑑みて、お金はやっぱり返さないでおくことにする。これはわたしたちの最後の仕事でもあることだし」

「まえの仕事のときもおれたちはそう言った」

「知ってる」

「でも、この仕事がはいってきた」

「あのときは特別な状況だった」

「知ってる」

「気になってたのなら、そう言ってくれればよかったのに」

「数分前までは少しも気になってなかった」と彼は言った。「ラジオが『肺気腫《エンファシーマ》の娘』を曲の途中で中断して、〝ただいま臨時ニュースがはいりました〟と言うまでは」

「イパネマよ」

「え？」

「『イパネマの娘』よ、ケラー」

「そう言ったつもりだけど」

「あなたは『エンファシーマの娘』って言った」

「ほんとうに？」

「気にしないで」

「なんでそんなことを言ったんだろう？」

「いいから、気にしないで」

「まったくおれが言いそうにないことばなんだけど」

「だったら、わたしが聞きまちがえたのよ、ケラー。さあ、これで気が楽になったでしょ？　わたしたちふたりともちょっとぴりぴりしてる。でも、誰がわたしたちを責められる？　ともかくあなたは部屋に戻って、騒ぎが収まるのをじっと待ったほうがいい」

「そうするよ」

「もし何か起こったら――」

「連絡する」と彼は言った。


ケラーはニッサンのレンタカーの運転席で携帯電話を閉じた。マッキューの店を出て最初に行きあたったショッピングモールの駐車場に車を停め、そこから電話をかけたのだ。ジャケットの内ポケットの封筒の中には買ったばかりの切手、もう一方のポケットにはピンセットがはいっていた。助手席には『スコット・カタログ』が置いてあった。携帯電話をまた手にしていた。いっていて、いったんポケットにしまったのだが、すぐに思い直して取り出したのだ。携帯電話を開いて、リダイヤルボタンを探していると、電話が鳴った。発信元を表示する画面には何も出ていなかったが、電話をかけてくる相手はひとりしかいなかった。

彼は電話に出て言った。「今、ちょうど電話しようと思ってたところだ」

「それはわたしと同じことを思ったから」

「たぶん。この事件は偶然の一致かもしれない。でも、もしかしたら――」

「そうじゃないかもしれない」

「ああ」

「ニュース速報を見た瞬間、あなたとわたしの頭には同じことがよぎった。そんな気がしてしかたないんだけど」

「ああ、きみの言うとおりだ」とケラーは言った。「たった今気づいたわけだが、気づいてみると、最初からずっとそんなふうに感じてたような気がする」

「このところ毎日感じてた」とドットは言った。「ロングフォードのニュースが流れるまえからどこかおかしいって。そういうこと？」

「ずっとそんなふうに感じてた」

「ほんとうに？」

「ああ、最近はね。それもこの仕事を引退しようと決めた理由のひとつだ。インディアナポリスの件を覚えてるかい？　おれがターゲットを始末したあと、おれを始末しようという策略があった。で、居場所がいつでもわかるように、おれの車には発信器が仕掛けられていた」

「覚えてる」

「もしあのときあのふたりの話を立ち聞きしていなかったら――」

「ええ」

「アルに依頼されたアルバカーキーの件もそうだ。おれはなぜか疑心暗鬼になって、それぞれちがう名前で、モーテルを三つも予約した」

「で、どのモーテルにも泊まらなかった。わたしの記憶が正しければ」

「モーテルにもどこにも泊まらず、仕事を片づけたらすぐにニューヨークに戻った。たいていの場合、何も問題はない。でも、ドット、おれは用心に用心を重ねるタイプだからね。だから、逆につまずくくらいたくさんの予防策を講じる。でも、いくらかなりとも気が落ち着いてきた矢先、誰かがオハイオ州知事を撃ち殺した」

ドットはしばらく押し黙ってから言った。「気をつけて、ケラー」

「そうするつもりだ」

「安全な場所にいるって確信できたら、危険がなくなるまでずっとそこに身をひそめていて。アルのために仕事をしようなんて思っちゃ駄目よ。ほんのわずかでもこれが罠《わな》である可能性があるかぎりは」

「わかった」

「連絡は忘れないで」とドットは言って、電話を切った。

3

罠だったのだろうか。

だとすれば、待たされたことの説明もつく。今回請け負ったターゲットの白人男性は背が低く、肥っており、どこから見てもオハイオ、あるいはどこの州知事でもないのは明らかで、さほどむずかしい相手ではなかった。ケラーは空港に出迎えに来た男と会ったときのことを思い返した。飛行機が着陸してほぼ一時間後には、その男の運転する車に乗ってウェスト・デモインのホリデイ・パーク近くの並木道を走っていた。男は図体がでかく、顔の造作のひとつひとつも大きく、耳からもじゃもじゃの毛が生えていた。車は病的なほど左右対称にきっちりそろえられた生け垣のある平屋の手前でスピードを落とした。だぶだぶのTシャツにバミューダパンツといった恰好《かっこう》の男が、一分の隙《すき》なく刈り込まれた前庭の芝生にホースで水を撒《ま》いていた。

「この世の誰だって」と耳毛の男は言ったものだ。「スプリンクラーを取り付けたら、あとはスプリンクラーに任せっきりだ。なのに、あのヌケ作はああしてじっと突っ立ってる。ああいう仕事をどうしてもやらずにゃすまない性分なんだろうな」

「ああ」とケラーは言った。

「写真そっくりだな、ええ？　あいつがあんたのターゲットだ。さて。これでどこに住んでるかはわかっただろ？　次はあの男の職場のまえまで行ってやるよ」

デモインのダウンタウンに来ると、男は十階建てのオフィスビルを指差した。グレゴリー・ダウリングのオフィスはその六階にあった。「頭が相当いかれてでもいないかぎり、ここで殺《や》ろうって気には誰もならないだろうけど」と男は言った。「ここは人も多いし、ビルの中には警備員もいるからな。首尾よく片づけられても、交通量が多いから、逃げるのもむずかしい。あの男の家に行って、芝生に水撒《ま》きしてるところを狙うのがいい。口にホースのノズルを突っ込んでケツから出てくるまで押し込んでやれ」

「それは手がすべりそうだ」とケラーは言った。

「ちょっと言ってみただけだよ。これであいつの家と職場がわかった、だろ？　次はあんたを家に連れていくよ」

家？

「あんたには〈ローレル・イン〉に泊まってもらうことにした。全然洒落《しゃれ》ちゃいないけど、それほどみすぼらしくもないところだ。こぎれいなプールにまともなコーヒーショップもある。それに通りを渡ったところには〈デニーズ〉もある。インターステイトの出口のすぐ近くだから、高速に乗ったり降りたりするのにも時間がかからない。もうすっかり手配済みだ。あんたが宿代を払うことはない。必要なものはなんでも部屋につけてくれ。ボスのおごりだ」

高速道路から見たかぎりでは、確かになかなかよさそうなモーテルだった。男はモーテルの駐車場の奥に車を停めると、キーカードのはいった手のひらサイズの紙のフォルダーを寄越した。キーカードにはモーテルの名前しかなかったが、フォルダーに二〇四号室と書かれていた。

「おれにはあんたの名前は教えてもらえなかった」と男は言った。

「おれもあんたの名前は教えてもらってないよ」

「ということは、このまま知らずにしておけってことだな。そのほうが公平でいい。チェックインはリロイ・モントローズっていう名前でしてある。恨まないでくれな。おれが決めた名前じゃないんだから」

男の髪のほうは洒落た感じにきれいに切りそろえられていた。ケラーは不思議に思った。どうしてこいつの床屋は耳からはみ出ている毛の処理をしなかったのだろう。自分が身だしなみにことさらうるさいほうだと思ったことはないが、それでもケラーとしても耳から突き出ている男の耳毛をずっと見ていたいとは思わなかった。

「リロイ・モントローズ。二〇四号室。何か注文したら、サインしておいてくれ。その、リロイのほうの名前で。秘密にするのが好きらしい本名でサインしたら、まわりから変な眼で見られるからな」

ケラーは何も言わなかった。もしかしたら、耳毛はアンテナの役目を果たしていて、男は故郷の惑星から何かしら信号を受け取っているのかもしれない。

「あんたが来てくれたのは」と男は言った。「よかったんだが、ただ、仕事に取りかかるのはちょっと待ってもらわなきゃならないかもしれない」

「ほう？」

「あんたが行動を起こしたときに、別の場所にいてもらわなきゃならない人物がいてな。言ってる意味、わかるだろ？　それに、いわゆる不確定要素っていうのがいくつかあってさ。だから、あんたにはなるべく部屋にいてもらいたいんだ。そうすりゃ、あんたにすぐ連絡が取れて、こっちの要望をすぐ伝えられる。仕事に取りかかってくれとか、やっぱりやめてくれとかさ。おれの話についてきてるかい？」

「昼が夜のあとをついていくがごとく」とケラーは言った。

「うまいこと言うね。なんか言い忘れてることはなかったかな？　そうそう、グラヴ・コンパートメントを開けてくれ。紙袋がはいってるだろ？　それを出してくれ」

紙袋はずっしりと重かった。何がはいっているのか開けるまでもなかった。

「ふたつはいってる、リロイ。あんたをリロイって呼んでもいいかい？」

「ご随意に」

「感触を確かめて、気に入ったほうを持っていってくれ。急ぐことはない。時間をかけてゆっくり選んでくれ」

やはり拳銃《けんじゅう》だった。ひとつはオートマティックで、もうひとつはリヴォルヴァー。ケラーとしてはことさら触りたくもなかったが、といってぴりぴりしているように思われたくもなかった。交互に握ってみると、オートマティックのほうが手にしっくりなじんだ。一方、オートマティックは弾丸《たま》詰まりしやすい。そこのところはリヴォルヴァーのほうが扱いやすい。

しかし、そもそも銃など必要になるだろうか？

「銃を使うことになるかどうか、なんとも言えない」とケラーは言った。

「口にホースのノズルを突っ込むっていうのがよほど気に入ったんだな、ええ？　それでも、選択肢はいっぱいあったほうがいいだろ？　どちらにも弾丸《たま》がはいってる。オートマティックのグロックなら、今ここにクリップのスペアもある。リヴォルヴァーを選ぶなら、弾丸《たま》を一箱あとで届けよう」

「二挺とも持っていくとか」

「両手に銃を持ってやつのまえに現われるのかい？　そりゃどうかな。あてずっぽうを言えば、あんたはグロック・タイプに見えるがな」

ケラーにはそれだけでリヴォルヴァーを選ぶ充分な理由になった。シリンダーを開け、弾《た》丸《ま》が四発装塡《そうてん》されており、空《から》の薬室がひとつあるのを確認してからもとに戻した。そのとき、耳毛男に銃を向けて引き金を引き、男を体ごと吹き飛ばして次の便でニューヨークに帰りたいという、強くて完璧《かんぺき》に思いがけない衝動を覚えた。

そうするかわりに、男にグロックを返し、リヴォルヴァーをポケットに入れて言った。

「予備の弾丸《たま》は要らない」

「的ははずさないってか、ええ?」男はにやりとした。「それがプロってもんなんだろうな、だろ? そうそう、忘れてた。あんたの携帯電話の番号を教えてといてくれ」

ああ、なるほど。携帯は持ってない、とケラーは答えた。すると男は自分のポケットを叩《たた》いて携帯電話を見つけると、取り出してケラーに手渡した。「これでこっちから連絡が取れる。〈デニーズ〉にパティメルト(牛肉のパテにチーズをのせて焼いたもの)を食べにいくときにも忘れずに持っててくれ。関係ないけど、おれはあれが好物でね。ウェイトレスには、ライ麦パンの上にのせてくれって言うといい。味が全然ちがうから」

「貴重な情報をありがとう」

「どういたしまして。さて、次は車だが、この車で問題ないはずだ。ガソリンは満タンだし、次のオイル交換まであと千八百マイルは走れる」

「それなら安心だ」

車についてさらに説明が続いたが――椅子の位置の調整のしかたとか、特に理由もないのに点灯するハザードランプがあるとか――ケラーはあまり注意を払って聞いていなかった。男はイグニッションからキーを抜くと、ケラーに差し出した。ケラーはどうやって家に帰るのか尋ねた。

「そりゃ家には帰るさ」と男は言った。「相手をしなきゃならない女房がいるんでね。誰も迷惑しないんだったら、どこかほかへ行きたいところだが」

「おれが言ったのは――」

「あんたが言ったことぐらいわかってるよ。あそこにくたびれたモンテカルロが停まってるだろ？　あれがおれの車だ。さて。立ち寄りたいならフロントに寄ってもいいけど、その必要はない。二〇四号室は二階だから、あの外階段を使えば、ここからまっすぐ部屋に行ける」

　ケラーはポケットに銃を入れると、スーツケースをさげて階段をあがり、部屋を見つけた。鍵穴にキーを差し込み、うしろを振り返った。モンテカルロはまだ同じ場所に停まっていた。ケラーはドアを開けて部屋の中にはいった。

　手頃な大きさのテレビとキングサイズのベッドが置かれたなかなかいい部屋だった。壁に掛けられている絵は派手すぎず、容易に無視できそうだった。エアコンの温度は少々低めに設定されていたが、そのままにしておいた。椅子に腰をおろして五分ほど経ったあたりで、窓辺に寄ってカーテンを開けた。モンテカルロはなくなっていた。

その三十分後、ケラーは通りをはさんだ向かいにある〈デニーズ〉のブース席にいた。真向かいの席にはスーツケースが置いてあった。ライ麦パンにのせたパティメルトと、よく揚げたつき合わせのフライドポテトを頬ばり、確かに旨《うま》いと思った。コーヒーも〈スターバックス〉を廃業に追い込むほどではないものの、それなりにこくがあり、ウェイトレスに勧められるままおかわりももらった。

何が気になるのか。男に料理を勧められて、そのアドヴァイスに従った。それ自体、少しも悪いことではない。なのに、計画どおりに行動するのがどうしてそんなに悪いことなのか？

いや、計画に従うのはパティメルトが最後だ。ケラーは自分にそう言い聞かせた。相手が仕事をやりやすくしてくれるなら、こっちは仕事をやりにくくしなければならない。依頼人は便利な場所にあるモーテルの居心地のいい清潔な部屋を用意してくれた。それでも、ケラーはトイレを使いたいとも思わなかった。ＤＮＡを残すわけにはいかないからだ。部屋に残してもいいと唯一思えるのは、渡された携帯電話だけだ。ケラーは携帯電話の電源を切って指紋を拭き取り、それをキングサイズベッドのマットレスの下の奥に押し込んだ。拳銃も置いていこうかと思ったが、それはしばらく持っていようと思い直し、スーツケースに入れた。

それから男が貸してくれた車のところに戻った。手が触れたかもしれないところからただ指紋を拭き取るために。拭きおえると、リモコン操作でドアをロックした。車のキーをすぐ近くにあった大型ゴミ収容器に捨てたくなった。車のキーでも居場所は特定できるのだろうか。ケラーにはわからなかった。が、誰でもなんでもできるのが現代のテクノロジーだとは思った。さらに、今日できなくても明日にはできるようになるのが。それでも、車のキーにしろ、モーテルの部屋のカードキーにしろ、そのときはまだ捨てなければならない理由はどこにもないように思えた。

そのあと、ケラーは歩いて通りを渡り、〈デニーズ〉に向かったのだった。パティメルトとフライドポテトを食べおえておかわりのコーヒーを飲み干すと、男子トイレの脇にあった公衆電話でタクシー会社に電話した。「空港まで頼む」と言うと、名前を尋ねられた。〈デニーズ〉のまえでタクシーを待っているのはおれだけだ、と言ってやりたくなったが、結局、エディとだけ名乗った。「十分でそっちに行くわ、エディ」と電話の向こうの女は言った。タクシーは八分後にやってきた。

〈ハーツ〉のカウンターにいた受付係の女は、ホールデン・ブランケンシップにニッサンのセントラを愛想よく貸してくれた。そのあと手荷物受取所の奥にあった無料電話で〈デイズ・イン〉にまえもって予約を入れたので、〈デイズ・イン〉に着いたときには部屋はすでに用意されていた。中にはいって荷解きをし、シャワーを浴びて、テレビをつけた。チャンネルを次々に変えながらケーブルテレビの番組をしばらく見てから消した。そうしてベッドに寝そべった。が、すぐに弾《はじ》かれたように体を起こした。〈ローレル・イン〉の二〇四号室に携帯電話をまちがえて置いてきてしまったような気がしたのだ。

自分の電話――それがほんとうに自分の電話なら――を取り出した。それでまちがっていないように見えた。が、実のところ、買ってからきちんと見たことがなかった。耳毛男が寄越した電話もろくに見ていなかった。

ケラーは電話を開き、リダイヤルボタンを押した。呼び出し音が二回鳴ったところでドットが出た。彼女の声が聞こえて、ようやく緊張が解けた。ケラーは数分かけて近況を報告した。

「今はまだ待機中だけど、どうもおれは必要以上にことをややこしくしてしまってるような気がする。仕事に取りかかってもよくなったら、依頼人のほうからおれに連絡が来ることになってるのに、わざわざ連絡できないようにしたんだから」

「マットレスの下にあっても電話が鳴ったら音は聞こえるのかしら？」

「聞こえない。電源がはいってなければ。フロントにメッセージが届いているかどうか確認しなきゃならない」

「あるいは、依頼人はあなたの歯の詰めものにシグナルを送ってくるかもしれない」

「さらに神経症の症状が進んだら、そんなことまで気になるかもな。そうなったら、アルミホイルでシグナルを遮断するキャップをつくらなきゃならなくなる」

「好きなだけ笑うといいわ」とドットは言った。「でも、あなたの歯の詰めものはお守りの役目も果たしてくれてるかも」


そのあと二日がのろのろと過ぎたのだった。その間、ケラーは定期的に〈ローレル・イン〉に電話をかけ、メッセージが届いていないかどうか確かめた。三日目になって、フロント係が、折り返し電話をくれというメッセージと電話番号を読み上げた。ケラーはその番号に電話をかけた。すると、聞き慣れない声の男に名前を尋ねられた。「リロイ・モントローズだ」とケラーは言った。「この番号に電話をかけるように言われたんだが」

「ちょっと待ってくれ」とその男は言い、しばらくすると、耳毛男が電話口に出てきた。

「あんたって捕まえるのがむずかしい男なんだね、リロイ」と耳毛男は言った。「電話には出ないし、留守番電話もチェックしないんだから」

「あんたは電池切れの電話を寄越したんだ」とケラーは言った。「充電器がなかったもんでね。だから、いずれあんたは部屋に電話をかけてくると思ったんだ」

「おいおい、誓って言うけど――」

「こっちから一日に数回この電話番号に電話をかければ」とケラーは言った。「それで用は足りる、だろ？」

男は別の携帯電話か充電器、あるいは、その両方とも届けたいと言った。が、ケラーはうまく言いくるめて断わり、毎日、朝と昼と夜寝るまえに電話をすることで承知させた。さらに、ケラーは語気を強めてつけ加えた。あまり待たせないでほしい、デモインも悪くないところだが、家に戻ってやらなければならないことがあるんで、と。

「たぶん明日」と男は言った。「朝一番に電話をくれ」

次の日の朝、モーテルの近くのレストランで、朝食を急いですませて、ケラーが一番にしたのは、ウェスト・デモインのグレゴリー・ダウリングの家をもう一度訪れたことだった。場所をちゃんと覚えているかどうか確認するために、そのまえに一度だけ家のまえを通り過ぎていた。今回も彼の標的は前庭にいた。が、芝生に水を撒いているのではなく、花壇の横にしゃがみ込んで、園芸用の移植ごてでなにやら作業をしていた。

ケラーはまた部屋に戻らなくてもすむようにして、〈デイズ・イン〉を出ていた。荷物をまとめ、手で触れた可能性のあるところはすべてきれいに拭いた。フロントにキーを預けはしなかったが、自分がいた痕跡はすべて消してきた。電話をかけ、ゴーサインが出たら、ターゲットを始末し、そのまま空港に直行するつもりだった。まだだと言われたら、また部屋に戻ればいい。

初めから決めていたわけではなかったのだが、ケラーはダウリングの家のまえで車を停めると、身を乗り出して助手席側の窓を開けた。クラクションを鳴らそうとは思わなかった。

クラクションを鳴らすというのは礼儀に適《かな》ったこととは思えない。が、その必要はなかった。ダウリングは車の音を聞きつけ、手助けを申し出るかのようにすぐに近寄ってきた。ケラーは最近引っ越してきたばかりで、ライト・エイド通りを探しているうちに道に迷ってしまったということにした。ダウリングが入念に道を説明しているあいだ、ケラーはポケットに忍ばせたリヴォルヴァーに手を伸ばした。

簡単きわまりない。ダウリングはおめでたくも何も気づいていない。片手を車の窓にかけ、もう一方の手で大げさに指し示している。銃をすばやく取り出し、ダウリングに突きつけて胸に二発撃ち込めばいいだけだ。エンジンはかけたままだから、ギアを入れるだけでいい。そうすれば、ダウリングが地面に倒れるまえに、通りの角を曲がっていられるだろう。

あるいは銃を使うのはやめて、哀れな男の髪と胸ぐらをつかんで、開けた窓から車の中に引き込み、首の骨を折ってから外に押し戻してやるか。

アルは喜ばないかもしれない。が、仕事はそれで片づく。そのあといったいやつらに何ができる？　またおれを呼び戻して、同じことをもう一度させる？

「わかったかい」グレゴリー・ダウリングはそう言うと、背すじを伸ばしてうしろにさがった。「ほかに聞きたいことがないなら――」

「おかげで助かったよ」とケラーは言った。

そう言って、ダウリングの道案内に従い、ドラッグストアまで行き――公衆電話を探すなら、ドラッグストア以上に目的に適《かな》った場所もない――電話を見つけると、ダイヤルした。朝一番にこうしていれば、今頃はもう仕事は片づいていたかもしれない。でも、これでも悪くはないはずだ。ちゃんと今、電話をかけているのだから。で、青信号が灯ったら、すぐに引き返して、道案内を聞きまちがえたようだと言い、茶番をもう一度繰り返せばいい。そのときは銃か素手できっぱりと仕事を終わらせる。

電話に出ると、耳毛男は言った。「駄目だ、今日は具合が悪い。明日、もう一度朝一番にかけてくれ」

ケラーは次の日も朝一番に電話をしたのだが、また同じことを言われたのだ。「明日だ」と男は言った。「明日こそまちがいない。実際の話、明日の朝は電話で確認してくれなくていい。わかったかい？　準備万端整うから。明日になったら朝だろうが昼だろうが好きなときにやるべきことをやってくれ」

「明日になったら、準備が整うということだ」とケラーはドットに言った。

「もういい加減、潮時よね」

「そのとおりだ。やっと帰れると思うと嬉《うれ》しいよ」

「これであなたも自分のベッドで寝られる」

「ここのベッドもまあまあだけど。いや、実のところ、うちのベッドよりいい。新しいマットレスを買おうと思ってからだいぶ経っててね」

「あら、人ってわからないものね」

「なくて恋しいのは」と彼は言った。「家のテレビだな」

「五十インチ、ハイデフ対応、プラズマ画面、フラットパネル。わたし、何か言い忘れてる？」

「いや、テレビのメーカー並みによく覚えてる。ほぼ完璧《かんぺき》だ」

「あなたがテレビのことをそこまで言うから、わたしも買わなきゃいけないような気がしてきた。でも、モーテルのテレビで我慢しなきゃならないなんてね。同情するわ、ケラー」

「とりわけ腹立たしいのは」と彼は言った。「〈ティーボ（内蔵のハードディスクでテレビ放送を録画する家庭用のデジタル・ビデオ・レコーダー）〉がテレビについてないことだ」

「それはわたしもあなたに同意せざるをえないわね」とドットは言った。「〈ティーボ〉はわたしの人生を変えたわ。ああ、可哀《かわい》そうなケラー。デモインに閉じ込められて、早送りしていたコマーシャルをいちいち見なきゃならないなんて」

「しかもトイレに行くときに一時停止もできない。会話を聞き逃しても巻き戻しもできない。それに——」

「まったくね。とっとと仕事を終わらせて、早く家に帰ってきなさいな」と彼女は言った。

「それができないようなら、あなたの難儀に対する特別手当を出すようにアルにかけ合わなくちゃ」

ケラーは電話を切ると、テレビのところに行きかけ、そこでふと立ち止まった。切手ディーラーの店は昨日の午後、イエローページでもう調べてあった。彼はイエローページでもう一度確認してからジェームズ・マッキューに電話して、営業しているかどうか尋ねた。今日はモーテルに帰ってくることがわかっているので、スーツケースに荷物を入れる必要はなかった。『スコット・カタログ』とピンセットだけを持って、ドアから出さえすればよかった。

それが、そう、二時間前ばかりのことだ。オハイオ州の州知事が殺された今、何かしなければならないことはわかっていた。が、何をすればいいのかわからなかった。荷物をまとめ、指紋をきれいに拭き取ってから部屋を出ていれば、また戻る必要はなかったのだが。いや、どのみち部屋に帰ることにはなっていただろう。ほかのどこに行くところがある？

4

〈デイズ・イン〉に戻ると、ケラーは駐車場のまわりをゆっくりと車でまわり、警官の姿が見えないか、モーテルをことさら熱心に見ている人間がいないかどうか、確かめた。普段と変わらないように見えた。いつもの場所に車を停めると、部屋に向かった。

部屋にはいると、テレビをつけた。どのチャンネルでもロングフォード・オハイオ州知事暗殺のニュースを流していた。テレビショッピングと〈フードチャンネル〉を除いて。ケラーはCNNを選んだ。数人の専門家がオハイオ州のクリーヴランドで暴動が起こる可能性について論じていた。天気にかなり左右されるでしょう、と女性の専門家が言っていた——温度と湿気が高くなると、まさに暴動向きの天気になります。反対に冷え込んで雨が降れば、人は外に出なくなります。

なかなか面白い考察ではあったが、デモインに足止めを食らっているケラーとしては、クリーヴランドの天気を心配する気にはなれなかった。暗殺のニュースを伝えているあいだはテレビにかじりついていたが、ネキシウム（胃薬の商品名）のコマーシャルが始まるなり、消音ボタンを押した。

少なくともリモコンに消音ボタンはついていた。早送りすることも一時停止することも巻き戻すこともできないが、テレビを黙らせることだけはできた。ケラーはその恩恵に浴した。

荷物をまとめるべきだろうか？

デモインから離れるつもりはなかった。今のところはまだ。これが偶然の出来事にしろ、きわめて不吉なことのまえぶれにしろ、どっちにしろ、外に出て逃げまわるより身をひそめているほうが安全に思えた。自分は何もやっていないのだから。ここに来たそもそもの目的も果たしていないのだから。しかし、ロングフォードが撃ち殺された場所から数マイルと離れていないところで、偽造された身分証明書と未登録の拳銃を持った男を捕まえた者にとっては、そんなことはなんの意味も持たないだろう。

拳銃から発射された二発の銃弾――クリーヴランドの天気を伝える直前に誰かがそう言っていたのを思い出した。正体不明の暗殺者が拳銃を取り出して至近距離から二発立て続けに撃ち、逃走し――いったいどうやって？――群衆の中にまぎれ込んだ。

グロック。ケラーは思った。オートマティックのグロック。選ぶように言われて断わったほうの銃。ケラーは自分の手で直接その銃を握っていた。

手にしっくりなじんだグリップの感触もまだ覚えていた。耳毛男に返そうとして両手でつかんで慎重に拳銃の向きを変えたときの感触も。ケラーは思った――賭《か》けてもいい、やつらはおれの指紋がまだ残っているあの銃を使ったのだ。だから、銃を二挺寄越してきたのだ。おれが選んだ銃はどうでもよくて、おれが手で触れてから返した銃が必要だったのだ。

そうやって、そう、策略をより確かなものにしたのだ。どんな理由でもよかったのだ。やつらはおれを選び、ただおびき寄せるだけでよかった。それでもうおれは一巻の終わりなのだから。グロックについている指紋とおれの指紋が一致している以上、おれに何が言える？

はい、おれはグロックに触りました。でも、リヴォルヴァーを選んだんです。オートマティックは弾丸《たま》詰まりしやすいから。あのグロックはそんな心配をする必要はまったくなかったようだけれど。それに、そもそもおれは州知事を撃ち殺そうとしてたわけじゃない。おれが狙ってたのは芝生から雑草を抜いてたヌケ作です。でも、結局、誰も撃ち殺しませんでした。だから関係ないでしょ？

ああ、そうとも。

以前に逮捕されたり、政府関係の仕事に就いたり、指にインクをつけられて指紋を採られるもろもろの機会のひとつに遭遇したりして、何かのファイルに指紋が残っていたら、望みは完全に断たれることになる。が、ケラーの人生はこれまで魔法に守られた人生だったので、グロックについている指紋は当面、誰のものかわからないはずだった。警察に捕まり、インクパッドに指を押さえつけられさえしなければ。そんな事態になったら、もう終わったも同然だ。

ちょっと先走りすぎたか。暗殺に使われた銃がグロックだとはかぎらない。警察がそれを回収したかどうかもわからない。もしかすると、犯人は銃を持ったまま逃げたかもしれない。だとしたら、銃に誰の指紋がついていようと関係ない。いや、やはりはめられたのだろうか……なんとも言えなかった。

ただ、どういうわけか、ケラーには答がわかっていた。初めからなぜか罠にはめられた気がしたように。数ヵ月前のアルバカーキーの仕事で用心に用心を重ねたのもそのためだ。そもそもミスター・〝私のことはただアルと呼んでくれ〟には、初めからどこかおかしなところがあった。仕事の内容も言わずに前金だけ送ってきたのだ。藪《やぶ》から棒にドットに電話をかけてきて、金を送ったと言い、そのあとまた電話をかけてきて、金がちゃんと届いていることを確認すると、またいずれ連絡するとだけ言い残して電話を切った。そして、その後何ヵ月も経ってからまた連絡をしてきて、その結果、ケラーはアルバカーキーに出向いたのだった。

殺し屋を雇うというのは賢いやり方だ。それはケラーも認めざるをえない。ミスター・〝私のことはただアルと呼んでくれ〟のことは誰も知らないのだから。ドットも実際に仕事をこなす者も。アルについては、住んでいるところはおろか何もわからない。だから、ことが悪いほうに転んで、塀の中に行く破目になっても、ケラーには雇い主を裏切って司法取引きに応じることができない。ドットを裏切ることはできても、そこからさきは袋小路だ。ドットには裏切る相手がいない。だから、アルには誰の手も及ばない。

きわめて高い地位にいる人物の暗殺を企てたとする。その場合、濡《ぬ》れ衣《ぎぬ》を着せることができるカモが必要となる。後日開かれるウォーレン委員会（ケネディ大統領暗殺を調査した委員会）で、事件の真相をもっともらしく解明させるために。

ケネディ暗殺に関する陰謀説について、ケラーは深く考えたことはなかった。ことさら政府がでたらめを言っているとも思っていなかった。リー・ハーヴィ・オズワルドが単独でジョン・F・ケネディを撃ち殺した可能性はいかにもありえそうに思えた。ジェームズ・アール・レイが単独でマーティン・ルーサー・キング牧師を殺したのと同様。それが事実だという説に家賃を賭ける気にはなれないが、といって、その反対に賭ける気もしない。確かに、オズワルドにしてもレイにしてもあまり暗殺者らしくは見えないが、だったら、どちらかひとりにしろ、サーハン・サーハン（ロバート・ケネディ暗殺犯）ほどにも暗殺者らしくないと言えるだろうか。同じ名前を二回もつけるほどぼんくらな親を持ったあのサーハン・サーハンだ。サーハン・サーハンがロバート・ケネディを撃ち殺したことには疑問の余地がない。現場で取り押さえられたのだから。

しかし、今、問題なのは事件の真相ではない。そういうことを企てた際、濡れ衣を着せる人間がいると何かと便利だということだ。そういう役目にきわめて理想的なのがそういうことを仕事としている人物だということだ。誰かを殺人犯に仕立て上げるとしたら、実際に人を殺している人間がうってつけではないか。適当にでっち上げたターゲットを始末するために殺し屋を雇い、タイミングを見計らって、しかるべきときにしかるべき場所におびき寄せ、本来の目的だった重要人物殺しの濡れ衣を着せる。殺し屋には実際に殺しはさせない。誰も殺していなければ、雇い主を裏切ろうにも裏切りようがない。たとえ殺し屋が警察に捕まったとしても、何も言えない。何も知らされていないのだから。釈明のためにできることはと言えば、別の人物を殺すためにデモインに来たのだとべそをかきながら言い立てることぐらいだ。しかも、その別の人物とは、命を狙う者などひとりもいなさそうな、犯罪組織とはまったく関わりのない哀れなヌケ作。芝生の手入れに熱心すぎるのが唯一の罪といった男というわけだ。

すばらしい。そういう釈明は警察には大いにうけるだろう。だから、警察にそんな話はしないだけの分別はどんな殺し屋にもあるだろう。ついでに言えば、今のケラーに思いつけるどんな言いわけも。

ケラーはテレビのまえに坐っていた。画面に顔を向けてはいたが、次から次へと浮かぶ考えにすっかり気を取られ、眼で見ているものにさほど注意を向けておらず、何も頭に残らなかった。そんな中、画面に映っている映像が意識の中にはいり込んできた。

男の写真だった。音は消したままだったので、なぜその写真が映されているのかはわからなかった。またすぐには誰かわからなかった。が、どこか見覚えがあるような気がした。豊かな黒い髪の中年男で、どことなくこそこそしているように見えた。信頼したくなるような顔ではない——

ケラーはすばやく腕を伸ばし、手探りでリモコンをつかんだ。が、消音ボタンを押したときにはもう遅かった。男の映像は画面から消えていた。ニュース自体も終わっていて、ケラーがとりわけ嫌いなコマーシャルが流れていた。それは、部屋にはいってきた蛾《が》が寝ている女性に安らかな八時間の眠りを約束するというものだ。彼の知っている女性なら誰でも、蛾が部屋にはいってきて顔に止まったら、悲鳴をあげて飛び起き、ほうきをつかんで家じゅう追いかけまわすだろう。

すぐにリモコンの巻き戻しボタンを探したが、〈ティーボ〉がついていないことを思い出した。〈ティーボ〉がないと、テレビが流しているものをそっくりそのままリアルタイムで見る破目になる。なのに、見逃してしまったのだ。しかし、この町の娯楽はCNNだけだなどと誰が言った？　彼はチャンネルを変え、ラクロスの試合からテキサス・ホールデム・ポーカーのトーナメント、クイズ番組〈マッチゲーム〉の再放送、さらに頭皮に貼りつけるタイプのかつらの宣伝まで、二分の一秒ずつ次々と見た。で、気づいたときには、リモコンのボタンを一周してCNNに戻っていた。CNNはまたケラーの顔を映し出していた。

こそこそしている？　自分の顔をそんなふうに思っていたのだろうか？　いや、ちがう、ためらいがちに見えているだけだ。世界じゅうの人が見る全国放送に顔をさらすとは、自分はいったいこんなところで何をやっているのだろう、と考えあぐねているかのように。

今度は音声が流れていた。誰かが何か言っていた。それでも、ケラーの頭にははいってこなかった。自分の哀れな顔とその下のキャプションを見ることしかできなかった。

キャプションには暗殺犯の顔写真と書かれていた。

5

ケラーはまずドットに電話をかけた。ドットとはもう何年も一緒に仕事をしてきたのだ。それはもう条件反射的なことだった。携帯電話を取り上げ、リダイヤルボタンを押して待った。呼び出し音が四回鳴ったところで、留守番電話の声が割り込んできた。あんぐりと口が開いた。椅子に坐ったままかなり長いあいだぽかんとしてから、メッセージを残しても意味がないと判断し、電話を切った。そして、またテレビを見た。

十分後にはバスルームでシャワーを浴びていた。

最初はそんなことをしても時間の無駄なので、やめようかとも思った。が、この時間、ほかに何をすればいい？　さらに時間を無駄にしてテレビを見つづけ、ケラーが無実であることを宣してくれる局が見つかるまでチャンネルを変えつづける？　車に飛び乗って逃げる？　ダウリングの家に行って彼を庭用のホースで絞め殺す？　シャワーはすでに今朝浴びていた。だからまた浴びる必要はなかった。それでも、このさきまたシャワーを浴びられる機会があるなどと誰に言える？　着の身着のまま地下鉄のトンネルの中で寝起きすることになるかもしれない。貨物列車に飛び乗ったりもしなければならないかもしれない。できるうちはできるかぎり清潔にしておいたほうがいい。

もしかして、シャワーを浴びることで危険を冒しているということはないだろうか？　頭や体から抜けた毛が排水管の中の防臭弁に引っかかり、科学捜査班がそれを回収してDNAを特定するかもしれない。しかし、と彼は思った。シャワーはここに滞在しているあいだにもう何度も浴びている。防臭弁はもうおれのDNAだらけになっていることだろう。

一瞬、排水口を開けて証拠を取り除こうとかと思った。が、DNAのことなど心配している場合ではないとすぐに気づいた。すでに指紋まで知られているのだ。さらにDNAを知られたところでどんなちがいがある？　警察に見つかって捕まったら、それで終わりだ。その図式にDNAの出る幕はない。

シャワー室から出ると、洗面台のまえでひげを剃《そ》った。数時間前に剃ったばかりだったので、まだほとんど伸びておらず、ざらざらした感触すらなかった。しかし、次はいつ剃れるかもわからない。洗面台の防臭弁にさらに多くのDNAを残すのも一興というものだ。

服を着て、荷物をまとめた。次に何をするのか、それをいつ実行するのか、決めるまでどこにも行くつもりはなかったが、すぐに出られるようにしておくのは悪いことではない。

スーツケースの色は黒で、キャスターと取っ手がついたごくありふれたものだった。飛行機の機内に持ち込め、頭上のコンパートメントに楽に収められる小さなやつだが、このところは機内に持ち込まず、いつも預けていた。切手用のピンセットのような危険物や、頭髪用のチューブ入りジェルのような爆発の恐れのあるものが手荷物にはいっていたら、空港のセキュリティ係が逆上するのは眼に見えている。スイス・アーミー・ナイフでも見つかったりしたら、州兵さえ出動しかねない。

しかし、毎回預けることになることがわかっていたら、別の色の鞄を買っていただろう。手荷物受取所のターンテーブルにのって出てくる鞄の四つのうち三つが、自分の鞄とほとんど見分けがつかず、気づくと、たまに見かける派手な色のバッグを羨《うらや》むようになっていた。で、少しでも早く自分の鞄を見つけられるよう、鮮やかなオレンジ色のテープを買って取っ手に巻きつけてみたところ、これが大いに役立った。そのことをドットに話すと、彼女は言ったものだ。これで二重の目的が果たせると。これでハンターが彼のスーツケースと鹿《しか》を見まちがえることもなくなったと。

ドット。彼は携帯電話を取り上げ、一瞬ためらってから、リダイヤルボタンを押した。呼び出し音が四回鳴って、留守番電話に切り替わり、メッセージを残すよう、コンピューターの声に促された。残してもしかたがないと思い、電話を切ろうとしたところで、携帯電話の画面に、留守番電話サーヴィスにメッセージが届いていることを知らせるアイコンが出ているのに気づいた。どうすればそのメッセージが聞けるのか。思い出すにはいささか時間を要した。

「メッセージが一件あります」と録音された声が言った。「一件目は」

一件しかないのに、とケラーは思った。

十秒から十五秒ばかり沈黙が続いた。ほんとうにメッセージが届いているのだろうかと疑いはじめたところで、ＳＦ映画に出てくるような抑揚のまったくないコンピューターの声が、いきなり一連の単語を並べ立てはじめた。

「この。電話。捨てろ。繰り返す。この。クソ。電話。捨てろ」

ケラーはしゃべる犬でも見るようにまじまじと電話を見つめた。ドットだ。ドット以外考えられない。この携帯電話の番号は彼女しか知らない。それに、同じメッセージを繰り返すときに、二度目にクソをはさむ人間がドットをおいてほかに誰がいる？　しかし、どうやってドットは自分をロボットに変身させたのか。

ケラーは思い出した。パソコンをいじっていて、ドットがアプリケーションの中に面白い機能があるのを見つけたことがあったのを。文章を選んで点滅させてからどこかのボタンを押すと、パソコンがそれを自前の声で読み上げてくれるのだ――こんな、ふうに。ロボテックなら、同時に、一語ずつ。

声紋だ、とケラーは思った。ドットは声紋が残るのを恐れたのだ。囁《ささや》き声でしゃべれば声紋で人物を特定することはできない。少なくとも昔はそうだった。しかし、そのあとネズミ捕りがどれだけ進歩したかは誰にもわからない。

　彼はもう一度留守番電話サーヴィスにかけてメッセージを聞き直した。今度は最後に女性の機械音声で、メッセージを繰り返すか、保存するか、消去するかのどれかを選ぶように尋ねられたので、消去を選んだ。「メッセージは消去されました」と女の声は言った。メッセージが届いたことを知らせる小さなアイコンが画面から消えた。

　この電話を捨てろ。このクソ電話を捨てろ。

　どうやって？　ただぽいと投げ捨てればいいのか？

　もし誰かが見つけてＦＢＩの技術者が調べたら、どんなことがわかるか知れたものではない。彼が電話をかけた相手の電話番号も、いつかけたかも知られてしまうだろう。実際に交わした会話までは復元できないにしろ。少なくとも、ケラーにはそこまでできるかどうかはわからなかった。が、どんなことにしろ、自分の身を危険にさらすようなものを自分から残すことはない。

　弾丸《たま》を一発ぶち込めば、携帯電話は永久に葬り去れる。しかし、そんなことをすると、よけいな注意を惹くかもしれない。それに、手持ちの弾丸《たま》の四分の一が確実に減る。耳毛男の申し出を受けて、弾丸《たま》は一箱届けてもらっておくのだった。しかし、あのときはたったひとりの男を殺すだけでよかった。必死に逃げまわる破目になるとは思いもよらなかった。

　ケラーは銃から弾丸《たま》を取り出し、四発の重さを手で計るようにしてからそっとベッドの上に置いた。リヴォルヴァーの仕組みはごく単純だ。銃把《じゅうは》を何かにぶつけても暴発しない。が、今日はもう充分不思議なことが起きている。この上さらに危険を冒そうとは思わなかった。弾丸《たま》を抜いたリヴォルヴァーと自分を裏切りかねない携帯電話を持って、バスルームに行った。そして、電話をタオルで巻いて床に置き、銃把で粉々になるまで砕いた。

タオルを広げ、ついさきほどまでは便利で精巧だった機械がただの破片の集まりになり果てた姿を眺めた。これで携帯電話は脅威ではなくなった。これからどこに行こうが、その居場所にしろ、ドットのホワイト・プレーンズの家にしろ、この携帯電話から追跡することは誰にもできない。

その一方で電話はもはや命綱ではなくなった。この世でケラーを助けられる、あるいはそうしようとしてくれるただひとりの人間とのつながりがこれで断たれた。ドットにはもう彼を助けることはできない。誰も彼を助けることはできない。

ひとりでなんとかしなければならない。

6

ドアをノックされたとき、すでに用意はしてあった。ピザとコーラの代金は十二ドル数セント。ケラーは十ドル札と五ドル札を手に持っていた。「ドアの外に置いといてくれ」と彼は配達員に言った。「今、その、ちょっと取り込んでるものでね。十五ドル渡すから釣りは取っておいてくれ」

彼はドアの下の隙間から札を押し出した。そして、それが向こう側に引っぱられ、消えるのを見届けた。ドアにはのぞき穴がついており、配達員が上体を起こし、ためらうようにけっこう長いことその場に佇《たたず》んでから、立ち去るのが見えた。ケラーはさらに二、三分待ってからドアを開け、ピザとコーラを部屋の中に入れた。

腹はすいていなかったのだが、シャワーを浴びたりひげを剃ったりしたのと同じ理由から、あえてピザを口に入れた。食事をする機会がまたやってくると誰に断言できる？　彼の顔がアメリカじゅうのテレビというテレビに映し出されているのだ。新聞が出たら、そこにもおそらくでかでかと載ることだろう。写真は実物にそれほど似ていなかった。また、ありがたいことに、ケラーはいたって平凡な顔だちで、人の記憶に残るようなこれといった特徴もなかった。それでも、写真が何百万という人々の眼にさらされるのだ。そのうちのひとりでも彼に気づかないともかぎらない。そう考えるほうが理に適っている。

だから、〈デニーズ〉に行って、パティメルトにまた舌鼓《したつづみ》を打つというのはあまりいい考えとは言えない。

しばらくは配達してもらえる食べものに頼るしかない。配達してもらえる場所があるうちは。ケラーの顔を見たのは、〈デイズ・イン〉の受付でチェックインの応対をしたフロント係だけだが、チェックインはなんの問題もなくすんでいた。だから、フロント係にそれほど強い印象を残したとは思えない。だいたいフロント係が毎日応対する何百人もの客の顔をいちいち見ているとも思えない。今回の旅でケラーが見たフロント係はひとりだけだが、ケラーのほうも彼女がどんな顔をしていたのかすっかり忘れている。そんな相手が彼のことを覚えている必然がどこにある？

それでも、彼女の写真を何度も何度も繰り返し見せられたら、どことなく見覚えがあるような気がしてくるかもしれない。それにはどれくらいかかるか。彼女が誰だったのか思い出すまでにどれくらいかかるか。

ピザを少し食べて、コーラを半分飲んだ。そのあと、ベッドの上に置いたままだった四発の弾丸《たま》を集めて銃に込め直し、撃鉄があたるところには空《から》の薬室が来るようにして、ポケットに入れた。が、すぐに思い直し、取り出すと、ズボンのベルトにはさんだ。そこでまた思い直し、スーツケースの中に入れた。もし急に銃を取り出さなくてはならなくなったらどうする？　早撃ちするためにまずスーツケースを開ける？　彼はスーツケースから拳銃を取り出し、やはりズボンのベルトにはさんだ。

　テレビはもう見たいとは思わなかった。が、ほかに何もすることがなかった。それに、モーテルから逃げ出すタイミングを教えてくれるものがテレビ以外に何かあるだろうか。

　テレビの画面は相変わらず彼の写真を映し出していた。その写真をとくと見た。表情がどんな心境を表わしているか、実物の顔にどれほど似ているか、といったことにはもう興味はなかった。いつどこで撮られた写真なのかを見きわめようとした。デモインに滞在しているこの一週間以内に撮られたものではなかった。写真の中の彼はポプリンのカーキ色のウィンドブレーカーを着ていた。今回の旅にはそのウィンドブレーカーは持ってきていなかった。紺のブレザーを選んでいた。もちろん、そのウィンドブレーカーには見覚えがあったが。二年前に〈ランズエンド〉のカタログを見て、注文したものだった。そのウィンドブレーカー自体に悪いところがあったわけではないが、これまであまり着る機会がなかった。

　アルバカーキー。ケラーは思い出した。アルバカーキーに行ったときにはそのウィンドブレーカーを着ていた。

濃いオレンジ色のポロシャツも着ていた？　色をはっきりと特定するのはむずかしかったが、写真の中の彼はそんなポロシャツを着ているように見えた。ケラーは思った。アルから依頼されたまえの仕事――ウォーレン・ヘグマンをこの世からあの世に送り出した仕事――をしたとき、おれはあのポロシャツを着てたんだろうか。

そうだったかもしれなければ、そうではなかったかもしれなかった。そんなことはいちち覚えていなかった。それでも、そのウィンドブレーカーを着て、アルバカーキーに行ったことははっきりと覚えていた。ヘグマンの家の呼び鈴を鳴らし、ヘグマンに墓場への切符を渡したときもまだ着ていた。荷解きをして着替えている時間がなかったからだ。それぞれ異なる偽名を使ってモーテルを三つも予約し、その全部にチェックインした。しかし、そのどこでも荷物を置いて開けることさえしなかった。荷解きしたのはニューヨークに戻ってからだ。

ということは、とケラーは思った。アルとアルの手下はそのときからもうすでにおれを罠にはめようとしていたということだ。だから、時間の猶予をもっと与えていたら、もっとたくさんの写真を撮られていただろう。しかし、あのときはすぐに仕事をすませ、すぐに帰った。だから、一枚しか撮ることができなかったのだ。

それでも、彼らはその写真を警察に持ち込んだ。いったいどんな説明をしたのだろう？――〝私はこの男が逃げていくところを見ました。男が立ち止まって振り返ったので、この写真を撮ったんです〟。さほどすじの通った話とは言えないが、それでも写真は写真だ。マスコミの手に渡されれば、一般市民の意識に大々的に訴えることができるものだ。そして、それは別の何かと結びつく。

あのくそったれどもはおれの名前を知っているのだろうか？　ドットを通じて割れているとは思えない。それ以外の方法で突き止められるとも思えない。これがアルバカーキーで時間を費やしていたら、事情はちがっていたかもしれない。やつらは何か手がかりを求めて、おれのモーテルの部屋の中を探しまわったかもしれないし、あとを尾《つ》けてニューヨークまで追ってきていたかもしれない。アルバカーキーに行くのはダラス経由だったが、帰るときには遠まわりをし、いったんロスアンジェルスに飛んでからニューヨークに戻ったのだった。あとを尾《つ》けられた可能性は低い。

やつらにはおれの名前も住んでいるところもわかっていないのだとすれば——

そのときテレビがまたケラーの注意を惹いた。彼ら——アルやアルの手下の耳毛男ではなく、捜査当局——は数分前よりいくらか多くの情報を手に入れていた。

写真の男の名前が判明していた。

「リロイ・モントローズ」とアナウンサーは言った。画面はケラーの写真を映したあと、外から見た〈ローレル・イン〉の映像に切り替わった。さらに、二〇四号室で科学捜査班がカーペットに這《は》いつくばって、間一髪逃げ出したミスター・モントローズの痕跡を懸命に探している様子が映し出された。

画面の映像はそのまま変わらず、アナウンサーの声だけはいり、写真の男が数日前にチェックインした客だと従業員が認めたことを伝えた。つまるところ、用意周到な罠だったということだ。ケラーはチェックインもしていなければ、フロントのまえを通りさえしていないのだから。駐車場から外階段を使って直接部屋に行き、モーテルを出ていくときもそうした。モノポリーの〝ゴー〟の枡《ます》を通って二百ドルもらうような真似はしていなかった。モーテルの客も従業員もひとりも見ておらず、誰にも姿を見られていなかった。

しかし、電話なら誰でもかけられる。自分は記憶力のいいモーテルの従業員だと言うことも誰にでもできる。ケラーにとって唯一救いに思えるのは、それがどこにも行き着かないことだ。二〇四号室からは彼の指紋もDNAも何ひとつ見つからない。ベッドのマットレスの下に押し込んできた携帯電話以外は。そこまで徹底的に調べるかどうかはわからないが、たとえ見つかったとしても、どうなるものでもない。携帯電話は一度も使わなかった。指紋も拭き取ってある。そんなものから何がわかる？

通りの反対側、とケラーは思った。

通りの反対側の〈デニーズ〉で、彼は明るい照明のあたっているテーブルについて、ろくでもないサンドウィッチとフライドポテトを食べていた。あのとき勘定をクレジットカードで払っていたら、警察の仕事をいくらか楽にしていただろう。しかし、支払いは現金だった。そのあと何をした？

店の公衆電話を使ってタクシーを呼び、来るまで店の中で待っていた。それからタクシーに乗って、運転手に空港に行くように言った。

警察はもう〈ローレル・イン〉の近くのレストランや店の訊き込みを始めていることだろう。今頃はもう――あるいはあと数分もすれば――〈デニーズ〉の店員やレジ係にも彼の写真を見せているにちがいない。で、誰かが写真の顔に見覚えがあると言い、ケラーがタクシーを呼んでいたことを誰かが思い出すかもしれない。そういうことになれば、警察はタクシー会社に片っ端から問い合わせるだろう。なにしろ政府が捜査しているのだ。州警察から地元警察からＦＢＩまで捜査に乗り出しているのだ。シラミつぶしに調べても人手は充分足りる。そのうちタクシーの運転手が見つかり、空港に行ったことを知り、レンタカー会社にたどり着く。レンタカー会社の訊き込みはすでにすませていたとしても、再度確認するだろう。その結果、捜査官はケラーが使ったクレジットカードと運転免許証のコピーを手に入れ、リロイ・モントローズの名前を見つけて顔を輝かせ、次にホールデン・ブランケンシップの行方を血眼《ちまなこ》で探しはじめるだろう。今度はその名前がテレビで大々的に流され、ラジオでがなり立てられる。で、そういう名前の宿泊客がいないかどうか、デモイン近郊すべてのモーテルのフロント係に問い合わせが行く次第と相成る。

彼らが〈デイズ・イン〉にたどり着くのにあとどれぐらいあるか。この部屋のドアが蹴破《けやぶ》られるまでどのくらいある？

そんなことになるまえに、どこか別のところに移動したほうがいいに決まっている。

でも、どこに？

7

二列先の駐車スペースにスポーツ用多目的車《SUV》が停まり、三十代の男が出てきた。リモコンで車をロックすると、ウィンドブレーカーのハンドウォーマー・ポケットに手を突っ込み、アスファルトの駐車場を横切って、ショッピングセンターの入口のほうに歩いていった。ことさらこそこそした様子はなかった。ケラーにはそう見えた。こそこそしなければならない理由がないからだろう。歳《とし》はケラーより若く見えたが、腹のまわりに少々多めに贅肉《ぜいにく》がついていた。帽子の下から長めで色の明るい髪がはみ出ていた。ケラーが唯一自分と似ていると思えるのは、ウィンドブレーカーを着ていることだけだった。

男がショッピングセンターの中に姿を消すのを見届けると、ケラーはショッピングカートを押している女に眼を向けた。そのあと視線を少年に移した。少年は、駐車場の中を歩きまわり、買物客が置いていったショッピングカートを回収する仕事をしていた。

ああいった仕事でいったいいくら金がもらえるのだろう。おそらく最低賃金にちがいない。あの手の仕事ではそれほど高い給料はもらえないだろう。人々の尊敬を一身に集めることもない。昇進の機会もさほどないことだろう。それでも利点はある。ああいう仕事をしていて、全国放送のテレビに顔写真が映し出され、世界じゅうのお巡りに追いかけられる破目になる可能性は低い。

ケラーは思った。おれは何年もまえにまちがいを犯したのかもしれない。さまざまな土地に出向いて人を殺す仕事ではなく、ショッピングカートを集める仕事を選ぶべきだったのかもしれない。

幸い、それまで車にはあまり乗っていなかったので、セントラのガソリンタンクにはまだ半分以上ガソリンが残っていた。タンクにどれくらいガソリンがはいるのかも、一マイル走るのにどれくらいガソリンが要るのかもわからなかったが、十ガロン残っていて、一ガロンで二十マイル走るとしたら、次に給油が必要になるまで二百マイルくらいは走れるはずだった。

ケラーは、陽《ひ》の光が薄れ、夕闇《ゆうやみ》があたりを染めるのを待って〈デイズ・イン〉の部屋を出ていた。部屋から車までは歩いてすぐだったが、それでももっと暗くなっていてほしかった。駐車場には誰もおらず、そのため自分がありえないほどめだっているような気がした。少なくとも、自分が写真に映っているとおり、こそこそしているのはよくわかった。今やこそこそしなければならない理由が山ほどあるのだから。そんな思いが、歩き方や落ち着こうとする気持ちに影響を及ぼさないよう気をつけ、それが功を奏したのか、あるいはそもそも彼を見ている人間など誰もいなかったからなのか、無事に車にたどり着くと、すばやく乗り込み、駐車場を出たのだった。

それほど遠くには行かなかった。まっすぐこの大型ショッピングセンターに向かい、人や車の往来の多いところも、そういうところから離れすぎ、かえって人目を惹いてしまう駐車スペースも避けて、車を停めた。スーツケースはトランクに入れてあった。ズボンのベルトに差した銃が腰にあたっていた。三切れほど残ったピザを入れた箱は助手席に置いてあり、その横にはコーラがはいっていた容器もあった。ケラーはその容器を洗い、粉々にした携帯電話の残骸《ざんがい》をその中に入れていた。部屋に置いていこうとも思ったのだが、部屋はチェックインしたときのまま、あとには何も残さず出ていったほうがいいと思い直したのだ。どうして自分から警察に仕事を与えなければならない？

なんの心配もなくショッピングセンターに出入りできるなら、手に入れたいものがあれこれあった。かつらやつけひげをつけたら、さぞまぬけづらになるだろうが（もっとも、数年前に試しに顎ひげを生やしてみたときの顔と大差はないかもしれないが）、それでもめだたない程度に外見を変える必要はあった。

眼鏡があれば役に立っていただろう。読書をするときもまだ眼鏡は要らなかったが、あと数年経ったら必要になりそうな気はしていた。

それまで生きていられれば――

やめるんだ。ケラーはそんな考えはすぐに頭から追い払った。眼鏡はまだ要らなかった。読書をするときにも。実際には読書用眼鏡を持っていたが、家に置いてきていた。それは切手の作業を長時間するときに使う、像の歪《ゆが》まない拡大鏡で、切手をほんの少し大きく、はっきり見せてくれるのだ。机に向かっているとき以外には、かける必要はなかったが、机から離れてかけっぱなしにしても、眩暈《めまい》がするようなことはなかった。その眼鏡をかけた自分の顔はもちろん見たことがある。顔の輪郭がまったくちがって見えるのと同時に、顔が与える印象もすっかり変わって見えた。眼鏡をかけると賢く見えると言われるが、確かにそのとおりだった。それだけでなく、人々の警戒心を弱める顔にもなっていた。

今、あの眼鏡が手元にあったら大いに役に立っただろう。今こそまわりの警戒心を弱める顔になるべきときなのだから。どこのドラッグストアでも売っているごくありふれた品物だ。しかし、それを買いにいくわけにはいかなかった。そんなことをすれば必ず誰かに顔を見られてしまう。それは目下何より避けたいことだ。

ケラーが読書用の眼鏡（あるいはサングラスでもいい。外見を変えるにはサングラスのほうがより効果的だが、いかにも変装しているふうに見えるという欠点がある。陽が沈んだあともかけているとなおさら）を買いにいくわけにはいかないドラッグストアには、染毛剤やバリカンも置いてある。髪を短くすれば、多少なりとも写真の男のようには見えにくくなるだろう。髪の色を変えることにも同じ効果が望める。が、両方とも厄介な点がある。見るからに素人が切ったような髪型になって逆に人目を惹いたり、髪の根元だけどぎつい色に染まってしまったりするのはいただけない。適切な変装法が見つかるまでは何もしないほうがいい。とりあえず今のところは帽子でいい。

帽子を手に入れるのはどれくらいむずかしいか。帽子を売っている店を探すより売っていない店を探すほうがむずかしいだろう。帽子はいたるところに置かれており、さまざまな色があり、どの帽子にもさまざまなロゴマークがはいっている——スポーツチームやトラクターやビールのブランド名から、何も考えていない田舎者が自分の忠誠心を誇らしげに世間にアピールできるものまで。こそこそしては見えなかったウィンドブレーカーの男も帽子をかぶっていた。あの男がこそこそしていないように見えたのは、頭にかぶっていた帽子のおかげもあるのだろうか。確かに帽子はかぶっている者をどこにでもいる平凡な男に見せる。

彼は車の中から窓の外を見た。あそこにもひとり、ここにもひとり帽子をかぶった男がいた。

それが答なのかもしれなかった。帽子をかぶった哀れなまぬけが〈アップルビーズ（アメリカのファミリーレストランのチェーン店）〉で炭水化物をたっぷり含んだ食事をして、思考停止状態になってのろくさ歩いて車に戻ってくるのを待ち伏せる。そして、そいつの頭を殴《なぐ》って（そのときにあまり強く殴ってはいけない。帽子に血がついてしまうから）帽子を奪えば、当面うまくいく。

いつもなら、そういうことをする場合、ケラーの標的の首にはたいてい五桁《けた》か六桁の金がかかっているわけだが、今回、帽子をかぶった連中の首にかかっているのは帽子だけということになる。その帽子の値段は三桁、しかもそのうちの二桁は小数点のあとの桁だ。

一石二鳥の原理に倣《なら》い、眼鏡をかけた男が選べれば言うことなしだ。サングラスをかけた男ならさらにいい。眼鏡にはおそらく処方箋《しょほうせん》に応じたレンズがはいっているだろうから、かけたとたん頭がくらくらするだろう。

男の頭を殴り、野球帽をつかみ取り、サングラスを奪う——それからポケットの中をまさぐる。帽子とサングラスを買えるだけの金があるなら、ポケットの中に十五ドルから二十ドルくらいははいっていてもおかしくない。ほかにももろもろあるかもしれない。ケラーの所持金は底をつきかけていた。

それでも、ケラーは帽子をかぶってサングラスをかけた男を探しにはいかなかった。そのまま車の中にとどまり、ラジオを聞きつづけた。

ラジオはデモインの地元のAMラジオ局〈WHO〉に合わせてあった。その局は、〝ニュース番組とアメリカの古きよきトーク番組をバランスよく届ける局〟というのを謳《うた》い文句にしていた。品質表示法では製品の中に含まれる原料の割合を多い順に表示することになっている。その法に〈WHO〉も従えば、〝コマーシャルとニュース番組と古きよきあれこれをバランスよく届ける局〟ということになる。さらに、誰もが〝バランスよく〟ということばを疑う権利を有することにも。

ラジオの厄介なところは音を消せないことだ。あえて言うまでもないが。コマーシャルが始まったら消すことはラジオでもできる。しかし、いつまたつければいいか、どうやって知ればいい？　そう、それはできない。せいぜいできるのは、コマーシャルになったら音量を低くし、コマーシャルが終わったらまた音量を上げることぐらいだ。しかし、それはわざわざ手間暇をかけてまでやるほどのことだろうか。コマーシャルが終わったと思ったら、すぐ次のコマーシャルが始まることを思うとなおさら。

とはいえ、コマーシャルの合間にはラジオでも興味深い番組をやっていた。ニュース番組は、ジョン・テータム・ロングフォードの暗殺、それに続くリロイ・モントローズ、またの名をホールデン・ブランケンシップ捜索に関する報道に放送時間の大半を割いていた。

ことさら驚かなければならないことでもないが、トーク番組も同じだった。聴取者の大半がこの事件を話題にしていた。それ以外の話をしようと電話をかけてきたわずかばかりの人々は、暗殺事件に関連することだけにはるかに強い関心を寄せている番組のパーソナリティに軽くあしらわれ、話を手短に終わらせるよう誘導されていた。聴取者は聴取者でさまざまな意見を持っていた。これでロングフォードは大統領候補に永遠になれなくなったのだから、かえってよかったなどと言う者はさすがにひとりもいなかったが、明らかにそんなふうに思っている節のある者もいないではなかった。一方、ロングフォードをキング牧師やケネディ兄弟と肩を並べる悲劇的な事件の犠牲者と見なしている者もいた。

また、以前に起きた暗殺事件同様、陰謀説がすでに形を取りはじめていた。モントローズ、あるいはブランケンシップは、真犯人へ向けられる疑惑をそらすために、現場に送り込まれただけの無実の男で、オハイオ州知事同様、事件の犠牲者だとする説まで早くも唱えられていた。その説を主張する者たちはこの点では同意見ながら、暗殺事件を陰で操っていた黒幕は誰なのかについては考えが分かれ、それぞれの考えによって彼らが描くシナリオもそれぞれ異なった。そんな中には、〝例の制ガン作用があるとされるウイルス〟を無理やり接種させられた少女たちと事件全体を結びつけている女もいた。妊娠中絶を支持する重要なキャンペーンの一環だと言う者もいた。銃を使ったところが全米ライフル協会の評判を失墜させるキャンペーンめいている、と強く主張する愛煙家のしゃがれた声をした男もいた。ケラーはひとしきり聞いたところで、自分がそういった意見に賛同して、いちいちうなずいているのにはたと気づいた。

彼が犯人でないと思っている人々がいることを知って、多少なりとも心が慰められた。もっとも、〝騙されやすい哀れなカモ〟にしろ、〝不運なヌケ作〟にしろ、そういうレッテルを貼る人々が多い点については少しも喜べなかったが。また、彼の味方になってくれている人々（彼らをそう呼べるなら）の言っていることが、おしなべて完全に頭がいかれているように聞こえなくもないことも、いささか気になった。

実際のニュースのほうにはまったく慰められなかった。ケラーが考えたシナリオを警察がたどるのにそれほど長い時間はかからなかった。〈ローレル・イン〉から始まり、〈デニーズ〉、タクシー、空港、そして今は〈ハーツ〉のカウンターにまで迫っていた。ここまで来たからには、警察が一刻も早く〈デイズ・イン〉を突き止め、そこでたっぷりと時間を費やしてくれるのを願うしかなかった。

なぜなら、警察はもう彼の乗っている車の車種やナンバープレートの番号をすでに把握しているにちがいないからだ。もはや車を走らせていようが、どこかに停めていようが変わらない。どのみち見つかるのはもう時間の問題で、ケラーに残されている時間はあとわずかしかなかった。

セントラを乗り捨てて逃げるわけにはいかない。車はなくてはならず、セントラのかわりの新しいレンタカーはもう借りられない。車を盗むことはできなくもない。車のドアロックの開け方も点火装置をショートさせてエンジンをかける方法も、はるか昔に覚えていた。若い頃に身につけたその手の知識は、泳ぐことや自転車に乗ること同様、一度覚えたら一生忘れないものだ。

たとえば一九八〇年型のシボレーなら簡単に盗めるだろう。その年代の車なら、持っているスイス・アーミー・ナイフで事足りる。しかし、彼が盗む方法を覚えてから車はずいぶんと変わってしまった。今の車にはコンピューターが搭載されており、何か違法行為がおこなわれると、それを察知してハンドルをロックする盗難防止装置が作動する。どうすればいい？ 古い車を探す？

ケラーに盗めるような車は数百マイルも走ったら壊れてしまいそうだった。どうにか持ちこたえたとしても、そもそもめだつにちがいない。そこが今乗っているセントラの大きな利点のひとつでもある——きわめて平凡な形で、少なくともデモインではその辺の土くれと同じぐらいありふれていた。道路を走っていると、十台に一台が彼の車と同じメーカーの同じ型の車のように見えた。しかもその大半が同じ色で、ベージュと暗灰色が混じったような説明しにくい色だった。メーカーがその色のことをなんと呼んでいるのかわからないが、おそらく抽象的な名前がついているのだろう。〝シーブリーズ（海のそよ風）〟とか〝パーセヴィアランス（忍耐）〟とか。名づけたからといって、ことさら特定のものを指すわけではないのだから、そういった名前でもいいようにケラーには思えた。その色をなんと呼ぶにしろ、いずれにしろ、ニッサンの人々はその年に売った車の半分をその色に塗り、明らかにアイオワ州で大勢の購入者を見つけたということだ。

実際のところ——

一列先の駐車スペースに停まっている車はこの車によく似てはいないだろうか。この明かりではっきりと見えないが、あれはほぼまちがいなくセントラだ。色もほとんど同じだ。これはチャンスではないだろうか？　確かにチャンスがめぐってきたように思えた。あの車のロックを解除して中に乗り込み、点火装置をショートさせてエンジンをかけることができたら、今の車からあの車に乗り換えられる。あるいは、もっと簡単にできるかも――

その考えは思いついたそばからあきらめるしかなかった。車を眺めていると、不意にライトが点滅した。一瞬、車が彼の気を惹こうとしてウィンクを寄越してきたのかと思った。が、次の瞬間、車の持ち主がリモコンでドアロックを解除し、それに反応して光っただけだとわかった。持ち主の女は買ってきたものをトランクに入れると、運転席側のドアを開けて中に乗り込んだ。

女が戻ってくるまえに自分の車とその車とすり換えていたら、いいことなど何ひとつなかっただろう。彼女は車まで戻ってくるなり、ちがう車だと気づくだろう。それはつまり、ケラーが乗り換えた新しい車のナンバープレートの番号など、すぐに警察の知るところとなるということだ。ことによるとそれ以上の情報まで与えてしまうかもしれない。女の車にGPSがついていたら。

なんてこった。この車にもついているのだろうか？

貸した車の行方がわからなくなった場合に備え、レンタカー会社は車に何かつけているというのは大いに考えられることだ。ほんとうにそんなことをしているのかどうかはわからなかったが、長距離移動用トラックを貸し出すいくつかの会社がそういう装置をつけていることはケラーも知っていた。アンフェタミンでハイになり、リトルロック（アーカンソー州の州都）からタルサ（オクラホマ州の北東部の都市）に向かう途中、急にサンフランシスコに行ったほうが幸せになれると思い立つ、たまさかの客に備えて。

なんとかしなければならない。それもできるだけ早く。なんとかしても、窮地が次の窮地に取って代わるだけのことにならなければいいのだが。

ケラーはラジオを消して――ラジオが段々、集中して考えるのを邪魔するだけの存在になっていた――ピザをかじった。腹に流し込むのにコーラを残しておけばよかったとあとから思った。

そのときだ。ふとある考えが頭に浮かんだ。彼は背すじを無理やり伸ばしてピザを嚙《か》み、呑《の》み込むと、その考えがちゃんとすじの通ったものかどうか、徹底的に考えることを自分に強いた。そして、おかしなところはどこにもないと判断すると、イグニッションに差し込んだキーをまわし、ギアを入れた。

8

三度目の正直ということばがある。

持ち主がすぐには戻ってこない車を探すなら、デモイン国際空港の長期用駐車場以上にうってつけの場所もないではないか。ケラーはそう思ったのだった。車を乗り捨てるのもそこ以上にうってつけの場所はなかった。誰かが車を見つけたとしても、彼がどうにかして空港のセキュリティをすり抜けて、飛行機でどこかに行ってしまったと思い込むにちがいない。

それに、長期用駐車場の中を車で流すにはちょうどいい時間帯だった。飛行機はこの時間もまだ発着しているので、人がまったくいないわけではない。誰もいなかったら、かえって人目を惹いてしまう。一方、飛行機の離発着のピークの時間帯は過ぎており、すぐに戻ってくる旅行客の車を選んでしまう可能性は低かった。

ケラーが探しているのは今乗っている車と同じ車だった。エンジンをかける必要はない。その車でどこかに行くつもりもない。それでも、中にはいらなくてはならない。持っているナイフを使えば、おそらくなんとかなるだろう。駄目なら、窓を割るという手もあるが、もっといい方法が何かしらあるはずだ。

で、駐車場に停めてあったセントラのうしろに近づいて、リモコンを向けて、トランクを開けるボタンを三度試しに押してみたのだが、いずれも失敗に終わった。すべてのニッサンのセントラが彼のリモコンに反応するとはさすがに思っていなかったが、それでも電波の周波数はかぎられているわけで、いつかはうまくいくのでは、と思って始めたのだった。

ただ、持ち時間にはかぎりがある。時間切れにはならなくても、セントラがなくなってしまう可能性もある。もう一回。ケラーは四度目の正直になることを祈りながら、胸につぶやいた。四台目のセントラのすぐうしろに車を停めてギアをパーキングに入れ、イグニッションからキーをはずした。そこでまたキーを戻し、エンジンをかけてから窓を開け、またキーを取り出した。最初に窓を開けることをちゃんと覚えておくべきだった。あるいは、まえに試したときのまま窓は開けっ放しにしておくとか。ケラーはリモコンをセントラのトランクに向け、ボタンを押し、しばらくそのまま押しつづけた。トランクに向けてボタンを数秒のあいだ押したままにしていないと、トランクは開かない。しかし、押しつづけて何になる？　どうせうまくいかないのなら……

ところが、今度はうまくいった。

そこからさきはすばやく行動しなければならなかった。ケラーはまず自分の車のトランクを開けた。(両方の車が同時に反応しないようリモコンは使わずに、ダッシュボードのボタンを使った)。新しいセントラのトランクは半分ほどのスペースが荷物で埋まっていた。それがなんなのかろくに見もせず、スペアタイヤだけを残して、荷物を全部自分のセントラのトランクに移した。これで彼の黒いスーツケースにいい連れができた。

空《から》になったトランクの内側を布で拭き、両方の車のトランクを閉めてから新しいセントラのドアに向けてリモコンのボタンを押した。トランクが開いたのだから、ドアが開いても驚かなかったが、それでもやはりほっとした。そのときにはもう何事もうまくいくはずがないという心境になっていた。

グラヴ・コンパートメントも空にして、布で拭いてから、自分の車から持ってきた〈ハーツ〉のフォルダーと車の取扱説明書を中に入れた。ドアポケットにアイオワ州の地図と、なぜかオレゴン州の地図もはいっていたので、抜き取った。床に落ちていた宝くじのはずれ券と後部座席にあったスーパーマーケットのレシートも拾っておいた。車の中が空っぽになると、指紋が山ほどついていてそうなところを布で拭いた。自分の指紋を消すためではなく――自分の指紋はひとつも残さないように気をつけていた――たっぷりついているにちがいない車の持ち主の指紋を消すためだ。

長期用駐車場にはいるときに渡された駐車チケットは胸ポケットにはいっていた。が、もう一台のセントラの持ち主は、なくさないようにサンバイザーのクリップにチケットをはさんでいた。ケラーは一度も思いついたことのないことだった。が、ともかく急いでそのチケットを自分のチケットと取り換えた。

しかし、この車の駐車料金を払えるだろうか。自分のチケットを使って精算すれば、おそらく二ドルか三ドルの最低料金ですむだろう。が、もう一台のセントラの持ち主が一週間か二週間車をここに置いたままにしていたら、手元に残っているなけなしの現金を食いつぶしてしまいかねない。

ケラーはチケットを見て、そこに押されたスタンプの日付と時間を確認した。車が停められてからまだ二十四時間と経っていなかった。つまり、多くても五ドルくらいしかよけいにかからないということだ。それだけ払う価値は充分あると判断し、ケラーは自分のチケットをサンバイザーにはさみ、新しいセントラのチケットは胸ポケットに入れた。

それからわずかばかりの自分の荷物を新しいセントラに移した。ピザの箱（二切れだけ残っていたピザは、新しい車の助手席にそのまま居残ることを許された。次の食事にいつありつけるとも知れなかったので）は新しい車の助手席に新しい居場所を見つけた。携帯電話の破片はトランクの中だ。ケラーはＦＢＩの捜査員が破片を必死になってつなぎあわせている場面を想像して、ひねくれた喜びを覚えた。コーラの次に携帯電話の破片がはいっていた容器は今は空っぽだったが、もっともらしさを出すために後部座席の床に転がした。

ほかにやるべきことは？

一番大事なことをまだやっていなかった。しかし、次の作業は二台の車を近づけなくてもできた。むしろ自分の車は離れたところに置いておいたほうが安全だった。ケラーは自分の車を動かして、別の駐車スペースに停めると、車がそばを通るたびにしゃがんで身をひそめながら、スイス・アーミー・ナイフを使ってまえとうしろのナンバープレートをはずし、それをもう一台の車のところに持っていって付け替えた。そして、新しい車のプレートを持って戻り、自分の車につけてから中に乗り込み、車をスタートさせた。何かやり忘れたことはあるだろうか。

何ひとつ思いつかなかった。

うまくいくだろうか？

その見込みはありそうに思えた、少なくともしばらくのあいだは。これで長期用駐車場を出た瞬間から、彼の乗っている車は捜査当局が関心を寄せる車ではなくなった。いや、関心を寄せている車であることには変わりないが。ケラーは今までと同じ車に乗りつづけているのだから。が、捜査当局はそうとは思わない。ナンバープレートが異なるのだから。

どの車のナンバープレートと取り替えてもよかった。同じメーカーの同じ型の車である必要もなければ、それが空港の駐車場にひっそりと停められている車である必要もなかった。

しかし、それでは車の持ち主がプレートが取り替えられていることに気づくか、あるいはプレートの番号を見咎《みとが》めた誰かに車を停められるかするまでしか、身を隠せない。そうなれば、すぐに警察は捜索すべき新しいナンバープレートの番号を手に入れ、ふたたびお尋ね者になってしまう。

この方法なら、一息つくだけの時間ぐらいは稼げそうだった。古いナンバープレートだけではなく、車の中身も一緒に提供したのだから。警察はグラヴ・コンパートメントにレンタカー会社の契約書のはいった車を見つける。粉々になった携帯電話も見つけ、ピザの箱からはおそらく指紋を採取する。そこからいったいどんな結論を導き出すか。車をすり替えたと思うだろうか？　ナンバープレートを取り替えただけで今でも同じ車に乗っていると思うだろうか？

いや、それはないだろう。実際に車は空港に停められていたわけで、飛行機に乗るために空港にやってきたのだと思うにちがいない。そのあと、空港のセキュリティをどうにかしてすり抜け、飛行機で飛び立った。実際にはそうではなかったことがわかるまでにはいささか手間取るはずだ。

もちろん、いつかはセントラのほんとうの持ち主の男が帰ってくる。しかし、その男には車を見つけることができない。その頃には車はとっくに警察に押収されて部品をことごとくはずされ、車台くらいしか残っていないだろう。それをもとの形に戻すのがどれくらい簡単かというと、携帯電話をもとに戻すのといい勝負だろう。

その男はいったいどうするだろう？　駐車場を隅から隅まで探してから悪態をついてわめき散らす。それから？

おそらく盗難届けを出すだろう。警察はその車を全国の盗難車リストに載せる。そこには何千というお仲間の車が載っている。つまり、国じゅうの警官がその車を探すことになったとしても、躍起になって探すとはかぎらないということだ。事故を起こしたりスピード違反で捕まったりしたら、ナンバープレートを確認されて盗難車であることが判明してしまう。が、よけいなことに首を突っ込まず、普通に運転していれば、誰も気にとめたりしないだろう。

それでも、すぐにでも警察をあのセントラに導くのが得策だ。車の持ち主が戻ってくるまでは、少なくともあと一日か二日はかかるだろう。が、それまでにことをさっさと進めたい。それにはほかにも理由があった。警察は車を突き止めたら、ただちに空港のターミナルに直行し、車の捜索を中止するよう指示するだろう。そうすれば、ケラーが運転している車も含めて、すべてのセントラがよけいな注意を惹かないですむようになる。

だったら、警察に通報する？

九一一の回線にはすべて発信者番号探知システムが取り付けられている。だから、使った公衆電話はすぐに割り出されるだろう。その電話を調べに誰かがやってくる頃にはとっくにいなくなっているにしても。ほかにもっといい方法はないだろうか？

ラジオ局にはフリーダイヤルの番号があり、その宣伝を何百回も聞かされるうち、その番号はケラーの頭のどこかにすでに刻み込まれていた。彼はショッピングセンターの一番奥にある公衆電話の受話器を取り上げ、ダイヤルした。どの店もその日の営業を終えて閉まっていた。電話の向こうからラジオ番組のパーソナリティの耳に心地よい声が聞こえてきた。

「こちらWHO。アイオワ中部のニュースとオピニオンのトップラジオ局です。あなたの声は今、ラジオで流れています」ケラーは息を吸ってから話しはじめた。「ええと、みんなが探してる車を見つけたら賞金をもらえるのかい？　さっき空港で見かけたんだけど」

「ラジオのダイヤルを七四〇に合わせておくべきでしたね」とパーソナリティは言った。「車は見つかりました。ちょうど五分前にその話をさんざんしたところなんです。大事な話を聞き逃しましたね」

ケラーは言った。「それで、おれは金はもらえるのか、それとももらえないのか？」笑い声がしたと思ったら、すぐにかちりと音がして電話は切れた。

「それはつまり、もらえないってことか」ケラーは口に出してそう言った。それからまた車に乗って走り出した。

9

束の間、夢を見た。昔から時々見る夢で、ヴァリエーションはいくつかあるのだが、生まれたままの姿で公共の場にいるところはどれも変わらず、その夢の意味を解釈するのはさほどむずかしいことではなかった。実際、ずっと以前にケラーと彼の精神科医でまず最初に試みたことのひとつがそれだった。自己発見のその試みはそのときは失敗に終わっていた。長年のあいだに身についた自己認識が夢の印象をだいぶ薄くはしているものの、その夢を見ることは今でもたまにあった。ああ、またか。そう思いながら夢の表面的な現実に沈んでいくのだ。

今回の夢は唐突に終わり、唐突に眼が覚めた。夢の記憶はあいまいで、眠っていたことを示す証拠は夢以外に何もなかった。自分がどこにいるのかを思い出すまで、眼をつぶったまま運転席の背にもたれた。銃を構えた男たちが車を取り囲み、彼が眼を開けるのを待っているといった恐ろしい予感がしてならなかったのだ。が、男たちはケラーが寝ている振りをしているかぎり、そのままの体勢を変えずにいてくれる。だから、彼は浅い息を繰り返し、眼を閉じたまましばらくじっと坐っていた。

それから眼を開けた。車のまわりには誰も立っていなかった。六台分離れた駐車スペースにエンジンをかけたままのピックアップトラックが斜めに一台、反対側の駐車スペースの奥に大型のRV車が一台停まっていた。そのRV車は、ケラーが道路から駐車場にはいって車を停めたときからそこにあった。その二台以外に彼の車のそばに停まっている車はなかった。

ケラーがいるのは、シーダーラピッズ（アイオワ州東部の市）の西にある国道三〇号線沿いのサーヴィスエリアだった。インターステイト八〇号線でデモインを出たのだが、少なくともアイオワ州を離れるまではインターステイトは避けたほうがいいと思ったのだ。地図で調べたところ、マーシャルタウンをめざして北東に進む道が一番都合がよさそうだった。その道を走ったあと国道三〇号線にはいり、シーダーラピッズをめざした。そこからだと次に進む道路にはいくつかの選択肢があった。北東に進んでダビュークでミシシッピ川を越えれば、ウィスコンシン州南部に行き着く。あるいは、国道三〇号線をそのまま東に進み、クリントンを抜ければイリノイ州にはいれる。このふたつの道路にはさまれた道を進むという手もあった。どの道を選ぼうと大差はなかったが、イリノイ州に行くにしろ、ウィスコンシン州に行くにしろ、何をおいてもできるだけ早くアイオワ州を離れたかった。それはガソリンを補給しなくてもやれそうだった。

それにしても、これほど疲れるとは思ってもみなかった。まだそれほど遅い時間でもなければ、今朝早く起きたわけでもなかったが、ストレスで神経にかなりの負荷が常にかかっているせいだろう。しきりとあくびが出るようになり、シーダーラピッズに着くかなりまえから、集中力がすぐにとぎれるのがわかった。どこかに立ち寄ってコーヒーでも飲み、疲れを取ろうかとも思ったが、車を停める必要がないかぎり走りつづけ、避けられるかぎり人目を避けることのほうが重要に思えた。それに、そもそもコーヒーにそれほど効き目がないことはわかっていた。彼の体が今一番必要としていないのが刺激物で、彼の体が何より求めているのは休息だ。

だから、たまたま出くわしたサーヴィスエリアは神の恵みのように思えた。表示板には午前二時から午前五時までは閉鎖されていて、違反してはいり込んだ者は罰せられると書かれていた。そのような規則は売春婦を締め出すための措置だとどこかで聞いたことがある。売春婦がそこで店開きをして、個人用無線を備えたトラックの運転手に声をかけるのを防ぐためのものだ、と。売春婦にしろ、トラック運転手にしろ、そのどちらにしろ、そこまで必死に求め合っているところはケラーには想像できなかったが。それに、そういうことが誰の迷惑になるのかもわからなかった。いずれにしろ、ただの通りがかりの者がそこで二、三時間のあいだ眼をつぶっていても、それほど問題にはならないだろうと思った。サーヴィスエリアの隅にトレーラーが一台、中央に車が二台停まっているところを見ると、そうした結論に達したのは彼ひとりではないようだった。ケラーはほかの車からかなり離れたところに車を停めると、エンジンを切ってドアをロックしてから眼を閉じた。二十分か三十分も休めば、疲れが取れるだろうと思った。

そう決めたとき、わざわざ時間を確認したりはしなかったが、遅くとも二時はまだまわっていなかったはずだ。が、今はもう五時を過ぎていた。つまり三、四時間も寝てしまったということだ。車の中で無為に過ごして貴重な時間を無駄にしてしまった。一方、休息が必要だったのも明らかだ。いずれにしろ、これで道路に戻れる。やはりこのほうがよかったのだろう。たっぷり眠ってリフレッシュした頭で道路に戻れるのだから。

地図を見て検討し、このまま国道三〇号線を走りつづけるのが得策だと思った。アイオワ州を抜けるにはそれが一番の近道だった。眠るまえはダビュークを通る道がよさそうに思っていた。少なくともダビュークという町の名は聞いたことがあり、クリントンという町は聞いたことがなかったせいだ。が、冷静になって考えてみると《イン・ザ・クール・ライト・オヴ・デイ》——あと一時間かそこらで陽が昇れば、実際にひんやりした光の中《イン・ザ・クール・ライト・オヴ・デイ》にいることになるわけだが——よくわかった。一番大切なのは州境を越えることであり、名前を聞いたことのある町を通り抜けることではない。

(それに、ダビュークという町にこれといって心惹かれるものがあるわけでもなかった。実のところ、その名前を聞いて思い出せるのは、子供の頃に見た『ニューヨーカー』の宣伝文句だけだ。〝ダビュークからやってきた年配のご婦人向けの雑誌ではありません〟とその宣伝文句は誇らしげに謳っていた。その文句には『ニューヨーカー』を洗練された雑誌と思わせる効果はあっただろう。しかし、かなりの数の年配のご婦人とダビューク在住者及び出身者を敵にまわしたはずだ。）

人生とはかくのごとし。ふとそんなことばが頭に浮かんだ。そういうことを彼に語りかけてくる声はドットの声以外考えられなかった。ドットの声が聞きたかった。そのことばでもほかのどんなことばでもいいから、彼女に彼女の声で言ってほしかった。ケラーにとってほんとうの話し相手と言えるのはドットしかいなかった。ケラーといえども毎日石のように押し黙って暮らしていたわけではないが。ドアマンとことばを交わしたり、レキシントン・アヴェニューのコーヒーショップでウェイトレスと軽口を叩いたり、ニューススタンドの店員と天気について話したり、ジムやバーやエレヴェーターのまえでたまたま一緒になった男とメッツやヤンキース、ネッツやニックス、ジャイアンツやジェッツ——それぞれ季節によってちがった——の試合の予想をしたりすることはあった。

それでも、ケラーにはドット以外に友人はおらず、彼女以外の人間に自分のことを知られることを避けていた。ドットとはたいてい二、三日に一度は話をしていたのに、今や彼女は電話さえかけられないひとりになってしまった。

正確に言えば、彼が電話をかけられない相手は数億人もいるわけだが。実際のところ、彼には電話をかけられる相手がひとりもいなかった。電話をしたいと思う相手はドットだけで、それももはやできなくなったということだ。そのことがどうにもこたえた。

そのときほんとうに彼女の声が頭の中で聞こえた。それは超自然現象でもなければ、この世のものならぬものに訪ねてこられたわけでもなかった。ケラーの頭がドットになった振りをして、彼女が言いそうなことを言ったのだ――〝まったく、あのがらくたみたいな荷物をトランクからトランクにせっせと移し替えたんでしょ?〟とその声は言っていた。〝だったら、少なくともその荷物がなんなのか確かめたらどうなの?〟

それはなかなか名案だった。それを思いついたのがケラーにしろ、ドットにしろ、誰にしろ。しかもそれをするのに今は絶好のタイミングだった。ケラーにしろ、彼がしていることにしろ、関心を向けてくるような者はまわりに誰もいなかった。ケラーはトランクを開けて段ボール箱――中身も確かめず、トランクからトランクへ移したままになっていた――を取り出して箱の中を調べた。そこには彼が遠い海まで行くつもりなら、役に立ちそうなものがはいっていた。すべて浜辺で使うものだった――小さなおもちゃのバケツ、砂遊び用のシャベル、水着、ビーチタオル、それにフリスビー。フリスビーは浜辺にいるときにだけ使うとはかぎらないが。投げる相手がいればどこでもフリスビーは投げられる。放らなければならなくなったら、放り投げればいい。そういうことだ。

だったら、段ボール箱ごと放り捨ててもいいのではないか? ゴミ箱は車のすぐ近くにあった。このがらくたの中のひとつでも取っておかなければならない理由がひとつでもあるだろうか？　ケラーは段ボール箱を持ち上げ、ゴミ箱のほうに歩いていった。が、そこで考え直して車に戻り、中身を後部座席と床にぶちまけた。青と黄色のプラスティックのバケツも赤いシャベルもあちこちに転がった。これはいいカムフラージュになる。彼は自分にそう言い聞かせた。車の中をのぞいた者はみな、夫であり父親である男の車を見たと思うだろう。逃走中の殺し屋ではなく。

小児性愛者と思われないかぎり……

ケラーはトランクにはいっているものをまた調べにかかった。男ならたいてい車に積んでいるような金属の道具箱があった。そこにはさまざまな工具や道具が詰まっていた。ケラーが見たことのないものもあったが、そのうちのいくつかが釣り道具であることはすぐにわかった。鉛のおもりとプラスティックの浮き、フックのついた二個のルアーはすぐにそれとわかった。そのひとつは小魚に似た形をしていて、もうひとつはどう見てもコカイン常用者が使う小さなスプーンにそっくりだった。ケラーは一瞬、ハイになった魚を想像してしまった。高まる期待に小鼻をふくらませて深々と吸い込んだら、エラに針がかかってしまった魚の姿を。実際、コカインをやると人もそんなふうになるというが、ケラーにはそちら方面の経験はなかった。彼が何かの中毒になっているとすれば、それは切手だ。しかし、切手なら鼻の粘膜が焼ける《バーン》こともない。

財布の中身がすっからかん《バーン》になることは確実にあっても。彼が最後に買ったものは（ピザを除くと。一切れだけ残っているピザは、トランクの荷物を確認しおえたらすぐ朝食に食べるつもりだった）スウェーデンの切手が五枚で、それには六百ドルかかった。そのせいで所持金が一気に百八十七ドルとポケットの中の小銭だけになったのだ。それからピザに十五ドル、空港の駐車料金に七ドルかかった。大陸を半分横断するだけのガソリンもいずれ買わなければならなくなる。計算では、その距離は約千五百マイルだが、迷ったりして無駄に動きまわらなければならないこともあるだろうから、おそらくそれ以上走らなければならないだろう。一ガロンあたり二十マイル走ると考えて、一ガロンあたりのガソリンの値段が二ドル五十セントとすると、いったいいくらかかるのか。

彼は暗算で答を出そうとしたが、計算するたびにちがった答が出てきた。結局、紙切れとペンを取り出して書き出してみた。出てきた答は百八十七ドル五十セントだった。それは今の彼にとってなかなかの大金だった。所持金の額より二十二ドルも多いという事実を考えるとなおさら。

食べものを買うための金も必要だった。顔を見られずに食べものを買う方法も考え出さなくてはならない。名案が浮かんだとしても現金を手放すことに変わりはないとしても。それに遅かれ早かれ——早いに越したことはないが——帽子と髪の色を変える何かしらの品と自分で髪を切るための何かしらの道具も買わなくてはならない（道具箱の中には剪定《せんてい》用の大鋏《おおばさみ》もはいっていた。ケラーが薔薇《ばら》の木だったら大いに役立ったかもしれないが、人間の髪にはさほどいい働きはしなさそうだった)。彼が必要としているものを売っている店ではたいていクレジットカードが使える。しかし、そんなものを使ったりしたら、今よりさらに厄介な事態に陥ってしまう。

六百ドルを手放していなければ、なんとかなっていた。金があっても解決不能な問題は相変わらずいくつも残るかもしれないが、少なくとも金欠状態というのはその中から除外される。

金のかわりに彼の手元に残されたのは五枚の小さな紙切れだった。その昔、彼がたまたまスウェーデンに住んでいて、たまたま手紙を書きたい相手がいたなら、それらの切手は役に立っていたかもしれない。が、今はそんな役目さえ果たせない代物だった。

ケラーは自分がジャックにでもなった気がした。ジャックは賢い男の子で、家で買っている牛と魔法の種を交換した。ケラーが覚えているかぎり、話の結末においては何もかもジャックの都合のいいようにことが運んだはずだったが。

しかし、とケラーは自分に言い聞かせた。あれはただのおとぎ話にすぎない。

10

二時間後、ケラーはクリントンでミシシッピ川を越えてイリノイ州にはいった。そのあと数マイル車を走らせたところで、燃料計の針がEと大きく書かれたゼロの目盛りに重なりそうになったので、ガソリンスタンドの店員が給油してくれるフルサーヴィスの給油ポンプのまえに車を停めた。その地方のラッシュアワーの真っ最中のようだった。ケラーはこれ幸いと思った。

高校を卒業したばかりのような店員が応対に出てきた。おそらくイリノイ州モリソンの郊外で、このさき一生暮らすことに折り合いをつけようとしているところなのだろう。イヤフォンを耳にはめたその姿は聴診器をつけたインターンのようにも見えたが、オーヴァーオールの胸あてのポケットにｉＰｏｄがはいっていた。何を聞いているにしろ、店員がケラーよりそっちに気を取られているのは明らかだった。

顔を見えにくくするために、ケラーはサンバイザーを降ろして引っぱり、サイドウィンドウの上半分を隠してから、レギュラーを四十ドル分入れてくれと頼んだ。満タンにしてもよかったのだが、店員が釣りを持ってくるのを待ちたくなかったのだ。店員はガソリンを入れおえると、ケラーのところに戻ってきてオイル・チェックもするかと訊いてきた。ケラーはしなくていいと答えた。

「ぼくもそれと同じようなのを持ってたっけ」とその若い店員は言った。「そのちっこいバケツ。黄色の子犬が描いてあるやつ。浜辺で遊ぶやつでしょ？」

「子供が好きでね」とケラーは言った。

「ぼくのはどこに行っちゃったんだろう」店員はそう言うと脇から離れ、ケラーが気づいたときにはもうフロントガラスを拭いていた。驚くほど丁寧な仕事ぶりだった。ケラーはそれもしなくていいと断わりたかったが、どんなサーヴィスも求めないのに、フルサーヴィスの給油ポンプのところに車をつけたのはどうしてかと店員が訝しむといけないと思い、そのままやらせた。そしてその間、地図を広げて見ている振りをして顔を隠した。

店員はリアウィンドウも拭き、そのあとまた運転席の脇にやってきた。ケラーは二十ドル札を二枚渡した。店員はオーヴァーオールとそろいの〈オシュコシュ・ビゴッシュ（アメリカの衣料品のブランド）〉の筆記体のロゴが描かれた帽子をかぶっていた。二十ドル札をもう一枚渡して、その帽子を売ってくれと言ったらどうなるだろう、とケラーは思った。

そう、もしかしたら浜辺で遊ぶバケツと交換してくれるかもしれない。店員に注意を向けさせないすばらしいアイディアだ。

ガソリンスタンドに隣接しているコンヴィニエンスストアで必要なものを買いたかった。トイレも使いたかった。が、少なくともタンクは満タン、いや、ほぼ満タンになったのだから、今のところはそれだけでよしとすべきだった。

国道三〇号線をそのまま東に進んだ。まっすぐ延びる広々とした道路ではスピードを五十五マイルに保ち、町に近づくたびに制限速度まで落とした。インターステイト三九号線を越えたところにドライヴスルーのある〈バーガーキング〉を見つけたので、そこにはいり、家族全員が腹いっぱいになるほどのハンバーガーとミルクシェイクを注文した。店員の顔は見なかった。また誰かに自分の顔を見られたとも思わなかった。店を出ると、またすぐ道路に戻った。

次に通るのはシャボナという町だったが、その手前でシャボナ州立公園と書かれた標識を見かけたので、そこに立ち寄り、ピクニック・テーブルについて食事をし、トイレに行った。その間、人には誰ひとり出くわさなかった。

公衆電話があった。誘惑に駆られた。

ラジオのニュースを聞くかぎり、ナンバープレートを付け替えたことが功を奏しているようだった。ホールデン・ブランケンシップは、どんなふうにセキュリティをくぐり抜けたにしろ、デモイン国際空港から飛行機に乗って逃亡したという説が有力視されていた。当然のことながら、目撃情報も寄せられていた。デモインからカンザスシティ行きの飛行機に乗った女が、隣りのラウンジでコンチネンタル航空のロスアンジェルス便の出発を待っているブランケンシップを見かけたと断言していた。誰かにそれを伝えたくてしかたがなかったのだが、自分が乗る飛行機の搭乗がはじまり、早く家に帰りたくもあり、そのままにしてしまったのだ、と女はレポーターに語っていた。

ほかにも協力的な市民が、アイオワ州の小さな町から東海岸や西海岸の大都市に至るまでのさまざまな場所から、逃げ足の速い殺し屋を見かけたという目撃情報を寄せていた。オレゴン州クラマスフォールズに住む男は、ブランケンシップか〝もしくはその双子の片割れ〟がグレイハウンドのバス・ターミナルのまえでカウボーイのような恰好をし、尻の両ポケットにそれぞれ六連発銃を差して、投げ縄をまわしながら立っているのを見たと言い張っていた。ケラーはこれまでカウボーイのような恰好をしたこともなければ、投げ縄をまわしたこともなく、クラマスフォールズに行った覚えもなかった。オレゴン州ローズバーグは訪ねたことがあり、そのときのことはよく覚えていた。ローズバーグとクラマスフォールズはそれほど離れていないだろうと彼は見当をつけ、クラマスフォールズの場所を確認しようとして、ドアポケットの中のオレゴン州の地図に手を伸ばした。そこですぐにその町がどこにあろうとどうでもいいことだと思い直した。そこに行くわけではないのだし、そちらの方向にすら向かっていないのだから。その町がどこにあろうと知ったことではない。

公衆電話を使ったとしても、ドットの携帯電話にはかけられない。たぶん彼女の携帯電話もケラーが自分の携帯電話にしたような仕打ちを受けていることだろう。それでも、彼女の家にならかけられる。

でも、それでどうなる？　ドットはたぶんもう家にはいないだろう。アルがケラーの本名と住所を知っていようと知るまいと、ドットの電話番号を知っているのは疑う余地がない。これまで何度かドットに電話をかけてきているのだから。それに〈フェデックス〉で荷物を送ってきたこともある——そのうちのいくつかは中に現金がはいっていた——当然、住所もわかっている。

ドットもアルに知られていることを承知した上で行動していることだろう——〝この。電話。捨てろ。繰り返す。この。クソ。電話。捨てろ〟。状況を的確に理解していないかぎり、そんなメッセージを送って寄越したりはしない。つまり、ドットには次にどうすればいいのかわかっていた。すなわち、とっとと逃げ出す、だ。

だから彼女の家に電話をしても、おそらく誰も出ないだろう。警察官やアルが差し向けた人間がいないかぎり。警察がいた場合、電話をかけたりしたら、こっちの居場所を逆探知されるかもしれない。アルの手下にはそんな真似はできないだろうが。しかし、そいつらなんぞと話をするなどまっぴらだ。お巡りと話をするのがまっぴらなのと同様。だったら電話をかけることになんの意味がある？

それにどのみち電話をかける小銭を持っていなかった。どうすればいい？　自分のアパートメントの電話に通話料を加算してもらう？　あるいはコレクトコールにする？

国道三〇号線を走りつづけ、シカゴを迂回して南に向かった。ケラーはこの高速道路が気に入った。大型トラックはたいていインターステイトを走るので、渋滞することがない。さらに、延々と続くかわりばえのしない高速道路を運転するのに飽きはじめると、タイミングよく次の町が現われる。どこでも自由に立ち寄れるなら、いかにも興味深そうな場所もたくさんあった。が、自分から危険を冒すほどケラーも馬鹿ではなかった。チェーン店ではないレストランやアンティークショップなど、道路沿いに並ぶ心惹かれる店のまえを次々に通り過ぎながら、彼は思った。いつかまたこの道を走りにこよう。急がなくてもいいときに、人との接触を避ける必要がないときに、昔の生活を――ジョン・テータム・ロングフォード知事の心臓がまだ脈を打っていた頃の生活を――取り戻せたときに。

あの頃のような生活がほんとうに取り戻せるだろうか？

ケラーはそれまでそのことをずっと心の隅に追いやって考えないようにしていた。思考の道路の路肩へ押しのけていた。しかし、いったん考えだすと、そう簡単には消し去れなくなった。冷静に考えずにはいられなくなった。

最後の仕事、とケラーは思った。なぜおれはドットに断わるように言えなかったのか。

ケラーは最後になるはずの仕事の旅から戻ってきたところだった。その仕事に出るまえのこと、彼はドットの家を訪ね、キッチンテーブルについた。ドットはパソコンのキーボードの上で指を軽やかにダンスさせていた。やがてその指を止めると、スクリーンをじっと見てから顔を上げ、彼に言った。前日の株式市場の終値によると、ケラーの純資産は二百五十万ドルを少々超えたようだ、と。「あなたの計算によれば、引退するには百万ドル必要だってことだったでしょ?」彼女はケラーに思い出させた。「そのときは何も言わなかったけれど、わたしも計算してみたのよ。そうしたら、悠々自適に暮らすならその二倍は持っていたほうがいいように思えた。で、そうなった。あなたはそれだけの額を持ってる。それよりさらに多く」

二年前、インディアナポリスで仕事をしたとき、ケラーがインサイド情報をつかんだことがあり、せっかくのチャンスを生かそうと、ドットが株式口座を開いたのだった。ひとつのことが別のきっかけにつながり、ドットはそれ以来、ふたりの金を投資するようになった。その結果、それが彼女の得意科目だったことが判明したのだ。

「すばらしい」とケラーはドットに言った。

「運がよかったのよ。でも、確かにわたしには才能があるみたい。あれからあなたが稼いだお金の大半を、というか、わたしとあなたが稼いだお金の大半をすぐに投資にまわすようにしたわけだけど、そしたらそのお金がそろいもそろって、じゃんじゃんまたお金を生んでくれた。中国人が資本主義を導入したのもうなずけるわね。彼らもヌケ作じゃなかったってことよ」

「二百五十万ドルか」とケラーは言った。

「それだけあれば、切手のコレクションの空白を全部埋められるわね」

「特別な切手もあるけど」とケラーは言った。「二百五十万ドルでは買えない切手も。切手蒐集の世界というものの全体像を見ると」

「どうしてそんなもの見なくちゃならない？」

「それでも大金であることには変わりない」とケラーは認めて言った。「一年に十万ドル使ったとしても二十五年も持つんだからね。自分がそんなに長く生きるとも思えないけど」

「健康的で清らかな生活を送っているあなたが？　もちろん、あなたはそれくらい生きられるわよ。でも、二十五年後にお金がなくなることを心配しなくても大丈夫よ。五十年後だって」

そのあとドットはこれから彼女がやろうとしていることをざっと説明した。ケラーはすぐにゴーサインを出した。細かな点まではわからなかったが、要するに、彼の金の大半を五パーセントの非課税の利益を生み出す地方債投資信託に投資し、残りはインフレ時の保険として、株式に投資するということだった。その手続きをすませれば、毎月ケラーのもとに一万ドルの小切手が送られてきて、しかも元金はいっさい目減りせずにすむらしい。

「こんな契約ができるなら、人殺しだってしかねない人もいるでしょうね」とドットは言った。「まあ、あなたはもうそれをやっちゃってるわけだけど、ケラー。でも、最後の仕事を片づけたら、あとは寝そべって切手で遊んでるといい」

まえにも説明したことがあったのだが、ケラーは切手は遊ぶものではなく取り組むものだと繰り返し言い、遊ぶにしろ取り組むにしろ、切手の作業に没頭しているときに寝そべったことは一度もないとつけ加えた。そして、言ったのだった。「とにもかくにもこれが最後の仕事だ」

「バックにオルガンの葬送曲でも流れてないといけないみたいな言い方をするじゃないの。ダン・ダン・ダ・ダーン・ダー・ダ」

「でも、そういうことってよくあるだろうが。何もかもうまくいくのに、最後の仕事だけは――」

「大型テレビの厄介なところは」と彼女は言った。「映像がきれいなものだから、ついついゴミみたいな番組まで見ちゃうこと。悪いことなんて何も起きやしないわよ」

実際、その仕事では、それはもう見事なほどに何も悪いことは起きなかった。ケラーは緊張を解いてニューヨークに戻った。そして、その数ヵ月前、仕事の前金としてかなりの額の現金を送ってきたアルが、実際に仕事を依頼してきたことを知ったのだった。

「でも、おれはもう引退したんだぜ」とケラーは言った。ドットはそれについては反論しなかった。アルから受け取った前金のケラーの取り分はとっくの昔に彼の口座に振り込んであった。もちろん、ドットにはそれを引き出して、彼女の取り分と一緒になんらかの方法を見つけ、送り返すことができた。ただ、そのなんらかの方法をどうやって見つければいいのか。それはわからなかった。どこに金を送り返せばいいのかはわからなかった。ドットにできたのは、アルがしびれを切らし、仕事に取りかかるのにどうしてこんなに時間がかかっているのかと言ってくるのを待つことだけだった。向こうからそう言ってきたら、雇った男が死んだにしろ、刑務所送りになったにしろ、そういう弁解ができた。この仕事から引退したなどと言っても絶対に信じてもらえないだろう。いずれにしろ、そういうことになれば、アルから金の送り返し先を訊くことができる。

ケラー以外の誰かを雇えたら？　その場合は金を送り返さずにすむ。

「それについては考えてみたわ」とドットは言った。「でも、あなた以外の人と組んだのははるか昔のことよ。あなたができるだけたくさん仕事を引き受けて、引退後の資金を貯めようって決めてからは、依頼された仕事は全部あなたにまわすようにしてたの。依頼人を待たせたことだってあった。あなたが仕事を片づけて戻ってきたら、すぐに次の仕事に取りかかれるように」

「覚えてる」

「プロの仕事のしかたじゃないわね。でも、それでもどうにかやってこられたから、あなた以外の人とは手を切ってしまったのよ。あなたが引退する日にはわたしも引退しようって決めてたの」

ケラーはそのことは知らなかった。

「アルはあなたを指名してきたのよ、ついでに言っておくと。〝アルバカーキーでいい仕事をしたあいつにやらせてくれ〟って。仕事ぶりを認められてるって嬉しいことじゃない？」

「アルはおれのことをあいつって言ったのか？」

「あいつだったか、あの男だったか。よく覚えてないけど。送ってきたメモに書いてあった。送ってきたものの中には、写真と先方との接触方法を書いたメモもあった。そう、今回アルは電話はしてこなかったのよ。実のところ、アルと電話で話したのってもうだいぶまえだから、どんな声をしていたのかも忘れちゃってる。気になるなら、メモがたぶんそのへんにあるはずだけど」

ケラーは首を振った。「一番簡単なのは」と彼は言った。「おれが出向いて仕事をすることだ」

「あなたの背中を押す気はないけど、それに賛成せざるをえないわね」

一番簡単なこと。これ以上簡単なこともない。そうとも。

11

〈バーガーキング〉で一日分の食べものを買ったものの、もともと咽喉《のど》が渇いていたところへ塩分の多いものを食べたせいで渇きがひどくなった。ミルクシェイクも買ったが、ストローでは飲めないほど濃厚で、咽喉の渇きを癒《いや》してはくれなかった。ジョリエット——その町について知っているのは州立刑務所があることだけだった。そんなことで町の名が世間に知られるのは、ダビュークよりさらに不名誉なことのようにケラーには思えた——に向かう途中、ショッピングセンターを見つけて立ち寄った。コインランドリーの店のまえに自動販売機が並んでおり、甘いものや塩分の多い食べものが山ほど売られていたが、それらは必要なかった。コーラの販売機に十六オンス（約四百八十ミリリットル）のボトル入りのミネラルウォーターがあったので、挿入口に十ドル札を入れて四本買った。ボトルに貼られているラベルはその水は混じりけなしの天然水だと請け合っていて、ボトルに水を詰めただけなのにほかのソフトドリンクと同じ値段がついていた。砂糖や人工甘味料を加えたり、味をつけたり、キャラメル色にしたりといった手間はいっさいかけていないにもかかわらず。しかし、その一方で、混じりけなしの天然水というのは、ほかの飲みものにはない得がたい特質だ。だから、値段に文句はつけてはいけないということなのだろう。

ケラーが子供の頃、ボトルにはいった水と言えば、母親のアイロン台に置かれた水ぐらいのものだった。ボトルに穴の空いた蓋《ふた》がついていて、母親はアイロンをかけているものにはなんでもそれで水を吹きかけていた。どうしてそんなことをするのか、彼にはさっぱりわからなかったが。いずれにしろ、ケラーが知るかぎり、彼も含めて誰もが蛇口から出てくる水を飲んでいた。水に金を払う者などひとりもいなかった。

やがてボトル入りの水が店舗に並ぶようになっても、最初の頃それを買うのはスシを食べるようなタイプの人間だけだった。今ではもちろん誰もがスシを食べ、誰もがボトル入りの水を飲むようになった。暴走族も、体に占める傷痕《きずあと》とタトゥーの割合が同じ男も、残り少なくなった歯でビールの栓を抜く粗野な男も、誰も彼もがカリフォルニアロールを小さなボトル入りのエビアンで腹に流し込んでいる。

ケラーは車の座席に腰を落ち着けると、ボトルの水をゆっくりと時間をかけて飲んだ。コインランドリーの隣りに中華料理店があり、店と店のあいだに公衆電話があった。はっきり断言はできなかったが、それでも昔ほど公衆電話を見かけなくなったように思えた。公衆電話がこの世から消えるのもおそらく時間の問題なのだろう。今は誰もが携帯電話を持ち歩いている。そう遠くない将来、誰もが携帯電話を持つしかなくなるのだろう。さもなければ、インディアンのように狼煙《のろし》の上げ方を覚えるか。

携帯電話にも狼煙にも用はない。ケラーは車から降りると、公衆電話に近づき、ドットの番号をダイヤルした。機械の声が最初の三分間で三ドル七十五セント必要だと要求してきた。自動販売機から出てきた釣り銭は全部二十五セント玉で、ちょうどそれだけ持っていた。二十五セント玉をコイン投入口に入れると、〝クーウィート〟という音が聞こえてきた。電話がつながらないときの音。続いて〝おかけになった電話番号は現在使われておりません〟という録音されたメッセージが流れ、二十五セント玉が戻ってきた。

番号をまちがえたのかもしれない。わずかな望みにかけてもう一度かけてみた。が、また同じ声が同じメッセージを読み上げ、また二十五セント玉が戻ってきた。

ということは、とケラーは思った。ドットも逃げたのだ。それはいいことだった。しかし、わざわざ電話を解約してから逃げたのだろうか？　そもそもドットはそういうことをすべきだと思ったのだろうか？　電話はそのままにして逃げたほうが簡単であるだけでなく、そもそものほうが得策だ。ドットを捕まえようとする者は誰であれ、とりあえず家にいる彼女を探そうとして時間を無駄にするはずだからだ。

疑問が多すぎ、その答を知る手だてがなさすぎた。

インディアナ州にはいり、二時間ほど走ったところで、ガソリンスタンドに立ち寄った。

併設されているコンヴィニエンスストアの〈サークルK〉のまえに、給油ポンプが二台しかない小さなスタンドだった。ポンプは両方ともセルフサーヴィスだった。クレジットカードを使えば、それをカード用のスロットに差し込み、自分でタンクにガソリンを入れ、自分でフロントガラスを拭き、ほかの人間を見ることも自分の姿をほかの人間に見られることもなく出ていける。

が、現金で支払う場合はそうはいかない。最初に店の中にはいり、カウンターについている若い女に金を払い、金を払った分だけガソリンが出るよう女がポンプを操作する。

実は、五十マイル手前でも似たようなガソリンスタンドにいったんはいったのだが、店員に顔を見られる危険は冒せないと考え直してすぐに出てしまったのだ。が、今やタンクは空《から》になりつつあり、フルサーヴィスのガソリンスタンドが見つかったとしても、給油しているあいだに店員がケラーの顔をまじまじと見ないともかぎらない。モリソンのガソリンスタンドの若い店員のときはうまくいったが、魔法をかける呪文《じゆもん》が手にはいったわけではなかった。

それに、今回はガソリンを四十ドル分も入れるつもりはなかった。そのことについては考える時間があり、一回に四十ドル分もガソリンを入れる客はクレジットカードを使うにちがいないと思ったのだ。現金で払う客は十ドルか多くても二十ドル分くらいしか入れないだろう。四十ドルも現金で払ったら、店員の記憶に残る可能性がある。店員の記憶に残る客になるつもりはなかった。

〝現金のお客さまはさきに店で代金を払ってから給油してください〟。掲示板に手書きの文字でそう書かれていた。句読点はなくてもそのメッセージが伝えようとしていることは明白だった。ケラーはさきほど脱いだブレザーにまた袖《そで》を通した。ブレザーを着たほうがいくらかでもまともな恰好になり、長々と凝視しなければならないような相手ではなくなる気がした。もっとも、それよりもっと重要だったのはブレザーを着れば、腰のうしろのくぼみに差したリヴォルヴァーがきちんと隠れるからだったが。銃は持っていたかった。もしかしたら必要になるかもしれなかったから。

財布から二十ドル札を一枚取り出し、それを手に店にはいった。このような店はしょっちゅう強盗に襲われるので、防犯カメラを取り付けている店もある。この店にもあるだろうか。インディアナ州のど真ん中のど田舎のこの店にも?

どうでもいいことだ。心配しなければならないことはすでに売るほどある。

店にはいると、店員は若い女ひとりだけで、ラジオをカントリー専門局に合わせて、『ソープ・オペラ・ダイジェスト』を読んでいた。ケラーはカウンターに二十ドル札を置くと、「ハイ、二十ドル分頼む。二番目のポンプを使わせてくれ」と抑揚のない声音で一気に言い、女が雑誌から顔を上げたときにはもうドアに向かっていた。「いい一日を」と女は声をかけてきた。いい感じだ。

もちろん、とケラーはガソリンを入れながら思った。あとから女はふと気づき、こっちをとくと眺めているかもしれない。どこかで見た顔だと思い、そう思った理由に気づいているかもしれない。そして、口をあんぐりと開けたあと、市民の義務を果たす使命感に燃えて眼を輝かせ、受話器をつかみ、九一一をまわすかもしれない。そんな女の姿が眼に浮かんだ。ドットの声がした。

ケラー、人生とはかくのごとし。

今のところ、ガソリンに六十ドル、ハンバーガーとフライドポテトとミルクシェイクに十五ドル、ボトル入りの水に十ドルかかり、所持金は朝持っていた額の半分の八十ドルと小銭にまで減っていた。ハンバーガーはまだいくつか残っており、冷たくなっていてもかろうじて食べられるが、フライドポテトはそういうわけにはいかなかった。口をつけていないミルクシェイクもひとつあり、すっかり溶けてしまっていたが、それでも液体とは言いがたかった。とはいえ、ニューヨークに戻るまで食べものはこれでどうにか持つだろう。腹があまりにも減ったら、それを食べればいい。それほど減らなかったら、食べものは必要ないということだ。

しかし、セントラが必要としているものにはあまり融通が利かない。タンクにはガソリンを入れつづけなければならない。OPECがあふれんばかりに市場に石油を注ぎ込んでも、ニューヨークまでの高速道路がなくなるよりさきに金のほうが底をついてしまう。

何かいい方法があってもいいのに、あれこれ考えても何も浮かばなかった。ケラーはこの問題には解決法がないという結論に達した。空がぱっくり割れて、そこから帽子とバリカンと染毛剤が降ってきたとしても、まったく別人の顔になれる能力を突然身につけたとしても、金は底をつき、切手蒐集家にとっての一握りの魔法の豆とともに、オハイオ州東部か、ペンシルヴェニア州西部のどこかで立ち往生せざるをえなくなる。

切手を売ることはできないだろうか。赤字覚悟の大出血品とは言えないまでも、それでも六百ドルというのはずいぶんと値引きしてくれた額だ。さらに値引きして誰かに売り、半分でも金を取り戻すことはできないだろうか？　でも、どうやって？　家のドアを一軒一軒叩いてまわる？　小さな町の電話帳で切手ディーラーの電話番号を調べる？　ケラーはそのあまりに非現実的な思いつきに眩暈《めまい》すら覚え、首を振った。額《ひたい》に切手を貼って、自分を投函して、ニューヨークに送るほうがまだ可能性がありそうだ。

ほかの可能性も頭に浮かんだが、同じようにうまくいきそうになかった。列車は？　鉄道会社の大半が人間を移動させる役目をすでに放棄してしまっている。とはいえ、乗客を乗せる電車もあるにはある。シカゴとニューヨークのあいだには東部ルートと呼ばれる路線が走っている。しかし、どこに行けば電車に乗れるのかわからなかった。それにわかったとしても、手元にある金で運賃が払えるとも思えなかった。ちょっとまえ、彼は〈メトロライナー〉でワシントンへ行ったことがあった。それが快適な旅の手段であることはまちがいなかった。市の中心から中心へ移動でき、空港のセキュリティに我慢する必要もない。が、決して安くはなかった。その後、その路線は〈アセラ・エクスプレス〉と名前を変えたが、誰もその名前を正しく発音できず、その料金を払える人もほとんどいない。ガソリン代がないということは、まちがいなく電車代もないということだ。

バスはどうか。大都市を結ぶバスに最後に乗ったのがいつだったか覚えていなかった。しかし、高校時代のある夏、〈グレイハウンド〉で旅行したときにがたがた揺れるバスの旅がどうにも居心地が悪かったことだけは覚えている。バスはほぼ満員で、乗客は煙草をふかしながら、紙袋に包んだウィスキーをラッパ飲みしているような連中ばかりだった。バスの料金は安いにちがいない。そうでなければ、乗りたがる人など誰もいないだろう。

しかし、全国放送のテレビで顔写真を流されている男としては、あまりに多すぎる人のまえに顔をさらすことになる。四十人から五十人の人々と数時間もひとつところに閉じ込められるのだ。そのうちの何人に顔を見られるだろう？　彼らはすぐにはぴんと来ないかもしれない。が、そこはケラーにとって隠れるところがなく、乗客にとっては考える時間がたっぷりある場所だ。その中のひとりも2プラス2の答がわからないという可能性はどれくらいある？

バスも駄目なら、電車も駄目。ラジオから流れている声は、デモイン空港から逃亡したと思《おぼ》しい犯人の逃走経路を分析して、こんな仮説を立てていた。モントローズ、あるいはブランケンシップは自家用機が発着する滑走路に逃げ込み、そこから飛び去ったのかもしれない。共謀者が操縦する飛行機をあらかじめそこに待機させておいた可能性がある。あるいは、彼自身、飛行機を操縦する技術を持っていたか。ある男はこんな説をまくし立てていた。犯人はせっぱつまって自家用機をハイジャックし、パイロットを人質に取って無理やり飛行機をどこかに飛ばさせたのではないか。

ケラーはそういう仮説を歓迎した。あまりに馬鹿ばかしく、何より笑いが必要なときに笑いを提供してくれた。しかし、と彼は思い直した。ほんとうにそれほど馬鹿ばかしい考えだろうか。小さなプライヴェートな飛行場はいたるところにあり、小型飛行機がひっきりなしに離着陸を繰り返している。滑走路がひとつしかないような片田舎の飛行場を見つけたとしよう。そこで地元のヴェテラン・パイロットがやってくるのを待つ。そして、給油が終わり、飛び立てる状態になったら、せっぱつまった殺し屋のケラーが出ていき、パイロットの顔に銃を突きつけ、一番街東四十九丁目の角まで飛行機を飛ばせと脅してみるのだ。

やはりやめておいたほうがよさそうだった。

そのモーテルは〈トラヴェルロッジ〉といった。名前を確認しようともしなかった町のはずれにあった。チェックインをすませた客が部屋に向かう振りを装い、モーテルの駐車場の奥に車を進め、人目につかない駐車スペースに停めてライトを消し、エンジンを切った。そして、運転席に坐ったまま、冷たくなったハンバーガーを水で胃に流し込みながら、男と女が車体の後部が角張ったホンダから出てきて、すぐそばの一階の部屋にはいっていくのを見送った。ふたりとも荷物を何も持っていないのを見るかぎり、至極当然な推測ができたが、男が手を伸ばして女の尻を触るのを見て、それは確信にうんと近づいた。女は男の手を一度はぴしゃりと叩いたものの、男にまた尻を触られても二度目は何もしなかった。男の手は部屋の鍵《かぎ》を開けるまでずっとそこにあり、ふたりの姿はやがて部屋の中に消えた。

ケラーはふたりを羨んだ。これからふたりがしようとしていることより、それをする部屋があることが羨ましかった。この〈トラヴェルロッジ〉の宿泊代がいくらなのかはわからないが、少なくとも五十ドルはするだろう。それだけの金を払いながら、あのふたりは部屋で眠りもしないのだ。ふたりとも結婚している。それはほぼまちがいない、とケラーは思った。が、ふたりのつれあいはおそらく別の相手だ。あのふたりはこれから一時間かせいぜい二時間のあいだ、モーテルのシーツの上で転げまわる。一方、ケラーは今夜もまた車の中で眠らなくてはならない。

ここであのふたりがことを終えるのを待っていたら、チャンスはあるだろうか？　あのふたりは部屋を出るときにドアに鍵をかけるだろうか？　鍵をかけることがふたりにとっての最優先事項とは思えなかった。ドアを半開きにしたまま出ていくかもしれない。その場合、ふたりの車が見えなくなったら、すぐに部屋にはいり込めばいい。

鍵をかけられたとしても部屋にはいり込むのはどれくらい大変だろう？　ケラーはスイス・アーミー・ナイフを持っていた。ナイフで鍵をこじ開けられなければ、ドアを蹴破ればいい。ここは道路脇にあるモーテルだ。フォートノックス（ケンタッキー州中北部にある市。合衆国金塊貯蔵所所在地の代名詞）ではなく。

モーテルの経営者にしてみれば、部屋はまるまるひと晩借りられているわけで、客が帰ったことに気づいても、清掃係が部屋を片づけるまでほかの誰かに貸すわけにはいかない。駐車場に停めてある車の数から考えれば、部屋は半分くらいは空いている。つまり、貸せる部屋はほかに何部屋もあるということだ。つまるところ、とケラーは思った。こっちはここにいたことを誰にも気づかれずに部屋にはいり込み、出ていけるということだ。

本物のベッドで二、三時間ゆっくり眠れる。それに、なんともすばらしいことにシャワーを浴びられる。

待つのはそれほど楽ではなかった。頭の中の声を無視することができなかった。その声は訴えつづけていた。こんなことをしていても時間の無駄だ、今すぐ高速道路に戻って少しでもさきを急いだほうがいい、と。

それに、あのふたりがすぐ部屋から出てくるなんてどうして断言できる？　ふたりは旅行者かもしれない。一日じゅう車を走らせていたのでくたくたに疲れて、荷物を部屋に持ち込む手間を省いたのかもしれない。女はハンドバッグを持っていた。あの中に必要最低限のものがはいっていて、朝になったら車の中から荷物を取り出すつもりなのかもしれない。確かにそれは奇妙な行動に思えなくもないが、人というのは始終奇妙な行動をしている生きものだ。

ケラーはホンダに歩み寄って中をのぞき込んだ。後部座席には何も置かれていなかった。が、彼と同じようにトランクの中に旅行鞄を入れているのかもしれない。インディアナ州のナンバープレートをつけていたが、だからといってさっきのふたりが必ずしも地元の人間とはかぎらない。インディアナは大きな州だ。具体的にどれくらい大きいのか、あるいは自分がインディアナ州のどのあたりにいるのか、ケラーにはわからなかった。彼の手元にあるのは、戻るつもりのないアイオワの地図と、ローズバーグとクラマスフォールズにはかなり魅力を感じているものの、やはり行くつもりのないオレゴン州の地図だけだった。それでも、インディアナ州がそこそこ大きいことは知っていた。テキサス州ほどではないにしろ、デラウェア州（全米で二番目に小さな州）でないのは明らかだ。

ケラーは自分の車に戻った。あのふたりはおそらく地元の人間だ。それはほぼまちがいないだろう。しかし、それでも朝まで部屋にいるかもしれない。もしかすると男は両親と住んでいるのかもしれない。あるいは、女にはルームメイトがいるとか。だから、ふたりだけになれる場所が必要なわけだ。で、誰にも気がねせずにすむあの部屋で朝まで過ごすつもりなのかもしれない。一方、ケラーのほうは、ともすればふさがりかける眼を無理やり開き、朝まで開かないかもしれないドアを車の中から見つめているというわけだ。

ドアが開いた。ケラーは腕時計を見た。驚くことに、ふたりは部屋に一時間もいなかった。男がまずさきに出てきて戸口に立ち、女のためにドアを押さえた。女がドアを抜けるとき、男は自分の所有物だと言わんばかりにまた女の尻を撫《な》でた。ふたりは部屋にはいったときとまったく同じ恰好をしていた。その様子からは、この五十分のあいだにインディアナ州出身のデイヴィッド・レターマン（アメリカのコメディアン。人気トーク番組の司会者）の番組を見ること以上に大胆なことをしていた気配は、まったくうかがえなかった。うかがえなくても、それは明白だったが。

頼む、とケラーは心の中で念じた。ドアは開けたままにしておいてくれ。

一瞬、そのまま立ち去るかに見えた。が、そこでクソ野郎がドアノブをつかんでドアを閉めた。車に向かう途中、男は白いカードのようなものを取り出して女に差し出した。女はあとずさり、それをよけるようにして両手を上げた。男はそれを女のハンドバッグに押し込んだ。女はそれを取り出すと、男に向かって投げつけた。男はひょいと頭を動かした。それは男の肩の上を通り越して地面に落ちた。それからふたりは笑い声をあげながら車まで歩いた。男の手はまた女の尻を撫でていた。ケラーは白いカードが落ちたところを見ていた。それがなんなのかわかったから。

もちろん部屋の鍵だ——ほら、ハニー、今晩のちょっとしたおみやげだ。ハンドバッグに入れさせてくれ。ケラーはそれを拾い、埃《ほこり》を落としてから鍵口に差し込んでドアを開けた。それから車に戻って、スーツケースを取り出し、キャスターを転がしながら部屋に向かった。どこにでもいる合法的な旅行者さながら。

12

カップルがお愉しみの時間を過ごしたシーツで寝なければならないかもしれない。それは覚悟していたが、その必要はなかった。部屋にはダブルベッドがふたつ置かれており、彼らはそのうちのひとつしか使っていなかった——端から端まであますところなく使った痕跡が残っていたが。ケラーはそのベッドをベッドカヴァーで覆い、もうひとつのベッドのカヴァーをめくった。そして、シャワーを浴びる贅沢を享受してから、シーツのあいだにもぐり込んで眼を閉じた。外のドアノブに〝起こさないでください〟と書かれたカードをぶら下げ、ドアに鍵をかけるのも忘れなかった。これで外側からドアは開けられなくなっているのか。不意にそのことが気になり、確かめにいこうとかと思いはしたが、いつのまにか眠っていた。

清掃係が部屋をまわって掃除を始めるまえに眼が覚めた。もう一度シャワーを浴びてひげを剃り、清潔な下着に着替えた。下着とソックスの替えはスーツケースの中にまだ一組残っていた。それを使ったら、汚れたままのものを身につけなければならない。洗濯することも新しいのを買うこともできない。

二百五十万ドルも投資しているのに下着も買えないとは。

部屋に残された指紋など誰も採取しないだろうが、それでもいつもの習慣から拭き取った。セントラに戻ると、すばらしい朝食を食べているつもりになって最後のハンバーガーをたいらげ、ボトル入りの水を飲んだ。冷えきったフライドポテトとセメントのようなミルクシェイクは捨てた。

エンジンをかけ、燃料計を確認した。すぐにまたガソリンを入れなければならなくなりそうだった。が、二十ドルならなんとか払えそうだ。

一目見たかぎりでは、そのガソリンスタンドが開いているのか、そもそも今でも営業を続けているのかさえよくわからなかった。見るかぎり、最低限必要な設備はひととおりそろっていた。併設されている小さなコンヴィニエンスストアのまえに、ポンプがふたつ並んでいて、店の片側にはエアホースと公衆電話が設《しつら》えられていた。見渡すかぎり、車は店の裏手に牽引用のトラックが一台停まっているだけだった。

誰かいるのだろうか？　ケラーはポンプのまえに車を停めた。そこには手書きの表示板が掛かっていて、クレジットカードを使う客も現金で払う客もガソリンを入れるまえに店の中で支払いをすませるようにと書かれていた。ケラーはなんとなく嫌な予感がして、次のガソリンスタンドにしようかとも思ったが、すでに何軒か素通りしていた。このままだとすぐに燃料計の針がゼロを指した状態で走らなければならなくなる。

　髪を手で撫でつけてからブレザーを着て、腰のうしろのくぼみに差した銃がちゃんと隠れているかどうか確認した。〈トラヴェルロッジ〉の幸福な不倫カップルは、見事なまでに汚れたシーツ以外、どうして何か役に立つものを残していってくれなかったのか。帽子とか、染毛剤とか、数百ドルの現金とか、使えるクレジットカードの束とか。

　二十ドル札を一枚手に持って店の中にはいった。カウンターの向こうにずんぐりした体つきの男が坐っていた。額が広く、少なくとも一度は折ったことがあるような鼻をしていた。帽子をかぶっており、脇からのぞく鉄灰色の髪は、新兵訓練所でも通用しそうなほど短く刈り込んであった。帽子にはビールのはいったマグカップを掲げるホーマー・シンプソン（アメリカの人気テレビアニメ番組『ザ・シンプソンズ』の主人公）の刺繍《ししゅう》が縫い込まれていた。雑誌を読んでいた。『ソープ・オペラ・ダイジェスト』ではないだろう。そもそも、まえのスタンドの女のようには雑誌に夢中になっていなかった。ケラーが口を開いたり、カウンターの上に金を置いたりするよりさきに顔を上げて言った。

「いらっしゃい」

「レギュラーガソリンを二十ドル分」とケラーは言って、男に金を渡した。

「ちょっと待ってくれ」背中を向けかけたケラーに男が声をかけた。ケラーは振り返った。

男はしげしげと二十ドル札を見ていた。なんなんだ、何かおかしなところでも？

「このところ、妙な二十ドル札が出まわってるもんでね」と男は言った。「これは大丈夫らしいな」

ケラーとしては、さっき自分でつくったんだ、とでも軽口を叩いてもよかった。が、男がそういうジョークを解することをあてにすることはできなかった。かわりに彼は言った。

「ATMからすんなり出てきた札だよ」

「へえ、そうかい」

疑い深い爺《じい》さんだ。「何も問題ないかな?」とケラーは言って、また戸口に向かいかけた。が、男の声に足を止めさせられた。

「いや、大ありだ。そこを動くんじゃない。ゆっくりと振り返るんだ、いいな?」

ケラーは振り返った。男の手に銃が握られているのを見ても驚かなかった。それはオートマティックの拳銃だったが、ケラーの眼にはまるで大砲のように見えた。

「おれは名前を覚えるのが苦手なんだが」と男は言った。「おまえにはいくつか名前があるみたいだな。その中に正しい名前があるなんて誰に言える? 手はおれの眼に見えるところに置いとけよ、わかったな?」

「あんたは勘ちがいしてる」とケラーは言った。

「おまえのクソ写真がここら一帯そこらじゅうにばら撒かれててな。おれは名前を覚えるのは苦手でも、顔を覚えるのは得意なんだ。賭けてもいいね。おまえのその首にはかなりの額の懸賞金がかかってるはずだ」

「まったく」とケラーは言った。「あんたはおれがアイオワであの男を撃ったクソ野郎だと思ってるんだ」

「あの気取った黒人野郎をな」と男は言った。「おまえが誰を撃ち殺そうと、そんなことはおれは一向にかまわんよ。だけど、だからって、神さまがそういうことをしてもいい権利をおまえに与えたってことにはならない」

「自分が犯人に似てるのは自分でもわかってる」とケラーは言った。「よく似てると言ってきたのもあんたが初めてじゃない。でも、おれはその男じゃないし、それを証明することもできる」

「そういう話は警察のために取っておくんだな、ええ?」と男は言うと、銃を持っていないほうの手を電話に伸ばした。

「神に誓って言うけど、おれはそいつじゃないよ」とケラーは言った。

「おれは今、なんて言った?　そりゃおまえにはおまえの話があるだろうさ。そういう話はバッジをつけたやつらにすることだ。やつらならなんでも喜んで聞いてくれるだろうよ」

「確かに、おれも警察に追いかけられてる」とケラーは言った。「でも、別のことでだ」

「どういうことだ?」

「離婚手当と養育費。長い話を短くすると、おれの妻は浮気女で、子供もおれの子じゃない。

それはＤＮＡ鑑定でも証明された。なのに、裁判所に子供の面倒はちゃんとみろなんて言われてしまったんだ」

「弁護士だっていたはずだが」

「なあ、このことは証明させてくれ、頼む。ポケットから出して見せたいものがあるんだ、いいね？」

　返事を待たずに、ケラーは銃をベルトから抜き、男が拳銃を撃つまえに、男の胸に二発弾《た》丸《ま》を撃ち込んだ。

13

銃で撃たれた衝撃で男の体は吹っ飛び、椅子ごとうしろにひっくり返った。その拍子に男の頭からホーマー・シンプソンの帽子が飛び、床に転がった。ケラーはカウンターの奥にまわり込んで男の様子を調べた。が、形だけのことだった。二発の弾丸《たま》は男の左胸に穴をあけ、少なくともそのうちの一発が心臓を貫いていた。それですべてが決まっていた。

銃声のせいで耳鳴りがし、リヴォルヴァーを撃った反動で手に少しばかり痛みを覚えた。立ち上がり、窓の外に眼を向けた。ポンプのまえに車が一台停まっているのを見てはっとした。が、すぐに自分の車だと気づいた。車は停めたときと同じ場所にあった。

男はまだ銃を握りしめ、引き金に指をかけたまま死んでいた。銃で自殺し、死んだのちかなり時間が経っても、死後硬直が始まるせいで指が引き金にかかったままになるという話をケラーは聞いたことがあった。ほんとうにそんなふうになるのか、それとも子供の頃に読んだ漫画にそんな話が出てきただけなのか、はっきりとはしなかったが、いずれにしろ、彼には銃が必要だった。男が持っていたのはオートマティックのシグザウアーで、十五発弾丸《たま》が詰められるクリップはフル装塡されていた。ケラーのリヴォルヴァーにはあと二発しか弾丸《たま》が残っていなかった。男を始末するのに二発使っていた。さっきはシグを馬鹿でかいと思ったが、今はそれほど大きくは見えなかった。銃口を自分に向けられたときほど、その銃が劇的に大きく見えることもない。実際にはリヴォルヴァーより少し大きくて重いだけだった。リヴォルヴァーを置いてシグを握ってみた。しっくりと手の中に収まった。取引き成立。

リヴォルヴァーから指紋を拭き取ると、まだ温かい男の手に銃把を握らせ、人差し指をトリガーガードの中に差し込んだ。老人が自分の胸に銃弾を二発浴びせて自殺したなどという説は誰も買わないだろう。そんなことはわかっていた。それでも、老人の手の中というのはリヴォルヴァーの置き場所として申し分なく思えたし、そうしておけば、少なくともどこかの誰かに何かを考えさせる機会を与えてやれる。

次にキャッシュレジスターを探したが、見つからなかった。カウンターの上に古い木製の〈ガルシアベガ〉の葉巻の箱が置いてあったので、開けてみると、そこが現金とクレジットカードの伝票を保管しておく場所であることがわかった。現金は十ドル札が二枚、残りはすべて五ドル札と一ドル札だった。道理で男は二十ドル札を穴のあくほどじっくり眺めたわけだ。ここ数ヵ月、商売では二十ドル札すら拝む機会がなかったのだろう。

死んだ男に特に触りたいとは思わなかったが、びくつくこともなく、ケラーは男の迷彩服のズボンの尻の右ポケットから革の財布を引き抜いた。何かの浮き出し模様のある財布だったが、使い古されてすっかり色褪《いろあ》せており、もはやなんの模様なのかもわからなくなっていた。何かの紋章のように見え、見覚えがあるような気もしたが、結局、わからなかった。

財布の中に同じ紋章の絵柄のはいったカードがあり、そこに持ち主の名前が書いてあった。ミラー・L・レムセン。全米ライフル協会の年会費支払い済み会員。ケラーは思った。銃は人を殺さない。折れた鼻をひくつかせ、他人の詮索《せんさく》をしたりするから死ぬことになるのだ（〝人を殺すのは人であって銃ではない〟という全米ライフル協会のスローガンのもじり）。

インディアナ州の運転免許証には、ルイスというレムセンのミドル・ネームも書いてあった。誕生日も記載されており、計算すると、レムセンは現在七十三歳で、善き市民になろうとしなければ十月で七十四歳になれたはずだった。ほかにも社会保障カードと医療保険のカード、それとおそらく子供たちを撮ったかなり古い写真が二枚はいっていた。子供たちは学校のカメラマンに精一杯笑みを向けていた。この子供たちに子供がいてもおかしくなさそうだったが、いたとしてもレムセンはその写真は持っていなかった。

財布の中には五十ドル札が二枚と二十ドル札が数枚あり、合わせて三百ドルちょっとになる現金がはいっていた。クレジットカードも二枚あり、名義は両方ともミラー・L・レムセンだったが、シティバンク発行のＶＩＳＡカードは有効期限が切れていた。もう一枚のキャピタルワン発行のマスターカードはあと一年半使えた。

ケラーは現金と使えるほうのクレジットカードをポケットに入れた。それ以外のものは指紋をきれいに拭き取ってから財布に戻し、死んだ男のポケットに突っ込んだ。そのあと葉巻の箱をまた開けて、一瞬ためらってから一ドル札と五ドル札を取り出した。

そのとき何かが彼の注意を惹いた。眼の端が何かをとらえた。顔を向けて見た。ふたつの壁と天井が交わるところにそれはあった。防犯カメラだ。そんなものがレムセンの店のような傾いたガソリンスタンドに設えられているなど、誰に想像できる？　近頃ではいたるところにあるとはいえ。警察が死体を見つけたら、どう考えても防犯カメラを調べるだろう。そんな事態になるのを黙って見過ごすわけにはいかなかった。

ケラーは椅子の上に乗った。が、数分後、首を振りながら椅子から降りた。確かにカメラは取り付けてあった。が、テープもフィルムもバッテリーもはいっていなかった。コードで電源に接続されてもいなかった。おそらく防犯警報装置があることを世界に知らしめるために車に貼るステッカーのようなものなのだろう。カラスを脅かす案山子《かかし》と同じ役割しか果たしていなかった。カメラに今までどおりの仕事を続けさせるため、ケラーは指紋を拭き取ると、あとはそのままにした。

ガソリンスタンドの小さな店舗エリアにさほど商品は置かれていなかった。モーターオイルやワイパー・ブレイド、エンジン用の添加剤といった車の部品や用品がほとんどだった。どこかで役に立つかもしれないと思い、何に使うものなのかわからないまま、ケラーは六フイートのバンジーコードを一本手に取った。レムセンはあらゆる種類のスナック菓子もそろえていた。袋入りのチップスや〈スリムジム（ソーセージのようなスナック食品）〉、クラッカーとピーナッツバターのサンドウィッチなどが並んでいた。それも役に立つかもしれないと思ったが、すぐに考え直して持っていくのはやめた。どれもこれもカーター政権の頃から店に置かれているように見えた。結局、スナック菓子には手を出さなかった。

トイレのドアを開けたみた。中は想像どおりひどいありさまだった。すぐにドアを閉め、もうひとつのドアを開けてみた。ドアの向こうは縦十フィート横十二フィートくらいの部屋で、そこがどうやらレムセンの居住スペースのようだった。雑誌が積み重ねてあったが、すべて銃かハンティングか釣り関連のものだった。ロシア生まれの女流作家、アイン・ランドのハードカヴァーも三冊あった。が、それよりなにより当惑させられたのはレムセンのベッドだった。そこには枕がふたつ置かれており、片方の枕の上に空気人形の頭がのっていて、顔にゴムの仮面がかぶせてあったのだ。その仮面にはどことなく見覚えがあり、すぐにアン・コールター（毒舌家として有名な保守派の政治評論家）の顔に似せたものだとわかった。これほどもの悲しい光景を見るのは初めてだ。ケラーはそう思った。

それとは別の何かがさきほどからケラーの心に引っかかっていた。しばらくしてそれがなんなのかわかった。人を殺したことではなかった。ケラーはこれまでに何人もの人間を殺していたが、それらの殺人にはやむをえざる事情など何ひとつなかった。一方、レムセンの場合はレムセンの自業自得だ。その点は、ケラーの心の回顧録――実際に書いてみようなどとは絶対に思わないが――にその名が登場する数多《あまた》の男女よりはっきりと言える。昔はよく殺したときの記憶を薄れさせるために、メンタル・エクササイズをおこなったものだが、今回はそんなことをする必要はまるでない。露ほども気になっていないのだから。

ケラーの心に引っかかっていたのは、今まで一度もやったことのないことをしたことだった。死者からものを盗むことだ。

死者からものを盗むことのいったい何がそれほどひどいことなのか。ケラーはよく考えたものだ。つまり、生きている人間から盗むことと比べた場合だ。人間、死んでしまったら、手首の腕時計や指の指輪のことなど、どうすれば気にすることができる？　カントリーの歌のタイトルにもあるように、屍衣にポケットはついていない。それに、あの世には何も持っていけないというのは大半の人間の共通認識だ。だったら、どうして死者から盗んではいけない？　屍姦とはちがうのだ。そういうのは胸のむかつく最低の行為だが、死者からものを盗むというのは、そもそもの所有者にとってはもう役に立たなくなったものを有効利用するだけのことだ。

それでも、もちろん盗みに変わりはない。死者の遺産を相続する者がいたとしたら、その者から盗むことになる。とはいえ、炎がまだ赤々と燃えているストーヴまで盗むのが人間なのに、その同じ人間がどうして死人のポケットをまさぐることには一線を引こうとするのか。

ケラーにはわからなかった。とはいえ、さらに考えてみると、必要に迫られて社会が人間に課したタブーなのだろうという気がした。死者から盗む行為がそれほどひどいことでもないとなれば、そう、みんながこぞってやりはじめるだろう。

だから、自分も一瞬躊躇《ちゅうちょ》してしまったのだ。しかし、こうして気持ちを整理すると、それほど気にならなくなった。それに、腕時計や指輪といった故人の愛着のあるものを盗んだわけではない。現金がいくらかとクレジットカードが一枚だけだ。そして、それらはケラーにとって今はなにより必要なものだった。


店の外に出ると、車に戻ってガソリンを入れた。二十ドル分でやめたりはしなかった。セントラのタンクは貪欲《どんよく》にガソリンを飲み込み、入れおえたときにはタンクの重みでタイヤが沈んだ。その様子は食事をたらふくたいらげたあと、椅子の背にもたれる大男の姿を思い出させた。

現金の客もクレジットカードの客もガソリンを入れるまえに料金を払うように、というレムセンの手書きの表示板がまだポンプにぶら下がっていた。ケラーはそれを自分が書いたものに取り替えた。店の中のカウンターでレムセンが使ったと思われるマジックで、活字体で書いた。〝家族の緊急の用件で休業しています。自由にガソリンを入れたら、あとで料金を払いにきてください〟。レムセンをいくらかでも知る者が、彼がそれほど厚い信頼を友人に寄せているかどうかは疑わしかったが、ただでガソリンを入れられることに誰が文句をつける？　みんながみんな勝手に入れるだろう。そのうちの何人かはほんとうにあとで料金を支払いにくるかもしれない。

ケラーは店の中に戻り、窓にぶら下がっていた表示板を営業中から閉店にした。それから電気を消し、カウンターの中に倒れている死体を少し動かし、店の外から見えないようにした。そして、開けたままにしてあったドアまで歩き、鍵がかかるボタンを押して外に出かけた。が、片足を店の外に踏み出したところで立ち止まった。ミラー・レムセンの声が聞こえてきたような気がしたのだ。ケラーはその場に凍りついた。

ちょっと待て、坊や。おまえはいったいどこに行くつもりだ？

カウンターの中に戻りたくはなかった。が、戻らないわけにはいかなかった。自分は世間のタブーにとらわれた、臆病《おくびょう》な人間ではない。そのことはもう証明したのではないか。なのに、今になってどうして一線を引こうとする？

ケラーは気持ちを奮い立たせて、ホーマー・シンプソンの帽子を拾い上げた。レムセンの頭から脱がせる必要はなかった。床に転がっていた。だから、ただ拾い上げればよかった。それはさほどむずかしいことではなかった。ケラーは帽子をかぶった。それはさほど簡単なことではなかった。

車の座席に腰を落ち着けると、ケラーはバックミラーで自分を確認した。帽子の効果はそれなりにあるように思われた。自由に調整できるストラップは少し伸びてしまっていた。ケラーはレムセンの頭がかなり大きかったことを思い出した。それでも、ストラップにあいている穴で調整すれば、サイズを小さくすることができた。悪くない。帽子をかぶってつばを下に引っぱると、額の少し下まで顔が隠れた。これまた悪くない。

死んだ男の銃が背中のくぼみにあたっていた。ポケットには死んだ男の金とクレジットカードがはいっていた。車のガソリンタンクには死んだ男のガソリンが詰まっている。おまけに今では死んだ男の帽子が頭の上にのっている。

思えば、奇妙な展開だった。が、ようやくこれでニューヨークにたどり着けそうな気がしてきた。

〈ウェンディーズ〉のドライヴスルーの窓口では、〈バーガーキング〉のときほど緊張しないですんだ。ケラーはハンバーガーふたつとグリーンサラダを買い、数マイル走ってから車の中でそれを食べた。さらにインディアナ州を抜けてオハイオ州を通過し、ウェスト・ヴァージニア州にはいって数マイル走り、州境を越えてペンシルヴェニア州にたどり着いた。そこでまたガソリンを入れなくてはならなくなった。大きなサーヴィスエリアを選び、セルフサーヴィスのポンプの脇に車を停めてガソリンを補給し、代金はレムセンのクレジットカードで払った。

男が興味深げに彼のほうを見ているのに気づいた。どうすればいいのかわからなかった。そこらじゅうに人がいて、男を撃って逃げるわけにはいかなかった。ケラーは男のほうを見返した。すると男——歳は二十五より上には見えなかった——はにんまりと顔をほころばせて親指を立てた。

なんなんだ、いったい？

「ねっ、ホーマーってほんといかしてるよね」と男は言った。男が見ていたのはケラーの顔ではなく、帽子だった。ホーマー・シンプソン自身に対する支持を表明しようとしているのか、あるいは、ホーマーがビールを飲んでいることに賛同の意を表わそうとしているのか。いずれにしろ、男はそういうことをしているようだった。

ケラーはそのときまで帽子に対して複雑な気持ちを抱いていた。帽子が彼の顔をわかりにくくしてくれているのは疑問の余地がなかった。それは歓迎すべきことだった。一方、今回の場合のように、帽子そのものが人の注意を惹いてしまうこともある。それは歓迎すべからざることだった。これが〈ジョン・ディア（米国ディア社の農耕機の総称）〉や〈バドワイザー・ライト〉や〈ダラス・カウボーイズ（アメリカンフットボールのプロチーム）〉の帽子だったら、むしろある程度は人目を惹かなくする効果が望めただろう。しかし、ロイヤルブルーの地に黄色の蛍光色で刺繍されたホーマーにその効果は望めない。実際、刺繍された糸を切り、ホーマーと彼のビールのマグカップを取ってしまおうかとさえ思ったほどだ。

が、男の反応を見て、その考えを実行に移さなくてよかったという気がしてきた。確かに恐れたとおり、ホーマーは人の注意を惹きつけはする。が、同時に彼の顔から注意をそらしてもくれる。ホーマーに眼が行けば行くほど、帽子をかぶっている人間には注意が払われなくなる。ホーマーの帽子をかぶったひとりの男にすぎなくなる。さらに、相手の潜在意識に人畜無害な人間という印象を与えてもくれる。眉の一インチか二インチ上にホーマー・シンプソンを貼りつけて歩いている田舎者がどれほど危険人物たりうる？

14

ピッツバーグ郊外を走っているうち、いつのまにか国道三〇号線を離れていた。標識によれば、ペンシルヴェニア・ターンパイクに近づいているようだった。その道路に乗れば、ニューヨークまで一本で行ける。が、ペンシルヴェニア・ターンパイクは州警察がスピード違反を厳しく取り締まっている道路だと聞いたことがあったような気がした。ただ、そのちょっとした情報がそもそも正しかったとしても、それを聞いたのは二十年くらいまえのことだ。それに、デモインを離れてからケラーはずっと制限速度を守っていた。一方、別の標識によれば、今走っている道路はインターステイト八〇号線に続いていた。ケラーはまさにそのインターステイトに向かっていた。

レムセンと遭遇していなければ、しかたなくインターステイト八〇号線をめざすことになっていただろう。ペンシルヴェニア州のインターステイトは無料だが、ペンシルヴェニア・ターンパイクは有料だからだ。わが家までのガソリン代を手元の金でなんとか間に合わせようとしていたときなら、有料道路を避けることには意味があったが、今はポケットに金がある。しかし、有料道路を使うと、料金所で一瞬顔を見られる人間をまたひとり増やしてしまうことになる。それは最悪だ。

インターステイトにはいるのに思いのほか時間がかかり、サーヴィスエリアを見つけたときにはほっとした。やっと車を停めてトイレに行けた。用をすますと、鏡で自分の姿を見た。ホーマー・シンプソンから眼が離せなかった。ホーマーの絵柄がこれほど派手である必要はあるのだろうか？　泥を少しこすりつけて、色合いを弱めたほうがいいかもしれない。

結局、何もせずに、トイレの外の壁に掛かっていた地図を見てから車に戻り、運転席に坐って考えた。このままどこにも立ち寄らずにニューヨークまで戻れるだろうか。たぶんガソリンは持つだろう。といっても、途中でガス欠になるような危険を冒すわけにはいかない。たとえば、ジョージ・ワシントン・ブリッジのど真ん中で立ち往生してしまうような危険は。ガソリンタンクをいっぱいにしてくれるミラー・レムセンはもういないのだから。

さしあたって今夜もまた車の中で寝るのかどうか、決めなければならなかった。本物のベッドで数時間寝たことですっかり贅沢になり、どうにも車の中で寝る気がしなかった。ニューヨークまであとどれくらいだろう？　七時間か八時間くらい？　ガソリンを入れたり食べものを手に入れたりするのにどこかに立ち寄ったら、さらに時間がかかるだろう。

ざっと計算してみたところ、どこにも立ち寄らずに車を走らせたら、朝の三時か四時には着きそうで、それはアパートメントに戻るのにさほど悪い時間でもなさそうに思えた。通りに人はほとんどいないだろうし、いたとしても、その時間なら誰でもしたたか酔っぱらっていて、ケラーになど気づきもしないだろう。気づいたとしても、そのことを覚えてもいないだろう。

ある一連の考えが頭にはいり込んできそうになった。ケラーはそれをわざと追い払った。まっすぐ帰ったら、着いたときにはくたくたに疲れているだろう。そんな状態でアパートメントに戻るのが最善策と言えるだろうか。ドアを開けて部屋にはいるなり、ベッドにもぐり込みたくなるだろう。それはできない。しなければならないことが山ほどある。旅行に出るたびに山積みになる手紙は放っておくとしても、すぐに対処しなければならないことはほかにいくらもある。いつものことだ。

さっきの考えがまた頭をもたげてきた。彼はそれをわざと意識しないようにして、頭の中から無理なく締め出した。

レムセンのガソリンスタンドを出てから初めてラジオをつけた。が、山に囲まれたところを走っていたので電波の届き具合が悪かった。唯一聞ける局は音楽を流していたが、雑音がひどく、どんなジャンルの音楽なのかさえわからなかった。

ラジオはあきらめ、スウィッチを切った。レムセンの死体がもう見つかったとは思えなかった。残してきた表示板を読めば、レムセンがなぜいないのか誰でも納得できるはずだ。ドアを蹴破って店の中を探すにはそれなりの理由がいる。レムセンはひとり暮らしだった。また、この世界のどこかに親しい友人がいたとしても、いることをはっきりと示す証拠のようなものは見あたらなかった。

　トイレ兼自動販売機の置き場所になっているずんぐりしたレンガの建物に眼を向けた。建物の入口の脇に料金箱のある〈USAトゥデイ〉紙の販売機が置かれていた。最初は買うつもりはなかったのだが、これから何時間かのあいだラジオは役に立たない。世間で何が起きているのか新聞で確かめるのも悪くない気がした。ドアを開けて外に出た。ちょうどそのとき、大きなSVU車がサーヴィスエリアにはいってきて、小さなレンガの建物のまえに停まった。ドアが開き、大人ふたりと小さな子供四人がいっせいにトイレに駆け込んだ。
一瞬のうちに人が多くなりすぎた。ケラーは車に引き返した。新聞を買うのはあとにしよう。

　また道路に戻り、インディアナ州で殺した男のことを考えた。レムセンと一緒にハンティングや釣りに出かけたり、あるいはジンラミー（トランプゲームの一種）をやりにきたりする無愛想な老いぼれがもうひとりいるかもしれない。遅かれ早かれ、誰かが訪ねてきて死体を見つけるだろう。が、その頃にはとっくにレムセンのクレジットカードは捨てられている——それにセントラも。ニューヨークに着けば車はもう要らない。そのあとも持っているなど正気の沙汰《さた》ではない。

あと一日かかろうと二日かかろうと、このまま運転しつづけようと、どこかで一泊しようと、ニューヨークに着くのはもはや時間の問題だ。これでやっと窮地を脱して安全な家に帰れる。

次の出口を降りたところに、ドイツ系ペンシルヴェニア人《ペンシルヴェニア・ダッチ》の家庭料理と誇らしげに書いたレストランの看板が掲げられていた。その店に無性に心が惹かれた。ドイツ系ペンシルヴェニア人が家でどんな料理をつくっているのか。それを知っているわけではないのだが。もしかしたら、最近は彼らも誰もがそうしているように、スーパーマーケットで何か買って、家に持ち帰り、電子レンジで温めているだけかもしれない。それでも、そのレストランはたぶん何事もシンプルだった時代を思い起こさせる料理を出してくれるのだろう。ケラーはその出口で高速道路を降りると、レストランを見つけて駐車場に車を停めた。そして、自分はいったい何をやっているのだろうと思った。

そこは普通のレストランだった。店の中にはいってテーブルにつき、メニューを見て注文する。すると、ウェイトレスが料理を運んできてくれる。そのときにウェイトレスに顔を見られるだろう。ほかの客にも顔を見られるだろう。それこそ、まさにデモインの〈デイズ・イン〉のテレビ画面に自分の顔が映し出されてからずっと、極力避けてきたことだ。確かに今は帽子をかぶっているが、アン・コールターの仮面をつけているわけではない。彼の顔は今でもそこらじゅうに出まわっており、世界じゅうの人の眼にさらされていた。

ケラーはギアを入れて駐車場を出た。そして、ドライヴスルーのある〈ハーディーズ〉を見つけて食べものを買い、駐車場の奥に車を停めて食べ、食べおえるとゴミを捨てた。そのあとは、高速道路の入口のランプに続く道を見つけ、またインターステイトに戻った。

いったい自分は何をしていたのだろう？　考えただけで涎《よだれ》の出そうなシューフライパイ（糖蜜入りパイ）やアップルパンダウティ（糖蜜入りアップルパイ）に引き寄せられたのだろうか？　いつのまにか食欲に頭を乗っ取られてしまっていたのだろうか？

しばらく考えていると、答がわかった。

今はペンシルヴェニア州にいる。アイオワ州よりずっと家に近い。ニューヨークに近づけば近づくほど、危険が小さくなるような気になっていたのだ。それに、ポケットには金があることと、帽子のおかげで、最後にガソリンを入れたときにもスムーズにいったことから安心感を抱き、もう何も心配することはないと思うようになっていたのだ。

あと少しだ。ケラーは自分に言い聞かせた。あと少しで家に帰れる。が、今はまだ着いたわけではない。

モーテルはペンシルヴェニア・ダッチのレストランに比べれば危険はずっと少ない。数時間後、ケラーは自分にどうにかそう納得させた。

まずひとつにほかの客との接触がない。顔を合わせる相手はチェックインするときのフロント係だけだ。野球帽のつばを額の下まで引き下げ、さらにうつむいて宿泊者カードに記入すればいい。モーテルは全国に展開しているチェーン・モーテルではなく、独立したモーテルを選ぶ。そういうところは経営者がインド亜大陸からの移民の可能性が高い。グジャラート州出身とか。それで名字がパテルだとなおさらいい。

ここへきて——すでに何年にもなるが——インドのグジャラート州出身で、大半がパテルという名の移民がアメリカじゅうのモーテルを買い漁っている。グジャラート州の主要都市に少なくともひとつはモーテルの経営者を養成する学校——その学校をなんと呼ぶかは別にして——があり、意欲的な地元の生徒にモーテル経営法を徹底的に教えているのではないだろうか——〝生徒のみなさん、今日の課題は枕のどこにミントを置くべきかについてです。明日は、お客さまの健康をお守りするために便器は殺菌してあります、と書かれた紙の帯を取り上げます〟。

ケラーの顔が二度見しなければならないような特徴のある顔でないかぎり、まったく異なる文化圏から来た人間にとって、それはよけい特徴のない顔に見えるのではないだろうか。ケラーには人種や民族に対する強い固定観念はなかった。また、アジア人やアフリカ人はみんな同じに見える、などと口に出して言うようなタイプでもなかった。それでも、自分とはまったく異なる人種を初めて見たときには、まず何より人種的なちがいにどうしても眼が行くことは否定できない。黒人の男を見たら、やはりどうしても黒人の男だと思う。それは韓国人の女を見てもパキスタン人を見ても同じことだ。親しみを覚えてようやく個人が見えてくる。

男であれ女であれ、グジャラートから来た人間なら、モーテルのカウンター越しに白人のアメリカ人を見て、やはり同じように考えるのではないだろうか。まず客が何人《なにじん》か見てから、人物そのものに眼が行くのではないだろうか？　そもそもクレジットカードを確認してルームキーを渡すだけのことに、最初にちらりと顔を見たあと、それ以上の注意を払う必要がどこにある？

ケラーは危険を冒してみることにした。

ドアを開けてモーテルのオフィスにはいった。カウンターには誰もいなかった。が、誰もいなくても、ケラーが最初に立てた仮説の正しいことはすぐにわかった。グジャラートから来たのではないかもしれないが、そのモーテルの経営者はインド人だった。それは疑いようのない事実だった。あたりにただよう濃厚なカレーの香りがそのことを如実に伝えていた。

ペンシルヴェニア州のど真ん中の丘陵地帯で出会おうとは思いもよらない香りで、その香りは、ケラーにとって、〝ペンシルヴェニア・ダッチの家庭料理〟ということばよりはるかに強いインパクトがあった。その香りは、あらゆるファーストフード店のハンバーガーやフ彼自身にとってもカレーにとっても、あまり誉めことばにはならない喩《たと》えながら。それでもりの出所を見つけ、汚物にまみれる犬さながら、その香りの中でのたうちまわりたかった。ったので、腹はへっていなかったが、腹のへり加減が問題なのではない。そのすばらしい香ライドポテトに欠落しているすべてを約束していた。食事をしたのはそれほどまえではなか

――

そこでケラーは現実に引き戻された。ビーズのカーテンがじゃらじゃらと音をたてて、若い女の登場を告げた。肌が黒く、ほっそりとした女で、教区学校の制服と思《おぼ》しい白いブラウスと格子柄のスカートという恰好をしていた。モーテルの経営者の娘にちがいない。すこぶるつきの美人だった。これで状況がちがっていたなら、軽口のひとつやふたつ叩いていたかもしれない。少なくともカレーのにおいを誉めるくらいのことはしていただろう。

今はそんなことをするわけにはいかなかった。ケラーは部屋のことしか尋ねなかった。女も一泊三十九ドルだとしか言わなかった。その値段は文句なしに安いように思えた。女がケラーの顔やホーマーに眼を向けたとしても、ケラーは彼女がそうしたところを一度も見なかった。彼女にとってケラーは対処しなければならない面倒な用事にすぎなかった。そんな用事はできるだけ手早く片づけて、ハーヴァード大学の入学願書に添えて提出する小論文を推《すい》敲《こう》する作業に戻りたいのだろう。

ケラーは宿泊者カードを書き、彼女に渡した。名前と住所は適当にでっち上げ、車の種類

とナンバーを書く欄は空白のままにした。宿泊者カードには必ずその欄があるが、どこのフロント係も書こうが書くまいが気にしない。その若い女も例外ではなかった。名前の欄にマハトマ・ガンジーと書いても、気がつかなかったのではないだろうか。

宿泊代は現金で支払った。彼が持っているクレジットカードはレムセン名義だったが、すでに別の名前を書いてしまったからだ。最初からレムセンの名前を使ってもよかったのだが。数週間は無理としても、あと数日ならレムセンの名前を使っても何も問題はないだろう。それに、明日にはニューヨークに戻れるのだ。ニューヨークに戻れば、こんなことはすべてどうでもよくなる。一方、現金もあるわけだ。どっちを使おうと、それにどんなちがいがある？

女は電話を使うかと訊いてきた。使うなら保証金を払わなければならない。あるいは、クレジットカードを差し出してコピーを取らせなければならない。ケラーは首を振って部屋のキーをカウンターの上から取り上げた。そして、オフィスを出るまえにもう一度、甘いカレーの香りで鼻腔《びこう》を満たした。

15

翌朝、ケラーは手が触れたところをきれいに拭いてから外に出ると、車に向かいかけた。そこで部屋に野球帽を忘れたことに気づいた。が、怪我《けが》の功名で、ドレッサーの上にルームキーを置いて出ることも忘れていた。で、鍵がなくてもドアが開けられ、帽子を取りに部屋に戻ることができた。ヴァイキングが船の舳先《へさき》にワルキューレ（北欧神話の戦さの女神）の像を取り付けたように、額にホーマーがいないと、世界に立ち向かうことができないような気分になっていた。

数マイル走ったところでガソリン補給のために車を停めた。これでおそらくもう給油は必要ないだろう。それからまたインターステイトに戻って車を走らせた。〝家に帰れば安全〟ということばがマントラのようにケラーの頭の中で鳴り響いていた。自分のアパートメントに戻り、中にはいって鍵をかけさえすれば、逃亡者としての暮らしからも、そうした暮らしにともなう厄介事からもすべて開放される。それにもう引退した身なのだから、〝最後の仕事〟が眼のまえに立ちはだかることもない。何もかも永遠に締め出せる。自分には切手があり、巨大な最新型のテレビがあり、〈ティーボ〉もある。生活に必要なほかのものはすべて歩ける範囲で調達できる——よく足を運ぶデリカテッセン、贔屓《ひいき》にしているレストラン、毎朝〈ニューヨークタイムズ〉を買うニューススタンド、朝に汚れた服を持っていけば、その日の夜までに仕上げてくれるクリーニング店。部屋の中にひとり坐ってテレビを見たり、切手の作業をしたりするのが主な愉しみという生活は、ことさら刺激的とは言えないかもしれないが、刺激に魅力を感じたことなどここ何年もない——そもそもそれ以前にあったとしても。〈イーベイ（インターネットのオークションサイト）〉で売りに出される切手に何ドルかの入札額をつけ、オークションが終了するまでにどこかのくそったれがそれより高い値段をつけたりしないかどうか、はらはらしているだけで満足だ。その見返りに得られる刺激は確かにささやかなものかもしれないが、それで充分だ。

またあの気まぐれな考えが頭をもたげて、なんとか意識の表面に浮かび上がろうともがいているのがわかった。それはまるで視野のへりに何かがちらっと見え、顔をそちらに向けさえすればそれがはっきりと見えることがわかっているのに、頑《かたく》なにまえを見据えているのに似ていた。

ドライヴスルーでエッグマックマフィンをふたつと、Lサイズのコーヒーの朝食を無事に調達した。インターステイトを降りるまえに、五マイルさきにサーヴィスエリアがあると書かれた標識があったのを覚えていたので、そこまで走って木の下に車を停めた。それが結果的に実にいいタイミングになったのが嬉しかった。コーヒーは飲むのにちょうどいい温度に冷めており、エッグマフィンはまだ温かかった。

食事をすますと、トイレに行った。トイレを出て、ようやく新聞を買うことを思い出した。〈USAトゥデイ〉は七十五セント。自動販売機の料金箱に二十五セント玉を三枚入れたが、そこで隣りに〈ニューヨークタイムズ〉の朝刊がはいっている販売機があるのに気づき、料金返却ボタンを押して二十五セント玉三枚を取り戻すと、二十五セント玉を一枚足して〈ニューヨークタイムズ〉を買った。車に引き返しながら、新聞をどこから読もうか考えた。まず地元と国内のニュース、そのあとスポーツ欄、最後にクロスワード・パズルだ。今日は何曜日だっただろう？　木曜日？　クロスワード・パズルは曜日を追うごとにむずかしくなっていく。月曜日のパズルは十歳でも頭のいい子ならあまりやりがいを覚えないだろう。それに引き換え、土曜日のパズルには失語症になったかのような思いにさせられることもよくある。木曜日のパズルはむずかしすぎず、簡単すぎず、ケラーにはちょうど合っていた。ほとんどの枡を埋めることができても、そこまで行くにはしばらく時間がかかる。

運転席に腰を落ち着け、楽な姿勢を取って新聞を読みはじめた。結局、クロスワード・パズルにはたどり着けなかった。

16

ケラーがニューヨークで毎朝買っていた版には四つのセクションがあった。が、ニューヨーク市圏外に配布されている〈ニューヨークタイムズ〉にはそれがふたつしかなかった。まず一面に暗殺事件に関する記事が載っており、主に事件が及ぼす政治的影響について書かれていた。それに続いて犯人の行方に関する記事が載っていた。その記事によると、警察はいくつかの可能性を追っているようだが、これまでのところどの方面でも大した成果は上がっていないようだった。ミラー・レムセンについては何も書かれていなかったが、それは驚くには値しない。警察が死体を見つけたとしても——今はまだそれもなさそうに思えたが——〝州知事をもっと殺すまえに捕まえてみろ〟と鏡に口紅で書き残しでもしないかぎり、インディアナ州以外の人々の興味は惹かないだろう。

一方、正真正銘のニュースも載っていた。ケラーは危うく見逃しそうになった。

それは二番目のセクションの三ページ目に載っていた——〝ホワイト・プレーンズの火事は放火殺人と判明〟。見出しにはそう書かれていた。彼の眼を惹いたのはホワイト・プレーンズという地名だった。町の名前ではなく、ウェスチェスターという郡の名前しか書かれていなかったら、たぶん見過ごしていただろう。ホワイト・プレーンズにはこれまで数えきれないほどかよっていた。初めの頃は親爺《おやじ》さんに、そのあとはドットに会うために、グランド・セントラル駅で列車に乗ってホワイト・プレーンズ駅で降り、そこからタクシーを拾って、トーントン・プレースにある大きな古い屋敷に足を運ぶ。そして、玄関にめぐらされたポーチか、居心地のいいキッチンでアイスティを飲む。そのホワイト・プレーンズの火事の記事を読むなり、ケラーはもう二度とそこには行けないことを悟った。屋敷自体が消えてしまったのだから。ポーチもキッチンも。それにドットも。

おそらく昨日の新聞にも載っていたのだろう。当然のことながら、ケラーはその記事を読んでいなかった。今日の新聞には〝今週初めの未明〟と書かれていた。おそらく月曜日だろう、とケラーは見当をつけた。もしかしたら、日曜日かもしれない。そこのところは記事にははっきりと書かれていなかった。ケラーはさきを読み進めた。今週初めの早朝に出火し、消防隊が現場に到着したときにはもう火は手がつけられないほど広がり、百年前に建てられたその古い屋敷はほぼ全焼していた。

消防隊は、出火場所であるキッチンで、屋敷の所有者で、ひとりでその屋敷に住んでいた女性の焼死体を発見していた。その女性は近所の住民によって、ドロシア（ドット）・ハービソンと確認されていた。捜査官はすぐに放火を疑った。全焼するほど激しく火が燃え広がったのは、屋敷じゅうに大量にばらまかれた燃焼促進剤が原因だったからだ。当初はミセス・ハービソン自身が火をつけたのではないかとも思われていた。彼女は口数が少なく、家に引きこもりがちで、特にここ数ヵ月は鬱病《うつびょう》をうかがわせたという隣人の証言のせいだった。

その隣人が誰であれ、冗談じゃない、とケラーは言ってやりたかった。家に引きこもりがち？　それは彼女が頭の足りない連中にはほとほとうんざりしていたからだ。個人的なことを世間と分かち合うつもりはなかったからだ。だからといって、ドットがフランネルの古い寝間着を破れるまで着ているような、ネコおばさんということにはならない。鬱病をうかがわせる？　鬱病の症状とはいったいなんなんだ？　確かに、ドットはくすくす笑いながら外を出歩いたりはしなかった。そもそもケラーは彼女が心底ふさぎ込んでいるようなところを一度も見たことがなかった。ドットが自殺する可能性はあのメアリー〝くそったれ〟ポピンズが自殺する可能性と同じくらいだろう。

が、自殺説はすぐに排除され、記事はさらに続いていた。検死の結果、その女性は小口径の拳銃で銃弾を二発頭に撃ち込まれていたことが判明したのだ。銃創から自殺とは考えられず――嘘《うそ》だろ？　とケラーは心の中で皮肉を言った――現場から拳銃も見つかっていない。以上の事実に基づき、犯人は女性を銃で撃ち殺したあと、証拠の隠滅を図って屋敷に火をつけたのだろう、と捜査官は結論づけていた。

「でも、結局、それがばれてしまったんだろうが、ええ?」とケラーは声に出して言った。
「犯人のクソ野郎」

ケラーは記事の続きを読むことを自分に強いた。〈ニューヨークタイムズ〉によれば、殺害の動機はわかっていないが、警察は強盗殺人の可能性も捨てていないようだった。記事には、警察のある筋の情報として、ドロシア・ハービソンが〝ジョー・ザ・ドラゴン〟こと故ジョゼッペ・ラゴーニの同居人だったことを明かしていた。犯罪組織から引退したのち、長年ラゴーニの面倒をみてきた女性であると。

ケラーの知るかぎり、親爺さんを〝ジョー・ザ・ドラゴン〟などと呼ぶのはタブロイド紙だけだった。ただ、ジョーイ・ラグズ、あるいはラグマンと呼ばれていたのは知っていた。本人のまえで面と向かってそう呼ぶ者はひとりもいなかったが。その昔、ガーメント地区(マンハッタンの婦人服の製造、卸売りの中心地)のトラック運転手組合と一時期、関わりがあったことがあり、そのことと苗字のラゴーニを引っかけてそう呼ばれるようになったのだ(〝ラグ〟は〝ぼろきれ〟の意)。しかし、ケラーにとって彼は常に〝親爺さん〟で、それ以外の名前で呼ぶなど考えもつかず、実際に呼んだこともなかった。

それに親爺さんは引退などしていなかった。晩年、さまざま利権を手放しはしたが、それでも仕事の斡旋《あっせん》は続けていた。死ぬまぎわまでケラーを仕事に送り出していた。

「ジョー・ザ・ドラゴンの同居人で、相談相手でもあったと思われるハービソンは」と警察のある筋は語っていた。「さまざまな犯罪組織の情報を知るようになったのだろう。だから、その情報を彼女が明かすことを誰かが恐れたのかもしれない。ラゴーニが死んだのはもうずいぶんまえだが、こんなことわざがあるだろ？　人を呪《のろ》わば穴ふたつ、遅かれ早かれ、呪いは雛鳥《ひなどり》のように巣に舞い戻るってね」

何をしてもなんの意味もない。それはわかっていても、ケラーは何かせずにはいられなかった。公衆電話に二十五セント玉を入れ、ドットの番号をダイヤルした。

クーウィート！

電話がつながった音ではなかった。当然ではないか。家が跡形もなく燃えてしまったのだ。電話も通じなくなって当然だ。

二十五セント玉が戻ってくると、ケラーはそれを入れ直し、今度は自分の家に電話をかけた。〝クーウィート〟という同じ音がして、同じ録音されたメッセージが聞こえてくるかもしれないことを半ば予期した。が、電話はちゃんとつながった。留守番電話にメッセージがあれば、呼び出し音が二回鳴ったところで留守番電話に切り替わるようにセットしてあった。呼び出し音が四回鳴れば、それはメッセージがないということだ。それで遠くに出かけているときでも、メッセージがあるときだけさらに電話代を払って聞くことができる。メッセージがないのに金を無駄に払わずにすむ。呼び出し音が三回続けて鳴ったので、ケラーは驚いた。これほど長く留守にしているわけで、何かしらメッセージが残っていてもおかしくなかった。留守番電話に切り替わることなく、呼び出し音が四回、五回、六回と続けて鳴ったので、さらに驚いた。彼が電話を切らなければ永遠に鳴っていそうだった。

どうしてか。キャッチホン機能はつけていないので、留守番電話がちょうどメッセージを録音している最中ということはありえない。ほかの電話がかかってきていたのなら、話し中の音が鳴るはずだ。

コイン返却口から二十五セント玉を取り出しながら、どうして取り出しているのだろうとケラーは思った。ほかに誰に電話をかけるというのだ?

すべて終わった。それはケラーにもよくわかった。その嫌な考えにはこれまで何度も自分で気づきそうになりながら、わざと頭の隅に追いやっていたのだった。アパートメントに戻った瞬間に何もかもうまくいく。ケラーはそんな突拍子もない幻想を抱き、アイオワ州を出てからずっとそれを心の支えにしていた。が、たった今、そんなことは現実にはありえないことがはっきりとわかった。どうして自分は愚かにもそんな幻想を心の慰めにしてこられたのだろう。あまつさえ、それをすっかり信じ込んでさえいたとは。

どういうわけか、ニューヨークを天国のように神聖で安全なところと思っていたのだ。ずっと昔からニューヨークでの仕事は断わることをルールにしていた。やむをえずやらざるをえなくなったことも何度かあったが、たいていの場合、そのルールに従っていた。さまざまな土地に出向き、かなり遠くまで出かけたことも一度ならずあったが、仕事をやりにいく場所は常にニューヨーク以外のところだった。ニューヨークは彼の家であり、仕事を終えたら帰る場所だった。

それでも、ニューヨークもアメリカの一部だ――ニューヨークに住んでいる人間も住んでいない人間もそれをどれほど否定したがっていようと。ニューヨーカーもほかの地域のアメリカ人と同じニュースを見れば、同じ新聞の記事を読む。他人への不干渉というのがニューヨーカーの得意科目ではある。実際、同じアパートメントハウスの住人が互いに名前を知らないことなど珍しくもなんともない。だからといって、ニューヨーカーが彼らのまわりで起きているさまざまなことに耳を閉ざし、眼をそむけているわけではない。

彼の写真は大々的にテレビで流され、新聞という新聞に掲載された。もしかすると〈リンズ・スタンプ・ニュース〉には載ってはいないかもしれないが（ジェームズ・マッキューが自分の店でスウェーデンの再販切手を買ったのが誰なのか気づいていたら、それも断言はできないが）。ケラーは思った。おれのアパートメントのまわりにはいったい何人の人が住んでいるのだろう？　同じアパートメントハウスの住人や、デリカテッセンやスポーツクラブでたまたま出くわす者たちのうち、いったい何人がおれを覚えているだろう？　ほんの数分前までは理想と思えた慎ましい生活の中で出会った人々のうち、いったい何人がおれを覚えているだろう?

いずれにしろ、これでそんな生活にはもう二度と戻れなくなった。

新聞をもう一度読み直した。二度目は最初に読み飛ばした記事にも注意深く眼を通した。その結果、少なくともケラーの隣人のひとりが、ケラーとこそこそした写真の男が似ているのに気づいたことがわかった。さらに、逃走犯が複数の場所で目撃されていることを書いた記事では、〝職業不詳で、ニューヨークを離れることが多い〟という理由から、タートル・ベイ(マンハッタン中東部の地区。ケラーのアパートメントがある)に住むある男に警察が関心を寄せていることがほのめかされていた。

おそらくそれだけでも家宅捜索をおこなう正当な理由になるだろう。アパートメントから何か犯罪の証拠が見つかる可能性は?

何ひとつ思いつかなかった。パソコンは簡単に見つけられ、ハードディスクの内側も外側も徹底的に調べられるだろう。しかし、過去にはさかのぼれない。というのも、パソコンを買った当初から、メールの半減期はウランの半減期より長いことや、メールで送った文章が送り主の寿命が尽きたあとも、足跡を残しながら電子空間を漂っていることはケラーも知っていたからだ。彼とドットはこれまで一度もメールでやりとりをしたことがなく、今後もメールでは連絡を取り合わないことに決めていた。

そう、今にして思えば、守るのがなんと簡単な取り決めではないか。

ケラーのパソコンは主に趣味のためだった――切手ディーラーとやりとりをしたり、情報を集めたり、〈イーベイ〉で切手を買ったり、オークションに参加したりするためのものだった。デモインに向かうまえに、航空会社のウェブサイトを見たが、オンラインで航空チケットは買わなかった。飛行機にはホールデン・ブランケンシップの名で乗ることにしていたので、電話で予約したのだ。だから、パソコンにはその記録はいっさい残されていない。

いつどこのウェブサイトを訪れたのか。それは警察にわかるだろうか？　ケラーには見当がつかなかったが、それでも彼の行動指針――テクノロジーを駆使すれば、誰もがどんなことでもできる――がここでもあてはまるだろうとは思った。ただひとつ確かなのは、電話の通話記録を調べれば、ブランケンシップがデモインに旅立つ一日か二日前に、ケラーが航空会社に電話しているのがわかってしまうことだ。今となってはどうでもいいことだが。今となっては何もかもがどうでもいいことだ。ついに警察の関心を引き寄せてしまった。それがすべてだった。これまでずっとスポットライトを浴びないように生きてきたのに。今やライトを煌々《こうこう》と浴びている。そう、すべてが終わったということだ。

ジョン・ポール・ケラーの終わり。生き延びられたとしても――その可能性は低そうだが――どこか別の場所で別の名前で生きることになるだろう。最初のふたつの名前には未練はなかった。その名前で呼ぶ者はほとんどいなかったから。彼は子供の頃からたいていケラーと呼ばれていた。ケラーという名前が彼の存在そのものだった。何かの書類にイニシャルのJ・Pを書くときなど、そのJ・Pは〝ただ単なる《ジャスト・プレーン》〟ケラーを表わしているように思えることさえあった。

もうケラーではいられない。ケラーという男はもう消滅した。そう思い、ケラーはすでに自分の人生自体すべてなくなっていることに気づいた。それなら、名前も一緒になくなったとしてもどんなちがいがある？

金もなくなってしまったもののひとつだ。最後に聞いた話では、ケラーには株や債券を合わせて二百五十万ドル以上の資産があるということだった。それらはすべてドットが開き、利用していた〈アメリトレード（米国の大手オンライン証券）〉のオンライン口座に預けてあった。金はまだそこにある。ドットが死んだからといってなくなりはしない。しかし、ケラーを助けてくれるはずだったほかのあらゆるもの同様、その金もなくなったも同然だった。ドットが口座でどんな名前を使っていたのかも、どうやればそこにアクセスできるのかもケラーにはわからなかった。

もちろん、銀行には彼名義の当座預金と普通預金の口座があり、普通預金口座には一万五千ドルほど、当座預金口座には千ドルほどはいっていた。が、おそらく警察は銀行口座をすでに凍結し、ケラーがキャッシュカードでATMから金を引き出すところを防犯カメラで撮ろうと手ぐすねを引いて待っていることだろう。どのみちカードは使えない。ここにないのだから。ということは、それもすでに押収されているということだ。

金もなければ、アパートメントもなし。一番街のアパートメントにはすでに長いこと住んでおり、今はそのアパートメントの所有者でもある。アールデコ風のそのアパートメントハウスが共同住宅になって分譲されたときに、特別優遇措置を受けてけっこう安く買ったのだ。月々の管理費もそれほど高くない。死んで担架に乗せられて部屋から運び出される日が来るまで、ずっとそこに住むものと思っていた。そこは常に彼の避難所だった。が、もうその避難所には帰れない。その避難所は永遠に彼の手の届かないところに行ってしまった。〈ティーボ〉のついた大型スクリーンのテレビや、坐り心地のいい椅子や、パルス機能付きシャワーのあるバスルームや、彼が使っていた机とともに。さらに——

切手とともに。いやはや。

17

ケラーはジョージ・ワシントン・ブリッジのロウワー・レヴェルを通って、ハドソン川を越え、ハーレム・リヴァー・ドライヴにはいり、そこからはフランクリン・D・ローズヴェルト・ハイウェイを走り、自分のアパートメントハウスから数ブロック離れたところでハイウェイを降りた。その日の午後は、ペンシルヴェニア州イースト・ストラウスバーグ郊外のショッピングモールの中の映画館で、時間をつぶしていた。〈クワドロプレックス〉という名の映画館で、そのことばの響きは地雷を踏みつけ、生き延び、人の同情を惹く哀れな話をする男をケラーに思い起こさせた（〝クワドリプレジック〟で〝四肢麻痺の〟の意）。実際のところは、四本の映画を同時に上映しているというだけのことだったが。ケラーは映画を二本見た。が、一本分の料金しか払わなかった。一本見おえても別のチケットを買いにいかなかった。販売係の注意を惹くという危険を冒すかわりに、男子用トイレにはいり、そこから別のシアターにまぎれ込んで二本目を見たのだった。

案内係に見つかっていたらどうしていただろう？　そいつを撃って逃げていた？　それは

ありえなかった。オートマティックのシグザウアーは車のグラヴ・コンパートメントの中に入れてあったから。しかし、拳銃が手の届くところにないとどれほど心細くなるか。そのことに気づいて、ケラーは自分に驚いた。銃を持ち歩いていたのはたかだかここ数日のことだ。平均年齢が七十七歳くらいの客が二十人ほどしかはいっていない平日の薄暗い映画館以上に安全な場所などどこにある？　ここなら安心と思って当然だった。なのにどこに行こうと、そんな思いにはもう二度となれないような気がした。

二本目の映画が終わると、ちょうど出かける頃合いになっていた。顔をうつむけ、ホーマー・シンプソンに先導され、車に戻った。シートベルトをはめるより、イグニッションにキーを差し込むよりさきに、まず拳銃をズボンのベルトに差した。そして、腰のうしろのくぼみにあたる銃の重みに心強さを感じるようになっているのを改めて実感した。

映画館を出たときにはあたりはもう暗くなっていた。映画館にはいったのはその時間になるまで暇をつぶすためで、アパートメントのまわりを車で流したときには、もう午前零時近くになっていた。車をどうしたらいいものか。彼が抱いていた幻想を〈ニューヨークタイムズ〉が打ち砕くまえは、処分しようと思っていた。その方法も考えていた。ブルックリンかブロンクスの今でも荒廃している地域に行き、キーをイグニッションに差したまま、ドアをロックせず置きっぱなしにすればいい。ナンバープレートは車から降りたらすぐにはずすが、ナンバープレートがないからといって、そこに住む若者がその車でドライヴするのを躊躇するとは思えない。結局のところ、ニューヨーク市警に押収されるにしろ、あるいはベンソンハーストの解体屋の手に渡るにしろ、いずれにしろ、知ったことではない。そのときにはもう彼は家に戻り、快適な生活を愉しんでいる。歩いていくには遠いところに出かけるときにはタクシーを拾えばいい。

ああ、そうとも。

ニューヨークは、彼にとって今やデモインと同程度にしか安全な場所ではなくなってしまっていた。だから、市《まち》を出るときには車が必要になる。それまでどこかに停めておかなければならない。それもレッカー移動される恐れのないところに。駐車場に停めておけば安心だが、それはとりもなおさず、またひとり顔を見られる人間が増えるということだ。それに防犯カメラのまえを一度か二度通ることにもなるだろう。しかし、ケラーのアパートメントの周辺で駐車できるスペースを見つけるのは至難の業《わざ》だ。駐車が禁止されているスペースさえなかなか見つけれらない。数ブロック離れて国連ビルがあるので、バス停留所や消火栓のそばには必ず、違法駐車の反則を免れた大使館ナンバーの車がこれ見よがしにのほほんと停まっているからだ。

ケラーはそんな車の一台であるリンカーン・タウンカーの脇を通り過ぎた。ぴかぴかに磨かれたその車の脇を通るのはこれで三度目だった。その車は消火栓のまえをふさいでいるだけでなく、同時に目一杯ほかの車の通行を妨害していた。外交官が縁石から丸々三フィートも離れたところに車を停めるという非外交的なことをしていたからだ。三度目の今回、ケラーはその車の隣りに自分の車を二重駐車してから外に出ると、トランクを開けて工具箱の中を引っ掻きまわし、めあてのものを見つけた。

数分後、曲がり角を折れたさきのブロックにスペースを見つけてセントラを停めた。バス停留所がすぐ近くにあり、違反切符を切られたりレッカー移動されたりしてもおかしくないところだった。が、そういうことにはならないはずだった。今や彼の車には外交官のナンバープレートがついているのだから。

さて。スーツケースは持っていこうか？　いや、やはりやめておこう。持っていったところでなんの役に立つ？

彼はスーツケースを車に残し、アパートメントハウスに向かって歩きはじめた。運がよければ、切手のコレクションは回収できるかもしれない。

ケラーと彼の切手にはちょっと複雑な歴史があった。

彼は子供の頃にも切手を集めていた。それはとりたてて珍しいことではない。彼の世代は子供の頃たいてい切手を集めていた。ケラーのように内省的だった男の子は特に。切手を集めはじめたきっかけは、仕事でラテンアメリカの会社と頻繁に手紙のやりとりをしていた近所の人が、その手紙の束をケラーにくれたことだった。まず切手を封筒から剝《は》がすために水に浸し、ペーパータオルにはさんで乾かすことを学んだ。その後、母親が〈ラムストン（米国の雑貨チェーン店）〉で買ってくれたアルバムにヒンジを使ってマウント（切手帳の透明なポケットにいれること）することも。やがて切手を手に入れる別の方法も覚え、〈ギンベルズ（大衆向きのデパート）〉の切手売り場でさまざまな切手が組み合わされたセットやパケット（袋入りにしてまとめて販売される切手）を買うようになった。商品を見た上で廉価な切手を買うようにもなった——国の反対側にいるディーラーから切手のセレクションを送ってもらい、気に入った切手を抜き取り、料金とともに残りの切手を送り返し、ディーラーが次のセレクションを送ってくるのを待つのだ。そういうことを何年か続けたが、一週間に一ドルか二ドル以上つかったことはなかった。何か別の愉しみに心を奪われ、何週間もセレクションを返すのを忘れたこともあった。そして、最後には興味をなくし、気づいたときには、母親が彼のコレクションを売ってしまっていた。ディーラーの興味を惹かないものは誰かにあげてしまっていた。

切手がなくなっていることがわかったときにはさすがにがっかりしたが、悲嘆に暮れるなどということはなかった。そのうち切手蒐集熱はすっかり冷めて、興味の対象は別なものへと移った。その中には切手蒐集よりスリルに満ちていても、社会的には受け容れられないものも含まれていた。ときは過ぎ、時代は変わる。ケラーの母親もとうの昔に亡くなった。〈ラムストン〉や〈ギンベルズ〉も今はない。

切手のコレクションのことを思い出すことは、何十年ものあいだほとんどなかった。時折、頭をよぎることはあったが。子供の頃にピンセットとヒンジとともに過ごして仕入れた情報がふと甦《よみがえ》るときに。自分の頭の中にある情報の大半が、この趣味が直接もたらしてくれたもののように思われることもあった。まず、ケラーには合衆国大統領の名前をひとり残らず順番にすらすらと言えた。この技が身についたのは、一九三八年に発行された大統領の切手シリーズのおかげだった。そのシリーズ切手にはそれぞれの大統領の顔が描かれていて、大統領に就任した順番がその値段になっていた。たとえば、ワシントンは一セント切手、リンカーンなら十六セント切手といった具合に。ケラーはこれを記憶しており、切手の色まで覚えていた。一セント切手は緑で、十六セント切手は黒だった。二十一セント切手にはニューヨーク出身のチェスター・アラン・アーサー大統領が描かれており、色はくすんだ青だ。

アイダホが一八九〇年に合衆国連邦の州に昇格したことも知っていた。その五十周年記念切手が一九四〇年に発行されているからだ。一六三八年、デラウェア州ウィルミントンにスウェーデン人とフィンランド人が入植したことも知っていた。アメリカ独立戦争に参加したポーランドのタディアス・コシューシコ将軍が、一七八三年にアメリカの市民権を与えられたことも知っている。その男の名前の発音のしかたまではわからなくても——スペルは言うに及ばず——彼が何をしたのかは知っている。一九三三年に青い五セント切手が発行されたからだ。

たまにそんなことを思い出すと、やはり懐かしくはあった。だから、金銭的にはほとんど価値がなくとも、雑学のワンダーランドに眼を向けさせてくれ、時間をたっぷり注《つ》ぎ込んだコレクションが今も手元にあれば、と思うことはあった。それでも、あの頃と同じ時間を取り戻すことになるとは思ってもみなかった。あれは子供時代のことで、永遠に失われてしまったものと思っていた。

やがて、親爺さんの精神的な衰えがめだつようになり、明らかにボケはじめると、ケラーは自分が引退を考えていることに気づいた。金銭の貯えはある程度できていた。最終的にドットのオンライン口座に彼が持つようになる額の十パーセントにも満たない額だったが、その頃はそれで充分だと自分を納得させていた。

しかし、引退したらどうやって時間を過ごせばいい？　ゴルフを始める？　それとも針編みの刺繍《ししゆう》でも？　老人向け施設に入りびたる？　そんなときに、ドットに趣味の必要性を指摘され、子供の頃のさまざまな思い出が頭に甦ったのだった。で、まず手始めに一八四〇年から一九四〇年までの世界の切手のコレクションを買い、気づいたときにはいつのまにか、棚一段がアルバムと予約購読している〈リンズ・スタンプ・ニュース〉と国じゅうのディーラーが送ってくる価格表やセレクションで埋まっていた。同時に、驚くほどの大金を引退資金からつかい込んでしまっていることにも気づかされた。だから、親爺さんがこの世からいなくなったあと、ドットと直接組んで仕事ができるようになったのは、彼にとって渡りに船のようなものだった。

切手のことを客観的に考えると、郵趣の世界全体が狂っているとしか思えなかった。ケラー自身、生活費を除いた収入の大半をただの紙切れに注ぎ込んでいた。そのためなら嬉々《きき》として金を出すケラーと同好の士の変人以外には、なんの価値もない紙切れに。彼はその紙切れを手に入れるために、自由な時間の大半を費やし、手に入れたら手に入れたで、そのためのアルバムに几帳面に系統立ててマウントしていた。が、そうやって、たっぷり手間暇をかけ、整然とアルバムのページに貼りつけながら、それを自分以外の誰にも見せびらかすつもりはなかった。自分の切手を展示会に出品したり、ほかの蒐集家を家に呼んで見せたりする気にはまったくなれなかった。自分の部屋の棚に切手があり、自分ひとりだけが鑑賞できればそれでよかった。

どう考えても理屈では説明できないことだ。それはケラーとしても認めざるをえない。

その一方で、切手の作業をしているときには常に自分のしていることに没頭できた。実質的には取るに足りない作業に、相当な集中力を傾注することができた。その結果、ケラーは自分の心がどうやらそういうことを必要としていることに気づいた。切手は虫の居所が悪いときには気分を晴らしてくれ、不安や苛立《いらだ》ちを覚えるときには、そんな思いなどどうでもよくなる王国に連れていってくれる。世界がトチ狂い、まったく制御不能になってしまったように思えるときでも、切手は秩序ある世界を示してくれる。静穏が支配し、論理が勝る世界を。

それに、切手というものは、作業する気になれなくてもいつまでも待っていてくれる。市《まち》を出なければならないときにも、戻ってきたときにちゃんとそこにあることがわかっている。餌《えさ》を与え、決まった時間に散歩させなくてはならないペットや、水やりをかかせない植物とはちがう。動物や植物はこっちの注意をどこまでも求めてくる。しかし、それはそもそもこっちに与えてやれるだけの注意があるときだけの話だ。

彼にしても、切手のコレクションに金を注ぎ込みすぎてはいないかと思うことはもちろんあった。確かにそうかもしれない。が、請求書はきちんと払っているし、借金もない。投資した金はいつのまにか二百五十万ドルにふくれ上がっていた。だったら、欲しい切手を手に入れるのに金をつかってなぜ悪い？

それに、蒐集の対象となりうる価値のある切手は時間が経つにつれ、常に値が上がるものだ。今日買ったものを明日売っても利益は出ないが、しばらく持っていると、だいたいディーラーの利ざや程度は値が上がる。そんな趣味がほかにあるだろうか？　ボートを持つにしても、車のレースに参加するにしても、探検旅行に出かけるにしても、つかった金のうちいったいいくら戻ってくる？　そういうことを言えば、〈クリスタル（フランスのルイ・ロデール社の高級シャンパン）〉やコカインの純利益というのはどの程度のものなのか。

だからこそケラーは切手を取り戻しにニューヨークに帰ってきたのだ。それ以外に理由はない。寄りつかないほうがいい理由は山ほどあるにもかかわらず。警察がケラーに関心を寄せているとしたら、アパートメントを家宅捜索し、銀行口座を凍結するだけでなく、ケラーが愚かにも自宅に戻ってくるわずかな可能性に賭けて、監視している可能性はありすぎるほどある。

たとえ警察はいなくても、ミスター・〝私のことはアルと呼んでくれ〟が待ち受けている可能性もある。デモインで陰で糸を引いていたやつらが何もせず、ただなりゆきに任せているわけがない。実際、そのことはホワイト・プレーンズで証明された。巣に舞い戻ってきたのは親爺さんの雛鳥ではなくて、アルに雇われた七面鳥だった。そいつらがドットを撃ち殺して家に火をつけたのだ。

もしかしたら、ケラーの名前も自宅の住所も最初から知っていたのかもしれない。知らなかったら、おそらくドットに口を割らせたことだろう。ドットがすぐに答えてくれていたのならいいのだが。彼女が耐えなければならなかった拷問が頭に撃ち込まれた二発の弾丸だけだったことを祈るしかない。なぜなら、ドットも最後には口を割ったにちがいないからだ。誰もがそうするように。その場合、早ければ早いに越したことはない。

一方、アパートメントには誰も待ちかまえてなどいない可能性も否定できない。警察もアルの手下も誰もいないかもしれない。そういうことなら、ドアマンに見られずに建物の中にはいって出てくる方法さえ考えればいい。

おそらく一往復するだけではすまないだろう。切手のコレクションを収めたアルバムは一冊がかなり大きく、それが十冊もある。数年前にテレビショッピング《QVC》で買ったキャスター付きの馬鹿でかいダッフルバッグにアルバムを入れる。それがイースト・ストラウスバーグの映画館でスクリーンを眺めながら考えた中で一番よさそうな方法だった。が、ケラーはそのバッグを使ったことがこれまで一度もなかった。仕事に行くにしろ、遊びに出かけるにしろ、これまで荷造りしたどんな荷物よりはるかに大きな代物なのだ。絶妙のタイミングでテレビの宣伝マンに心をとらえられてしまい、気がついたときには受話器を取り上げ、あのろくでもないバッグを注文していたのだった。

あのバッグだったら、アルバム四冊は確実にはいる。うまくすれば、五冊詰め込めるかもしれない。取っ手とキャスターがついているから、車まではどうにか持っていけるだろう。そして、アルバムをトランクに入れたら、また取りに戻る——そうすれば二往復か多くて三往復ですむ。

誰かに見つかっていなければ、現金もいくらかあるはずだ。大金ではないが、緊急事態に備え、千ドルか二千ドルくらいの現金は常に部屋に置いていた。これが緊急事態でなかったら、いったいいつが緊急事態になる？　今後、現金はまちがいなく役に立つ。が、ケラーはそのためにニューヨークに戻ってきたのではなかった。現金がその十倍か二十倍あったとしても戻ってきたりはしなかった。

ケラーにとって切手のコレクションは特別なものだった。最初のコレクションはずっと昔になくしてしまった。今のコレクションはどうしても失いたくなかった。

18

誰かがアパートメントを監視していたとしても、ケラーには見つけられなかった。三十分たっぷりかけてあたりの様子をうかがったものの、それらしい相手はひとりも見あたらなかった。同時に、ドアマンのまえを通らずに、建物の中にはいる方法も思いつかなかった。一番うまくいきそうなのは、六フィートの梯子《はしご》をどこからか調達してきて、それで建物の裏手にある外づけの非常階段をのぼることだ。そこからだと、窓から誰かのアパートメントにはいり込めそうだった。しかし、それまた誰もいないアパートメントに偶然はいり込むというてつもない幸運に恵まれなければならない。首尾よくそういう幸運に恵まれたとしても、アルバムを詰めたキングサイズのダッフルバッグを抱えて、どうやって非常階段から梯子で下に降りればいい？

どうとでもなれ、だ。ケラーはまずホーマー・シンプソンの帽子を脱いだ。その帽子は彼がこれからしようと思っていることをぶち壊しにしかねない。それでも、そのあとすぐまたホーマーが必要になるかもしれないと思い、その場に捨てたりはせず、できるだけきれいにたたんでポケットの中に入れた。そして、胸を張り、手を体の脇で軽く揺らしながら通りを渡り、ドアマンが立っているロビーの入口まで歩いた。

「やあ、ニール」とケラーはロビーにはいると言った。

「こんばんは、ミスター・ケラー」とドアマンは応《こた》えた。彼の青い眼が大きく見開かれたのがわかった。

ニールにわずかに微笑《ほほえ》みながら、ケラーは言った。「ニール、留守中、おれを訪ねてきた人がいたはずだ、だろ？」

「ええ、まあ――」

「心配することは何もない」とケラーは請け合った。「一日か二日もすれば、何もかもうまくいくんだが、今はおれにもおれのまわりの人間にも、あれこれ厄介な問題が持ち上がって」ケラーはミラー・レムセンから奪った二枚の五十ドル札を入れた胸ポケットに手を伸ばした。「片づけなきゃならないことがいくつかあってね」そう言いながら、折りたたんだままの札を二枚ともニールの手に握らせた。「おれがここに来たことは誰も知らなくてもいいことだ。言ってること、わかるよね」

自信に満ちた態度に勝るものはない。それが百ドルで補強されているときにはなおのこと。

「もちろんです。ぼくはあなたを見ていません、全然」ニールの声音にアイルランド訛《なま》りがいくらか交じった。それはこんな場面でなければめったに聞けない訛りだった。

ケラーはエレヴェーターで階上《うえ》にあがった。犯行現場を保全するための封鎖テープがドアの外に貼られているかもしれないと思っていたのだが、そんなものはどこにもなかった。彼の健康を守るためにアパートメントの中を殺菌消毒したと書かれたテープもなかった。鍵も換えられていなかった。ケラーは自分の持っている鍵でドアを開けた。部屋の中を見るなり、出たときの状態とは異なっていることがわかったが、些細《ささい》なことに時間を無駄にするつもりはなかった。彼は切手のアルバムをしまっている本棚にまっすぐに向かった。

19

すべてなくなっていた。

だからといって、それほど驚きはしなかったが。アパートメントに戻っても、アパートメントにはいった誰かにすでに切手を奪われている可能性は大いにあった。それは予期していたことだ。警察が押収したのかもしれなかった。が、ケラーには、アルかアルの差し向けた男が持っていったような気がしてならなかった。その男はたまたま切手蒐集の市場のことを知っていて、切手の価値も知っていたのだろう。誰が持ち去ったにしろ、一ドルの切手で十セントの儲《もう》けが出たら運がいいほうだ。それでも、そいつはヘルニアにかかる危険を冒してでも、十冊の巨大なアルバムはここから持ち出すだけの価値があると思ったのだ。その手のお買い得品にも手を出す、あまり良心的でないディーラーなどすぐに見つかるだろうと判断して。

そういうことなら、切手は永遠になくなってしまったことになる。一方、警察が持っていったとしても、ケラーにとって実質的にはなくなってしまったことに変わりない。このさき二十年、暑さや湿気や害虫や空気の汚れがそれぞれの仕事を果たす中、どこかの証拠保管室のロッカーに入れられっぱなしになるのだから。ケラーのもとに切手が返ってくる可能性はない。デモインにいる誰かが精神的に追いつめられ、ケラーに濡れ衣を着せたことも含めて、洗いざらい白状するような奇跡が起きても——そういった奇跡がほんとうに起きても（そんな奇跡は起こりもしなければ、起こせもしないことはわかっていたが）——だからといって、切手と再会を果たせるわけではない。

切手はなくなってしまった。しかし、まあ、それはしかたがない。それよりドットもいなくなってしまった。それはまったく予期していなかったことだった。ドットという友人は死ぬまでずっといてくれるものとケラーは思っていた。だから当然ショックを受けた。そして、悲しみに打ちひしがれた。彼女を失ったことは今でも悲しかった。この悲しみはこれからしばらくのあいだ消えることはないだろう。だからといって、彼女が死んだことを知って、ケラーは自分の殻に閉じこもってしまったわけではなかった。さきに進みつづけた。なぜなら、それが人のすることだからだ。しなければならないことだからだ。人はまえに進まなくてはならない。

切手がなくなったからといって死ぬわけではない。喪失感は拭《ぬぐ》い去れないが。盗まれる可能性は考えていた。だからといって、ショックが和らぐわけもない。切手はなくなってしまった。それで終わり。ほかに言うべきことはない。もう二度と取り戻すことはできない。ドットを生き返らせることができないのと同様。ドットは死んでしまった。結局のところ、一度失われたものはもう二度と戻ってはこない。

これからどうする？

パソコンもなくなっていた。警察がなんの躊躇もなく押収していったのだろう。今頃はどこかの技術屋がハードディスクを徹底的に調べて、ありもしない情報を引き出そうと奮闘していることだろう。ケラーが使っていたパソコンは〈マックブック〉で、反応が速くて使い勝手がよかった。彼が覚えているかぎり、犯罪に結びつく情報は何もはいっていなかった。後釜《あとがま》を手に入れるのに必要なのは金だけだ。

留守番電話機は粉々に砕かれ、床にぶちまけられていた。道理で電話をしてもなんの応答もなかったわけだ。こんな目にあわされるとは留守番電話機はいったい何をしたのか。誰かを怒らせたのか。あるいは留守番電話機も盗もうとしたものの、途中で面倒くさくなり、かっとなって壁に叩きつけたのか。しかし、だからどうなのか。留守番電話機の後釜は必要なかった。留守番電話機をつなぐ電話もなければ、彼にメッセージを残そうとする者ももういないのだから。

床にぶちまけられているのは留守番電話機だけではなかった。箪笥《たんす》やクロゼットの中も徹底的に調べられ、いくつかの引き出しの中身が床に散乱していた。それでも、ざっと見たところ、衣類は何ひとつ盗まれていないようだった。ケラーはシャツと下着とソックスをいくつか選び、スニーカーを一足取り出した。次にどこに向かうにしろ、入り用なものをいくつか選んだ。切手があろうとなかろうと、これでようやくあのくそダッフルバッグの使い道が見つかった。バッグをしまっておいたクロゼットを開けた。するとそれもなくなっていた。

ああ、そうだろうとも。この部屋にはいり込んだくそったれには切手のアルバムを詰め込むものが要った。あらかじめバッグか何か持ってこようとは思わなかったのだろう。切手のコレクションを見つけるまで、そういうものがここにあることは知らなかったのだろうから。で、部屋じゅう探しまわって、ダッフルバッグを見つけたにちがいない。

どっちみち、ケラーにはダッフルバッグをいっぱいにすることはできなかった。荷物はわずかばかりで、買物袋で充分事足りた。

買物袋を床に置くと、工具を入れてあるキッチンの引き出しからドライヴァーを取り出し、そのドライヴァーで寝室の壁に取り付けられているスウィッチプレートをはずした。何年もまえ、ケラーがこのアパートメントに住むまえには、寝室の天井に照明器具が取り付けられていたのだろう。が、ケラーのまえの住人が部屋を改修したときにそれを取りはずしたらしい。で、なんの役も果たしていないスウィッチプレートだけが壁に残ったというわけだ。実のところ、ケラーは引っ越してきた頃、そのことを繰り返し自ら証明してしまっていた。意味もなくそのスウィッチを押してしまうことが何度もあった。

アパートメントを購入し、貸借人ではなく、所有者になったときには、この機会に彼もまた部屋を改修しようと思い、スウィッチプレートをはずしたことがあった。そこにスティール・ウールを詰めて上から漆喰《しっくい》で固め、まわりの壁と同じ色に塗ろうと思ったのだ。が、スウィッチプレートをはずしてみて、そこが絶好の隠し場所になることに気づいた。以来、緊急事態用の現金はそこにしまってあった。

金はちゃんとはいっていた。千二百ドルちょっとあった。その金を取り出すと、スウィッチプレートをもとに戻した。このアパートメントに戻ってくることはもう二度とないのに、なぜ自分はこんなことをして時間を無駄にしているのだろうと思いながら。

それ以上時間を無駄にして箪笥の引き出しを戻したり、来訪者が散らかしたあと片づけをしたりはしなかった。指紋も拭き取らなかった。ここは長年住んでいたケラーのアパートメントだ。彼の指紋はそこらじゅうについている。そんな指紋を拭き取ることにどれほどの意味がある？　何をしたところでそのことにどれほどの意味がある？

ロビーに降りていくと、ニールは玄関の外の歩道の左手に立っていた。手を背中にまわして握り、通りの反対側の建物の七階あたりを見つめていた。ケラーもそこに眼を向けてみた。唯一明かりがついている部屋の窓にはブラインドが降ろされていたので、何がドアマンの注意をそこまで惹きつけているのか推測するのはむずかしかった。で、やっとケラーも気づいた。彼は見ているものではなくて、見ないようにしているものに意識を集中させているのだ。今の状況を考えると、その対象はケラー以外考えられなかった。

ええ、もちろんです、刑事さん、そんな男は見かけませんでした。

声などかけてくれるなというニールの態度に、ケラーは片手に買物袋を持ち、腰にシグザウアーの重みを感じながら、無言で彼の脇を通り過ぎた。そして、通りの角まで行くと、ホーマー・シンプソンの帽子をかぶり、ニールの視野から永遠に消えた。

次のブロックで足を止め、ふたりのレッカー車の係員がリンカーン・タウンカーを移動させる準備をしているのを眺めた。外交官ナンバーはおろか、どのナンバーにも守られていないその車は、縁石からだいぶ離れたところに停められており、おまけにそこは消火栓のまんまえでもあって、レッカー移動される条件を申し分なく満たしていた。不法駐車車両を保管する駐車場行きの切符を手渡されていた。

わけもなく、その光景を見てケラーは嬉しくなった。そんな彼の気持ちを表わすドイツ語があり、彼もそのことばを知っていた——〝シャーデンフロイデ〟。他人の不幸は蜜の味。それが人間の感情の中で最も崇高な感情とは思わなかったが。

それでも気づくと、車に戻るまでずっと顔には大きな笑みが貼りついていた。ほんの数分前まで、笑うことなどもう二度とないと思っていたのに。シャーデンフロイデでも——彼は思った——〝ノー・フロイデ〟よりははるかにましということだ。

マンハッタンにはいるときには、橋にもトンネルにも六ドルの通行料がかかるが、出ていくときには一セントもかからない。このため金を集める係員の数は半分ですむ。が、ケラーはずっと以前からこの仕組みの根底にはさらにもっともな理由があると思っていた。こんな悪徳の大都会を訪れた観光客のいったい何人が、帰りの通行料まで払えるだけの金を持って出ていけるか。

今のケラーには顔を見られる相手がひとりも増えずにすんだことを意味した。リンカーン・トンネルを抜けて市《まち》を出ると、最初に見つけたニュージャージー州側のコンヴィニエンスストアの駐車場で大使館のナンバープレートをはずした。ニューヨーク以外のところではよけいな注意を惹くだけのことだ。ただ、捨てるのももったいなく、このあとそのナンバープレートを使う機会があるのかどうかはわからなかったが、トランクの中のスペアタイヤの横に置いた。

そこでふと思った。リンカーン・タウンカーの持ち主は車と再会を果たせるだろうか。車がなくなったことは国際問題になるのだろうか。もしかしたら、新聞にそういう記事が載るかもしれない。

車で走り出したときには特に行き先は決めていなかった。どこに行くかいよいよ決めなくてはならなくなっても、ゆうべ泊まったペンシルヴェニア州のグジャラート人の経営するモーテルしか頭に浮かばなかった。〝今晩も頼む〟と言えば、教区学校の制服を着た肌の黒いほっそりしたあの女の子が、ゆうべ同様、彼には少しも関心を示さず、チェックインの手続きをしてくれることだろう。しかし、あのモーテルをまた見つけられるだろうか？　インターステイト八〇号線のそばにあったことくらいしか覚えていなかった。モーテルの近くのインターステイトの出口を通れば、思い出すかもしれないが——

それはいい考えとは言えない、とケラーは思った。

そのモーテルが魅力的に思えるのは、そこに行ったことがあるからだ。一晩泊まっても何も起きなかった。だから、安全な場所と思ってしまっているだけのことだ。しかし、彼がモーテルを出たあと、昨日はケラーにほとんど注意を払わなかった少女が、眼に否応なしにはいってくる写真を見たかもしれない。そして、ビーズのカーテンが揺れてじゃらじゃら鳴る音より、ほんの少し大きな音が頭の中でピンと鳴るのを聞いたかもしれない。ただ、写真の男はすでにモーテルからいなくなっているので、わざわざ警察に通報したりはしなかった。せいぜいケラーが写真の男とどれだけ似ていたか思い起こしたりしたぐらいだろう。両親には話すかもしれないが、それ以上のことはしない。

しかし、機能不全に陥った頭で、ケラーがのこのこモーテルに舞い戻り、顔をじっくり見られる機会を女の子に与えてしまったら、話はまた別だ。疑念は確信に変わるだろう。アジア人は感情があまり顔に出ないことで有名だが、気がついた瞬間、女の子は顔色を変えるかもしれない。そうなったら、女の子としてもそのままにはしておけなくなる。そうならなくても、女の子はチェックインの手続きをすませ、いい夜をお過ごしください、と言い、それから彼がオフィスから出ていくなり、受話器を取り上げるだろう。

それにもう夜中の二時だ。モーテルに着くまで少なくともあと四時間はかかるだろう。夜どおし車を走らせ、明け方にチェックインする客もいなくはないが、それほど多くはない。モーテルのチェックアウトの時間がすぐにきてしまうのだから。チェックアウトの時間はどんなに遅くてもだいたい昼の十二時だ。だから、朝の六時か七時にやってきた客は普通の客より注意を惹く。その上、チェックアウトの時間についての説明を受けて時間を無駄にしなくてはならず、二晩目の宿泊料をまるまる払わなければならない——

これ以上考えても意味がない。いい考えではないのだから。最初はいい考えのように思えたが、もう問題外だ。その考えの唯一の利点は、そこに行ったことがあるというところだったわけだが、結局のところ、それ自体少しもよくないことがわかったのだから。

最初に行きあたった問題のなさそうなモーテルにはいればいいのか。夜はもうすっかりふけている。今日は長い一日だった。一晩眠れば、頭もいくらかはまともに働くようになるだろう。

いや、まだニューヨークに近すぎる。最初は東に向かい、ニューヨークに近づけば近づくほど安全になったような気がしたものだが、今はもうニューヨークは危険きわまりない場所でしかなくなった。離れれば離れるほど安全と思える場所でしか。

何か口に入れたほうがいいだろうか？　コーヒー一杯だけでも？

映画館でポップコーンを食べてから、何も口に入れていなかった。が、空腹を覚えなかった。コーヒーもそれほど飲みたいとは思わなかった。疲れていて、神経もすり減っていたが、眠気は覚えなかった。

前方にサーヴィスエリアが見えてきた。ケラーはその駐車場にはいり、車を停めた。そこに建っていた小さな建物は、夜間には鍵がかかり、中にはいれなかった。が、あたりには誰もいなかった。ケラーは茂みで用を足してから車に戻り、運転席で楽な姿勢を取って眼を閉じた。数秒も経たないうちにまた開いた。もう一度眼を閉じてみたが、やはり同じ結果になった。ケラーは寝るのをあきらめ、キーをまわしてエンジンをスタートさせると、サーヴィスエリアを出て道路に戻った。

20

十日後、ケラーは映画館にいて、カップ入りポップコーンを映画が終わるまでもたせようと、少しずつ食べていた。見ているのはコンピューター・オタクのティーンエイジャー軍団がマフィアの強面《こわもて》の男たちをペテンにかけ、数百万ドルを騙し取るという内容のものだった。主人公は彼の仲間たちほど変人ではなかったので、最後には女の子と恋仲になったりもするのだが、明らかに若い観客向けにつくられた映画で、平日の半額チケットを買った年寄りたちは当然のことながら敬遠していた。

ケラーも普段なら同じように敬遠していただろう。が、上映されている映画で見ていないのはそれしかなかったのだ。そのシネコンにはスクリーンが八つあり、六本の映画が上映されていた――人気のある二本の映画はそれぞれふたつのスクリーンで上映されていて、どちらを見るにしても一時間以上待たなくてもすんだが、ケラーは両方ともすでに見ていて、残りの四本の映画のうち三本も見ていたのだ。これでもう残りの一本のオタク映画も見てしまった。腕時計で時間を確かめた。まだ早い時間だったので、ほかの劇場にはいって、別の映画をもう一度見ることもできなくはなかった。しかし、見た映画はだいたいどれも最初に見たときからそれほど面白いとは思えず、もう一度見たからといって見逃していた映画の機微に気づくとも思えなかった。

そのシネコンはミシシッピ州ジャクソン（ミシシッピ州中部の都市。州都）はずれのショッピングモールの中にあった。彼は前夜も〈パテル・モーテル〉に泊まっていた。〈パテル・モーテル〉というのはどう考えても独立系の巨大なチェーン店のようだった。ミシシッピ州グレナダからさほど遠くないところ、正確には、タイ・プラントというありえないような名前の町の道路の出っ張りみたいなところに建っていた。映画を見ながらもこのあとのことを考えていた。さらにさきに行くか、それともジャクソンを出たところでモーテルを探すか。まだ決めかねていた。次にどこに行くにしろ、行ったさきで何をするにしろ、その頃には段々なりゆき任せになっていた。

映画館を出て、車に向かった。例によってホーマー・シンプソンの帽子をかぶっていたが、衣裳は数日前から増えていた。都合がいいことに、テネシー州の映画館にデニムのジャケットの忘れものがあったのだ。暖かい夜だった。だから、ジャケットの持ち主は家に帰り着くまで忘れたことに気づかなかったかもしれない。翌日か翌々日、映画館に取りに戻っても見つからず、袖や襟がすり切れ、縫い目がほつれているぼろジャケットなど、誰が持ち去ったにしろ、いったいどうしてそんな気になったのだろうと訝りながら、頭を掻き掻き、探しまわったことだろう。

ケラー自身はそのジャケットがかなり気に入っていた。ケラーのブレザーにもわずかに彼のにおいがしみついているように、そのデニムのジャケットにもまえの持ち主のにおいがわずかに残っていたが、脱ぎたくなるほどの悪臭ではなかった。ジャケットは見た目の印象を変えてくれる。しかもその印象は彼の置かれている環境に好都合だった。『プレイボーイ』や『GQ』は年に何度か特集を組み、紺のブレザーは男の服装の基本で、タキシード着用の晩餐会《ばんさんかい》や濡れTシャツコンテストでは無理としても、それ以外のきちんとした恰好を求められる機会には、常に文句なく通用すると読者に請け合っている。実際、それは正しいように思えた。ケラーはブレザーの用途が広いことにデモインを出てからずっと感謝していた。が、南部の田舎町ではブレザー姿で人々の中に溶け込むのはむずかしい。ケラーはもちろん奇声をあげたり、トラック曳《ひ》きコンテストで膝を叩いたり、バプティスト派のお祭でヘビ使いを演じたりといった真似は厳に慎んでいたが、それでも誰かの古きよきデニム・ジャケットを着ていると、いかにも人目につかずにすんでいるように思えた。

逃亡者――少なくともケラーがなってしまったらしい類《たぐ》いの逃亡者――は自然とふたつの衝動を覚えるらしい。ひとつはとにかくどこまでも必死で逃げたいと思う衝動。もうひとつはどこかに身を隠し、ベッドにもぐり込んでベッドカヴァーの下に隠れていたいという衝動だ。

言うまでもなく、このふたつは同時にはできない。それでも、捕まりたくないのなら、そのどちらもしてはならないことにケラーはすでに気づいていた。

隠れ場所を見つけてそこにずっと潜伏していたら、同じ人間と何度も出くわすことになる。それだと遅かれ早かれ、いつかそのうちの誰かに顔をまじまじと見られ、その次の瞬間にはもう警察に通報されているといった事態になる。

一方、やみくもに逃げて国境までたどり着いても、パスポートも運転免許証もなく、九月十一日の同時多発テロ以降の警備を突破しなければならない。しかも国じゅうの警官が血眼になって探している顔のまま。奇跡が起きて国境を越えてメキシコの町にはいれたとしても、そこには逃亡中のアメリカ野郎がいないかと眼を光らせている警官や情報屋がひしめいている。そんなところは必ずしも行きたい場所とは言えない。

で、ケラーが思ったのは、その極端なふたつの方法のあいだを取るのが逃亡の秘訣ということだった。つまり、急ぎすぎないことと遠くまで行きすぎないことを心がけ、たえず移動しつづけることだ。一日に百マイル、長くても二百マイルぐらい移動し、安全な場所を選んで眠り、安全な方法で一日一日をやり過ごす。

そういうことを続けるのに、昼間の映画館以上に理想的な場所もない。館内に客はほとんどおらず、従業員は退屈しきっていて、だいたいがぼんやりしている。夜はモーテルの部屋にこもり、ドアには鍵をかけ、テレビをつけて過ごす。誰からも文句を言われないようテレビの音は小さめにして。

それでも、ケラーはモーテルに毎晩泊まるという危険は避けていた。ヴァージニア州でインターステイト八一号線を降りたところでは、どこから見てもチェーン系ではなさそうなモーテルのドアに向かいかけたのだが、悪い予感めいたものを覚えて足を止めると、車にまっすぐ引き返した。神経質になりすぎている。自分でもそういう気はした。が、何がそんな予感を覚えさせたにしろ、その何かは尊重しなければならない。そんな気もしたのだ。その夜は結局、サーヴィスエリアに車を停め、車の中で寝た。次の日の朝、片側のドアのすぐ近くに大きなトラックが停まって眼を覚ますと、反対側のドアのすぐそばでは『人気家族パートリッジ（一九七〇年から一九七四年まで放送されたアメリカの人気テレビドラマ番組）』の面々ではないかと思われるほどの団体がピクニックをしていた。ケラーの姿をさえぎるものは何もなく、陽も燦々《さんさん》と射しており、ケラーはそこにいた誰かにまちがいなく見られていた。坐ったままうつむいて眠っており、帽子が顔を隠してくれていたので、何事もなく立ち去ることはできたが。

二日前、テネシー州で車を走らせていたらすっかり遅くなり、モーテルにはいろうと思ったら、三軒続けて〝満室〟のネオンが灯っていたことがあった。そのときは〝農場——売り出し中〟という看板を見つけ、未舗装路を半マイルほど走ってそこに向かった。家屋には明かりが灯っておらず、あたりにはタイヤをはずされた古いフォードが一台停まっているだけだった。家の中に押し入ろうかとも思った。ほんとうにそれが押し入ることになるとして。見るかぎり、鍵がかかっていない可能性が高かった。

しかし、明け方、誰かが誰かに家を見せるためにやってきたら？　それに、もし未舗装路のさらにさきに住んでいる近所の住民が、通りがかりにその農場に車が停まっていることに気づいたら？

ケラーは納屋に向かい、道路から見えないところに車を停めた。そして、フクロウと正体不明の齧歯《げっし》動物とともに一夜納屋で過ごしたのだった。フクロウはケラーより大きな音をたて、齧歯動物はケラーがほかの人間を避けているのと同様、フクロウを避けようとして、できるだけ音をたてないようにしていた。動物とカビの生えた干し草と、はっきりと特定できない納屋独特のにおいがした。が、一番近くにいる人間からも遠く離れていることには幾許《いくばく》かの価値があった。藁《わら》を撒いて均《なら》し、その上に大の字になった。心配事は尽きなかったが、その夜はぐっすりと眠れた。

次の日、農場を出るまえに古いフォードを調べてみた。ゆうべ見たとおり、タイヤははずされており、エンジンも抜き取られていたが、ナンバープレートはまだふたつついていた。〝テネシー・ボランティア・ステイト（テネシー州の愛称。志願兵の州の意）〟と書かれているだけで、年を表わすようなものはなかった。錆《さ》びついてはずしにくいボルトが一本あったが、ケラーはあきらめず、農場を出ていくときには、セントラにテネシー州のナンバープレートがついていた。

アイオワ州のプレートはすぐには見つからないよう納屋の隅の藁の奥に押し込んだ。

ジャクソン郊外で見つけたモーテルのカウンターには、そのモーテルの経営者がサンジット・パテルであることを示す表示板が置かれていた。が、この特別なミスター・パテルは、家族以外の人間、さらには自分の同胞以外の人間を雇えるレヴェルで、アメリカンドリームを実現したようだった。カウンターの中にいたのは肌の色の薄い黒人の男で、アーロン・ウェルドンと書いた名札をつけていた。短い髪に細長い卵型の顔で、分厚い黒ぶちの眼鏡をかけていた。ケラーが近づくと、盛大に歯を見せて笑いかけてきた。「バート・シンプソン！おお、わが友！」

ケラーも笑みを返しながら部屋の料金を尋ねると、四十九ドルという答が返ってきた。ケラーは二十ドル札を三枚カウンターの上に置くと、差し出された宿泊カードを一インチばかりその若い男のほうに押し戻して言った。「おれのかわりに書いてくれないかな」そう言って、少し間を置いてつけ加えた。「領収書は要らないから」

ウェルドンは分厚いレンズの奥の眼を訝しげに細めた。が、すぐにまた盛大な笑みを浮かべて、部屋の鍵と十ドル札を差し出した。部屋代に加えて税金がかかるから、合計で五十三ドルほどになるはずだが、十ドルの釣りを寄越したということは、話がまとまったということだ。つまり、その五十ドルはサンジット・パテルの眼に触れることもなければ、ミシシッピ州もそこから税金を徴収することはないということだ。

「言いまちがえたね」とウェルドンは言った。「おれ、バート・シンプソンって言ったけど、お客さんの帽子に描いてあるのは誰がどう見てもバートの父親のホーマーだよね。いい夜を、ミスター・シンプソン」

はいはい、もちろん。おれはお客さんに会いもしなかったし、お客さんを見もしなかった。


部屋にはいると、ケラーはテレビをつけ、チャンネルを変えてCNNを探した。いつものようにニュースを三十分見たあと、ほかにどんな番組があるのかチェックした。翌朝は自動販売機を見つけて新聞を買った。

ペンシルヴェニア州を南に走っているときに、〈ニューヨークタイムズ〉を手に入れていた。それにはホワイト・プレーンズの火事についての続報が出ており、黒焦げになった死体は歯形の記録から、ドロシア・ハービソンにまちがいないことが確認されたと載っていた。ひょっとして発見された死体はドットではないかもしれないと思うことを自分に許し、気持ちをなだめていたのだが、そんなわずかな望みもそれで完全に断たれた。

その後もケラーは新聞を買いつづけた。平日には〈USAトゥデイ〉を、週末には手に入れられる新聞ならなんでも買い漁った。暗殺そのものと暗殺に関連する記事は彼の眼のまえでどんどん小さくなって、消えていくように見えた。数年前、ケラーは仕事の現実に対処するために、ちょっとしたメンタル・エクササイズを編み出していた。まず殺した相手のイメージを頭に思い描き、色を消して白黒画像に変える。次にその画像を徐々にぼかして遠くに追いやり、ただの灰色の点になるまで小さくしていく。やがてまばたきすると、その小さな点も消える。そのエクササイズは確かに役立ったが、効果が永遠に続くわけではなかった——何年も経ってから、努力して忘れた人物の顔が鮮やかにありありといきなり頭に浮かぶことがあった。それでも、耐えがたくなっていたかもしれない時期をやり過ごすことができたのは、そのエクササイズのおかげだった。そう思っていた。が、今、自分のしていたことはすべて現実の先取りだったように思えた。人の意志の助けを借りなくても、ときはおのずと同じ効果を生む。どんな事件も一時期大々的に報道されても、やがてニュース番組から消えていく。新たな非道がおこなわれると、それまでの事件は眼に触れる機会が少なくなり、人々の関心は完全に新しい事件に移る。

それがマスメディアの世界の常だ。が、人の意識の中でも同じことが起きている。ケラーはそのことに気づいた。努力しようとしまいと、結局のところ、同じことなのだ。どんな物事も色褪せ、ぼやけ、最後には焦点を失う——あるいは、ただ単に思い出すことが少なくなり、記憶も次第に鮮明でなくなる。

その例など探すまでもなかった。ケラーは数年前、ネルソンという名の毛並みのいいオーストラリアン・キャトル・ドッグを飼っていた。その犬の散歩をアンドリアという若い女性に頼んだのだが、そうこうするうち、いつのまにかケラーと彼女は、ネルソンの首輪以外にも多くのものを分かち合うようになった。ケラーは彼女のことが好きになり、イヤリングを次々と買い与えた。が、ある日、彼女は出ていった。ネルソンも一緒に連れて。

そういったことは事実として受け容れなければならないことだ。だから、ケラーもそうした。それでも心は深く傷ついた。ネルソンとアンドリアのことを思い出さない日は一日たりとなかった。

思い出さなくなる日が来るまでは。

突然、何もかも忘れてしまったということではない。アンドリアのこともネルソンのことも、二度と思い出さなくなったということでもない。もちろん、思い出すことはある。そんなときには別れたその日の気持ちに戻ってしまうこともある。しばらく経って別れのショックが消え、心の痛みがかえって増したときの気持ちになることも。それでも、思い出す回数は徐々に減り、それにともなって気持ちの昂《たか》ぶりも弱まった。ネルソンとアンドレアを失ったことを忘れることはありえない。が、気づくと、それもまた彼の長く数奇な過去の一部となっていた。そう思える日がいつしか来ていた。

しかし、とケラーは思った。今になってどうしてこんなことを例として記憶の中から掘り起こしたのだろう？　そんなに昔のことを思い出さなくてもいいのに。つい一週間前、おれはおれの人生においてかけがえのない対象を一日のうちにふたつも失ってしまったのに。親友を殺され、切手のコレクションを盗まれたのに。そう思って、ケラーはさらに気づいた。今はそのことをしきりと考えている。それでも、思い出す回数はすでに減ってきている。生々しい心の痛みも日が経つにつれて少しずつ和らぎ、やがてドットも切手も過去の一部になる道を歩みはじめるのだろう。今はまだ思い出すと、苦しみと後悔に胸をふさがれる。酸に侵されたように身が焼かれる。それでも、一日生きれば、一日経つごとにそれらから少しずつ遠ざかる。

つまるところ、物事を自分から忘れる必要などないということだ。無理に忘れようとせずに肩の力を抜いていれば、どんなこともおのずとどこかへ漂い去っていく。そういうことだ。

21

ニューオーリンズを車で走り、ハリケーン・カトリーナが残した惨害の爪痕を探しているうち、ケラーは自分が九月十一日のテロ事件のあとにニューヨークを訪れ、グラウンド・ゼロの行き方を通行人に尋ねる観光客になったような気がしてきた。ハリケーンを取り上げたニュースは見ていたので、強風や洪水がどのようにして市《まち》を破壊したのかは知っていた。が、ニューオーリンズの地理に通じているわけではなかったので、自分が今、何を見ているのかよくわからなかった。あたり一帯がすべて瓦礫《がれき》の山となったところや、二度ともとには戻れないような被害を受けたところもあったはずだが、それがどこにあるのかわからなかった。といって、場所をわざわざ尋ねる気にはなれなかった。

だいたい市《まち》の窮状を見てどうするというのだ？　ケラーはグラウンド・ゼロにかよい、救助作業をしている人たちに食事を配るボランティア活動をしたことがあった。が、それを辞めたあと、地面に穿《うが》たれた穴を眺めるためにまたそこを訪れようとは思わなかった。ハンマーを持ってニューオーリンズの復興に力を貸すつもりもなければ、ほかの人々が市《まち》を再建するのを見届けるほど長くとどまるつもりもなかった。なのに、どうして口をぽかんと開けて突っ立ち、瓦礫の山など眺めなければならない？

それでも、街中を車で流していると、興味を惹く一画に出くわし、ケラーは通りの右に寄せて車を停めた。あたりには駐車禁止の標識もパーキングメーターもなかった。ブレザーを着ていこうか、それともデニムのジャケットにしようか迷ったが、どちらにしても暑そうだった。ズボンからTシャツの裾《すそ》を引っぱり出して、それでなんとか銃を隠そうとしてみたが、うまくいかなかった。体にぴたりとしたTシャツで、どうやっても銃の輪郭が透けて見えた。その辺を歩きまわるだけなのに、ほんとうに銃が必要だろうか？　ケラーは銃をグラヴ・コンパートメントの中にしまうと、車をロックしてニューオーリンズ見物をするため外に出た。

これは果たしていい考えなのだろうか？

いい考えではないだろう、たぶん。それはケラーとしても認めざるをえなかった。最も安全な行動は今までずっとしてきたことをしつづけることだ。つまり、人と接触する機会を最少限にとどめ、昼間は薄暗い映画館の中で、夜はモーテルの部屋の中で過ごし、食事はファーストフード店のドライヴスルーで調達し、危険をできるだけ抑えて時間をやり過ごすことだ。そのやり方はよくわかっていたし、それを際限なくやりつづけられない理由もなかった。

それは、まあ、少し言いすぎかもしれないが。ケラーは今でもミラー・レムセンのクレジットカードを使ってガソリンを入れていたが、それはそろそろあまりいい考えとは言えなくなるだろう。このところ長い距離を車で移動するようなことはなくなっていた。だからガソリンはそれほど減っておらず、タンクにはテネシー州からミシシッピ州にはいってすぐに補給したガソリンがほぼまるまる残っていたが、今は亡きミスター・レムセンのおごりで入れるのは、それを最後にしたほうがいいかもしれない。

　なんとも言えないところもないではないが。おそらくレムセンはカウンターの下に転がっているところをまだ発見されておらず、近所の住民はこぞって今でもレムセンのおごりでガソリンタンクを満たしているはずだからだ。〈USAトゥデイ〉には毎日各地のニュースを伝えるページがあり、そこには五十州それぞれのニュースがひとつずつ掲載される。おそらくその地方で関心の的となっていることを取り上げているのだろう。たとえば、モンタナ州の住民がメリーランド州に出張したときなど、そのページを見れば、ミズーラ・ミズリー（アメリカのネクサス・リーグ・ベースボールのマイナーリーグのチーム。モンタナ州西部の都市ミズーラが本拠地）や、カリスペル（モンタナ州北西部にある市）・キャット・ボックス・ライナーの近況がわかる。古きよき〈USAトゥデイ〉はそうして人と故郷とを結びつけてくれている。

　もっとも、これはニューヨークにはあてはまらない。ニューヨークで起きた出来事はさして大きな出来事でなくても、たいてい全国規模のニュースとして扱われる。しかし、インディアナ州にはたぶんあてはまるはずだ。で、ケラーは毎日、地方欄のページを開いては各州の出来事を伝える短い記事に隈《くま》なく眼を通していたのだった。その大半はまるで興味が惹かれない記事で、どんな記事も崩れかかったガソリンスタンドでそこの経営者が死体で発見されたなどとは伝えていなかった。しかし、だからと言って、今もまだ死体が発見されていないとはかぎらない。また、ご当地ニュースのページ全体の掲載基準に照らすと、この件がそれほどの事件でないことはケラーとしても認めないわけにはいかなかった。

いずれにしろ——本人の死体が発見されていようといまいと——クレジットカードを捨てるのが安全策であることはわかりきっていた。現金でガソリンを入れるのにはいくらか危険をともなうものの、今はもうそれほど多くのガソリンを使っていなかった。それに、レムセンのときのように、別の誰かのクレジットカードが思いがけず手にはいる機会がまた来ないともかぎらない。

しかし、今のところセントラにはガソリンがたっぷりはいっている。駐車しているかぎり、ガソリンは一滴たりと燃やされていない。そんなことより差し迫った問題は、危険に身をさらしてニューオーリンズを歩きまわるというのは、果たしていい考えなのかどうかということだ。ケラーとしてはあまり自分に問いかけたくない質問ながら。出てくる答が気に入らないのは答を出すまえからわかっていた。

そう、どう考えても危険なことだ。

そうは思うものの、はるばるニューオーリンズまでやってきていながら、Uターンして立ち去り、魂も何もないファーストフード店に立ち寄り、ただ生き永らえるためだけに、調理ずみのハンバーガーやフライドポテトを食べるだけで、人間、満足できるものだろうか。これがミシシッピ州のタイ・プラントやテネシー州のホワイト・パインにいるのなら、選択肢はいくつもない。だから、そういうところなら何もしないのも悪い考えではないだろう。しかし、ケラーはここ数年間のあいだにニューオーリンズを二、三回訪れたことがあり、〈カフェ・デュ・モンド〉で出されるベニエ（四角形のドーナツ）やチコリコーヒー（チコリの根のはいったコーヒー）の味が今でも忘れられなかった。しかもそれはタバスコの壜《びん》の蓋《ふた》にすぎない。ニューオーリンズの名物料理のほんの一端にすぎない。ガンボスープ（オクラを入れ、スパイスを利かせたルイジアナ特有のシーフードシチュー）を食べずして、ニューオーリンズを去ることなど、果たして人間にできるものなのだろうか。あるいは、レッドビーンズ・アンド・ライス（赤インゲン豆と豚肉のシチューをライスの上にかけた料理）やオイスター・ポーボーイ・サンドウィッチ（カキフライのサンドウィッチ）やジャンバラヤ（ルイジアナ特有の炊き込みご飯）やクロウフィッシュ・エトフェ（ザリガニのシチューをご飯の上にかけた料理）といった、ニューオーリンズではたいていどこの店でも食べられても、ほかの地域では決して出されることのないすばらしい料理を味わうことなしに？

　できないことではない、もちろん。そういった料理すべてに背を向けて立ち去るというのはできない芸当ではない――車で移動しているわけだから、正しくは走り去ると言うべきか――しかし、それまたほんとうにいい考えなのかどうか。ケラーには判断がつかなかった。

　その昔、親爺さんの下で働いていた頃、身を隠しているターゲットのもとに送り込まれたことが何度かあった。その多くは政府の証人保護プログラム下にある者たちだった。彼らは新しい名前と新しい身分を手に入れ、新しい環境で新しい生活を始める。あとはスポットがあたるようなことは極力避けて、めだたない暮らしを送りさえすればいい。

そんな男のひとりを追って、ケラーはオレゴン州ローズバーグに出かけたことがあった。その男は証人保護プログラムがうまくいった例で、そのときまでは北西太平洋の新しい環境にすんなりとなじんでいた。もともとは会計士で、犯罪歴はなかったが、知らなくていいことまで知るようになり、それを洗いざらい話すよう連邦政府に強請《ごうせい》されたのだった。そんなことがあっても、会計士だった頃と変わらずおだやかな性格で、〈クイック・プリント〉というフランチャイズ形式の印刷店を経営し、土曜日の朝は欠かさず前庭の芝を刈り、ローズバーグでそこそこ幸せに暮らしていた。が、迂闊《うかつ》なことに家族でサンフランシスコに出かけてしまったのだ。それでも、そのとき誰かに気づかれなければ、そんな生活を一生続けられるはずだった。が、誰かに姿を見られ、その結果、ケラーが呼ばれ、それでその男の一生は終わってしまったのだった。

一方、政府が用意した静かな生活を続けることが性格的にどうしてもできなかった者もいた。競馬場から離れられない男もいれば、どうしたわけか故郷のニュージャージー州エリザベスに帰りたくてしかたのなくなった男もいた。たびたび酒を飲んで酔っぱらうようになり、自分の置かれた状況を他人にぺらぺら話すようになった男もいた。その男が選んではいけない相手を話し相手に選ぶまで、それほど時間はかからなかった。絵に描いたような紳士が幼児虐待の罪から逃れるために政府の証人になったこともある。カンザス州ヘイにひそかに移されたその男は、トピーカ（カンザス州の州都）で、ある小学校の校庭のまわりをぶらついているところを警察に逮捕された。ＦＢＩが手をまわし、起訴されることだけは免れたものの、そのときにはもうすでにそのことが東部に伝わってしまっていた。男はさらに、ケラーが男を探している最中に、今度はヘイで誘拐未遂と未成年との反自然的性交容疑で逮捕された。親爺さんはあきれたように首を振り、この世に救いを、とかなんとか言って、ケラーをニューヨークに呼び戻した。その後始末は同じ刑務所にいる服役囚に任され、その変態男は自分の監房で服役囚の誰かに絞め殺された。

退屈は敵だ。自分のために新しい生活を築いても、それが耐えがたいほど単調だったら、どうすればそんな生活をずっと続けられる？

ケラーは一日ニューオーリンズで過ごすという贅沢を自分に許すことにした。どのみちたった数時間のことだ。彼は酔っぱらって口をすべらせたりなどしなければ、競馬場や〈ハラーズ・カジノ・ホテル〉で金をばら撒いたりもしない。学校の校庭をうろついたり、バーボン・ストリートで深酒して騒いだりもしない。レストランで二回ほど食事をし、ヴァージニアカシが木陰をつくる通りを少しばかり散策するだけだ。そのあとは車に引き返して高速道路に戻る。そうすれば、ニューオーリンズもほかのすべてのもの同様、現在から過去へと消える。

このままずっとここにいられるわけではない。ニューオーリンズで過ごせるのは午後だけだ。それはケラーにもわかっていた。だから存分にニューオーリンズを堪能することにした。足の赴くままに通りを歩き、古い家屋をとくと眺めてまわった。文字どおり豪邸と呼べる屋敷もあれば、さほど大きくない家もあったが、ケラーにはどれも好ましく思え、もう何年もしていなかったことを久しぶりにしてみた。それは眺めている家のひとつを買い、その家とその界隈《かいわい》でこれからの人生を過ごすとしたら、自分はどんな暮らし方をするのか、どんな人生を送るのか、想像してみるのだ。それはさほど突飛な空想でもなかった。ひと月まえなら、簡単に実現できたのだから。が、そのときには一生ニューヨークに住みたいと思っていた。今となってはそれは叶わぬ夢となってしまった。今空想しているのもやはり叶わぬ夢だ。今やケラーの純資産はポケットにはいっている現金と、売ることのできない五枚のスウェーデンの切手だけだった、眺めている家はどれも買えない。高速道路を走るのをやめて、ひとつところに腰を落ち着けることができないのと同様。

それでも通りを歩き、家々を見ながらそんな想像と戯れるのはいい気ばらしになった。二階にヴェランダのある家がいい。そう思った。ヴェランダで白い木のロッキングチェアに揺られながら、下の通りを眺めている自分の姿が容易に想像できた。グラスに何かを注いで飲みながら――何を注ぐ？
　アイスティ？
　彼はドットの姿を――彼女の家のポーチもアイスティも――頭から締め出して歩きつづけた。セント・チャールズ・アヴェニュー――そこはカトリーナに襲われるまえは路面電車が走っていた――でこぢんまりしたレストランを見つけて立ち寄り、ブース席に坐ってコーヒーとシーフード・ガンボを注文した。料理を運んできたウェイトレスは陽気な口調で、ホーマー・シンプソンの帽子に触れた。そのウェイトレスがテーブルから立ち去ると、ケラーは帽子を脱いで脇の席に置いた。ホーマーにはいい加減うんざりしていた。それに、帽子はもうあまり役に立っていないかもしれないとも思った。テレビのニュースももうケラーの写真を流さなくなっていた。新聞も彼の写真を載せることにすっかり飽きてしまったようだった。もしかしたら、彼の顔に反応して、人々の頭の中の警報機が鳴り出す可能性は低くなっているかもしれない。それでもホーマーにはみな気づく。眼を止めずにはいられないからだ。色あざやかな黄色の刺繍のホーマーを見たあと、人々の眼がその下にある顔に吸い寄せられることも考えられる。そうでなければ、何事もなく見過ごしてしまう顔に。
　ガンボは絶品で、コーヒーはドライヴスルーの窓口で差し出されるコーヒーとは比べようもないほどこくがあった。ケラーは食べものが喜びになりうることをほとんど忘れかけていた。が、ニューオーリンズがまたそのことを思い出させてくれた。ニューオーリンズは食《しょく》の街だ。ニューヨークが不動産の街で、ワシントンが政治の街であるように。

　ホーマーの帽子は店に置いていこうかと思いもしたが、結局のところ、カフェを出たときにはケラーの頭の上にまだのっていた。一時間後、また空腹を覚えて、食事をしたくなったときにもまだそこにあった。ケラーは狭くて小さなレストランにはいった。グリルのまえにカウンターとストゥールしかない店だった。ストゥールの並びの背後の壁にフックがあり、客はそこにジャケットや帽子を掛けるようになっていた。ケラーも帽子を脱いでそこに掛けた。そして、レッドビーンズ・アンド・ライスと燻製のソーセージに舌鼓を打ち、とびきりうまいコーヒーをまた堪能した。食事を終えて店を出ようとして、ほかの客がホーマーの帽子をかぶって出ていってしまったことに気づいた。フックにはかわりにフットボールのニューオーリンズ・セインツの帽子が掛かっていた。

　面白い、とケラーは思った。何もしなくても物事はおのずとなるようになるものだ。セインツの帽子は、最近の野球帽がたいていそうであるように、サイズを調整することができた。が、ケラーには調整する必要がなかった。かぶってみたら、そのままのサイズで頭にぴったり合った。帽子のつばをぐいと引っぱり、ケラーは歩きだした。

　セント・チャールズ・アヴェニューに二十四時間営業のドラッグストアがあり、そこにはドライヴスルーの窓口まであった。ケラーとしてはドラッグストアなど夜どおし開いていてくれなくてもよかった。それに、処方薬を受け取る以外、どういう理由でドラッグストアにドライヴスルーの窓口があるのかもよくわからなかった。が、いずれにしろ、ケラーはすでに顔をさらしてニューオーリンズを歩きまわっていた。さらに運を頼りに欲しいものが店に置いてあるかどうか見にいってどうして悪い？

髪の色を変えてくれるものが特に欲しかった。床屋に行くという危険を冒す気にはやはりなれなかった。床屋が顔をじっくり見ずに髪を切るとはとうてい思えない。髪の色も変えてくれと言ったら、さらにじっくり見られるにちがいなかった。

ほんとうに欲しいのは老けて見えるもので、髪が灰色に染められれば言うことはなかった。アルバカーキーに行ったときに撮られた写真のケラーは髪が黒く、顔も今のケラーより若く見えた。髪に少しばかり灰色を混ぜて、老人のような髪型にすれば、写真の男のようには見えにくくなり、人々が警戒心を抱きにくくもなるはずだ。

ドラッグストアで、ケラーは形の異なる替え刃がふたつついた電気バリカンを見つけた。箱に書かれた宣伝文句によると、どれも〝世界で最も高級な理髪店による最先端の髪型をご家庭で簡単に再現する〟ためのものだった。少々楽観的すぎるように思えたが、それで充分だった。

染毛料の品ぞろえには当惑させられた。男性用と女性用がはっきりと分かれていたのだ。ケラーは不思議に思った。染毛料はどうやって使用者が男か女か区別するのだろう？　そもそもそういうことをどうして気にする必要があるのか。

青や緑を初め、考えつく色はほとんどそろっていたが、灰色だけは見つからなかった。メーカーは髪がすでに灰色の者のために競ってその対処法を提案していた。黄色がかった灰色ならこの製品をとか、見えないところに入れた青いハイライトやらなにやらをさりげなく表に出したいのならこの製品をとか。あるいは、この製品を使えば、灰色をすっかり消して自然な髪の色を取り戻せるとか。それはつまり、もはやその人の髪の色たりえなくなった灰色を染め直すことの婉曲《えんきょく》表現だ。

メーカーがどうして髪を灰色に染めさせてくれないのか、ケラーには理解できなかったが、この世で髪を灰色にしたがっているのは自分だけかもしれないという気もしてきた。で、結局のところ、灰色の髪を自然な感じの明るい茶色の髪に戻すと約束している男性用の染毛料を買うことにした。しかし、自分のような黒い髪にもその効果はあるのだろうか？　そこのところに疑問は残ったものの、とりあえずそれを買うことにした。

バリカンも一緒に買った。ほかの方法ですべて失敗したら、頭皮だけになるまでバリカンで刈り込めばいい。そして、ずっと帽子をかぶっていれば、十日か二週間も経てば立派な丸刈り頭になるだろう。

車を停めた方向におよその見当をつけて歩きながら、ケラーは思った——自分はほんとうにホーマー・シンプソンの帽子を誤ってかぶって店を出た男の帽子を取ってきたのだろうか。帽子をかぶらずに来た男がホーマーを失敬していったのだとしたら、自分は腹いせにほかの男の帽子を盗んだことになる。ポールに盗まれた恨みをピーターで晴らしたことになる。

だとしても、罪悪感にいても立ってもいられなくなるということはなかったが。天上のバランスシートに影響を及ぼしたとも思えない。それでも、セインツの帽子のもともとの持ち主が、その帽子をかぶって通りをぶらぶらしているケラーを見かけたら？

しかし、ケラーはすでにニューオーリンズを出ようとしていた。だから、その可能性は時間が過ぎるごとに減る。それに、帽子自体ニューオーリンズ・セインツのものだ。見たところ、この市《まち》の半分ぐらいの人間が似たような帽子をかぶっている。今年のセインツは強く、予想をはるかに上まわる勝ち星をあげ、国じゅうの人々がニューオーリンズの再生と復興に重ね合わせて、その活躍を応援していた。これでセインツがプレーオフに進出するようなことになれば、人々のそんな思いはさらに強くなるだろう。その結果、ニューオーリンズはハリケーンのような〝瑣末《さまつ》な〟ことなどきっと克服するだろう。

ホーマー・シンプソンはケラーの顔を見分けにくくしてくれたが、その一方で彼の存在をきわだたせもした。セインツの帽子のほうは、同じように顔を隠してくれ、同時に彼が歩いているこの市《まち》の人々と彼とを結びつけてもくれていた。

ケラーは笑みを浮かべ、帽子のつばを引き下げた。

ケラーが歩いているのはエウテルペという名の通りだった。最初に標識を見たときはどう発音していいのかわからなかった。それらしいいくつかの発音に絞ることはできたが。そのあと、その通りと並行している何本かの通りに行きあたり、それらの通りの名も、テレプシコラやメルポメネやポリムニヤといったもので、そのときにはすぐにはぴんとこなかったが、エラトやカリオペという名の通りに出くわしてやっとわかった。ケラーはエラトがギリシャ神話に出てくる九人の女神のひとりであることを知っていた。クロスワード・パズルによる知識だ。カリオペ——カーニヴァルで見かける蒸気オルガンの名でもあるが——も確かそうだ。エウテルペという女神も何度かクロスワード・パズルに出てきたことがあり、その名にもどことなく覚えがあった。それなら、ギリシャの大半の名前がそうであるように、最後のeを伸ばして、ユー・トゥア・ピーと発音するはずだ。ニケ（ナイキー）、アフロディテー（アフロダイティ）、ペルセポネ（ペルセファニー）、それにカリオペ（カライオピー）がそうであるように。

しかし、九人の女神の名を通りにつけるとは。そんなことをしようと思った市《まち》がほかにもあるだろうか？　まあ、アテネだったらそうするかもしれないが、それ以外の市《まち》では？

彼はエウテルペ通りを歩いているうちにプリタニア通りに行きあたった。彼が知るかぎり、それは女神の名ではなかった——司れ、プリタニア、プリタニアは波を司る。彼はプリタニア通りを横切り、一ブロックほど歩いてコロシアムという通りまで来た。今度はギリシャ語ではなく、ラテン語で、その通りはフットボールフィールドをふたつほどぎりぎりつくれそうな、小さな公園に面していた。ただ、その通りをつくったのは酔っぱらいか、または女神の名を通りにつけるほど想像力豊かな人物か、あるいはその両方だったかしたらしく、コロシアム通りは偉大なるミシシッピ川のように曲がりくねっていた。その影響を受け、公園もフットボールのフィールドより幅の広いところもあれば、狭いところもあった。

が、かえってそれでよかった、とケラーは思った。その公園でフットボールをするにはオークの木を二十本は切り倒さなくてはならない。しかし、そんなことをするやつがいたら、そいつはオークの木の一本から吊り下げられるだろう。どの木も堂々と聳《そび》え立っていた。車に戻るのにその公園を抜けるのが最善ルートとは言えなかったかもしれないが、青々と葉を茂らせた巨木の下を数分歩くというのは、それだけで値打ちあることに思えた。陽射しが徐々に陰り、日の終わりが少しずつ近づいてくるこのときに——

女の叫び声が聞こえた。

22

「やめて！　ああ！　誰か助けて！」

ケラーは最初、誰かが彼を見てデモインの暗殺犯だと気づき、恐怖の叫び声をあげているのだと思った。が、静かな公園にこだましたその叫び声が消えるまえにそうではないと思い直した。その声は左手に五十ヤードほど離れた、小さな公園の真ん中あたりから聞こえていた。とっさにそっちに眼を向けると、木々の幹越しに何かが動いているのが見えた。そのときまた叫び声が聞こえてきた。が、今度の叫び声は聞き取りづらく、すぐにやんだ。

女が何者かに襲われているのだ。

よけいなことに首を突っ込むな。ケラーは反射的に自分に強く言い聞かせた。全国指名手配されている身なのだ。他人の問題に首を突っ込むような真似は絶対にするべきではない。それに、もしかしたら、ただの夫婦間のトラブルなのかもしれない。生まれながらの紳士がふしだらな妻を蹴りつけているのかもしれない。そういう場合、警察が駆けつけても、妻は夫を告訴したりはしない。むしろ夫の側に立ち、その場で警察を責めたりもする。警察がその手の通報に応えるのに熱心でないのはそのためだ。

ケラーは警察官ですらない。彼にはなんの利害もないことだ。彼がこのところ過ごしている生活状況を考えればそれはなおさらだ。彼がすべきことは、踵《きびす》を返して公園を出て、エウテルペ――ユー・トゥア・ピーと発音する通り――に戻り、車を停めた通りを探すことだ。それからできるだけ早くニューオーリンズから出ていくことだ。

ほんのわずかでも分別があるなら、選択肢はそれしかない。

ケラーはそうしたことをあれこれ頭で考えながらも、気づいたときにはもう、叫び声がするほうに全速力で走っていた。

何があったのか。それはもう疑問の余地がなかった。ケラーの眼のまえの光景にはいささかも曖昧《あいまい》なところがなかった。あたりはすでに薄暗くなっていたが、それでも見まちがえようがなかった。

黒い髪の痩せた女が芝生の上に仰向けに倒れ、片手で地面を押さえ、もう一方の手を振り上げ、襲いかかる男を押し戻そうとしていた。男は映画スタジオの配役担当係がいかにも手配しそうな、ステレオタイプの狂気のレイプ男だった。モップのようなもじゃもじゃの汚れたブロンドの髪、幅が広くて平べったい顔、顎には一週間分の無精ひげ。片頬には刑務所で入れたようなセンスも何もない涙型のタトゥー。それが〝おれはアマちゃんじゃないぞ〟と訴えていた。男は女にのしかかり、女の服を引き裂こうとしていた。

「おい！」

男は声に反応して振り返り、武器でもあるかのように歯を剝き出して立ち上がった。手に持っていたナイフの刃がぎらりと光った。

「ナイフを捨てろ！」とケラーは言った。

男は捨てるかわりに、眼のまえの相手に催眠術でもかけるかのように、ゆっくりとナイフを左右に振った。ケラーはナイフには眼を向けず、男の眼を見据えたまま、ベルトから銃を抜こうと背中に手をまわした。もちろん銃はそこにはなかった。ロックした車のグラヴ・コンパートメントの中に置いてきていた。まったく。銃をまた拝めるようなことがあれば、それだけでも運がいいということになるかもしれない。ナイフを持った男と向かい合っているのに、ケラーの手元にはドラッグストアのビニール袋しかないのだから。どうすればいい？男の髪をバリカンで刈ってやる？

女は男がナイフを持っていることを懸命にケラーに伝えようとしていた。それはわかっていた。ケラーは女の声には耳をふさぎ、男に、とりわけ男の眼に意識を集中させた。あたりは薄暗かったので、男の眼の色はわからなかったが、躁《そう》病的な激しいエネルギーを放っているのは見て取れた。ケラーはビニール袋を地面に落とし、足の拇指球に体重をかけて体のバランスを取り、何年もまえに学んださまざまな武術の中からこの場に役立ちそうな技を思い出そうとした。

以前、マンツーマンで指導してくれるカンフーと柔道とテコンドー、それに相手と組み合って闘う西洋武術のクラスを受けたことがあった。が、誰かの弟子になって訓練を受けたことはない。長期間にわたって同じクラスにかよったこともない。それでも、ナイフを持っている相手と徒手空拳で闘うときにすべきこととして、彼を指導したトレーナーはみな同じことを言った。背中を向けてひたすら逃げること。それだ。

逃げきれる可能性は高く、おそらく相手はあとを追ってはこないだろうと誰もが請け合った。涎を垂らした金髪のこのいかれ男にもそれはあてはまるだろう。ケラーのあとは追わず、この場にとどまり、また女を犯そうとするだろう。

ケラーは男の眼を見つづけた。男が動くと、彼も動いた。そして、男の脇にすばやくまわり込むと、足を高々と上げてナイフを持っている男の手首を蹴った。ケラーが履いていたのはスニーカーだった。靴先が鋼鉄製の安全靴ならもっとよかったのだが。それでも、スニーカーに何が欠けていようと、的確な狙いとタイミングがほぼそれを補い、ナイフが宙を飛び、男は苦痛の喘《あえ》ぎ声を洩《も》らした。

「わかった、わかった」と男は言い、手首を撫でながらうしろにさがった。「わかったって、あんたの勝ちだ。おれはもう消えるから」

男は背中を向けて歩きだした。

「それはどうかな」とケラーは言い、男のあとを追った。男は振り返り、ファイティングポーズを取って、右手を大きく振りまわし、パンチを繰り出してきた。ケラーはダッキングでそのパンチをかわし、すぐさま体を起こして男の顎に頭突きを食らわせた。そして、男が頭をのけぞらせると、手を伸ばし、片手で男のべとついた黄色の髪をつかみ、もう一方の手を無精ひげがびっしり生えた顎にあてた。

次に何をするか。考える必要はなかった。何をすべきかは手が知っており、手はそのとおりのことをした。

ケラーは手を放すと、男の体が地面にくずおれるに任せた。数フィート離れたところから女が肩で息をしながら口を開けて見ていた。

立ち去らなければ、とケラーは思った。女に背を向け、夜の闇にまぎれ込まなければ。女がわれに返った頃にはもうどこかにいなくなっていなければ――仮面をつけたその男とはいったい誰だったんです？　もちろん、わたしにだってわからない。でも、彼はこの銀の銃弾を置いていった……

ケラーは女のところまで行くと、手を差し出した。女はその手をつかんだ。彼は引っぱって立たせてやった。

「なんてこと」と女は言った。「あなたは命の恩人よ」

返答のことばは何かあったかもしれない。が、ケラーにはわからなかった。唯一頭に浮かんだのは、〝まいったな〟だった。実際、〝まいったな〟という顔をしてその場に突っ立っていた。女はうしろにさがり、ケラーを見てから、地面に倒れている男を見下ろした。

「警察に通報しなくちゃ」

「それはあまりいい考えとは思えない」

「でも、この男が誰なのかは知ってるでしょ？　この男は三日前の夜にオーデュボン・パークで看護師を殺した男にまちがいないわ。レイプしたあと、十回も二十回もナイフで刺して殺したのよ。その男の似顔絵によく似てる。襲ったのはその看護師が初めてじゃない。わたしだって殺されそうになったのよ！」

「でも、きみはもう安全だ」とケラーは女に言った。

「ええ、それについては神に感謝してる。でも、この男をこのまま逃がすわけにはいかないわ」

「その可能性はほとんどなさそうだ」

「どういう意味？」女はふたたび男をしげしげと見た。「あなた、この男に何をしたの？もしかして……」

「どうやらそうらしい」

「でも、どうやって？　この男はナイフを持ってたわ。あなたも見たでしょ？　一フィートはありそうな長いナイフを」

「そんなに長くはないよ」

「でも、それに近いわ」女が落ち着きを取り戻しつつあるのにケラーは気づいた。そうなるには、もう少し時間がかかるだろうと思っていたのだが。「あなたは素手だったのに」

「手袋をはめるには暖かすぎるからね」

「それ、どういう意味？」

「まあ、ジョークのようなものだ」とケラーは言った。「きみがおれの手は素手だったと言ったから、暖かかったので手袋はしなかったと」

「ああ……」

「とびきりすばらしいジョークってわけでもないよ」とケラーは言った。「説明したところで面白くなるわけでもない」

「その、いいえ、ごめんなさい。まだ頭がちゃんと働いてくれてないみたい。つまり、わたしが言いたかったのは、あなたは手に何も持ってなかったってことよ」

「おれは買物袋を持ってた」とケラーは言い、地面に落ちていた袋を見つけて拾った。「でも、きみが言いたいのはそういうことじゃない」

「わたしが言いたかったのは、銃とかナイフとかそういうものをあなたは持ってないのにってこと」

「それなのにその男は死んだの？　ほんとうにあなたが殺したの？」

彼女の心のうちを読み取るのはむずかしかった。感心しているのだろうか？　それともぞっとしている？　なんとも言えなかった。

「それに、あなたはどこからともなく現われた。わたしがどこかの宗教フリークだったら、あなたのことをきっと天使だって思ってたわね。もしかして、そうなの？」

「そうって何が？」

「もしかして、あなたは天使なの？」

「それにはほど遠い」

「わたし、あなたを怒らせたりしてないわよね？〝宗教フリーク〟なんて言っちゃって」

「怒ってなんかいないよ」

「ということは、あなたは宗教フリークじゃなかった。だから、怒ってない。そのことは神に感謝しなくちゃね。今のはジョークよ」

「じゃないかと思った」

「すごく面白いジョークってわけでもないけど」と彼女は言った。「今はそれぐらいしか思いつかない。わたしも素手だから。あら！　今のは面白かった？　やっと笑ってくれたわね」

「ああ、持ってない」

「ああ」

彼女はひとつ息をついて言った。「ねえ、この男は死んでしまった。それでもやはり警察には通報すべきよ。でしょ？　このまま放っておいて、清掃局の人に片づけてもらうわけにはいかないわ。ハンドバッグに携帯電話がはいってる。それで警察に電話するわね」

「それはやめてくれないか」

「どうして？　警察ってそのためにあるんじゃないの？　犯罪を未然に防ぐことも犯罪者を捕まえることもちゃんとできてないかもしれないけど、事件のあと連絡すれば、やってきてあれこれ始末をしてくれる。それが警察でしょ？　電話をかけさせ――」

彼女は途中でことばを切り、ケラーの顔をまじまじと見た。彼の顔の特徴を頭に取り込み、ぴんときたのがケラーにも見て取れた。彼女は口に手をあて、彼を凝視しつづけた。

まったく。

23

「きみは安全だ」とケラーは彼女に言った。

「安全?」

「そう」

「でも――」

「いいか、おれはこの手で殺すために、きみの命を救ったわけじゃない。おれを怖がる必要はないよ」

彼女はケラーを見つづけ、今聞いたことばの意味をとくと考えてから、黙ってうなずいた。ケラーの第一印象より歳がいっているようで、三十代も半ばを過ぎていそうだった。黒髪を肩まで垂らした、可愛らしい女性だった。

「怖がってはいないわ」と彼女は言った。「でも、あなたは――」

「そうだ」

「ニューオーリンズにいるのね」

「今日だけ」

「そのあとは――」

「そのあとはどこかよそに行く」遠くからサイレンの音が聞こえてきたが、救急車なのかパトカーなのか、どこに向かっているのかもわからなかった。「ここにただぼけっと突っ立ってるわけにはいかない」

「ええ、もちろん」

「車まで送ろう。そしたら、おれはきみの人生からも、この市《まち》からも出ていく。どうしろなんて指図はできないが、おれに会ったことを忘れられそうなら――」

「それはむずかしいわね。でも、誰にも何も言わないわ、そういう意味なら」

そういう意味だった。

ふたりは公園を出て、キャンプ・ストリートを歩いた。救急車にしろパトカーにしろ、サイレンの音はどこかへ遠ざかっていった。彼女が最後に沈黙を破り、これからどこに行くつもりなのか訊いてきた。どう答えたものかケラーが思いつくよりさきに、彼女のほうが続けて言った。「いいの、言わないで。なんでこんなこと訊いたのかしら」

「答えたくても答えられない」

「どうして？　そうか、あなたにもわからないからね。次の目的地の指示を受けるまで、待機してなきゃいけないんでしょ？　笑ってるの？　わたしが何か可笑《おか》しなことを言った？」

ケラーは首を振った。「おれは自分の意志でここにいるんだ。次の行動を指図してくるやつなんかいないよ」

「てっきり政治の陰謀に関わってるんだと思ってた」

「チェスの駒《こま》のポーンの役割で」

「よくわからないんだけど」

「ああ、わからなくて当然だ。おれも自分が何を言ったのか自分でわかってないんだから。車はどこに停めてある？」

「家のガレージの中」と彼女は答えた。「なんだか落ち着かない気分になって、散歩に出たのよ。あっちのほうに数ブロック行ったところに住んでるの」

「そうか」

「別に家まで送ってくれなくてもいいのよ。ほんとに。ひとりで大丈夫だから」そう言って、彼女は鋭い笑い声をあげた。が、すぐに笑うのをやめると言った。「誤解しないでね。この界隈は治安がいいってことが言いたかっただけだから。ほんとにそうなのよ。それに、あなたは急いでるだろうし……どこだかわからないけど、とにかく次の目的地に向かうのに」

「急ぐべきなんだろうが」

「急いでないの？」

「ああ」それはほんとうだった。彼は急いでいなかった。どうして急いでいないのか。ケラーは自らを訝った。ふたりは黙り込み、二階建ての大きな木造家屋のまえをまた一軒通り過ぎた。一階にも二階にもポーチがある家だった。ロッキングチェア、とケラーは思った。アイスティのグラス。話し相手。

話すつもりなどなかったのに、ことばが口をついて出た。「きみにはおれを信じる理由などひとつもないし、だいたいどうでもいいことだが、アイオワであの男を殺したのはおれじゃない」

彼女はケラーのことばが宙を漂うままに任せた。どうしてそんなことを言わなければならなかったのか。ケラーはまた自分を訝った。ややあって、彼女が落ち着いた声で言った。

「あなたを信じるわ」

「おれを信じるわけは？」

「さあ。あなたはさっきあの男と取っ組み合いをして、あの男を殺した。わたしの命を救ってくれた。そこらじゅうで警察があなたを探してるのに。どうしてそんな危険を冒そうとしたの？」

「自分でも不思議だよ。自己保存の観点からすれば、とてつもなく愚かな行為だ。しかもそのことは自分でもわかってた。なのにどうにもならなかった。体が勝手に動いてた」

「あなたの体が勝手に動いてくれて、わたしはすごく感謝してる」

「おれもだ」

「えっ？」

答えるかわりにケラーはこんなことを言った。「デモインで暗殺事件があって、ＣＮＮで自分の写真を見て以来、ずっと逃げつづけてきた。車を延々と走らせて、車の中で寝て、安モーテルで寝て、映画館で寝た。自分にとってほんとうに大切だった、たったひとりの人間は死に、ずっと大切にしてきたたったひとつの宝物も失った。生まれてこの方ずっと、おれは物事というのは収まるべきところに収まるもんだと思ってた。そんな中で自分もなんとかやっていけると思ってた。実際、これまで何十年にもわたって物事は収まるべきところに収まってきたし、おれもどうにかやってこられた。だけど、今はもう糸がこれ以上伸びないところまで来ちまったような気がする。遅かれ早かれ、こっちがヘマをやらかすか、向こうに運がまわるかして、おれは逮捕されるだろう。ただ、それでもひとつだけいいことがある。それはもう逃げなくていいことだ」

ケラーは息をついた。「こんなことを言うつもりはなかったんだが。自分でもわからないまましゃべってた」

「それがなんなの？」彼女は立ち止まると、ケラーと向かい合った。「あなたを信じるって言ったでしょ？　犯人はあなたじゃないって信じるって」

「おれも言っただろ、そんなことはどうでもいいって。いや、どうでもいいっていうのは、きみがおれを信じるかどうかってことじゃない。それはどうでもよくない。なぜかはわからないが。だけど、おれが犯人でも犯人じゃなくても、そんなことはどうでもいいってことだ」

「いいわけないいじゃない！　罪のない人間が濡れ衣を着せられるなんて――」

「濡れ衣だってことは否定しない。だけど、〝罪のない人間〟というのは誤解もいいところだ」

「公園のあの男。あなたが殺した初めての相手じゃないのね？」

「そうだ」

　彼女はうなずいた。「ものすごく手ぎわがよかったもの。まえにもやったことがありそうな感じだった」


「わたしは数年前、ニューオーリンズを離れたことがあるのよ。ここで生まれた人間が地元を離れるのはめったにないことよ。この市《まち》には人をとらえて放さない力がある」

「わかるような気がする」

「それでもわたしには出ていく必要があった。でも、ハリケーン・カトリーナの被害を受けて、住民の半分がこの市《まち》を去ったときに、わたしはまた戻ってきたの。それっていかにもわたしらしいことよ。人とは逆のことをするってところ」

「どうして戻ろうと思ったんだ？」

「父のためよ。もう長くはないの」

「そうなんだ」

「本人も残念がってる。ホスピスにはいるのを拒否してね。ハリケーンに襲われても避難勧告を無視した人だものね。今この家を離れたら地獄に堕ちる、なんて言ってる。〝おれはこの家で生まれたんだぞ、シェール、ここで死ねたら本望だ〟なんて。実際には、たいていの人同様、父も病院で生まれたんだけど、なにしろ生きたままガン細胞に食い尽くされそうになってるんだから、ちょっとぐらい大げさなことは言わせてあげないとね。いずれにしろ、わたしは父の看病をして家で死なせてあげること以上に、自分の人生でやるべき大事なことはないかどうか考えてみた。ひとつも思いつかなかった」

「独身なんだね」

「今はね。あなたは？」

ケラーは首を振った。「ずっとひとりだ」

「わたしの結婚生活は一年半しか続かなかった。子供はいなかった。わたしに残されていたのは仕事とアパートメントだけで、わたしを引き止めるものは何もなかった。今は週二日、補助教員の仕事をしてるんで、留守にするあいだは、女の人に父の世話を頼んでる。補助教員のお給料なんてその人の手当てでほとんど消えちゃうけど。でも、働いてるだけで気分転換になる」

シェールか、とケラーは思った。歌手のシェールと同じだろうか？　それとも、シャロンかシェリーかシェリルの短縮形か？

いったいおれは何を気にしてるんだ？

「次のブロック、庭にツツジとシャクナゲが咲いてるのがわたしの家。伸び放題で、一階のポーチが隠れちゃってるけど。剪定しなきゃいけないんでしょうけど、どこから手をつけたらいいのかわからなくて」

「きれいな庭だよ。勝手気ままに咲き乱れてるけど、それでもきれいであることに変わりはない」

「一階の居間を父の寝室にしてるの。階段の昇り降りの面倒がないから。同じ理由から、一階の書斎がわたしの部屋。二階はまるまる空いていて、最後に誰かが二階にあがったのがいつだったかも思い出せないくらい」

「あんな大きな家にふたりだけで住んでるのか？」

「今夜は三人になるけど。あなたは二階をひとり占めすればいい」

彼女が父親の様子を見ているあいだ、ケラーは廊下で待っていた。「パパ、お客さまをお連れしたわ」と彼女が言っているのが聞こえた。

「おまえは悪い子だ」

「そんなんじゃないわよ。まったく。そんなことしか考えられないお爺ちゃんになっちゃったの？　パール・オバーンの友達よ。住むところを探してたから、とりあえず二階に泊まってもらうことにしたの。彼が気に入れば、あの客間を貸すことになるかも」

「おまえの仕事が増えるだけだぞ、シェール。そりゃ金はあるに越したことはないが」

こっそり盗み聞きしているような気分になって、ケラーは話が聞こえない場所まで移動した。垣を飛び越える馬の額入りの複製画を眺めていると、戻ってきた彼女にキッチンに案内された。

彼女はポットに湯を沸かし、コーヒーのドリップが終わると、ふたつの大きなマグカップに注ぎ、シュガーボウルと小さなミルクピッチャーを添えてキッチンテーブルに置いた。ブラックでいい、とケラーが言うと、わたしも、と彼女は冷蔵庫にミルクを戻した。ふたりはコーヒーを飲みながらしばらく話をした。ある時点で彼女が言った――お腹すいてない？　サンドウィッチをつくるわ。

もう何年もまえのことになるが、ケラーは自分の考えていることを聞いてくれる相手が欲しくてたまらなくなり、小さなフラシ天のぬいぐるみの犬を買い、話し相手を務めさせるためだけに一、二週間持ち歩いたことがあった。犬は決してよけいな口をはさむことなく、ひたすらすべてを受け容れてくれるよき聞き役だったが、話し相手としては、今、眼のまえにいるこの女性には敵《かな》わなかった。ポット一杯分のコーヒーを飲みおえるまでケラーは話した。

彼女がポットに新しいコーヒーを沸かそうとするのにも反対しなかった。ふたりはさらに話しつづけた。

「その袋の中身はわたしも気になってた」外見を変えたいとケラーに打ち明けられて、彼女は言った。ケラーはバリカンと染毛剤の箱を彼女に見せた。バリカンでもうまくいくかもしれないけど——と彼女は言った——でも、自分の頭を自分で刈るのはむずかしいはずよ。染毛剤について言えば、かなり危険な賭けだと思う。白髪や灰色の髪を明るい茶色っぽく見せるのには有効かもしれないけど、あなたみたいな黒い髪を染めたら、ミカン一家の一員みたいになるのがおちかも。

それに黒髪をほんとうに白髪に染めることはできないのよ、と彼女はケラーに言った。たとえば、仮装パーティや舞台に出るためにできることは、実際に灰色の塗料を髪にスプレーするしかない。しかし、それだと洗い流せてしまうから、シャンプーするたびに、あるいは雨に濡れるたびに、また一からやり直さなければならなくなる。かつらのほうが簡単だし効果的だと思う。

かつらについては自分でも考えたが、却下したんだ、とケラーは言った。かつらをかぶっている男は、見れば絶対にかつらだとわかる。それには彼女も同意した。でも、ほんとうにそうだろうか。騙されていたら、騙されていることには気づかないのではないか。

「わたしも髪を染めてるのよ」と彼女は唐突に言った。「気づいてた?」

「ほんとうに？」

彼女はうなずいた。「初めて白髪が生えてきた六、七年前から染めることにしたの。わたしの家系は女が早くから白髪になる家系なの。だから、みんな見事な銀髪の持ち主で、女王さまみたいって言い合ってる。わたしは、そんなのはくそくらえって思って、ミス・クレイロール（有名なヘアカラー剤）を探しにいった。染めるのをやめたことはないから、今ではどれほどの白髪になってるのかわからない。でも、運がよければ、一生わかることもないでしょうね。ほんとうに染めてるってわからない？」

「わからない」ケラーは言った。「そう言われてもまだ信じられないぐらいだ」

彼女はふわっと髪をふくらませた。「そう、先週染め直したばかりだからわからないはずだけど、じっくり見たら根元が白くなってるのが見えるかもしれない」

彼女はケラーのほうに上体を傾げた。ケラーは彼女の髪の中をのぞき込んだ。根元に白いものが見える？　よくわからなかった。その距離だと眼の焦点を合わせにくかった。それでも、彼女の髪の香りにははっきりと気づいた。さわやかで清潔な香りがした。

彼女は上体を起こした。顔がいくぶん上気して見えた。コーヒーのせいだ、とケラーは思った。彼女は言った。「あなただって気づかれたくないわけでしょ？　わたしに考えがある。ちょっと考えさせて。何ができるか。明日試してみましょう」

「わかった」

「コーヒーのおかわりは？　わたしはもう飲みすぎちゃったみたい」

「おれもだ」

「部屋に案内するわね」と彼女は言った。「いい部屋よ。きっと気に入ると思う」

24

朝になると、ケラーは二階のバスルームでシャワーを浴び、昨日と同じ服を身につけ、階下《した》に降りた。彼女は半分に切ったグレープフルーツとシロップを添えたフレンチトーストという朝食をテーブルに用意してくれており、二杯目のコーヒーを飲みおえると、ガレージからフォード・トーラスを出した。そして、ニッサン・セントラを停めた場所までケラーを乗せていった。駐車違反の切符を切られているかもしれないと彼女が言っていたとおり、セントラのワイパーにチケットがはさまれていた。しかし、罰金を払わなかったらどうなるというのか。テネシー州東部の荒れ果てた農場に召喚状を送りつけてくるのか。

ケラーはセントラに乗り、彼女のうしろについて彼女の家に戻り、言われたとおりガレージに入れた。彼女はトーラスを敷地内のドライヴウェイに停めた。「あなたはしばらくここにいることになるんだから」朝食のとき、彼女はそう言っていた。きみは幼い子供たちに言うことを聞かせるのが得意なんだろうね、とケラーは言った。あれこれ指図しているみたいに取られるのは本意じゃないけど、と彼女は言った。「でも、あなたがわたしの命を救ってくれたとき、わたしはあなたに反対したりしなかったでしょ？　だから、こっちがお返しをすることに文句を言ったりしないで。わかった？」

「はい、先生」

「よろしい」と彼女は言った。「あなたに〝はい、先生〟なんて言われるのはなんか気持ち悪いけど」

「きみの言うとおりにするよ、シェール。これでいいかな？」

「あら、いつのまにニューオーリンズっ子になったの？」

「ええ？」

「今、あなたはわたしのことを〝シェール〟って呼んだ」

「それがきみの名前なんだろ？　ちがうのか？　少なくとも、きみの親爺さんはそう呼んでた」

「〝シェール〟というのはみんながみんなを呼ぶときの呼びかけのことばよ」と彼女は言った。「ニューオーリンズでは。〝きみ《ディア》〟を表わすフランス語。ランチにポーボーイ（フランスパンに肉、魚、野菜、チーズなどを挟んだサンドウィッチ）を注文したら、料理を運んできたお婆さんはきっとあなたを〝シェール〟って呼ぶはずよ」

「おれがよく行っていたニューヨークの店のウェイトレスは、みんなを〝あなた《ハン》〟って呼ぶ」

「それと同じね」

しかし、彼女は自分の名前を言わなかった。ケラーも訊かなかった。

彼女は、ケラーを丸いキッチンテーブルのまえのオーク材のキャプテンズチェアに坐らせ、理髪師の真似事を始めた。まずシャツを脱いだケラーの肩にシーツを掛けた。色褪せたジーンズを穿いて、男物の白いドレスシャツの袖をまくり上げた彼女の恰好は、第二次大戦の愛国的なポスターのリベット打ちのロージー（第二次大戦中、軍事工場で航空機や兵器のリベットを打っていた女性たち）を思い出させたが、彼女が持っているのはリベット打ち工具ではなく、〈ウォールグリーン〉で買った電動バリカンだった。

ニューヨークではケラーは十五年近く同じ理髪店にかよっていた。アンディというその理髪師は散髪台が三つある理髪店のオーナーで、年に一回、親類を訪ねて飛行機でサンパウロに帰っていた。アンディについてケラーが知っているのはそれだけだった。ほかに知っているのは口臭予防のミントの愛用者だということぐらいだ。アンディのほうもケラーのことを大して知らない。少なくとも、ケラーはそう思っていた。月に一回の散髪はだいたいいつも静かに進行した。ケラーはたいてい散髪台の上で眠ってしまい、アンディが咳払《せきばら》いをし、椅子の肘かけを軽く叩いてケラーを起こすというのがいつものパターンだった。

今は居眠りするつもりはなかったのに、次に気づいたときには、もう眼を開けてもいいと彼女に言われていた。眼を開けると、彼女はケラーを廊下からバスルームまで連れていった。ケラーは鏡に映る自分を長いことまじまじと見つめた。見つめ返してくる顔は自分の顔であり、それはまちがいなかったが、これまで鏡の中に見てきた顔とはまったくちがっていた。

ぼさぼさだった髪が今は短くなっていた。が、クルーカットというほど短くはない。立たない程度の長さはあり、その昔、アイヴィカットやプリンストンカットと呼ばれていた髪型に整えられていた。この髪型にツイードのスポーツコートとニットのネクタイとパイプが加われば、どこかの教授みたいに見えなくもなかった。

が、彼女は髪を切っただけではないことにケラーは気づいた。額がまえより広くなっていて、生えぎわがこめかみのところではぎざぎざになっていた。彼女はバリカンを使って男が十年でたどる薄毛のパターンの錯覚をつくり出しており、その結果、ケラーはゆうに十歳は老けて見えた。笑ったり、眉をひそめたり、眼を怒らせたりもして、ケラーはさまざまな表情を試してみた。その効果は実に興味深かった。危険な雰囲気が大いに軽減されたようで、州知事を暗殺するような男にはとても見えず、どちらかというと、知事のスピーチ原稿を書いている、信頼のおける補佐官といった感じだった。

キッチンに戻ると、彼女は掃除機をかけていた。ケラーを見て、掃除機のスウィッチを切り、リップ・ヴァン・ウィンクル（浦島太郎のアメリカ版のような、ワシントン・アーヴィングの同名の短篇の主人公）になった気分だとケラーは話した。「眼を覚ますと、十歳年を食っていた。誰かの愛すべき伯父さんみたいになってた」

「あなたが気に入るかどうかわからなかったんだけど。髪の色についてもわたしには考えがある。でも、それは一日か二日様子を見て、ふたりともこの新しいヘアスタイルに慣れるのを待ってからのほうがいいかなって思って。ほかにどんないじりようがあるか考えやすいんじゃないかってね」

「理に適ってる。だけど——」

「だけど、そうなるとここにとどまることになる。そう言おうとした？　ゆうべあなたは話してくれた。走りつづけるのにもうどれほど疲れたか」

「ああ」

「走るのをやめる潮時が来たんじゃない？　ついにいい機会が訪れたんだとは思わない？車は路上に停めてあるわけじゃない。誰にも見られる心配はないわ。それでも必要なときにはいつでもそこにある。二階の部屋は好きなだけ使ってくれていい。二階に用のある人はほかに誰もいないから、あがってくる人に出くわすこともない。料理をひとり分増やすのは手間でもなんでもないし、つくらせることにあなたがうしろめたさを感じはじめたら、たまにはわたしをディナーに連れていってくれればいい。あなたも絶対に気に入りそうなレストランを一、二軒知ってるから」

「新しい身分証明書を手に入れることもできなくはない」とケラーは言った。「運転免許証やパスポートもね。このところセキュリティが厳重になっているせいで、昔に比べるとやりにくいが、今でもできないわけじゃない。時間はかかるが」

「時間以外にあなたが持っているものがほかに何かある？」と彼女は言った。

彼女はケラーの寝室の化粧箪笥とクロゼットの中身を空《から》にして、この二十年誓って誰も身に着けていないと言える衣類を二枚のゴミ袋に詰めた。「全部何年もまえに慈善団体の〈グッドウィル〉に送るべきだったものよ」と彼女は言った。「これだけのスペースがあれば、あなたの持ちものをしまうのに充分でしょ？」

ケラーの持ちもの。この世でケラーが所有しているものはすべて小さなスーツケースひとつと買物袋に入れられていた。化粧箪笥の引き出しひとつに服を一着ずつ入れてもまだ余りそうだった。

しばらくして外出する用ができると、彼女は父親が大声で呼んだら聞こえるように、階下《した》にいてもらえないだろうか、とケラーに言った。「父はほとんど眠ってるけど。起きてるときも、テレビに向かって話しかける以外、大したことはしてない。トイレにはひとりで行けるし、世話を焼かれるのを嫌がるけど、でも、もし倒れたりしたら――」

ケラーはキッチンの椅子に坐って新聞を読み、最後まで眼を通すと、二階にあがり、早くから眼にとめていた廊下の本棚から本を一冊取ってきた。さすらいの絞首刑執行人を描いたローレン・D・エスルマンの西部小説で、キッチンの椅子に坐ってコーヒーを飲みながら読んでいると、しばらくして老人に大声で呼ばれた。

部屋にはいると、老人はベッドの上で上体を起こしていた。パジャマの上のボタンははずしてあった。右手の二本の指のあいだには煙草がはさまれていた。そして、重い病が顔に表われていた。何ガンを患っているのだろう？　喫煙に関係のあるガンか。そもそもこういう状態で煙草を吸ってもいいものかどうか。そう思ってから、ケラーは思い直した。この段階まで来てしまったらどんなちがいがある？

「肝臓ガンだ」ケラーの心を読んだかのように老人は言った。「喫煙とはなんの関係もない。まあ、ほとんど何もってことだがね。医者の言うことを聞いていたら、なんでもかんでも悪いことは全部喫煙のせいにされちまう。酸性雨も地球温暖化も全部。娘は家にいないのか？」

「席をはずしてる」

「席をはずしてる？　洒落た言い方をするもんだ。ということは、子供に勉強を教えてるわけじゃないのか。あいつは授業があるときにはいつも黒人の女におれの面倒をみさせるんだ」

「買物じゃないかと思う」

「もっとこっちに来てくれ。もっとおまえさんを見せてくれ。歳を取って病気になると、人はまわりの人間に命令するようになる。おれはそれを〝不適切な補償〟と呼んでる。あんたは死ぬことについてよく考えるか？」

「たまには」

「その歳で？　誓って言えるね。おれは昔は死についてなんかこれっぽっちも考えたりしなかった。なのに今はここで死にかけてる。言っておくが、死ぬことについておれは大して考えたりしない。あんた、あいつと寝てるのか？」

「ええ？」

「これまで人に訊かれた中で一番の難問ということでもないだろう。おれの娘とだよ。あいつと寝てるのか？」

「いや」

「寝てない？　あんた、ホモじゃあるまいな？」

「いや」

「おまえさんはホモには見えんがね。だけど、おれの経験からすると、予想というのは必ずしもあたるわけじゃないからな。神に誓ってわかるって言うやつらもいるが、おれはそんなやつらは信じない。ここは気に入ったかね？」

「きれいな市《まち》だ」

「なるほど、そりゃニューオーリンズのことだな？　だけど、そいうういうことにはいずれ慣れるものだ。わかるだろ？　おれが言ったのはこの家のことだ。気に入ったかね？」

「すごく居心地がいい」

「しばらくこの家にいるつもりか？」

「たぶん」とケラーは言った。「ああ、そうなると思う」

「疲れた。ちょっと眠っておくとしよう」

「邪魔はしない」

部屋を出ようとしたところで、ケラーは老人に呼び止められた。

「チャンスが来たら」と老人は言った。「娘と寝ることだ。じゃないと、気づけば、そんなことをするにはもう歳を取りすぎてる、なんてことになる。そうなったら、逃したチャンスのひとつひとつを思って、日々自分を恨んで過ごす破目になる」


次の日、ケラーと〝シェール〟はランパート・ストリートの眼鏡店にいた。老眼鏡を買うというケラーの申し出に、老眼鏡なんておかしいと彼女は譲らなかった。普通の眼鏡は必要ないんだとケラーが言うと、思いがけず眼が悪いことに気づくかもしれないなどとも言った。

「それに、もしあなたの視力が文句なしによかったら、度の弱いレンズを用意してもらえばいいんだから」

結局のところ、ケラーには遠くを見るための処方と、読書のために近くを見るための処方、両方の処方が必要なことがわかった。「一石二鳥です」と検眼士は請け合った。「つまり、遠近両用ってことです」

なんとなんと、遠近両用とは。ケラーはいくつかのフレームを試し、プラスティック製の太い黒ぶちが気に入った。彼女はケラーを見て、笑い声をあげ、往年の歌手、バディ・ホリーについて何やら言い、レンズの部分が丸みを帯びた長方形のもっとひかえめなメタルフレームを勧めた。試しにかけてみると、ケラーとしても彼女が正しいことを認めないわけにはいかなかった。

一時間で眼鏡をつくるような店もあるが、その店はそういう店ではなかった。「明日の今ぐらいの時間に」と検眼士は言った。ケラーたちはカフェオレとベニエを求めて〈カフェ・デュ・モンド〉に寄った。そして、ジャクソン広場を通り抜ける途中で足を止めた。ひとりの女がまさに命がけといった体《てい》で鳩《はと》に餌をやっていた。〝シェール〟が言った。

「新聞を見た？　DNA鑑定の結果が出たみたい。あの男はオーデュボン・パークで看護師をレイプして殺した犯人にまちがいなかった」

「やっぱり」

「ええ。でも、警察は何が起きたと思ってるか、それを聞くまで待って。オークの木の枝の張り方って、地面につきそうな感じでしょ？」

「ああいう枝の張り方をする木はほかに知らないな」

「つまり、あの枝のおかげでオークの木に登るのは簡単なわけ。で、警察はあの男がそうしたと思ってるのよ。オークの木の上に登って、次の獲物が通りかかるのを待ってたって」

「話の行き着くさきが見えた気がする」

「でも、血中アルコール濃度が何・何パーセントだかだったということで、あいつはバランスを崩して木から落ちた。そして、頭から着地して首の骨を折って死んだ」

「この世界というのはなんとも危険なところだ」

「でも、今は少しはその危険が減ったわね」と彼女は言った。「この世界からひとりあんな男がいなくなったんだから」


彼女の名前はジュリア・エミリー・ルサードといった。ケラーが手に取った一冊の本の見返しの遊び紙にその名が書かれていた。

その名を口にするまで二日かかった。ふたりが交わしたすべての会話において、ケラーにはなぜか彼女の名前をセンテンスの中に組み込む機会が訪れなかったのだ。

眼鏡（眼鏡店の名前と住所のはいった無料の革ケースとレンズを拭く布付き）を受け取ると、ケラーは彼女を昼食に誘った。昼食後、家に帰る途中、彼女はケラーが二日前に彼女にした話を持ち出した。親友と何より大事な宝物を失った話だ。友達とは誰なのか、宝物とはなんなのか、彼女は知りたがった。

ケラーは二番目の疑問にさきに答えた。自分のアパートメントに戻ったら、もうなくなっていた切手のコレクションの話をした。

「あなた、切手のコレクターなの？　真面目に言ってるの？」

「まあ、それが趣味だった。かなり本気で取り組んでた。ずいぶん時間を費やしもすれば、けっこうな金額を注ぎ込みもした」ケラーは彼女に自分のコレクションについていくらか説明し、子供の頃の趣味が大人になった自分の興味をいかに引き戻したか話した。

「友達っていうのは？」

「ある女性だ」とケラーは言った。

「あなたの奥さん？　ちがうわね、結婚したことはないって言ってたものね」

「妻でも恋人でもない。体の関係を持ったことは一度もないし、そんな仲じゃなかった。仕事仲間と言っていいかもしれない。とても親しい関係だった」

「あなたの仕事仲間ということは……」

ケラーはうなずいた。「彼女はおれをはめたのと同じ人間に殺された。やつらは彼女が火事で焼け死んだと見せかけようとしたが、努力が足りなかった。どんな新米捜査官でもすぐに放火だと見抜けるような火のつけ方をして、彼女の頭に銃弾を二発撃ち込んだ」ケラーは肩をすくめた。「そもそも警察がどう思おうと、やつらにはどうでもよかったのかもしれない。どう思ったところで、何かできるわけでもないんだから」

「その人に会えなくて淋しい？」

「ああ、淋しいね。その気持ちはずっと変わらない。おれがこんなによくしゃべってるのは それが理由かもしれない。普段は知り合ったばかりの相手にこんなにはしゃべらない。でも、しゃべってる。その理由はふたつだと思う。ひとつはきみがすごく話しやすい相手だということだ。で、もうひとつがいつもドットと話をしていたのに、彼女はもういないということだ」

「それが彼女の名前？　ドットっていうの？」

「正確にはドロシア。おれはずっとドロシーだと思い込んでたんだけどね。おれがまちがってたのか、新聞がまちがってるのかはわからないが、火事の記事に出ていた名前はドロシアになっていた。だけど、彼女の名前を口にする者はみんなドットと呼んでいた」

「わたしは愛称で呼ばれたことは一度もないわ」

「ずっとジュリアと呼ばれてるのか？」やっと言えた！

「子供たち以外は。子供たちはミス・ルサードって呼ばなくちゃいけない。でも、あなたがわたしの名前を呼んだのはこれが初めてね、気づいてた？」

「そう、きみは名前を教えてくれなかったからね」

「教えなかった？」

「きみの名前を書いた書類とか家のどこかにあるだろうとは思ったけれど、こそこそ嗅《か》ぎまわりたくはなかったからね。教えたくなったら、教えてくれるだろうとも思ったし」

「知ってるものと思ってた。当然もう教えたはずだと思い込んでた。あなたはわたしの命を救ってくれて、わたしはあなたが男の首を折るのを見ていて、あなたはわたしを家まで歩いて送ってくれて、わたしたちはキッチンでコーヒーを飲んだ。それでどうしてあなたがわたしの名前を知らないなんてことになったのかしら？」

「本を開いたら」とケラーは言った。「名前があった。待てよ、待て待て」

「どうしたの？」

「それがきみの名前だとどうしてわかる？　古本を買ったのかもしれないし、家族の誰かのものだったのかもしれない」

「いいえ、わたしの名前よ」

「ジュリア・エミリー・ルサード」

「そうよ《ウィ・ムッシュー》。それがわたし《セ・モワ》」

「フランス系？」

「父方がね。母方はアイルランド系。母は若くして死んだって話はしたわよね？」

「若くして白髪になったという話は聞いたけど」

「それに若くして死んだの。三十六歳だった。ある夜、ちょっと熱っぽいからってテーブルを離れてベッドに直行して、翌朝には亡くなってた」

「なんとね」

「ウイルス性髄膜炎。その日までぴんぴんしたのにその翌日にはもう。いったい自分の身に何が起きたのか、父には理解できなかったと思う。母にとってはもちろんだけど、父にとってもそうだったはずよ。わたしにとってもね。当時わたしは十一歳だった」彼女はケラーを見た。「今は三十八歳。亡くなったときの母よりもうふたつも年上になっちゃった」

「でも、きみには白髪一本生えてない」

彼女は嬉しそうに笑った。自分はそれより何歳か上だとケラーが言うと、そう見えると彼女は言った。「あなたの新しい髪型だけど、脱色してからミディアムブラウンに染めるのがいいんじゃないかな。その色が気に入らなければ、いつでも今の色に戻せるし」

結果は悪くなかった。くすんだ茶色、とジュリアは言った。その髪の色に生まれついた女性はたいていなんとかしたがるものだけど、とも言った。「だって、特徴のない色でしょ？これじゃ人目を惹けないもの」

完璧だった。

ケラーの変化にはジュリアの父親も気づいたのかもしれないが、そのことについては何も言わなかった。ケラーは鏡で確認し、明るい髪の色は教授のようなイメージにもよく合っていると思った。そもそも遠近両用眼鏡によるところが大きかったが。慣れてくると、眼鏡をかけることには思いがけない発見があった。別に眼鏡が必要だったわけではなく、なくても日常生活に支障はなかったのだが、明らかに眼鏡のおかげで遠くまでよく見えるようになっていた。セント・チャールズ・アヴェニューでも、それまでは眼を細くしないと見えなかった通りの表示が読めるようになっていた。

その散歩に出かけたのはジュリアの授業がある日で、ルシールという名の丸々と肥った気だてのよさそうな黒人女性がジュリアの父親の世話をしにきていた。ジュリアが帰宅すると、ケラーは玄関のポーチで彼女を待ち受けて言った。「すべて手配ずみだ。ルシールが遅くまでいてくれる。今日はふたりで早めの映画と素敵なディナーに出かけよう」

映画はロマンティック・コメディで、昔ならケーリー・グラントが演じていたような役柄をヒュー・グラントが演じていた。夕食はフレンチ・クォーターにある天井の高いレストランで食べた。〈プリザベーション・ホール（フレンチ・クォーターの歴史あるジャズホール）〉でディキシーランド・ジャズを演奏していてもおかしくない高齢のウェイターが給仕をしてくれた。ワインをボトルで注文し、ふたりはそれぞれグラスに一杯ずつ飲み、互いにその味を大いに堪能しながらも、ボトルの残りには手をつけず残した。

ジュリアの車で来ていたのだが、家まで運転して帰る段になると、彼女はケラーにキーを渡した。おだやかな夜で、外気には熱帯特有の感覚があり、蒸し暑《サルトリー》かった。そのことばのためにあるような気候だとケラーは思った。

帰り道ではどちらも口を利かなかった。ルシールは近所に住んでおり、車で送ろうという申し出を頑なに拒んだ。だったら徒歩で送ろうとケラーが言っても、黙って首を振った。

ジュリアが父親の様子を確かめるあいだ、ケラーはキッチンで待った。じっと坐っていることができず、うろうろ歩きまわり、最後には食器戸棚の扉を開けて中をのぞいたりさえした。すべてがほぼ完璧なのに、今、おれはそれを台無しにしようとしている、と心の中でつぶやきながら。

ジュリアはもう永遠に戻ってこないのではないか。そう思いかけたところで、彼女がうしろから近づいてきて、彼の肩越しに食器戸棚の中を見ながら言った。「ここにあるお皿は全部、家族が同じ場所でずっと暮らしてきた結果、増えていったものよ。そのうちここでガレージセールを開くことになりそう」

「歴史のある場所に暮らすのはいいもんだ」

「たぶん」

ケラーは振り向き、ジュリアの香水の香りを嗅いだ。さっきまで香水はつけていなかった。

ケラーは彼女を引き寄せ、キスをした。

25

「わたしが何を心配してたかわかる？　やり方を思い出せないんじゃないかって不安だった」

「全部思い出したみたいだけど」とケラーは言った。「久しぶりだったのか？」

「かなりね」

「おれもだ」

「もう、ふざけないで」と彼女は言った。「国じゅうを走りまわって、あちこちで冒険してきたんじゃないの？」

「最近走りまわっていたあいだに話しかけてきたのは、注文したフライドポテトをラージサイズに変更したいかと訊いてきた女店員だけだ。でも、ちゃんとしたレストランでそんなことを訊かれたところを想像してみてくれ。〝お客さま、ご注文のコックオヴァン（鶏の赤ワイン煮）はラージサイズにご変更なさいますか？〟なんてね」

「でも、デモインに行くまえは」と彼女は言った。「賭けてもいいわ。あらゆる港に女がいた」

「冗談じゃない。最後に……その、誰かと過ごしたときのことを思い出そうとしても、はっきり言えるのはそれがずいぶんまえの話だってことだけだ」

「あなたと寝てるのかって父に訊かれた」

「さっき？」

「いいえ、父は身じろぎもしなかった。ルシールは父が〈メーカーズマーク〉を飲むのをわざと見逃したみたいね。医者は父にお酒を飲ませたがらない。煙草も吸わせたがらない。でも、飲まなかったからってどんなちがいがあるっていうの？　ええ、父に訊かれたのは二日前よ。〝おまえはあのハンサムな若いのと寝てるのか、シェール？〟って。父からすれば、あなたはまだ〝若いの〟なのよ。こんなふうに髪型を変えてみても」

「おれも同じことを訊かれたよ」

「嘘でしょ！」

「初めてふたりだけになったときに。いきなりきみと寝てるのかって訊かれた」

「でも、考えてみれば、驚くようなことでもないわね。いかにも父らしいわ。で、あなたはなんて答えたの？」

「もちろん、寝てないって答えたさ。何がそんなに可笑しい？」

「それはね、わたしの答はちがったから」

ケラーは肘をついて上体を起こし、彼女を見つめた。「どうしてそんな――」

「だって、いったん答えたあと、また戻って訂正するなんてことはしたくなかったから。ちょっとちょっと、こんなことになるとは思ってもみなかったなんて言わせないわよ」

「まあ、期待はあったが」

「〝まあ、期待はあったが〟。こうなることはわたしをディナーに誘ったときにはもうわかってたはずよ」

「確かにそのときには」とケラーは言った。「期待は大きくふくらんでた」

「正直に言うと、最初の夜、あなたが行動を起こすんじゃないかと心配だった。うちに泊まってって言いはしたけど、あなたがそれをわたしの考えている以上の誘いと取るかもしれないってあとから思って。あのときはわたしにはこんなふうになるつもりはまったくなかった」

「公園であんなことがあったあとで？　そんなことはおれも夢にも思わなかったよ」

「あのときのわたしの望みは」と彼女は言った。「命の恩人に何かしてあげること、ただそれだけだった。ただ――」

「ただ？」

「まあ、あのときにはこんなにはっきり自覚があったわけじゃないけど、でも、振り返ってみると、あなたがそれほど可愛く見えなければ、家まで連れて帰ったりはしなかったかもね」

「可愛い？」

「ふさふさでぼさぼさの黒い髪が可愛かった。心配しないで、今はもっと可愛いから」彼女は手を伸ばしてケラーの髪を撫でつけた。「ただ、ひとつだけ問題がある。わたしにはあなたをなんて呼べばいいのかわからない」

「ああ」

「あなたの名前は知ってるわ。新聞に出てた名前はね。でも、まだあなたを名前で呼んだこともなければ、なんて呼べばいいか訊いてもいない。それはほかの人たちがまわりにいるときに、うっかりしたことを口走りたくなかったからよ。それに、あなたは新しい身分証明書を手に入れるって言ってたし」

「そう、そこから始めようと思ってる」

「つまり、どんな名前になるのかまだわからないわけでしょ？　だったら、あなたが新しい身分証明書を手に入れるまで待ってから、その新しい名前で呼ぶようにすればいいって思ったの」

「なるほど」

「でも、親密な時間を過ごしてるときには呼べる名前があったほうがいいわね」と彼女は言った。「あなた、さっきわたしの名前を言ってくれたでしょ？　ぞくぞくしちゃった。これは言っておかないとね」

「ジュリア」とケラーは言った。

「状況によって効果はちがってくると思うけど。いずれにしろ、そういうときにあなたをなんて呼べばいいのか、わたしにはわからないわけよ。〝ジェール〟って呼んでもいいのかもしれないけど、なんかぱっとしないわね」

「ケラーだ」と彼は言った。「ケラーと呼んでくれ」


ケラーは朝のうちにガレージから車を出して墓地を訪れ、四十五年前に幼くして死んだ男の子の名前が刻まれた墓碑を見つけた。そして、名前と生年月日を書き写すと、その翌日にはダウンタウンに向かい、所在地を訊いてまわり、登録事務所まで足を運んだ。

「すべてをもと通りにしたいんだ」ケラーは係官に言った。「セント・バーナード郡に小さな家があったんだが。どうなったか説明しなきゃならない？」

「すべてを失った。でしょ？」と女性の係官は言った。

「まずはガルヴェストン（テキサス州南東部のガルヴェストン島の市）に行って」と彼は言った。「それから北上して、アルトゥーナの姉の家にしばらく置いてもらった。ペンシルヴェニア州の町だ」

「アルトゥーナという町の名前は聞いたことがあるわ。いいところ？」

「まあ、悪くはないけど」とケラーは言った。「やはり故郷がよくてね」

「どんなときもやはり故郷が一番よ」と彼女は同意して言った。「それじゃあ、あなたの名前と生年月日を教えてもらえれば——あら、もう全部書いてあるんですね。これでスペルを訊く手間が省けるわ。ニコラス・エドワーズというのはそんなにむずかしいスペルじゃないにしろ」

ケラーはニコラス・エドワーズの出生証明書の写しを持ってジュリアの家に戻ると、その週の終わりには運転免許取得試験に合格して、ルイジアナ州発行の運転免許証を手に入れた。そして、新しく取得した運転免許証を身分証として提示し、現金を数え、手元に残っていた金額の半分を入金して、銀行口座を開いた。さらに、中央郵便局の局員からパスポートの申請書をもらい、記入して郵便為替と必要な写真を二枚同封して、ワシントン本局に送った。社会保障カードの取得申請もした。

「ニック」ジュリアはその眼をケラーの顔から免許証の写真に移し、そのあとまたケラーの顔に戻して言った。「それともニコラスって呼んだほうがいい？」

「友達にはミスター・エドワーズって呼ばれてる」

「人にはニックって紹介することにするわね」と彼女は言った。「どうせみんなそう呼ぶようになるんだから。でも、わたしだけはニコラスって呼ぶことにする」

「きみがそうしたいのなら」

「そうしたいの」ジュリアはケラーの腕を取って言った。「でも、二階にいるときにはこのままケラーって呼びつづけることにする」

ケラーと二階にあがったあと、ジュリアは夜中に父親の介護が必要になる場合に備えて、一階の書斎にある自分のベッドに戻る。それが毎夜のことになり、彼女がそうしてやむをえず階下《した》に降りるときには、淋しがることばをお互い口にはするものの、ケラーはひとりで目覚めることを喜んでもいた。そのことに気づくと、もしかしたらジュリアのほうも同じように思っているのではないかという気がした。

ある夜、行為のあと、ジュリアがベッドから出るまえに、ケラーは少しまえから気になっていたことを打ち明けた。「金をつかい果たしかけてる。大してつかってるわけじゃないが、収入がないから、残高が底をつくのはもう時間の問題だろう」

お金なら少しはあるとジュリアは言った。そういう問題ではないとケラーは言った。自分の生活費はずっと自分でやりくりしてきて、そうしていないとどうしても居心地が悪いのだ、と。昨日前庭の芝を刈っていたのはそういうわけなのか、と彼女は尋ねた。

「いや、車に取りにいくものがあったんだ」――ずっとグラヴ・コンパートメントに入れっぱなしになっていた銃をやっと化粧箪笥の引き出しに移したのだった――「そうしたら、芝刈り機が眼にはいった。草を刈る必要があることにはまえまえから気づいてた。で、行動に移しただけのことだ。そうそう、アルミ製の歩行器を使った爺さんがそんなおれの様子をしばらく見ていて、そういう仕事でいくらぐらいもらってるのかと訊いてきた。だから、十セントたりとももらえないけど、この家のご婦人と寝るようになったって答えておいた」

「そんなこと。まさか言ったわけじゃないでしょうね？　全部つくり話でしょ？」

「まあ、全部が全部つくり話というわけじゃない。実際、芝は刈ったんだから」

「ミスター・レオニダスが立ち止まってあなたを見てたというのは？」

「いや、それも嘘だ。でも、しょっちゅう見かけるからね。ちょっと登場してもらってもいいかと思って」

「まあ、登場させるには持って来いの人物ね。ほんとうにあなたを見てたら、絶対奥さんにそのことを話すもの。で、あなたが芝刈り機をガレージに戻したときには、その話はもう市《まち》の半分に広まってるはずよ。でも、ケラー、わたしはあなたをどうすればいいわけ？」

「まあ、きみならきっと何か思いつくさ」と彼は言った。


翌朝、彼女はケラーにコーヒーを注いで言った。「考えてみたんだけど。あなたがやるべきことは仕事を見つけることだと思う」

「やり方がわからない」

「仕事の見つけ方がわからないってこと？」

「おれはまともに就職したことが一度もないんだ」

「一度も――」

「いや、それはちがうな。高校生の頃、ある年配の男の下で働いてたことがある。その男は屋根裏や地下室の掃除を請け負っていて、処分するように言われたものを売ることで、実質的な利益を上げてた。おれはその手伝いをしてた」

「それ以降は？」

「それ以降、おれがしてきた仕事にもおれを雇ったやつらにも社会保障カードは必要なかった。ついでに言っておくと、ニック・エドワーズは社会保障カードを申請したけど。そろそろ郵送されてくるはずだ」

ジュリアは少し考えてから言った。「近頃はこの市《まち》にもけっこう仕事の口がある。建設業はできそう？」

「家を建てるとか、そういうことか？」

「そこまで大がかりじゃないにしても。仲間と一緒に働いて、改修や改築をするの。石膏《せっこう》ボードを貼ったり、漆喰で補修したり、ペンキを塗ったり、床をサンドペーパーで磨いたり」

「たぶん」とケラーは言った。「そういう類いのことをするのに工学部の大学院の学位が必要とも思えない。もちろん、そういう方面の知識があれば、それが役に立つだろうとは思うけど」

「あなたはしばらくこの仕事を離れてたから、腕がちょっと鈍ってる。そういうことにする」

「なるほど。いいね」

「それに、あなたがまえに住んでいた場所では、作業のやり方もちょっとちがったってことにする」

「それもいい。きみってつくり話がうまい人だったんだね、ジュリアお嬢さま」

「うまいつくり話ができたら」と彼女は言った。「庭師と寝させてもらえるのよ。さて。何本か電話をかけたほうがよさそうね」

26

翌日、ケラーは作業現場に向かった。その作業現場はナポレオン・アヴェニューからはずれた細い脇道にあった。長期にわたる賃借人が死んで二階が空き部屋になり、全面的な改修をする家屋だった。「二階をロフトにするのが家主の意向だ。オープンキッチンのある広いワンルームにする」ドニー・ウォーリングズという名のブロンドの骨ばった体型の請負い業者が言った。「おたくは壁を取っ払う愉しい作業をやりそこねたけど。ひとつ言っておくと、壁をぶち壊すってのはほんと、ぞくぞくする仕事だよ」

すでに部屋の半分に石膏ボードが貼られ、次の工程は壁と天井にペンキを塗ることだった。それが終わると、床に取りかかる。ペンキローラーは使いこなせるか？　梯子にはのぼれるか？　梯子は問題ない、最初は腕が鈍っているかもしれないが、ローラーも大丈夫なはずだ、とケラーは答えた。「焦ることはないさ」とドニーは言った。「感覚なんてすぐに取り戻せる。それと、時給は十ドルで考えてるんだが、それで問題ないかな」

ケラーは天井から取りかかった。ペンキローラーはまえにも使ったことがあり、やり方は充分心得ていた。ニューヨークの自分のアパートメントの壁を塗ったのだ。ドニーは時折様子を見にきて、その時々アドヴァイスをしてくれた。おもに梯子の置き方についてのアドヴァイスで、しょっちゅう梯子を移動させずにすむやり方を教えてくれた。が、明らかにうまくやれているのが自分でもわかり、休憩時間になると、ケラーはほかの職人が石膏ボードを固定して継ぎ目をパテで覆っている作業現場を見学するよう努めた。やるべきことさえわかれば、さほどむずかしい仕事には見えなかった。

初日は七時間働き、来たときより中身が七十ドル増えた財布と、明日の八時にまた来てくれないかというオファーをジュリアの家に持ち帰った。梯子の昇り降りを繰り返したせいで、脚にいくらか筋肉痛を覚えたが、それはジムでみっちりトレーニングしたあとに覚えるような心地よい痛みだった。

家への帰り道、ケラーは花屋に寄った。

「パッツィからだった」電話を切ったあと、ジュリアは言った。ケラーが覚えているかぎり、パッツィ・モリルはジュリアの高校の同級生で、旧姓はパッツィ・ウォーリングズ、ドニー・ウォーリングズは彼女の弟だった。「ニックをうちの現場に寄こしてくれてありがとうって、ドニーからパッツィに電話があったそうよ」とジュリアは言った。

「ドニーが言うには、あなたは口数が少なく、ミスも少ないって。パッツィから聞いた彼のことばどおりに伝えると、〝あいつは同じことを二度言わせるような男じゃない〟って」

「最初は自分が何をしてるのか、さっぱりわからなかった」とケラーは言った。「でも、一日が終わる頃には、だいぶこつがわかってきたみたいだった」

　次の日、ケラーはさらにペンキを塗り、天井の残りを仕上げて壁に取りかかった。その翌日の現場は三人になり、ドニーはケラーの担当をローラーから刷毛《はけ》に替え、木造のまわり縁を塗らせることにして、「ルイスよりあんたのほうが手の動きがぶれないから」とケラーに耳打ちした。「それに、馬鹿みたいに早く片づけようともしないし」

　ペンキ塗りの作業が終わった翌日、ケラーは言われたとおり八時に現場に出向いた。が、現場にはふたりしか――ケラーのほかドニーしかいなかった。ルイスにはサンドペーパーを使った床の磨き方がどうしてもわからないみたいなんで、ということだった。ドニーはさらに打ち明けるようにして言った――これから二、三日あいつは使わない。

「正直なところ」とケラーは言った。「床の磨き方だけど、おれもさっぱりわからない」

　ドニーはそれでもかまわなかった。「少なくとも、あんたには英語で説明できるからな」と彼は言った。「それに、あんたのほうがルイスよりはるかに覚えが早いだろうから」

　結局、十五日かかった作業がすんで、新しいオープンキッチンが設えられ、バスルームの床がタイル張りになると、部屋は見ちがえるようにきれいになった。いくつかの作業の中で、ケラーが唯一好きになれなかったのは、フローリングの床にサンドペーパーをかける作業だった。粉塵《ふんじん》を吸い込まないようマスクをつけてやるのだが、それでも髪も服も粉塵まみれになり、粉塵は口の中にもはいってきた。明けても暮れてもそればかりやらされてはたまらなかったが、たまに二日ばかりやる分にはなんとかこなせた。一方、バスルームに陶製のタイルを敷く作業は実に愉しく、終わったときにはむしろがっかりした。その出来栄えには誇りすら覚えた。

家主は作業の進捗《しんちょく》状況を何度か見にきていて、完成すると隅々までじっくり確認して、大いに満足だと言った。で、その女性はケラーとルイスにそれぞれ百ドルのボーナスをはずんでくれ、また別の仕事があるので、だいたい一週間後にその現場も見てほしいとドニーに言った。

「月に千五百ドルは取れる部屋になったってドニーは言ってた」とケラーはジュリアに報告した。「おれたちが仕上げた状態からすると」

「それぐらいは取れるかも。もうちょっと下げなくちゃならないかもしれないけど、そこのところはなんとも言えないわね。最近の家賃相場は異常だから。そう考えると、やっぱり千五百ドルは取れるかも」

「ニューヨークでは」とケラーは言った。「あれぐらいの部屋なら五、六千ドルはする。バスルームに陶製のタイルが敷いてあるなんて誰も期待しなくても」

「そんな話はもちろんドニーにはしてないわよね」もちろん、していなかった。ケラーはジュリアの恋人で——それは事実だ——ウィチタから彼女を追いかけてきた——それは嘘だ——という話になっていた。ケラーは思った。遅かれ早かれ、ウィチタに詳しい人間から、その土地での暮らしについて質問されるときが来るだろう。そのときまでに、ウィチタがカンザス州のどこかにある市だという事実以上のことを調べておかなければ。

その一日か二日後、ドニーの友人からケラーに電話があった。天井は必要ないのだが、壁にだけペンキを塗る仕事があるということだった。作業期間は最低三日、もしかしたら四日かかるかもしれない。給料は同じく時給十ドル払える。頼めるかい？

作業を三日で終わらせると、週末とさらに二日の休みのあと、女性の大家が言っていた仕事に入札した結果、落札できたとドニーが電話で知らせてきた。明日の朝一番に来られそうか？　現場で落ち合うことになり、ケラーは住所を書きとめた。

「正直なところ」とケラーはジュリアに言った。「これで生計を立てていけそうな気がしてきた」

「当然よ。このわたしが四年生の教師として生計を立ててるんだから——」

「しかし、きみには資格がある」

「資格って教師としての資格のこと？　あなたにも資格はあるじゃない。素面《しらふ》で時間どおりに現われ、言われたことをやり、英語を話し、その仕事をするにはもったいないほど自分は優秀だなんて思ってない。わたし、あなたのことが誇らしいわ、ニコラス」

ケラーはドニーやみんなにニックと呼ばれることに慣れ、ジュリアにニコラスと呼ばれることにも慣れてきていた。彼女は今でもベッドの中ではケラーと呼んでいたが、それもいずれは変わるだろうという予感があった。が、それで別にかまわなかった。ケラーは思った。セント・パトリック墓地で見つけたのが、耐えがたいような名前じゃなくて運がよかった。眼をすがめるようにして風雨にさらされた墓石を見ていたときには、そんなことはあまり考えもせず、とにかく生年月日が齟齬《そご》をきたさないかということだけを考えていたのだが、今にして思えば、ニック・エドワーズとは似ても似つかない、受け容れがたいような名前になっていた可能性もあったわけだ。

ケラーは収入の半分を部屋の賃貸料と生活費としてジュリアに渡していた。最初、これではもらいすぎだとジュリアは反対したが、ケラーは譲らず、彼女もそれ以上は逆らわなかった。だいたい車のガソリンを入れる以外、ケラーには金のつかい道がなかった（新車か、せめて新しい中古車を買うために貯金するというのは、悪い考えではなかったが。いつかそのうち誰かに登録証を見せろと言われないともかぎらないのだから）。

夕食のあと、ふたりはフロントポーチでコーヒーを飲んだ。通り過ぎる人々をそこから眺め、一日が黄昏《たそがれ》に沈むのを眺めているだけで心地よかった。ただ、そうしていると、ジュリアが植え込みについて言っていたことの意味がケラーにもよくわかった。いささか伸びすぎていて、光と景観をさえぎりすぎていた。

実際にやってみれば、刈り込み方はたぶんわかるだろう。一日休みが取れたらすぐに試してみよう。ケラーはそう思った。

ある夜のこと、愛し合ったあとでジュリアが沈黙を破って言った。自分はさっきケラーのことをニコラスと呼んでいた、と。しかし、興味深いのはケラーがそれに気づいてもいなかったということだ。ジュリアが彼のことをニコラスと呼ぶのがケラーにも自然に思えてきた証《あか》しだった。ベッドの中であれ、外であれ。彼自身、ニコラスがほんとうに自分の名前のように思えはじめていた。

郵送されてきた社会保障カードとパスポートにもその名前が記載されていた。パスポートが配達されたのと同じ日の郵便物の中には、クレジットカードの入会案内書もあった。その案内書には〝事前審査に通りました〟と書かれていた。どういう基準に基づいて事前審査を通過したのか。彼には少なくとも郵送先の住所と動いている心臓がある。それだけあれば誰でも通る審査なのだろう。

ゆっくりとまわる天井扇の羽根の下でケラーは言った。「結局、あの切手は売らずにすみそうだ」

「なんの話？」

　ジュリアは驚いたように言った。が、どうして驚いているのか、ケラーにはわけがわからなかった。

「切手はなくしたんじゃなかったの？」と彼女は言った。「コレクションはそっくり盗まれたって言わなかった？」

「そうだ。でも、デモインで珍しい切手を五枚買ったんだ。何もかもがおかしくなるまえに。売るのはむずかしいかもしれないが、それでも一番手近なところにある換金可能な資産に変わりはない。車以上の価値があり、買い手も見つけやすいと思うけど、所有権がはっきりしてないといけない。でも、今のおれにはそれがきちんと証明できない」

「デモインで切手を買ったの？」

ケラーは化粧簞笥の一番上の引き出しから切手を取り出し、ピンセットを見つけると、ベッドサイドの明かりをつけて、ジュリアに五枚の小さな四角い紙切れを見せた。彼女にあれこれ尋ねられ——どれぐらい古いものなのか、その価値はどれほどあるのか——結局のところ、気づくとケラーはそれらの切手と買ったときのいきさつをすべて話していた。

「ニューヨークに戻るための金はたっぷりあったわけだ。こいつらのために六百ドルも費やしたりしてなければ。でも、こいつらのせいで所持金の残金は二百ドルたらずになっていた。そのときはそれだけあれば充分に思えた。帰りの飛行機も何もかもクレジットカードで払うつもりだったから。ところが、切手の代金の支払いをすませたところへ、ラジオから例のニュースが流れてきたというわけだ」

「つまり暗殺のことはそれまで知らなかったということ？」

「誰も知らなかっただろうよ。切手を買うようおれが自分で自分を説き伏せようとしてたときにはまだ。今でもおれに言えるのは、ミスター・マッキューの店のドライヴウェイにおれが車を停めようとしていたのとちょうど同じ頃、ロングフォードはロータリークラブの会員たちとの退屈な食事会に出席してたってことぐらいだ。だいたいおれはことの重大さもわかってなかった。自分がデモインにいるときに大物政治家が暗殺されたのは、ただの偶然だと思った。おれにはまったく別の仕事があった。少なくとも、まったく別の仕事だと思っていた。で——どうしたんだい？」

「わからないの？」

「わからないって、何が？」

「あなたは彼を殺さなかったのよ。ロングフォード知事を。あなたは彼を殺さなかった」

「おいおい、おふざけはなしだ。そんなことはもう大昔に話したと思うけど」

「ちがう、やっぱりわかってないわ。あなたは自分が彼を殺してないことを知ってる。わたしもあなたが彼を殺してないことを知ってる。でも、わたしとあなたが知ってるだけでは、警官たち全員にあなたを探すのをやめさせるのに充分じゃない」

「もちろん」

「でも、あなたがどこかの切手の店にいたんだとしたら——どこだっけ？」

「アーバンデール」

「アイオワ州アーバンデールの切手の店ね。知事が射殺されたとき、あなたがその店にいて、ミスター・マックなんとかがあなたの向かいに坐ってたんだとしたら——」

「マッキューだ」

「なんであれ」

「彼の名前はもともとはマックなんとかだったそうだ」とケラーは言った。「だけど、恋人に名前を変えないかぎり結婚しないと言われて——」

「いいから黙って。最後まで言わせて。重要なことなんだから。あなたがそこにいて、マッキューもそこにいて、ラジオのニュースもあったわけだし、彼がそのことを覚えていたら、そのことはあなたが市《まち》にいて知事を狙撃したはずがないことの証明にならない？　え？　ならないの？　どうしてならないの？」

「暗殺のニュースは一日じゅう流れてた」とケラーは言った。「マッキューも切手を売ったことは思い出すだろう。もしかしたら、それが暗殺のニュースをまさに耳にしたときだったということも思い出すかもしれない。だけど、それが正確にいつだったか宣誓することまではできないだろう。たとえ彼がそこまでしてくれても、検察官には彼を証人席に坐ったヌケ作みたいに見せることができるだろう」

「でも、優秀な弁護士がいれば――」

ケラーが首を振っているのを見て、彼女は口をつぐんだ。「駄目だ」と彼はむしろおだやかに言った。「きみにはわかってないことがある。たとえば、無実を証明できたとする。たとえば、マッキューがおれの容疑を完全に晴らすような証言をしてくれたとする。さらに、おれたちが頑張ってるあいだに、さらに別の証人が、揺るぎない社会の有力者も現われて、その証言を裏づけてくれたとする。それでもどうにもならないんだよ」

27

「それでもどうにもならない。この事件が裁判になることはない。おれはそこまで生きられない」

「警察があなたを殺す？」

「警察じゃない。今度の件じゃ警官もＦＢＩも端役にすぎない。警察はドットを捕まえることもできず、彼女が存在することさえ知らなかった。なのに彼女はどうなった？」

「だったら誰が？　そうか」

「そうだ」

「その男の名前はもう聞いたわね。アルだっけ？」

「ミスター・〝私のことはアルと呼んでくれ〟。それはつまりそいつの本名じゃないということだ。それでも、呼び名は要るからね。でも、おれをはめることを思いついたときにはまだ、おれをどう利用するつもりか、アルにもわかってなかったんじゃないかな。まあ、どうでもいいことだが。ロングフォードは死に、誰もがおれを探してる。だけど、おれがのこのこ警察に出頭すれば、アルにとって逆におれは邪魔な存在になる。やつに見つかったら、おれの命はない。さきに警察に見つかっても同じだ」

「アルにはそんなことまでできるってこと?」

ケラーはうなずいて言った。「いとも簡単に。アルにはあちこちに伝手《つて》がありそうだからね。それは明らかだ。それに、そもそも勾留中の人間の身に何かが起きるように仕組むのは、そんなにむずかしいことじゃない」

「そんなのって――」

「不公平?」

「ええ、そう言おうと思った。でも、そうね、〝人生は公平だなんて誰が言った?〟ってことよね」

「誰かがきっと言ったんだろうよ」とケラーは言った。「いつかどこかで。だけど、それはおれじゃない」


少し経って、ジュリアが言った。「たとえば……ううん、馬鹿げてるわね」

「なんだい?」

「そう、ただのテレビドラマだけど。ある男が濡れ衣を着せられるんだけど、唯一の解決策はその事件の謎を解くことっていうお話」

「O・J・シンプソンがフロリダじゅうのゴルフコースを限なく調べてまわって、真犯人を探したみたいに」

「馬鹿げてるって言ったでしょ？　そもそもどこから手をつければいいのよ？」

「たぶん墓地から」

「犯人はもう死んでると思うの？」

「思うに、アルは安全第一主義者だ。とすれば、それが一番安全なやり方ということになる。彼がおれを身がわりにしたのは、おれと彼を結ぶ糸が一本もないことがわかってるからだ。だけど、狙撃の実行犯のことは知ってるはずだ。アル本人にしろ、アルのもとで働いてる手下にしろ。当然、そこにはなんらかのつながりがある」

「でも、誰もそのつながりを探そうとはしない。みんなあなたが狙撃の実行犯だと思ってるから」

「ああ。一方、実際に起きたことが誰かに突き止められる可能性もないわけじゃない。狙撃犯が酒に酔って自分のやったことを吹聴したりする可能性もね。そう、犯人が女の気を惹こうとしてべらべらしゃべるなんてこともないとは言えない」

「そんなことを話して、うまくいく？」

「うまくいくかもしれない。ある種の女が相手なら。いずれにしろ、問題は、知事が死んでしまえば、狙撃犯は貴重な人材から一転して厄介の種になるということだ。おれの予想じゃ、そいつは暗殺事件の四十八時間以内にはもう息を引き取ってるんじゃないかな」
「O・J・シンプソンとゴルフをしたりはしてないってことね」
「ああ、絶対にね。むしろ、ピーナッツバターとバナナのサンドウィッチをエルヴィスと分け合ってる可能性のほうが高いんじゃないかな」

木曜日、現場で配管工事に問題が生じた。ドニーには処理できない高度な専門技術が必要になり、その日の仕事は早々に切り上げられ、あとの現場はメタリー（ニューオーリンズ近郊の町）から呼んだ熟練配管工に任せられた。今日はもう帰っていいとルシールに言おうと思い、ケラーはまっすぐ家に向かった。玄関ポーチにジュリアがいた。それまでずっと泣いていたようだった。

ジュリアが最初に言ったのは、キッチンにコーヒーがあるということで、ケラーは気持ちを落ち着かせるための時間を彼女に与えようとキッチンに向かい、ふたつのカップにコーヒーを注いだ。カップを手にポーチに戻ったときには、彼女もいくらかは元気を取り戻していた。

「今朝、父がもう少しで死にそうになったの」と彼女は言った。「ルシールは正看護師ではないけれど、訓練は受けてる。父の心臓が停止したのよ。そのあとまた自然にもとに戻ったか、ルシールの蘇生《そせい》処置が功を奏したかして、また動きだしたんだけど。彼女はわたしが勤めてる学校に電話をくれて、そのまえに医者にも電話しておいてくれて、わたしが家に着いたときには先生がもう来てくれてた」

「もう少しで死にそうになったと言ったね。で、今は大丈夫なのか？」

「生きてる。訊きたかったのはそういうこと？」

「たぶん」

「軽い脳卒中を起こしたみたい。話す能力に影響するけど、それほどひどくはないって。実際、言うことがほんの少しわかりにくくなってるけど、先生が入院させようとしたら、父ははっきり意思表示をしたし」

「行きたくないって？」

「病院に行くくらいなら死んだほうがましだって。先生は先生で、気むずかしいお爺さんなものだから、だったらたぶんそういうことになるだろうよ、なんて言うわけ。そうしたら父は、どうせおれは死ぬんだし、くそったれの医者も死ぬんだから、死ぬことのどこが悪いんだなんて言い返して――いくらか休めるようにって先生は注射を打ったけど、あれは単に父を黙らせるためだったんじゃないかしら。でも、そのあと先生にははっきり言われたわ。今わたしのするべきことは父を入院させることだって」

「で、きみはなんて答えたんだ？」

「父はもう立派な大人なんだから、どのベッドで死ぬか自分で選ぶ権利があると思うって言った。まあ、先生としてはそんなことばは聞きたくなかったんでしょう。だから、それはもうたっぷりと罪悪感を植えつけられたわ。罪悪感をテーマにした講座が開けそうなぐらい。それが医学部のカリキュラムに組み込まれることになったら。まだそういう講座がなければね」

「つまり、きみは踏んばったわけだ?」

「そう」と彼女は言った。「でも、これまでしてきたことの中で一番辛《つら》いことだったかもしれない。何が一番辛いかわかる?」

「自分の判断に自信が持てないこと?」

「そのとおり! 足を踏んばって議論しながらも、そのあいだずっと頭の中の小さな声がぶつぶつ言ってるのが聞こえたわ。医者より自分のほうがよくわかってるなんて、そんな考えはどこから来たの? こんな反論をしてるのは、ただ父が死ぬことを望んでるからじゃないの? 医者に対してこんな強気な態度を取ったりしてるのは、自分には父親に向かって反論するだけの勇気がないからじゃないの? 頭の中で全委員が集まって会議を開いて、全員がテーブルを叩いて叫んでた」

「親爺さんは今は休んでるのか?」

「最後に見たときには眠ってた。様子を見にいく? 起きてても父にはあなたが誰なのかわからないかもしれない。記憶の欠落が予想されるんだそうよ」

「だからといって、気を悪くしたりはしないよ」

「それにまた卒中が起きるかもしれないって。それも言われた。ガンがなければ抗血液凝固剤を投与できるんだそうだけど。もちろん、病院にいれば、抗血液凝固剤も処方できて、モニタリングもできて、出血や卒中で死ぬことのないよう、血中濃度を一定に保つことができるだろうし、それに――ねえ、ニコラス、わたしは正しいことをした？」

「きみは親爺さんの希望を尊重した」とケラーは言った。「それ以上に大事なことがあるか？」

居間にはいると、いつもより病人の部屋のにおいがきつくなっているような気がした。あるいは、ただの気のせいか。最初は老人の呼吸が確認できず、すでに最期を迎えてしまったのかと思った。そのあとすぐまた息づかいが聞こえてきた。ケラーはその場に佇み、何を感じ、何を思うべきか、考えた。

老人の眼が開き、ケラーに向けられた。「ああ、おまえさんか」その声はざらついてはいたが、鐘のようにはっきりと聞こえた。老人はすぐに眼を閉じると、また眠りに落ちた。

次の朝、ケラーは現場に着くと、ドニーを脇に引っぱり、十ドル札を渡して言った。「昨日はもらいすぎてた。六十ドルあった。五時間しか働いてないのに」

ドニーは札を押し返して言った。「昇給したんだ。時給十二ドルに。ほかのやつらのまえじゃ言いたくなかったんで」ほかのやつとはルイスと四人目の男、ドウェインのことだった。

「あんたにはそれだけの価値がある。もっと条件のいい仕事をよそで探されちゃ困るからな」そう言って、彼は片眼をつぶってみせた。「でも、あんたが正直な男だということがわかってよかったよ」

ケラーは夕食がすむまで待って、ジュリアに昇給の話をし、祝福のことばを受けた。「別にわたしは驚いてないけど」と彼女は言った。「パッツィの母親は馬鹿な子供を産んだりしてないことはわかってたから。あなたにそれだけの価値があるというのは正しい判断だし、あなたを失う危険を回避したのは賢明なことよ」

「この次にはきみは」とケラーは言った。「この仕事におれの未来があるなんて言いだしそうだな」

「それはどうかしら。だってお給料だって大した額にはならないでしょ、あなたがこれまでにもらってきた報酬と比べたら全然」

「まえは電話が鳴るのを待つことに時間の大半を費やしていた。仕事をすればそこそこの収入にはなったが、それと比較することはできないよ。今とはまったくちがう暮らしをしてたんだから」

「わかる気がする。いえ、やっぱりわかることはできないのかな。まえの仕事が懐かしい？」

「まさか。それはないよ。どうして懐かしんだりすると思う?」

「さあ。ただ、この仕事は退屈かもしれないって思っただけよ。これまであなたが慣れ親しんでいた暮らしを思うと」

ケラーはそのことについて少し考えてから言った。「面白いと思ったのは、いつもじゃないが、時々にしろ、問題が起きてそれを解決することだ。下がり天井を剝がすときには、それはもうありとあらゆる問題が出てくる。でも、誰も怪我することなく、それらすべての問題を解決する策がないわけじゃない」

彼女はしばらく黙り込んでから言った。「そろそろ新しい車を買うことを考えてみるのも悪くないんじゃないかな。わたし、何か可笑しなことを言った?」

「おれが急に話題を変えると、ドットによく文句を言われたもんだ。彼女はおれを〝関連性のない話の名人〟と呼んでた」

「どうしてわたしが急にそんな話をしたのか知りたい?」

「いや、別に。ふと可笑しくなっただけだ。それだけだ」

「どうして車の話をしたかというと」と彼女は言った。「あなたが当分はこの暮らしを続けたさそうな口ぶりだったから。となると、すべてをぶち壊す原因になりかねないのがあなたのあの車よ。ナンバープレートからは捜査は進展しなくても、停車させられて登録証を見せるように言われたら――」

「空港でナンバープレートを付け替えたとき、グラヴ・コンパートメントの中に登録証があったんで、そいつに手を加えて、記載されている名前と住所を自分のものに改竄《かいざん》することも考えなくはなかったんだが――」

「それってうまくいきそう？」

「ちらっと見られるぐらいならごまかせるかもしれないが、じっくり見られたらばれるだろうな。それに、ルイジアナ州発行の免許証を持ったまぬけな男が、テネシー州のナンバープレートのついた車を運転していて、その車の登録証がアイオワ州のものじゃね。答はノーだ。うまくいかないだろうと言わざるをえないな。だから、試してみようとも思わなかった」

「制限速度を守りつづけるというのはできないことじゃない」と彼女は言った。「あらゆる交通規則に従って、駐車違反のチケットをもう一枚もらうようなリスクも絶対に冒さないようにすることもできる。でも、どこかの酔っぱらいがあなたの車に追突して、気づいたときには警官にあれこれ訊かれてるなんていうのはありえないことじゃない」

「じゃなきゃ、グレースランド（テネシー州メンフィスにあるエルヴィス・プレスリーの邸宅。現在は博物館）で休暇を過ごして帰ってきた警官が、向こうで実際に見かけたナンバープレートと、おれの車のテネシー州のナンバープレートがちがって見えるのを不審に思う可能性もある。まずいことになりかねないあらゆる可能性があることはわかってる。だから貯金してるんだ。それが充分な額になったら――」

「お金ならあげるわよ」

「そんなことはしてほしくない」

「返してくれればいいじゃないの。そう長くはかからないはずよ。時給が二ドル上がったんだから」

「考えさせてくれ」

「どうぞどうぞ」と彼女は言った。「好きなだけじっくり考えるといいわ、ニコラス。土曜の朝、買いにいきましょう」


わざわざ車を買いに出かけるまでもなかった。次にドニーに会ったときに、車を買うつもりでいることを話すと、ドニーは言った――トラックを買いなよ、ただの中古車なんかじゃもう満足できないだろ？　ドニーには、見た目は悪くともメカの状態はしっかりしているシヴォレーの〇・五トン・ピックアップトラックを持っている知人がいた。支払いは全額現金になるだろうが、あんたのセントトラを買い取る人間ならすぐに見つかりそうだとドニーは言った。セントトラの買い手はもう見つけてある、とケラーは答えた。

トラックの所有者は図書館の司書を思わせる年配の女性で、話を聞くと、実際にジェファーソン郡にある図書館の大きな分館に勤めていることがわかった。そんな女性がどうしてトラックなど持っているのか、ケラーには想像ができなかった。本人も持て余しているようで、それは態度に表われていた。書類に問題はなさそうだったので、ケラーが値段を尋ねると、彼女はため息まじりに希望価格は五千ドルだと言った。が、額面どおり期待していないのは明らかだった。ケラーは四千ドルと言った。互いの希望と希望のあいだのどこかで折り合いをつけるつもりだった。だから、彼女がもう一度ため息をつき、うなずいて合意を示したときには罪悪感すら覚えた。

その年配の女性の家までは、ジュリアが運転するトーラスで行き、帰りは彼女のあとについて走り、家のまえの通りに停めた。四千ドルでイエスと言われたときには、言い値を自分から吊り上げたくてうずうずした、とケラーは言った。するとジュリアは言った。「馬鹿なことを言わないで。これは彼女のトラックじゃないんだから」

「ああ、もう彼女のものじゃない。おれたちのものだ」

「彼女のものだったことは一度もないのよ。彼女の息子か、彼女の恋人か、誰だか知らないけれど、とにかく男の人が乗ってたのよ。それがあれやこれやあって、最後には彼女のもとに行き着いた。でも、いい？　この話の一番悲しいところはトラックのことなんかじゃないのよ。あれ、どうかした？」

「ちょっと思っただけさ」とケラーは言った。「きみは果たして、自分がカントリーソングの歌詞の一節みたいなことを言っていることに気づいてるんだろうかって」

セントラが行き着いたさきはミシシッピ川だった。ケラーは老司書に安い価格を提示したことにも罪悪感を覚えたが、何ヵ月ものあいだ故障もせず、よく走ってくれた車を水葬に付すことにはそれ以上の罪悪感を覚えた。その中で食事をし、その中で眠り、国じゅうを走ってきた車に対して、川に沈めることで感謝の念を示そうとしているのだから。

しかし、百パーセント安全な方法はほかにひとつも思いつかなかった。放置しておいてうまく盗まれれば、車との関わりを断ち切ることはできるだろう。それでも、遅かれ早かれ、当局の注意を惹くことになるだろう。この車がロングフォード知事暗殺犯がデモインで借りたレンタカーであることに変わりはなく、誰であれ、エンジンの製造番号をチェックした者はそのことをいともたやすく突き止めるだろう。さらに、ケラーを探し出すことに強い関心を持っている人間は、当然ニューオーリンズから探しはじめるだろう。

永遠に川底に沈めるというのは悪い選択ではなかったよ、とケラーはジュリアに言った。万一引き揚げられたとしても、誰もわざわざ製造番号を調べようとはしないはずだ。

街中に戻ると、ケラーはジュリアをトラックに乗せて、ちょっとしたドライヴを愉しんだ。

28

最初のうち、ジュリアの父親は脳卒中からは回復に向かっているように思われた。が、その後、また卒中を起こしたにちがいない。ある朝、ジュリアが父親の部屋にはいると、容体が一変していた。話していることが聞き取れなくなり、脚を動かすこともできなくなっていた。それまでは病床用の差し込み便器を使っていたのだが、それがおむつになり、ジュリアがその交換をするのをケラーも手伝うようになった。

医師が点滴の袋を吊るしながらジュリアに言った。「こうしないと、飢え死にしてしまうからね。それでもやはり、ここではしかるべきやり方で彼の容体をチェックすることができない。お父さんにはもう考え直すことができないわけだから、入院させるかどうか、それはきみ次第ということになる」

医者が帰ると、ジュリアは言った。「どうすればいいのかわからない。わたしが決めることはすべてまちがった方向に進んでる。わたしとしては――」

「きみとしては？」

「なんでもない」と彼女は言った。「今は言いたくないわ」

彼女はそのあとなんと言おうとしたのか。それは明らかだった。彼女は父親が安らかな死を迎え、すべてが終わることを願っていた。

ケラーは部屋にはいって老人の寝顔を見つめて思った。それ以外にいったい何を望める？自分の思いどおりになるとしたら、ジュリアの父親も壁に顔を向け、食べようとも飲もうともせず、一日か二日で死を迎えようとするだろう。が、医学の奇跡によって、点滴を施された。ジュリアは父親の体内に流れ落ちる液体の補充方法を教わった。かくしてミスター・ルサードは生き永らえることになった。どこか別の身体器官が弱って、機能を停止する方法を見つけるまで。

ケラーは彼の枕元に立ち、もうひとりの老人、ジュゼッペ・ラゴーニ、あるいはジョーイ・ラグズ、それとも――なんともはや――ジョー・ザ・ドラゴンのことを思った。ケラーは彼のことを〝親爺さん〟としか考えたことがなかった。実際に面と向かってなんらかの呼びかけをしたことすら一度もなかった。もしかしたら、最初の頃は〝サー〟と呼びかけていただろうか？　その可能性はあった。今となってはもう思い出せない。

親爺さんのほうは死ぬまでぴんぴんしていたが、問題は必ずあるもので、彼の場合、持ちこたえられなかったのは頭のほうだった。ミスを犯しはじめ、細かいことを覚えていられなくなった。実際、こんなことがあった。セントルイスに出向いたときのことだ。ケラーはあるホテルの一室――親爺さんが書いてくれたメモにあったルームナンバーの部屋――で仕事をすませた。ただ、親爺さんが書いたのはルームナンバーではなかった。メモには三一四と書かれていたのだが、あとになってケラーはそれがセントルイスの電話の局番だったことに気づいた。つまり、ケラーはまちがった部屋に送り込まれ、仕事は予定どおりすませたものの、相手は予定どおりではなかったのだ。その部屋には女もひとりいて、なんの理由もなくふたりの人間が死ぬことになった。そんな仕事のやり方がどこにある？

そのあともそうした〝事故〟が続き、ドットとしても親爺さんの現状を認めざるをえなくなり、親爺さんが回想録の執筆を手伝わせようとして、どこかの高校新聞の記者を雇ったのが決め手となったのだった。ドットは問題を蕾《つぼみ》のうちに摘み取ろうとし、ケラーに休暇旅行を勧めた。その頃、ケラーは引退に備え、すでに切手の蒐集を始めていた。ドットは彼に切手のオークションに行き、本名で登録して何もかも自分のクレジットカードで払うよう言い含めた。

それはつまり、ことが起きたときにはどこかよそにいるようにということだ。

ドットは親爺さんの寝るまえのココアに鎮静剤を混ぜ、ぐっすり眠らせると、親爺さんの顔に枕を押しつけた。それだけのことだった。甘い眠りだった。親爺さんが何年にもわたって数えきれないほどの人々に提供してきたものより、はるかにおだやかなこの世からの退場だった。

「それが彼の望んでいたことかどうか、わたしにはわからない」のちにドットはケラーに言った。「彼はそんなことを一度も口にしなかったから。でも、これだけは言える。わたしはそれを望んでいた。だから、ケラー、もしわたしがあんなふうになって、そのときあなたがわたしのそばにいたら、何をすべきか、あなたにはちゃんとわかっていてほしい」

ケラーが承諾すると、彼女はあきれたように眼をぐるっとまわして言った。「今そう言うのは簡単よ。でも、そのときが来たら、あなたは自分に問いかけるはずよ。〝はてさて。ドットのためにしてやることになってたことが何かあったはずだが。それがいったいなんだったのか、まるで思い出せない〟ってね」


「親爺さんの様子を見てきた」とケラーはジュリアに言った。「機会のあるうちに親爺さんに言っておきたいことがあるなら、今がそのときかもしれない」

「もしかして、あなた――」

「はっきりそうとは言えないが」とケラーは言った。「なんとなくあと一日か二日ぐらいのような気がする」

彼女はうなずいて立ち上がると、病人の寝ている部屋にはいった。

その夜遅く、ジュリアとケラーはいつものように二階にあがった。ただ、セックスはせず、暗闇の中、互いに寄り添って横たわっていた。ジュリアは自分が生まれるまえまでさかのぼった自分の一族の歴史と子供の頃の話をした。ケラーは大してしゃべらず、ほとんどただ黙って耳を傾け、もの思いにひたっていた。

彼女が階下《した》に降りると、ケラーはベッドを出て二階のポーチに行った。曇り空で、月も星も見えなかった。ミシシッピの川底で腐蝕《ふしょく》していくあの忠実で懐かしいセントラを思い、ドットと切手と母親と、決して知ることのなかった父親のことを思った。長いあいだずっと思いもしなかったのに。おかしなものだ。

一時間ほどポーチにいて、ジュリアが確実に眠りに落ちた頃合いを見計らい、踏み板が軋《きし》まないよう気をつけて階段を降りた。

ドットは枕を使った。いたってシンプルで、手早い方法だ。唯一の問題は点状出血が特に眼にめだって残るということだけだ。が、それはさして問題にはならないだろう。ドットが呼んだかかりつけの医者は、遺体をろくに確かめもせず死亡証明書にサインした。老人が明らかな自然死を遂げた場合、検死解剖のことなど心配する必要はまずない。

この家でも検死解剖がおこなわれることはないだろう。老人が脳卒中を二度起こしていたことは医師も知っており、そもそも肝臓ガンで死にかけていたのだから。もしかしたら、この老医師はホワイト・プレーンズの親爺さんの主治医より慎重に死因を調べるかもしれない。クレメント・ルサードの眼球に赤い小さな斑点《はんてん》を見つけたら、彼のあの世への旅立ちにはジュリアの手が加わっているのではないかと疑うかもしれない。といって、彼女を非難するとはかぎらない。忠実な娘の最後の愛情による行為と考えるかもしれない。しかし、そもそもあの老医師があれこれ考えるとはまず思えなかった。

ミスター・ルサードを入院させる許可が得られ、彼の状態をつぶさにチェックすることができていたら、医師はまた卒中を起こすリスクを減らすための血液の抗凝固剤を投与していたかもしれない。一方、ミスター・ルサードは肝臓ガンを患っており、最適とされる抗凝固剤のクマディンは大量の内出血を促す恐れがある。大出血は、クマディンを投与しなくても起きていたかもしれない。だから、そういう死に方をしても疑念は少しも生じないはずだ。

クマディンは医師の処方箋がなければ入手できない薬で、ケラーとしても調達することはできなかった。が、クマディンは人間の血液の凝固を防ぐために処方されるようになるまえは、ワルファリンと呼ばれて殺鼠剤《さっそざい》として使われていた——ワルファリンはネズミの血を薄め、内出血によって死に至らしめる。

ワルファリンなら処方箋も要らなければ、買う必要もなかった。ガーデニング用品と一緒に、ガレージに古い殺鼠剤の箱があるのをケラーは見かけていた。使用期限の記載は見つけられなかったが、まだ効果はあるだろう。古くなって毒性が弱まるなどということはあまりなさそうに思えた。それに、どう考えても製薬基準には達していないはずで、クマディンのように治療目的で人体に投与することは固く禁じられているにちがいない。しかし、今は不純物や副作用のことを気にしなければならないときではない。

枕元に吊るされ、老人の静脈に点滴を落としている点滴袋に、ケラーは粉末状のワルファリンを入れた。果たしてこれがどう作用するか、そもそも作用するのか。

数分後、キッチンに向かった。ポットにコーヒーがあり、カップに注いで電子レンジで温めた。ジュリアが眼を覚ましてキッチンにはいってきたら、眠れなくて、と言うつもりだった。が、彼女が起きてくることはなかった。ケラーはコーヒーを飲み干すと、流しでカップを洗い、老人の枕元に戻った。

医師は脈に触れて確かめただけで、患者をきちんと調べようともしなかった。点状出血に気づいたとは思えなかった。こめかみに銃創があっても気づかなかったのではないか。医師が死亡証明書にサインするのを待って、ジュリアは一族がこれまで頼んできた葬儀屋に電話をかけた。葬儀には十五人から二十人ほどの家族や友人が参列した。ドニー・ウォーリングズと彼の妻も来て、ケラーはパッツィ&エドガー・モリル夫妻にも会った。その二組の夫婦は葬儀のあともジュリアに付き添い、ルサード家に来た。遺体は火葬されたので——あれやこれや考えると、それは悪くない考えだとケラーは思った——墓地への移動も埋葬式もなかった。

二組の夫婦は長居することなく辞去し、ふたりきりになるとジュリアが言った。「さて。これでわたしはウィチタに戻ることができる。嫌だ、なんて顔してるのよ！」

「いや、一瞬、本気で言ってるのかと——」

「こっちに戻ってきたばかりの頃は、ひたすら自分に言い聞かせなくちゃならなかった。父に必要とされているあいだだけ、ここにいるだけのことだって。別のことばで言えば、父が死ぬまでってことね。でも、自分が二度とここを離れないことはそのときからもうわかってたんだと思う。だって故郷なんだもの」

「きみがニューオーリンズ以外の場所にいるところなんて想像できない。この家以外の場所にいるなんてね。それがどこであれ」

「ウィチタにはなんの問題もなかった」と彼女は言った。「わたしにはあそこでの暮らしがあった。ヨガのクラス、読書会。でも、あそこは住むための場所ではあったけど、帰るための場所じゃなかった」

ケラーには彼女の言いたいことがよくわかった。

「どこかよそに行くこともできなくはない。そこに住んで、ふた月でウィチタと同じ暮らしを再現することもね。もしかしたら、そこではヨガのかわりにピラティスをしているかもしれないし、バーバラ・テイラー・ブラッドフォード（英国出身のロマンス作家）はほんとうは何を伝えたかったのか考えるかわりに、ブリッジを始めてるかもしれない。でも、それはやっぱり同じ暮らしで、新しい友達もウィチタでの友達と同じ友達で、いずれ何年か経ってよそに引っ越すことになったときには、きっと同じように取り替えることができるものよ」

「で、これからは？」

「これからわたしは父の遺品を整理して、どれを誰に形見分けするか考えようと思ってる。手伝ってくれる？」

「もちろん」

「それからあの部屋を掃除しないとね。煙草の煙と病気のにおいをすべて追い払わなくちゃ。父の遺灰をどうするかはまだ決めてないけど」

「一般的には埋めるんじゃないのか？」

「たぶんね。でも、それだと本来の目的が台無しにならない？　結局はお墓にはいるんだとしたら。自分だったらどうしてほしいかはわかってるんだけど」

「きみはどうしてほしいんだ？」

「あなたの車と同じことをしてほしい。ただし、川じゃないけど。メキシコ湾に遺灰を撒いてもらいたい。そんな機会が訪れることがあったら、あなたに頼める？」

「きみがおれの遺灰の処理を考えることになる見込みのほうが高そうだが。それはともかく、きみが言ったのは最高の方法だよ。メキシコ湾ほど散骨にいい場所もないいんじゃないかな」

「ロングアイランド湾じゃなくて？　故郷に帰りたくはない？」

ね。いい？」

「ああ、ここのほうがいい」

「なんだか泣きそう」とジュリアは言い、ケラーは彼女を抱きしめた。彼女は言った。「あまり早くは嫌よ、いい？　メキシコ湾はどこにも逃げないんだから。しばらくはそばにいてね。いい？」

ドニーにはボートを持っている知り合いがいて、その男はふたりを快くメキシコ湾の沖に運んでくれた。海上にいたのは一時間たらずのことだったが、遺灰を撒いて、波止場に戻ってきても、そのボートの所有者はガソリン代さえ受け取ろうとしなかった。

レンタル業者が病人用ベッドを引き取りにきて、白いヴァンに乗ったふたりの若者が点滴装置を回収しにきた。ケラーは、老人が着ていた衣類とパジャマと一緒に、老人の部屋で使われていたシーツと枕カヴァーとタオルをゴミ袋に詰めた。ガンは伝染するものではないし、衣類も寝具も洗濯できたが、すべて袋に入れて歩道の縁石の上に置いた。

パッツィ・モリルの友人が病室を燻《いぶ》しにきた。なんのことだかケラーには見当もつかなかったが、その女性が乾燥させたセージ（本人の説明によれば）の束を取り出し、一方の端にマッチで火をつけ、そこここに煙を撒き散らしながら部屋の中を歩きまわるのを見て、どういうことかわかった。その女性はそのあいだずっと唇を動かしていたが、何を言っているのかまでは聞き取れなかった。声を発しているのかさえはっきりしなかった。ケラーがこれまで経験してきた中でもいかにも長く感じられる十五分のあいだ、それがなんであれ、彼女はとにかく自分のやるべきことをした。〝燻し〟が終わると、ジュリアは丁重に礼を言い、謝礼を受け取ってもらえるかどうか尋ねた。

「いいえ、けっこうよ」とその女性は言った。「でも、コーヒーを一杯飲ませてもらえると嬉しいわ」

なんとも奇妙な女性だった。背丈は小妖精ほどで、年齢も人種的背景も予測がつかなかった。やけに大げさにコーヒーの味を誉めたあと、カップの中身を三分の二ほど残して帰っていった。さらに、帰りぎわにこんなことを言った。ふたりにはすばらしい〝気〟がある、と。

「なんて変わった人なの」女性が車で走り去るのをふたりで見送ったあと、ジュリアは言った。「あんな人をパッツィはどこで見つけたのかしら」

「彼女はいったい何をしたんだ？」ケラーはジュリアのあとについて居間にはいると、眉をひそめて言った。「それがなんであれ。でも、効果はあるかもしれない。単ににおいを入れ替えたというだけじゃないなら」

「それだけじゃないわ。彼女はここの〝気〟を変えたのよ。でも、お願いだから、それがどういう意味かは訊かないで」

ケラーにとってすべてがまったく新しい経験だった。やったこと自体はこれまでにも何度も経験したことだ。が、その後も現場に残って後始末までしたのはこれが初めてだった。

29

ある夜、夕食を食べおえたところで電話が鳴った。ドニーからで、ミシシッピ川を渡った対岸の市、グレトナの住所を読み上げた。ケラーはそれを書きとめ、翌朝には地図を取り出して行き方を調べた。

ドニーのトラックは鉄骨軸組み構造の平屋のドライヴウェイに停まっていた。それが〝ショットガンハウス〟と呼ばれるタイプの家屋であることはケラーも知っていた。細長い造りになっていて、廊下はない。部屋は奥に向かって隣り合わせに一列に並んでおり、ショットガンハウスという名前の由来は、表のドアからショットガンを撃てば、一発で裏のドアまでまっすぐに突き抜けるということから来ているらしい。この建築様式は〝州間戦争（最近ケラーは南北戦争のことをそう呼ぶようになった）〟が終わってほどない頃のニューオーリンズに始まり、南部全体に広まった。

が、この実例はなんとも悲惨な状態にあった。外壁は全面的にペンキを塗り直す必要があり、屋根のスレートはところどころ剝がれてなくなり、庭は雑草と砂利の荒地と化していた。

家の中はさらにひどく、床にはさまざまなものの残骸が散らばり、キッチンは不潔きわまりなかった。

　ケラーは言った。「なんとね。これじゃ、おれたちにできることは何も残ってない、だろ？」

「すこぶるつきのべっぴんさんだろ？」

「〝売約済み〟の看板が外に出てたみたいだが、こんな家を買うなんてクソ能天気なやつなんだろうな」

「クソか」とドニーは言った。「でも、もっとひどい呼ばれ方をしたこともあったな」ケラーがぽかんと口を開けるのを見て、ドニーはさも嬉しそうににやりとして言った。「昨日、契約したんだ。ケーブルテレビの〈フリップ・ジス・ハウス〉（古い家を購入・改装し、かかった費用と売りに出した場合の市場価格を査定する番組）って番組を見たことはあるか？　おれがやろうとしてるのはそれだ。ちょっとばかりの愛情さえあれば、この便所みたいなボロ家をこの界隈で一番洒落た家に生まれ変わらせることができる」

「ちょっとばかりの手間も要るかもしれないが」とケラーは言った。「愛情に加えて」

「おまけにちょっとばかりのドル札もな。おれの改装プランを聞いてくれ」ドニーは古い家の中にケラーを案内し、改装計画のあらましを説明した。家の奥半分に二階を増築して、このあたりでは〝キャメル・バック（ラクダの背）・ショットガン〟として知られているタイプの家に造り変えるということも含めて、ドニーの計画には面白いアイディアがいくつもあった。二階の増築は大がかりな作業になるが、うまくいけば、そのぶん家の転売価格に大きなちがいをもたらしてくれる。

「そこが狙いだ」とドニーは言った。


「ドニーは自由につかえる現金のほとんどを頭金に注ぎ込んだんだそうだ」とケラーはジュリアに言った。「残金も資材と作業員の給料に消える。ドウェインやルイスみたいな連中は投機的な仕事はやりたがらない。ドニーとしてもそれは期待できない。だけど、おれならそういう賭けに乗ってくるかもしれないと思ったわけだ。で、改装が終わって家が売れたら、おれは純利益の三分の一をもらえることになった」

「つまり、時給十二ドルよりずっと大きな額になるかもしれないってわけね」

「作業がひどく長引いて、諸経費がかかりすぎなければ。それと、さっさと契約を結んでまずまずの金額を払ってくれる買い手をおれたちが見つけられれば」

「もう心は決まってるみたいね」

「どうしてわかる?」

「〝買い手をおれたちが見つけられれば〟。それに、そもそもイエス以外の返事が考えられる?」

「おれもそう思った。ただひとつ、しばらく一セントも金を持って帰れないことが気になるが」

「それは大丈夫よ」

「トラックのローンも払えないし、生活費も入れられない」

「確かに悲惨な状況ね」とジュリアも認めて言った。「これであなたはわたしにとってまったくの役立たずになっちゃったわね。そう、これでセックスがなければ」


父親の遺灰を撒き、病室を片づけて燻すまえから、ジュリアは子供の頃使っていた二階の部屋を自分の部屋にしていた。ケラーは引き続きそれまでの部屋を使い、彼の所持品は今もその部屋の化粧箪笥の引き出しとクロゼットにしまわれていたが、夜は彼女の部屋で過ごすようになっていた。

グレトナでの仕事はどうしてもスケジュールが遅れがちになり、予算もオーヴァーしたが、それはとりたてて驚くほどのことでもなかった。ケラーもドニーも目一杯仕事に時間を注ぎ込み、夜明けから暗くなるまで週七日働いた。ドニーの手持ちの現金は期待していたほど持ってはくれず、借入れ金の限度額までクレジットカードで借りたあとは、義理の父親から五千ドル借金するしかなくなった。「あのタヌキ親爺。抵当はなんだなんて訊かれたんで、言ってやったよ、〝あんたの娘の幸せってことでは?〟って。そのあとどうなったかはあんたにも想像できると思うけど、ふん、そんなことはどうでもいい。とにもかくにも金が手にはいったんだから。だろ？」

作業には達成感があった。とことんやるとドニーが腹をくくり、ふたりで二階部分をつけ加えるための設計と増築をしたときにはことさら。「家を建ててるみたいな感じなんだよ」とケラーはジュリアに言った。「つまり、一から建ててるみたいなんだ。ただの改築じゃなくて」

最後の作業が終わり、庭に芝を敷き、植え込みもすむと、ケラーはその出来栄えをジュリアに見せた。彼女は作業がまだほとんど手つかずの頃にも見にきていたので、同じ家だとはとても信じられないと言った。梁《はり》と垂木《たるき》以外はほぼ別の家だ、とケラーは言った。

そのあと、ふたりはお祝いのディナーということで、フレンチ・クォーターに出かけた。ほんとうのお祝いは買い手が見つかってからまたやることにして。まえに行ったのと同じ天井の高いレストランを選び、必然的に同じ料理を注文し、今回もワインを飲み残した。仕事と仕事がもたらす満足感について語り合い、ドニーがつけようとしている価格で家が売れる見込みについても話した。

ドニーの期待どおりの利益が出たら、また同じことをやろうと思っていることも、次は彼のパートナーになることも、ケラーはジュリアに話した。もうパートナーなんじゃないの？と彼女は言った。完全なパートナーという意味だ、とケラーは言った。購入価格の半分を出資し、経費の半額を払い、利益の半分を受け取る。ドニーは次の物件をもう探しはじめていて、検討している候補がいくつかあった。

「さすがウォーリングズ家の人間ね」とジュリアは言った。「とにもかくにも冒険心あふれる家柄なのよ」

ドニーは、そのまえにメルポメネのコンドミニアムのペンキ塗りと、カトリーナの被害を受けたメタリーの一軒家の修復という、二件の即金収入になる仕事を請け負っていた。冒険的であることに加えて、ウォーリングズ家の人間は実際的でもあるのよ、とジュリアは言った。どちらの仕事にさきに取りかかるにしても、そのまえに何日かは休みを取ることになってる、とケラーは言った。

「それも当然よ」とジュリアは言った。「だって彼はニューオーリンズの人間なんだから。でしょ?」

家に帰ると、ジュリアはケラーに尋ねた。いったいどうしたのか、と。

「レストランを出てから車に乗るまでのあいだに、あなたの様子ががらっと変わっちゃったけど。気持ちのいい夜なのに。それは気候のせいじゃない。わたしが何か言った? ちがう? だったらなんなの?」

「顔に出てしまっていたとは思わなかったな」

「話して」

ケラーはジュリアに話したくはなかった。一方、隠しごともしたくなかった。「一瞬のことだった」とケラーは言った。「でも、あの店のまえで人に見られてるような気がしたんだ」

「別にいいじゃないの。あなたはいい男なんだから……待って。まさか」

「思いすごしだった」とケラーは言った。「その男はおれの背後を見てた。駐車係が車をまわすのを待ってただけだった。それでも、サンフランシスコに行って、たまたま居合わせた悪い相手に見つかって気づかれたために、トラブルに巻き込まれた男の話を思い出してしまった」

ジュリアは呑み込みの早い人間だった。一を聞いて十を知るタイプだった。「フレンチ・クォーターにはもう行かないほうがいいかもしれない」

「おれもそのことを考えてた」

「それに、観光客が行きそうなほかの場所にもね。ほとんどはフレンチ・クォーターということになるけど。〈カフェ・デュ・モンド〉にも〈アクメ・オイスター・ハウス〉にももう行かない。〈フェリックス〉はアップタウンのプリタニアにも支店があって、同じぐらい味はいいし、フレンチ・クォーターの店ほど混まない」

「告解火曜日《マルディ・グラ》のときには――」

「カーニヴァルの期間中はずっと家に引きこもっていましょう。どっちみちそうしてたでしょうよ。可哀そうに。でも、無理もないわ。気分が落ち込んでも」

「気になったのは」とケラーは言った。「ひやりとさせられたことじゃないんだ。怯《おび》える暇もなく勘ちがいだとわかったわけだからね。恐ろしいと思ったときにはもう、恐れることなど何もないことがわかったんだから。おれは完全に新しい人生を手に入れて、その新しい暮らしにすっかり馴染《なじ》み、あの車を川に沈めたときに過去とのつながりをひとつ残らず断ち切った」

「そして、過去の人生はすべて終わったと思った」

「実際、そうなんだから」とケラーは言った。「過去のいかなるものにもおれを見つけることはできない。そう思い込んでた。でも、それは事実とは言えない。思いがけない出来事が起きる可能性は常にある。目端の利くそったれがニューヨークかロスアンジェルスかシカゴか――」

「デモインか？」

「どこからにしろ、そいつがたまたま休暇でニューオーリンズを訪れたりしたら。ここは人気スポットだ」

「ハリケーン以来、観光客の数は減ったけど」とジュリアは言った。「また段々盛り返してきてる」

「そんなやつがひとりでもいれば、それですべてが終わる。偶然同じレストランで食事をするとか、レストランを出た通りにいるとか。別にレストランじゃなくてもどこでも。もちろん、そんなことが起こる可能性はきわめて低いよ。おれたちはここで贅沢な暮しをしてるわけじゃないし、もともとめだたないようにしてる。ほとんどの時間は家でふたりきりで過ごしてる。誰か人と会うにしても、相手はエドガーとパッツィか、ドニーとクローディアだけだ。そうやって愉しい時間を過ごしてる。誰もおれたちの写真を〈タイムズ・ピカユーン（ニューオーリンズの日刊紙）〉に載せたりはしない」

「載るかもしれないわよ」とジュリアは言った。「あなたとドニーがカトリーナ災害復興のための最強チームになったら」

「そういうことはあまり期待しないでくれ。おれたちはふたりともそんな野心は抱いてないから。でも、ドニーが家を生まれ変わらせることのどういうところに魅力を――儲かる可能性と同じくらいの魅力を――感じてるかわかるかい？　それは入札に参加せずにすむようになるかもしれないからだ。彼は入札が大嫌いなんだよ。仕事が取れるぐらい安く、儲けが出る程度には高く、すべてを考慮して金額を設定しなきゃならないことがね。もちろん、自分が家主になっても同じ計算はしなきゃならない。でも、自分が家主のときの頭痛と入札のときの頭痛はまるでちがうんだそうだ」

それで話題が変わり、そのあとも変わりつづけたが、その夜、ベッドの中で長い沈黙を分かち合ったあと、ジュリアが尋ねた——あなたが完全に窮地を脱する方法は？

ケラーは答えた。「それはアルに関することだね？　警察に関して言えば、逮捕されて指紋を照合されないかぎり、問題にはならない。アルについては、そうだな、時間が解決してくれるだろうと思う。時間が経てば経つほど、アルはおれが生きていようと死んでいようと気にしなくなるだろう。アルにつきまとわれないようなんらかの行動を起こすとしたら……」

「起こすとしたら？」

「アルとは何者なのか、どこへ行けば捕まえられるのか。それを突き止める方法をなんとか見つけることだな。それ以外には考えられない。で、わかったら、そこがどこであれ、出向いていって、そう、まあ、始末する」

「殺すってことね。はっきり言ってくれてかまわない。わたしは気にならないから」

「そういうことになるだろうな。アルと相互不可侵条約に署名して、握手で協定を締結するわけにはいかないだろう」

「何にしろ」と彼女は言った。「彼には死んでもらわないとね。わたし、何か可笑しなことを言った？」

「きみがこんなタフガイになるとはね」

「わたしって血も涙もない人なの。彼を見つける方法はあるの？　当然、考えてはみたんでしょう？」

「長いことそのことばかり考えてたよ。でも、答はノーだ、方法はなさそうだ。あったとしてもおれにはきっとわからないだろう。どこから始めたらいいのかさえわかりそうにないんだから」

30

改築した家を買いたいという申し出はすぐにあった。それは希望した価格より低かったが、それでもかかったコストは充分上まわっており、ドニーはそれ以上の額は要求しないことに決めた。「契約をまとめるのが早ければ早いほど、次の物件にさっさと取りかかれるからな」とドニーはケラーに言った。契約が結ばれたあと、ケラーが受け取った純益の三分の一という取り分は一万千ドルをわずかに超える額だった。何時間働いたかはわからなかったが、時給十二ドルをはるかに上まわる計算になるのはまちがいなかった。

ケラーはそのニュースを持ち帰った。が、どうやらジュリアにはすでに伝わっていたようだった。テーブルには客用の食器が並べられ、花が花瓶に活けられていた。「誰かからもう聞いたんだね」とケラーは言った。が、実のところ、彼女は誰からもその知らせを聞いてはいなかった。彼に祝福のキスをすると、花にしろ客用の食器にしろ、それは自分にもニュースがあるからだと言った。彼女は彼女で、学校から次年度から常勤教員として働かないかという申し出を受けたのだった。

「永続的な勤務と言われたんで」と彼女は言った。「この不確かな世界に永続的なものなんか何もない、なんて言い返そうかとも思ったけど、へらず口は叩かないことにした」

「賢明な判断だ」

「このことは収入が増えるだけじゃなくて、ほかにも利点のあることを意味してる。たとえば、毎月のように新しい悪童と知り合わなくてもよくなること。かわりに一クラス分の悪童を受け持って、丸一年つき合うことになる」

「すばらしい」

「マイナス面は年に四十週、週五日働かなきゃならなくなることね。先生の誰かが病気になるとか、どこであれ、わたしの知らないところに引っ越すことに決めたときだけじゃなくて」

「ウィチタとか」

「拘束はされるけど、それって自分がほんとうにやりたいことができなくなることを意味する？　何がすばらしいって、夏休みがもらえることよ。ニューオーリンズから離れたいなどと思うときがあるとすれば、それは夏なんだから。どう考えても、イエスと返事したほうがよさそうね」

「まだ返事してないってこと？」

「だって、まずはあなたと話し合っておきたかったから。この話、受けるべきだと思う？」

受けるべきだとケラーは思い、実際、口に出してそう言った。ジュリアがつくったその日の料理は、濃厚で塩味の利いた肉とオクラのシチューをライスの上にかけた一品（ニューオーリンズの料理本を見ながらの力作）、グリーンサラダ。それにデザートはレモンパイ。レモンパイはマガジン・ストリートの小さなベーカリーで買ってきたもので、ケラーがその二切れ目をぱくついていると、プレゼントを買ってきたと彼女が言った。

「このパイがプレゼントかと思ったけど」とケラーは言った。

「そのパイ、悪くないでしょ？　でも、ちがうわ。こっちもマガジン・ストリートで買ったものだけど。ベーカリーの二軒先の店。気づいてた？」

「気づいてたって、何に？」

「そのお店よ。どうかなあ。失敗だったかもしれない。あなたは気に入らないかもしれないし、古傷に塩をすり込むみたいなことになるかもしれない」

「なあ」とケラーは言った。「なんの話かさっぱりわからない。おれはプレゼントをもらえるのかね？　それとももらえないのかね？」

「厳密にはプレゼントとは言えないわね。ラッピングしてないから。ラッピングするようなタイプのプレゼントじゃないから」

「全然かまわない。包装を解く手間が省けるし、余った時間をきみとの会話に充《あ》てることができる」

「わたし、どうかしちゃってる？〝そのとおりだ、ジュリア、きみはどうかしてる〟なんて言いたそうな顔ね。どこにも行っちゃだめよ」

「おれがどこに行くっていうんだい？」

ジュリアは平べったい紙袋を手に戻ってきた。つまるところ、簡易ではあるにしろ、そのプレゼントは包装されていた、ある意味では。「まちがったことをしたんじゃなければいいけど」彼女はそう言って、ケラーに紙袋を手渡した。彼は紙袋の中に手を入れると、〈リンズ・スタンプ・ニュース〉を取り出した。


「文字どおり壁の穴みたいな大したことない店なんだけど。切手にコインに政治キャンペーンのバッジ。ほかの趣味のコレクションも扱ってたけど、だいたいこの三つね。わたしが言ってるお店、わかる？」

ケラーにはわからなかった。

「中にはいっても、あなたに切手を買おうとは思わなかった。たぶんそれはいい考えじゃないだろうと思って――」

「きみのその考えはまちがってない」

「でも、この新聞に眼が行った。あなた、まえにこの新聞のこと話さなかった？　話したと思うんだけど」

「話したかもしれない」

「まえはよく読んでいた、でしょ？」

「定期購読者だった」

「で、思ったわけ。これをあなたに買うべきか、買わざるべきか。あなたが切手をなくしたことも、その切手があなたにとってどれほど大事なものだったかも、わたしにはわかってるわけだから、こんなことをしたら、喪失感を煽《あお》るだけかもしれない。それでも、記事を読むこと自体は愉しめるかもしれない。ひょっとしたら、ほんとうはまた蒐集を始めたいと思っているのかもしれない。そこのところはわからないけど。何もかも失ったあとでは不可能かもしれないけど。そんなことをあれこれ考えて、最後に思ったのよ。ちょっと、ジュリア、いい加減にして、その小男に二ドル五十セント渡して家に帰ったら？　って。で、そうしたわけ」

「で、そうしたわけか」

「でも、これが最悪の思いつきだったなら」と彼女は言った。「それをそのまま袋に戻して、わたしにちょうだい。二度とあなたが見ずにすむようにする。それは約束する。あとはふたりともこんなことは何も起きなかった振りをすればいい」

「きみってほんとうにすばらしい人だ」とケラーは言った。「そのこと、きみに伝えたことはあったっけ？」

「あったけど、それはいつもわたしたちが二階にいるときね。一階で言ってくれたのはこれが初めて」

「ほんとうにきみはすばらしい人だ」

「プレゼントに問題はない?」

「ああ。それに未来も明るい」

「わたしとしては——」

「きみの気持ちはわかってる。プレゼントは、このプレゼントは問題ないなんてもんじゃない。記事を面白いと思うかどうかはわからない。広告を見たいと思うかどうかさえわからない。広告を見てどうこうしようと思うかなんてなおさらわからない。だけど、何事もやってみないことにはわからない」

「これでわたしは明日も生きられるわね」とジュリアは言った。「コーヒーのおかわりをいれてあげるわね。だから、それは書斎に持っていったら」


ケラーは第一面を見て思った。どうして自分はこんなことをして時間を無駄にしているのか。第一面の主要な記事は、ルツェルン(スイス中部の州)のオークションで高値をつけた稀少な切手コレクションと、一九一七年の革命前の帝政ロシアの郵便の歴史に関するものだった。それより小さく扱われているのは、最近発行されたアメリカのコイル切手(自動販売機用にコイル状に巻かれた長い切手)

で、色が一色足りないエラー切手が見つかったという記事と、郵政省が発表した来年度に発行する新しい切手と、それに対する蒐集家の反応に関する記事だった。

相も変わらず同じ話だ。ケラーはそう思った。毎週毎週、毎年毎年。詳細は変わり、数字は変わっても、変われば変わるほど変わり映えしなくなる。数ヵ月か数年前に読んだ号ではないことを確認するため、ケラーは新聞の日付を確かめなければならなかった。

編集部宛《あ》ての馬鹿みたいな投書も変わらなかった。自分勝手な不満の垂れ流し。ある者は新たに発行される切手の数があまりに多くて、蒐集に金がかかりすぎることについて泣きごとを言い、またある者は馬鹿な郵便局員たちが郵便物に濃い消印を押して切手を汚して台無しにしてしまうことに怒り狂い、ほかの蒐集家たちは切手蒐集という趣味に少年少女の興味を向かわせるにはどうすればいいかという、果てしない討論を繰り広げていた。それを可能にする唯一の方法は、切手蒐集をテレビゲームより刺激的にする方法を見つけることで、つまるところ、うまくいきそうな方法などないということだ。たとえ爆発する切手シリーズがつくれたとしても。それがケラーの考えだった。

ページをめくり、〈切手蒐集調理台《キッチンテーブル・フィラテリー》〉というコラムを読んだ。ケラーの知るかぎり、それがその新聞で最も人気の高いコーナーだったが、ケラーにはそのわけが理解できたためしがなかった。とはいえ、ケラー自身、そのコーナーを無視することはできず、そのことは認めざるをえなかった。毎週、匿名の評者ふたりのうちひとり——ケラーが見るかぎり、そのふたりを入れ替えても内容にさほどちがいはなかった――が〈リンズ・スタンプ・ニュース〉に広告を出しているディーラーから少額で――たった一ドル程度ということもしばしば――バラ売りのパケットを購入し、その中身をこと細かに厳しく分析するコーナーで、今週は典型的なパターンだった。匿名氏は二ドルで買った切手の詰め合わせが郵便受けに届くまで、丸二週間もかかったことにひどく腹を立て、さらに詰め合わせの中身が広告に謳われていた大きな記念切手ではなく、少なくとも十一パーセントが小さな通常切手だったことにも失望していた。おいおい、とケラーは思った。いくら人生を愉しめなくとも、せめて愉しんでいる振りぐらいはできないものか。

そのあと奇妙なことが起こった。ケラーはまた別の記事を読み、読んでいる内容に没頭した。そして、次に気づいたときには広告のひとつに見入っていた。何年にもわたってケラーが取引きをしてきたエスコンディド（カリフォルニア州南部のサンディエゴの北にある都市）の世界的なディーラーが販売している、ラテンアメリカ発行の切手の目録だ。たいていの目録と同じで、これもカタログ番号と状態の目安と金額が記載されているにすぎず、読みものとはちがったが、ケラーの眼はその広告に吸い寄せられた。さらにそこから次の広告に導かれたところで、新聞を置くと、二階にあがった。そして、その一分後には、『スコット・カタログ』を手に降りてきて、書斎に戻り、〈リンズ〉を取り上げると、続きを読みはじめた。

「ニコラス？」

われに返り、ケラーははっとして顔を上げた。

「わたしはもう階上《うえ》にあがるって言いたかっただけ。あがってくるとき、電気を消し忘れないでね」

ケラーはカタログを閉じ、新聞を脇に置いた。「おれももう階上《うえ》に行くよ」

「お愉しみ中なら――」

「明日は朝早い。それにひと晩ぐらい我慢できない愉しみじゃない」

ケラーはシャワーを浴びて歯を磨いた。ジュリアはベッドの中で彼を待っていた。ふたりは愛し合い、そのあとケラーは眼を開け、横たわったまま言った。「すごくよかった」

「わたしもよ」

「ああ、もちろん今のもだけど。おれが言いたかったのは新聞を買ってきてくれたことだ。ほんとうに心のこもったプレゼントだ」

「気に入ってもらえて嬉しいわ。そう思っていいのね？」

「没頭しちまった」とケラーは言った。「でも、たまらなく惨めな話を聞きたいかい？　面白そうな切手の広告を見つけて、二階にカタログを取りにいったんだけど」

「価値を確かめるために？」

「ちがう、おれがしたかったのはそういうことじゃない。話したかもしれないが、おれはカタログをチェックリストとして使っていた。つまり、おれのコレクションにその切手が加えられるかどうかを確かめるために、カタログを持って降りてきたんだ」

「理に適ってるじゃないの」と彼女は言った。「その話のどこがそんなに惨めなのかわからない」

「どこが惨めかって」とケラーは言った。「おれのコレクションにはどんな切手も加えられるからさ。スウェーデンの一番から五番を除いた、これまでに発行されたすべての切手が加えられるからだ。なぜなら、買う必要のなかったその五枚の切手を除こうと除くまいと、コレクションそのものを持ってないんだから」

「なるほど」

「でも、傑作なのはここからだ。おれだってその時点で気づいたよ。そんなことをするのは惨めなことだとね。あるいは滑稽なことだと。なんとでも好きに呼べばいい。なのに、やめられなかった。もう持ってはないコレクションを埋めるためにどの切手を買おうかなんて、気づいたら、ひたすら考えていた」


ケラーはもう少しで見逃すところだった。

翌日は仕事が遅くまでかかり、帰宅する頃には、夕食を食べて一時間ばかりテレビを見て寝ることぐらいしか考えられなかった。その次の日は仕事が休みで、午前中は試しに灌木《かんぼく》の植え込みをちょっと刈り込み、すくすく成長したいという植物の願望と、表のポーチの視界と陽あたりをもう少しよくしたいという、ケラーとジュリアの好みとの妥協点を見いだそうとして過ごした。そして、正午をほんのちょっと過ぎたところで手を止めて考えた。刈り込みすぎてはいまいか、それともまだ刈り込みたりないか。

夕刻はジュリアの車でふたりで、ミシシッピ州との州境を越えてすぐのところ――メキシコ湾沿い――にあるカジュアルなシーフード・レストランに向かった。ドニーとクローディアがその店を絶賛していたのだ。確かに悪くはなかったが、往復にわざわざこれだけの時間を費やして行くほどではなかった。その点については帰り道、ケラーとジュリアはともに意見が一致した。家に戻ると、ジュリアはあとまわしになっていた洗濯に取りかかり、ケラーのほうは書斎の椅子の上に置いたままになっていた〈リンズ・スタンプ・ニュース〉が眼にはいり、捨てようと手に取った。記事はほとんど読み尽くしていた。もう切手は集めていないのだ。取っておく必要がどこにある？

それでも、ケラーは捨てるかわりに新聞を手に腰をおろし、気づけば次々にページをめくって、コレクションなしに切手を集める方法を考えていた。ひとつ考えられるのは、今でもあのコレクションを持っていることにして蒐集を続け、まだ手に入れていなかった切手だけ購入し、アルバムではなく（アルバムはもう持っているのだから、あるいは持っていたのだから）箱かストックブック（切手をアルバムに整理するまで一時的に保管しておくための切手帳）に保管することだ。アルバムがいつか手元に戻ってきたときには、そっちに移し替えることが前提となるが、当然そんなことは絶対に起きるはずもない。それはつまり、今後は二度と切手をアルバムに貼る必要はなく、もっぱら手に入れることだけに専念すればいいということだ。ある意味で鳥類学者が鳥を集めるようなやり方で切手を集めるのだ。新しい品種の鳥は、発見されて種類が確認されたら、発見者の野鳥の種《しゅ》の観察記録《ライフリスト》に収められるだけで、発見者は自分のものだと公言するために鳥そのものを所有する必要はない。その伝《でん》で行けば、自分が所有していた切手は今でも自分のものだ。自分の手から奪い取られても自分の切手はあくまで自分のものだ。でもって、それらはおれの人生の記録《ライフリスト》に収められている。ケラーはそう思った。

そう思い、今後も『スコット・カタログ』をチェックリストとして使うことにした。新しい切手を買ったときには、うっかり同じ切手をまた買ってしまわないよう、カタログの番号を丸で囲んだものだが、これから手に入れる切手は別の色――青か緑――で丸をつければいい。そうすれば、コレクションがなくなった日よりまえに手に入れたのかあとに手に入れたのか、特定の切手を実際に所有しているのか、形而上的に所有しているのか、一目瞭然《りょうぜん》だ。

なんとも奇妙な行為だ。それはわかっていた。しかし、そもそも切手蒐集自体、奇妙きわまりない行為ではないか。それと比べて、これがそれほど奇妙な行為だろうか。

彼は新聞をめくった。が、彼の眼は内側を向いており、実のところ、眼のまえを通り過ぎるものを見ているようで見ていなかった。小さな広告に眼をやるそばから眼をそらしており、記憶に残る間もなかった。

それでも次々とめくった。三行広告欄の一ページまえのページは、その大半がディーラーの宣伝に最低限必要な縦一、二インチ、横数インチの小さな広告用に充てられていた。フランスとその植民地が専門というディーラーもいれば、一九六〇年以前の大英帝国を専門としているディーラーもいた。ケラーが購読してきた数年にわたり、AMG《アライド・ミリタリー・ガヴァメント》発行の切手――第二次世界大戦終結後の占領下のドイツとオーストリアで使用するために連合国政府が発行した切手――を売りますという同じ広告をずっと出しつづけているディーラーもまだいた。ケラーはその広告を見つけ、やっぱりあった、と思った。相も変わらず、一言半句たがえることなく、しかも――

その二段さきにこんな広告が載っていた。

ジャスト・プレーン・クラシックス　JUST PLAIN KLASSICS
満足保証
www.jpktoxicwaste.com

ケラーはその広告をまじまじと眺めた。何回かまばたきしてみた。眼をいったんそらしてからまた見ても、その広告はやはりそこにあった。それはありえないことだったが、ケラーが居眠りをして夢を見ているのでないかぎり、広告は厳然とそこに存在していた。しかし、それはありえないことだ。そんな広告がそこに存在するわけがなかった。

これは夢だとわかる夢がある。で、意志の力でどうにか覚めようとする。が、覚醒したと思ってもまだ夢の中にいる。そんな経験はケラーもこれまで何度もしていた。これもそういうことなのだろうか？　立ち上がり、歩きまわり、また腰をおろした。おれはほんとうに歩きまわっているのだろうか、それとも歩きまわるという行為を夢の中に組み込んだだけなのだろうか。新聞を手に取り、いくつかのほかの広告に眼を通した。それらが普通の広告か、それとも夢によく出てくる、わけのわからない内容か確かめた。

見るかぎり、ほかの広告におかしなところはなかった。が、〝ジャスト・プレーン・クラシックス〟の広告もまた厳然とその中に存在していた。どう考えてもありえないことなのに。

なぜなら、その広告を出した可能性のある唯一の人間はもう、銃で頭を二発撃たれ、ホワイト・プレーンズの火事で焼かれて死んでいるからだ。

31

よく通る道からは数ブロックはずれていた。が、ケラーはその切手の店をちょっと見てみようと思い、マガジン・ストリートをしばらく走った。店はすぐに見つかった。が、それはどこを探せばいいかわかっていたからで、やけに小さな看板しか出ておらず、それまで気づかなかったのも無理はなかった。

〈リンズ・スタンプ・ニュース〉の別の号も置いていないかどうか。それを確かめるために店に立ち寄ることも考えた。そうすれば、あの広告がまえにも掲載されたことがあるどうかがわかる。しかし、わざわざそんなことをする必要があるだろうか？　確かめることがそれほど重要なことだろうか。

十分後、ケラーはインターネット・カフェの向かい側に車を停めた。中にはいると、典型的なオタクというより大学のレスリング部員といった感じの若者が、パソコンの置かれた席を示してくれた。パソコンのまえに坐るのは、アイオワに飛ぶまえに〈イーベイ〉で切手のオークションに参加して以来だった。ニューヨークのアパートメントに戻ったときには、ノートパソコンはなくなっていたが、新しいものを買おうとはまったく思わなかった。なんのために買わなければならない？

ジュリアはウィチタから戻ってくるまえにパソコンを売ってしまっていた。新しいパソコンを買うことについて話すことはあったが、その緊急度は屋根裏部屋を片づけることについて話すときのそれと似たり寄ったりだった。生きているあいだには買うかもしれないが、およそ優先度の高い必需品とは言えなかった。

しかし、彼女がパソコンを持っていても、ケラーは今回の目的のためにそれを使うつもりはなかった。彼が今置かれた状況で必要なのは、住んでいるところから離れた公共の場に設置された公共のパソコンだった。

ケラーは席につき、インターネット・エクスプローラーを起動させると、www.jpktoxicwaste.com と入力した。そして検索ボタンをクリックした。

広告の見出しが偶然の一致であることも考えられた。郵趣の最初の百年——一八四〇年から一九四〇年——に発行されたクラシック切手を専門とするディーラーが商売を始めるに際して、たまたま〝ジャスト・プレーン・クラシックス〟という名を選び、綴《つづ》りをわざと崩しているのは、そう、〈クリスピー・クリーム・ドーナツ《Krispy Kreme doughnuts》〉へのオマージュとか。

ただ、偶然だとしても、そのディーラーはケラーにひとつの思いを呼び覚ます名を思いついていた。それは扱っているのがケラーの集めている時代の切手だからというだけではない。その時代の切手を集めているのは彼だけではないのだから。そうではなく、そのイニシャルがケラーのイニシャルと一致しているからだ。JPK＝ジョン・ポール・ケラー、あるいはドットが言いそうな呼び方をすれば、〝なんでもないただの《ジャスト・プレーン》ケラー〟。

〝ジャスト・プレーン・クラシックス〟のオーナーは自分の名前を明記していなかった。変わっているのはそれだけではない。住所も電話番号もファックス番号も載せず、ウェブサイトのURLだけしか書かれていなかった。近頃、切手蒐集ビジネスの多くはウェブ上でおこなわれており、連絡先をメールアドレスにかぎっている小広告も少なくはなかったが、ディスプレー広告（新聞や雑誌でめだつようにデザインされた広告）では珍しかった。

それでも、www.jpktoxicwaste.com というURLがすべてを物語っていた。

数年前、まだ親爺さんが仕事を取り仕切っていた頃のことだ。はっきりした理由もなく親爺さんが次から次と仕事を断わってしまうのに、ケラーもドットも困り果てたことがあった。で、そんな状態があたりまえになってしまうまえに予防策として、ドットが〈ソルジャー・オヴ・フォーチュン〉を真似た雑誌〈傭兵《ようへい》タイムズ〉に広告を出したのだ。〝臨時仕事請け負います、始末専門〟――そんな文言を並べ、連絡先はヘイスティングズだかヨンカーズだかの私書箱で、名前を〝トキシック・ウェイスト〟にしたのだった。

JPK　有害廃棄物《トキシック・ウエイスト》　jpktoxicwaste

偶然の一致だろうか？　これが偶然である確率は、ケラーの飛んださきがデモインだったというのと同じぐらいの確率だろう。一方、偶然ではないとすれば、これは死者の訪問だった。あんな広告を出せるのはドットをおいてほかには誰もいないのだから。

しかし、電波に乗ってコンピューターがたどり着いたウェブサイトはいかにも意気の殺《そ》がれるサイトだった。トップに飾り気のないボールド体の大文字でＪＰＫのイニシャルがあるだけなのだ。切手のことも、トキシック・ウェイストのこともいっさい書かれていなかった。実際、〝このサイトは工事中です〟というごく短い告示と、ケラーにはなんのことかさっぱりわからない数式のほかには何もなかった。

$19\triangle=(28\times 24+37-34)\div 6$

なんなんだ、これは？

ケラーはグーグルを開き、さまざまな組み合わせで検索してみた。〝ＪＰＫ〟、〝ジャスト・プレーン・クラシックス〟、〝ＪＰＫ切手〟。何も見つからなかった。〝クラシックス《classics》〟の最初のｃをｋに置き換えているのなら、最後のｃも同様にしてみてはどうだろう？　ケラーは〝JPKklassiks〟と〝JPKclassics〟でも試してみた。が、どこにもたどり着きはしなかった。グーグルで〝トキシック・ウェイスト〟を検索すると、膨大な数がヒットしたが、どれも続けて調べる気にはなれず、公式だか方程式だかなんだかわからないものも入力しようとしたが、いくつかの記号の入力方法がケラーにはわからなかった。それでも、どうにか頑張って入力してみた。が、この検索に一致するページはないとグーグルに瞬時に言われただけだった。あきらめて、もとのURLのjpktoxicwaste.comに戻っても、またまったく同じページが開き、このサイトは工事中であると言い、同じ数式が提示されているだけだった。試しにサイトから数式をコピーして、グーグルに戻ってペーストしてみても、ヒットするページはなかった。

計算だよ、計算だ、ケラー。

紙と鉛筆を使って計算に取り組んだ。その数式は代数のように見えた。ケラーが高校で代数の勉強をしたのは遠い昔のことだったが、単純な計算で何かの答にたどり着けるかもしれない。28×24＝672、＋37は709、−34は675（すぐあとで34を引くことになるのに、なんでわざわざ37を足すのか、ケラーの理解を超えていたが）。その結果を6で割ると、答は112.5になった。つまり、19の小さな三角形は112.5に等しい。ということは三角形ひとつの値は？　その答はどうしてもきれいに割りきれず、小数点以下が九桁——5.921052631——になるのを見て、ケラーもようやく今自分がしていることが正しいわけがないことに気づいた。

これでは円周率を求めているようなものだ。このサイトは騙されやすい獲物を狙って、サイバースペースをさまよい、漂流しているただのがらくたなのかもしれない。

カフェと名のつく場所であれば、インターネット・カフェだろうとどこだろうと、コーヒーが飲める場所と誰でも思うはずだ。ケラーもコーヒーを注文した。すると、レスラー店員は首を振って、コーラや各種の栄養ドリンクが出てくるドリンクサーヴァーを指差した。

ケラーは隣りのブロックに〈スターバックス〉を見つけ、豪勢にカフェラテを注文した。それを計算用紙と一緒にテーブルに運び、方程式を眺めた。演算記号をはずしたらどうなるだろう？

19の三角形イコール2824373346。

ケラーは財布を取り出し、社会保障カードを見つけてまじまじと見つめると、それに倣ってハイフンをつけ加えた。

282-43-7346。

19の三角形はどこに行った？　そもそも社会保障番号にどんな意味がある？

そうか。

三角形は忘れて、十一桁の数字をすべて使い、ハイフンの位置をちょっとずらせば……

1-928-243-7346。

なんと。

北アリゾナ。九二八は北アリゾナの市外局番だった。

ケラーには北アリゾナに知り合いはいなかった。思いつくかぎり、アリゾナのどこにもひとりも知り合いはいなかった。覚えているかぎり、アリゾナ州のどこかを訪れたのはずいぶんまえのことで、仕事でトゥーソンに行ったのが最後だった。そのときのターゲットは会員制のゴルフ場を取り囲むゲートつきの住宅コミュニティに住んでいた。トゥーソンは南アリゾナにあり、市外局番は五二〇だ。

わかるかぎり、可能性は三つだ。その一、すべては偶然の一致。しかし、偶然の長い腕をもってしても、その手の届く範囲には限界がある。猿に『ハムレット』の戯曲をタイプさせるようなもので、偶然にしては複雑すぎる。最初はうまくいっていても、遅かれ早かれこんな文章にぶちあたることになるはずだ。〝生きるべきか死ぬべきか、それがも$△!@%だ〟。

その二、メッセージはやはりドットからのものだった。確かに彼女は死んだが、墓の中から意思を伝える方法を見つけたのだ。ケラーを怯えさせてしまうと思って、亡霊として姿を現わしたり、耳元で囁きかけたりするのはやめて、かわりに〈リンズ・スタンプ・ニュース〉に謎めいた広告を出すという天才的なアイディアを思いついた。これもありえない。あの世にいる人間にどうすれば新聞広告が出せる？

その三、このメッセージは精力的な〝私のことはアルと呼んでくれ〟が発したものだった。アルはケラーの趣味を知ったのにちがいない。切手のコレクションを運び去ったのはおそらくアルの手下だろうから。〝なんでもないただのケラー《ジャスト・プレーン・ケラー》〟を表わすことまでは知らなくても、ケラーのイニシャルは知っていて、たまたま〝ジャスト・プレーン・クラシックス〟という名にすることを思いついたのかもしれない。しかし、それがケラー探しを続ける合理的な方法だと思いついたとしても、ケラーが暗号を解くことを期待して、電話番号を暗号めかせるようなことまでするだろうか？　どうしてわざわざそんなことをしなければならない？　誰かほかの人間に嗅ぎつけられることなど心配する必要はないはずだ。餌を撒いてケラーが食いつくのをただ待っていればいい。

　しかし、アルが〝トキシック・ウェイスト〟を広告にからめるというのは、どう考えてもありえない。そこになんらかの意味を見いだせるのは、地球上でケラーとドットのふたりだけだ。ずいぶんまえの仕事で、関わった人間はとっくに死んでいるし、偶然にこだわるとすれば、そのとき殺しに使った凶器はニッサン・セントラを沈めたのと同じ川——何百マイルも北だが——の底に沈んでいる。それに、ドットはたとえ拷問を受けても、〝トキシック・ウェイスト〟などというフレーズは口にしないはずだ。そんなことばを尋ねられるわけがないのだから——〝さあ、やつをおびき寄せられる文句を教えてもらおうか、さもないと、おまえの足の爪を引っ剝がすぞ〟〝トキシック・ウェイスト、トキシック・ウェイスト！〟。なんともはや。ありえない。

　可能性は三つあったが、そのどれもがありえなかった。

もうひとつの可能性。ドットは殺されるまえに危険を察知して逃げ出そうと思った。そして、そのときが来たらケラーにメッセージが届くよう、まずは準備を整えておくことにした。どうすればメッセージを届けられる？　そう、〈リンズ〉の広告を通じて、形跡を残さずにケラーが接触できるよう、ウェブサイトに電話番号を記した。

ウェブサイトを立ち上げたまま長期間そのまま放置することは可能だ。一年かそれ以上の広告費を前払いして、〈リンズ〉に広告を出し、契約が切れるまでずっと掲載させることもできる。それにウェブサイトはまだつくりかけだったのかもしれず、ドットはケラーのためにもう少し事態を理解しやすくするつもりだったのかもしれない。早くからその作業に取りかかっていて、ウェブサイトを立ち上げ、広告も発注していたのだが、クソ野郎に押し入られて殺されてしまい、その結果、広告もサイトも宙ぶらりんになってしまったのかもしれない。で、ジュリアが新聞を持ち帰るまで、なんの役にも立たなかったのかもしれない。

こんなことがすべてありうるだろうか？　ケラーにはわからなかった。それ以上考えることもできなかった。いくら考えたところで、すべてを言い尽くし、やり尽くしてしまったあとでやるべきことは、ひとつしかなかった。

ケラーはプリペイド式の携帯電話を買える店を見つけ、発信者番号が非通知に設定されていることを確認した。警察には発信元の電話の位置を突き止めることができるかもしれないが、広告を出したのもウェブサイトを立ち上げたのも警察ではない。アルにそんな技術が使えるとしたら、そのときは運を天に任せるしかない。

それでも、ケラーは念のためにインターステイト一〇号線に乗って、バトンルージュまで半分ほど走ったところでガソリンスタンドに車を乗り入れ、電話をかけた。

なんの応答もないか、〝クーウィート！〟という音が聞こえてくるのではないかと思っていたのだが、三度目のベルで誰かが受話器を取った。ケラーがもう二度と耳にすることはないだろうと思っていた声が聞こえてきた。「またバンガロール（インド南部カルナータカ州の州都）のくそセールス電話じゃなきゃいいんだけど。もしもし？　誰だか知らないけど、何か言いなさいよ」

32

「あなたがどう思ったかはわかるわよ」と彼女は言った。「だって、ほかに何が考えられる？ でも、今はそういうことを考えてるときじゃない。そういうことを言えば、わたしだってあなたについて同じことを考えてたわよ。今どこにいるの？ こっちに来るのにどれぐらいかかりそう？」

「アリゾナ州フラッグスタッフに？」

「どうしてわかっ——そっか、市外局番ね。実際はフラッグスタッフじゃないけど、かなり近い。フラッグスタッフにも空港はあるけど、フェニックスまで飛んでそこから車を走らせたほうが楽かもしれない。もしかしたら、ずっと車に乗って来ればいいぐらい近くにいるのかもしれないけど。とにかくどこにいるの？」

ここまで来たら、今さら後戻りはできない。「ニューオーリンズだ」とケラーは言った。

「そっちに行くっていう話だが、そう簡単には行けない」

「でも、とにかく無事なのね？ 鍵のかかる檻《おり》に閉じ込められてるなんて言わないでよ」

「いや、そうじゃない。でも、ちょっと込み入っていてね」

「そうなの？　だったら、わたしのほうから会いにいくわ。わたしを引き止めるものは美容院の予約だけで、キャンセルするのは全然大変じゃないから。電話番号を教えてちょうだい、すぐにかけ直すから……ケラー？　どこに行っちゃったの？」

「ここにいるよ」

「で？」

「この電話は買ったばかりでね」とケラーは言った。「どこかに電話番号が書かれたカードがあるはずなんだが、どこに行ったかわからない」

「それって電話帳に載ってない番号の決定版ね」とドットは言った。「持ち主本人も追跡不可能ってやつ。でも、過信は禁物よ。インドのどこかから、あなたに電話してバイアグラを売りつけようなんて思ってる小男がいたりするんだから。こうしましょう。あなたがわたしに電話するの。一時間ぐらいあとに。その頃にはわたしがいつ到着してどこに滞在することになるかわかってるでしょうから。それと、わたしの電話番号がわからなくなっても心配しないで。リダイヤルボタンを押しさえすれば、あとはそのちっちゃなお利口さんの電話が全部やってくれるからね」

　一時間後、ドットが来るのは三日後ということになった。ケラーはジュリアにどう話すかそれまで一日二日考えようと思った。車で帰ると、家のまえでジュリアが出迎えてくれた――天気予報では雨だけど、降りそうな感じはしないし、あなたはどう思う？　どちらともはっきりとはわからない、とケラーは答えた。わたしもよ、とジュリアは言った。でも、あなた、何か考えごとをしてる、でしょ？「ドットが生きていた」とケラーは答えた。

天気予報は当たった。その日の午後遅くに雨が降りはじめ、それから三日間、雨は断続的に降りつづいた。土砂降りにまではならなかったが、すっきり晴れることはなく、ケラーはドットが投宿したダウンタウンのホテルまで運転するあいだ、ずっとワイパーを動かしつづけた。

ドットは〈インターコンチネンタル・ホテル〉を予約していた。ケラーは新しい携帯電話を持っていき、駐車係にトラックを預けたあとドットに電話した。彼女はロビーで彼を迎えると、自分の部屋に連れてあがった。エレヴェーターにはほかにふたりの宿泊客が乗っていたので、ドットの部屋のあるフロアで降りるまで、どちらもひとこともしゃべらなかった。

「さっきのふたりに気づかれたとは思わないけど」とドットは言った。「どう思う、わたしたちって詐欺師？　それとも新婚さん？」

「そんなことは全然考えてなかったな」

「さっきのふたりもそうよ、ケラー、それが言いたかったの。どうでもいいってこと。でも、驚いた。あなたときたら。今までとちょっとちがって見える。はっきりどこがちがうとは言えないんだけど」

「髪だよ」

「やっぱりね。顔の形がまるっきりちがってる。何をしたの？」

「カットを変えて、生えぎわを上げたんだ。色も少し明るくした」

「それに眼鏡。まさか遠近両用？」

「慣れるのにちょっと時間がかかった」

「わたしも慣れるのにちょっと時間がかかりそう。かけてるのはあなただけど。でも、いい感じよ。すごく勉強が好きそうに見える」

「実際、よく見えるようになった」とケラーは言った。「でも、ドット、きみのほうはえらくちがって見える」

「そりゃ、まえよりは老けたもの、ケラー。何を期待してたの？」

彼女は老けたようには見えず、逆に若返っていた。何年もまえに初めて会ったとき、彼女の髪は黒く、ケラーがデモインに出発した頃には、塩コショウのコショウより塩のほうがはるかに多くなっていたのが、今では白いものはすっかりなくなり――ケラーにもよくわかったように、白髪を黒くするほうがその逆より簡単なことながら――白髪と一緒に体重も二、三十ポンド減っていた。いつもの部屋着とは大ちがいのパンツスーツ姿が新しい体型を引き立たせ、顔にはケラーの記憶するかぎり初めて口紅とアイメークが施されていた。

「パーソナル・トレーナーを雇ってるの」と彼女は言った。「なんのことだかあなたに理解できるかどうかわからないけど。それに髪をセットしてくれる小柄な可愛いヴェトナム娘もね。浜辺に乗り上げたクジラみたいに太陽の下に寝そべって、夜はクリーム入りのチョコレートの箱を抱えて夜ふかしするつもりで、コンドミニアムを買ったら、わたしに何が起こったと思う？」

「見ちがえるようだよ、ドット」

「あなたもね。あなたは何をしたの？　ゴルフか何か始めた？　まえはそんなにがっちりした肩じゃなかったと思うけど」

「たぶんハンマーを振るってるせいだ」

「絞殺のほうが静かでいいと思うけど」と彼女は言った。「筋肉を発達させるという点では、ハンマーほどの効果はないわね」ドットはルームサーヴィスに電話して、大きなピッチャーふたつ分のアイスティとグラスをふたつ頼み、受話器を置くとケラーを見て言った。「わたしたちには取り戻さなきゃならない遅れがたっぷりある。ちがう？」


ケラーがさきに話した。デモインでのふたりの最後の会話から始めて、ニューオーリンズでの新生活に至るまで、すべてを語って聞かせた。ドットは例によってところどころで茶々を入れたが、だいたいのところ注意深く耳を傾け、ケラーの話が終わると、首を振って言った。「あなたは引退するつもりだった。それが今は肉体労働をしてる」

「最初は何をしてるのかわからなかった」とケラーは言った。「でも、こつをつかむのはそれほどむずかしくはなかった」

「むずかしいはずがないじゃないの。トロい連中が立派にやってることなんだから」

「それに満足感も味わえる」とケラーは言った。「どうしようもない悲惨な状態の建物に取り組んでるときには特に」

「あなたはそういうことを何年もしてきたわけよ、ケラー。そのときにはペンキローラーを使ったことはなかったと思うけど。それよりあなたのお友達のご婦人についてもっと詳しく話してよ」

ケラーは首を振った。「今度はきみが話す番だ」

ドットは言った。「何が起きてるのかわかって、わたしにできたのはただひとつ、とにもかくにも姿を消すことだった。それも早いほどよかった。あなたのほうは逃げられたのか、それとも逃げられなかったのか、それはわからなかったわけだけど、それについてわたしにできることは何もなかった。だから、わたしが最初にしたのは、オンラインに接続して、わたしたちが所有するすべてのもの——株も債券もありったけ全部売り払うことだった。何から何まで一切合財。それから電信送金の手配をして、一セントも残さず、全額ケイマン諸島の口座に預けた」

「おれたちはケイマン諸島に口座を持ってるのか？」

「まあ、名義はわたしになってるけど」ドットは言った。「わたしが開設した〈アメリトレード〉の証券口座と同じよ。〈アメリトレード〉の残高がある程度の額になったときにすぐ、万一に備えてケイマン諸島に口座を開設しておいたのよ。だから、その口座はその万一が来るのをじっと待ってたわけ。お金を移すと、家を片づけて、数ブロック歩いてバスが来るのを待った」

「〝家を片づけた〟。それはどういう意味だ？」

「あなたは賢い人でしょうが、ケラー。どういう意味だと思う？」

「きみが家に火をつけたのか」

「わたしたちを指し示しそうなものはすべて処分して」と彼女は言った。「パソコンからはハードディスクを取り出して、あなたが携帯電話にしたのと同じ処理をすると、もとあった場所に戻して、それから、そう、家に火をつけたわけ」

「死体が見つかってるが」

ドットは顔をしかめて言った。「そのくだりは割愛するつもりだったんだけど。つまり、運を天に任せるつもりでいたら、たまたまあの女性が現われて、わたしには神が彼女を遣わしたとしか思えなかった」

「神が彼女を遣わした？」

「アブラハムがイサクを生贄《いけにえ》として捧げようとした話を覚えてる？　神は雄羊を遣わしてかわりに捧げさせた。でしょ？」

「おれはその話の意味がずっとまともに理解できずにいるけど」とケラーは言った。

「だって聖書だもの、ケラー。聖書にいったい何を求めるっていうの？　わたしにわかってるのは、どこにガソリンをかけようか考えながらばたばたしてたら、呼び鈴が鳴ったということだけよ。玄関に向かうと、そこに彼女がいた」

「雑誌の定期購読契約のセールス？　アンケート調査？」

「エホバの証人」とドットは言った。「不可知論者がエホバの証人に出会ったとき、相手をどう思うかわかる？」

「さあ？」

「さしたる理由もなく呼び鈴を鳴らす人間。あとはどうなったか、もうわかるでしょ？　わたしは彼女を招き入れて椅子に坐らせると、食器を入れた引き出しから銃を取り出して二発撃ち、彼女はキッチンで発見された死体になった。ガソリンを両手にたっぷりかけたから、指紋のことを心配する必要はなかった。わたしの指紋はどこにも記録されてないけど、彼女の記録もないいなんてわかりっこないいんだから。玄関にひょっこり姿を現わした人間がそれまでどこにいたかもね。どうして怪訝《けげん》な顔をしてるの?」

「歯科記録で遺体の身元が確認されたという記事を読んだ記憶がある」

「ええ」

「そこはどうやったんだ?」

「それこそ神が彼女を遣わしたとわたしが思った理由よ、ケラー。その素敵な彼女は総入れ歯だったの」

「総入れ歯」

「それも安いやつ。口を開けるまえから入れ歯だってわかるような。わたしが真っ先にしたのはそれを引っ張り出して、かわりに自分のを押し込むことだった」

「きみのを?」

「それのどこにそんなに驚かなくちゃならない?」

「きみが入れ歯だとは知らなかった」

「知るはずないわ」と彼女は言った。「そのために、わたしのほうはエホバのちっちゃな名づけ子が入れ歯に払った額の十倍か二十倍は払ったんだから。もとから生えてた歯みたいに見えるように。わたしは三十歳になるまえにすべての歯を失ったのよ、ケラー。でも、あなたさえかまわなければ、その話はまた別の機会に取っておくことにする。わたしは歯を交換したら火を放ち、逃げ出した」

「おれはずっと――」

「わたしの歯は本物だと思ってた？　これが見える？」ドットは唇を引いてみせた。「ホワイト・プレーンズに残していったやつより、こっちのほうが気に入ってると認めざるをえないわね。こういう入れ歯の大半はどうしたって完璧には見えないものだけど、それでもすごくいい感じに見える。値段は訊かないで」

「訊かないよ」とケラーは言った。「それにおれが言おうとしたのはそういうことじゃない。おれがずっと思ってたのは、エホバの証人は常にふたり一組でやってくるってことなんだけど」

「ああ、そうか。彼のことね」

「彼？」

「さきに彼を撃ったの」とドットは言った。「彼のほうが大柄だったし、手間がかかりそうに見えたから。もっとも、ふたりともわたしのことを危険な勧誘相手と思ったとは考えられないけど。わたしは彼を撃って、それから彼女を撃って、彼を車のトランクに入れて、当分は誰にも見つからない場所に捨てたあと家に戻って、歯を交換して、火を放って、ああして、こうして……」

　ドットは車から足がつくことのないようガレージに置いていき、荷物は一泊旅行用の小さなバッグに収まる分しか持たなかった。で、バスで駅まで行き、列車でオルバニーに向かい、州都で政治関係の仕事をしている連中御用達のアパートメントホテルに六週間滞在した。

「宿泊費をじゃんじゃん落としていく州議会の上院議員に下院議員、それにロビイスト御用達のね」とドットは言った。「お金ならたっぷりあったし、新しい名前のクレジットカードも持ってたから、車を一台買って、ノートパソコンを手に入れて、ちょっとばかりリサーチしてみたのよ。で、セドナがよさそうだと思った」

「アリゾナ州のセドナか」

「そう、この市《まち》も韻を踏んでるわね。ニューヨーク州ニューヨークみたいに。でも、似てるのはそこまでね。セドナは小さくて上流階級向けで、気候は理想的、景色はきれい、それに町の人口が二十分ごとに二倍になってるから、どこからともなくふらりと現われても注意を惹くことはない。半年後にはもう古株になってる。セドナには車で向かって、途中で田舎を見てまわるつもりだったんだけど、よくよく考えてみれば、田舎を見るなんてどうでもよく思えてきて、車を売り払うと、飛行機でフェニックスに降り立った。そして、新しい車を買ってセドナまで走らせて、寝室がふたつのコンドミニアムを見つけた。ひとつの窓からはゴルフ場が見えて、もうひとつの窓からはベルロックのすばらしい眺めが見られる。ベルロックがなんなのかさえあなたにはわからないだろうけど」

「時報の鐘《ベル》を鳴らす岩《ロック》とか？」

「髪型は変わっても」とドットは言った。「その下にいるのはやっぱり昔懐かしいケラーね。

向こうに落ち着くとすぐあなたに連絡を取る方法を考えた。降霊会を開かなくてもできると思ったのよ。あなたがデモインを脱出したことも、警察があなたに追いつけずにいることもニュースでわかってたけど、アルがさきにあなたを捕まえていたとしても、新聞記事には何も出ないでしょ？　で、あなたが生きていた場合、ほかの誰の注意も惹かずにあなたに連絡を取る方法はひとつしか思い浮かばなかった。だからそれを実行に移したわけ」

「〈リンズ〉に広告を出した」

「あのいまいましい広告は見つけられるかぎりあらゆるスペースに掲載させたのよ。切手蒐集家のための新聞や雑誌がこんなにたくさんあったなんてね。〈リンズ〉のほかに〈グローバル・スタンプ・ニュース〉に〈スコッツ・マンスリー・ジャーナル〉でしょ、それに国立切手協会が会員に送る雑誌に――」

「米国郵趣協会だよ。あれはなかなかいい雑誌だ」

「そう、それを聞いて安心したわ。よかろうと悪かろうと、馬鹿みたいに毎月その雑誌に掲載させたんだから。思い出せないけど、広告を出した媒体はほかにもあるわ。〈マクビールズ〉だっけ？」

「〈メキールズ〉」

「そう、それ、それ。どれもキャンセルするまで掲載しつづけることにしてあったから、わたしのＶＩＳＡカードの利用明細書には毎月その請求金額が加算されるわけで、実際、いつまで広告を出しつづけるべきか、考えはじめていたところだったのよ。エルヴィスがいつやってきてもいいように、正面入口に常にチケットを一枚託しておくっていう、あのフットボールチームのオーナーみたいな気分になってきたわけ。少なくとも彼のほうはそのおかげでただで宣伝できてるわけだけど」

「けっこうつかったんだね」

「そうでもない。低価格の小さな広告だし、長期契約だとさらに安くなるから。ほんとうのコストは精神的な消耗ね。消息がわからないままひと月分のクレジットカードの請求が新たに来るたびに、あなたから連絡を受けることはこのさき一生ないんじゃないかっていう予感が強くなる一方だったから。ケラー、あなたのほうは少なくとも終止符を打つことができた。わたしが死んだことがはっきりわかったんだから。でも、わたしは何もできず、ただあれこれ考えるばかりだった」

「どっちのほうが辛いんだろうな」

「どっちの言い分も通りそうね」とドットは言った。「でも、どっちにしても、わたしたちはふたりとも生き延びることができた。だから、もうそんなことはどうでもいいことよ。いずれにしろ、あなたは広告を見て、そこにあった番号に電話をかけた――」

「それが電話番号だとようやく気づいたあとでね」

「だって、電話番号だってことがあまりにも簡単にわかったら、電話がジャンジャン鳴りっぱなしになるでしょ？　それに、あなたは気づいたらすぐに謎を解くだろうって、わたしにはわかってた。でも、いまだにわからないのは、どうしてこんなに時間がかかったのかってことよ。謎を解くことにじゃなくて、そもそも広告に注意を払うまで。ぴんと来るまであの広告を何回見てたのよ？」

「一度だけだ」

「一度だけ？　そんなことってありえないでしょうが、ケラー？　郵便物の転送手続きができたとは思わないけど、わたしがさっき挙げた新聞や雑誌、それにひとつかふたつ忘れてるやつも含めて、あの広告はあらゆるところに掲載したのよ。〈リンズ〉を探すのがどれだけ大変だっていうの？　じゃなきゃ、新たに定期購読を申し込むのが」

「少しも大変じゃない」とケラーは言った。「だけど、どうしてわざわざそんなことをしなきゃならない？　そんなことをしてなんの意味がある？　ドット、おれが広告を見たのはジュリアが〈リンズ〉を買って家に持ち帰ったからなんだよ。彼女はおれにそれを渡すべきか迷ってた。おれも読みたいかどうかわからなかった」

「でも、あなたは読んだ」

「知ってのとおり」

「わからないのは」とドットは言った。「なぜ読みたいかわからなかったなんて言うのかってこと。それになぜもう定期購読していないの？　わたしは何かを見落としてるのね、ケラー。答を教えて」

「もう定期購読していないのは」とケラーは言った。「あれは切手蒐集家のための雑誌で、コレクションがなければ切手蒐集家になるのはむずかしいからだ」

ドットはケラーをじっと見つめて言った。「知らないのね」

「知らないって、何を？」

「もちろん、知るはずないわよね。当然よね。あなたはアパートメントに行った話をしなかった。もしかしたら、こっちが聞き逃したのかもしれないけど、でも――」

「たぶん言わなかったんだと思う。考えたくないことのひとつだからね。今から言うと、アパートメントに行くと――」

「切手がなくなってた」

「なくなってた、アルバム十冊すべて。警察かアルの手下か、誰が持っていったのか知らないが、それが誰であろうと――」

「そのどっちでもないわ」

ケラーはドットを見た。

「まったく」とドットは言った。「すぐに話しておくべきだったわね。なのに、わたしはどういうわけかあなたが知らないなんてこれっぽっちも考えなかった。知るわけがないのに。ケラー、あれはわたしだったのよ。わたしがあなたの切手を持って出たの」

オルバニーで住む場所を見つけたあと、ドットが最初にしたのは車を買うことだった。そして、その車で最初にしたのがニューヨークまでドライヴすることだった。

「あなたの切手を取りにいくために」と彼女は言った。「あなたが神経過敏になったときのこと、覚えてる？　自分が死んだらこうするようにって、わたしに事細かに指示を与えたときのこと？　あなたのアパートメントに直行して切手を持ち帰るところから、どのディーラーに電話をかけて、コレクションに高値をつけさせるにはどう交渉すればいいかまで、あなたはわたしに話した」

そのことはケラーも覚えていた。

「まあ、わたしとしてはあなたが生きている可能性がほんのちょっぴりでもあるかぎり、コレクションを売るつもりはなかったけど。でも、あなたのアパートメントから運び出すことだけは、やれるときにできるだけ早いうちにやっておこうと思ったのよ。警察がやってくるまでどれだけ余裕があるかわからなかったから。あなたの代理として行動する権限をわたしに与え、アパートメントとその中にあるものに自由に手を触れることを認める手紙をドアマンに見せて、それから――」

「そんな手紙を書いた記憶はおれにはまったくないんだがね」

「ええ、アルツハイマーの検査を受ける必要はまだないわよ、ケラー。〈キンコーズ〉（コピーや文書作成などもできる文具チェーン店）〉のパソコンでわたしが書いたんだから。自分で言うのもなんだけど、あなたのために洒落たレターヘッドをデザインしてあげたわ。署名については何も心配する必要はなかった。あなたのアパートメントのドアマンがどれだけあなたの筆跡に詳しいと思う？あなたにもらった鍵があったから、ドアマンはわたしを自分で中に入れる必要もなかった」

「あれを全部どうやって運び出したんだ？　アルバムは重いのに」

「冗談じゃなく重かった。アルバムを六冊ぐらい入れられるバッグがクロゼットの中にあったんで――」キャスター付きダッフルバッグだ、とケラーは思った。「――ドアマンの手を借りることにしたわけ。彼は地下にしまってあった台車を持ってきた。で、ふたりで力を合わせて全部わたしの車のトランクに運び入れたってわけよ。そうそう、あなたのパソコンも持ち出したけど、それはもう取り戻せないわよ。ハドソン川の底を探すなら、また話はちがってくるけど」

「ここだけの話」とケラーは言った。「おれたちは川に対する扱いがどうも乱暴だね」そう言って、アイスティのグラスを取り、長々と口をつけてから続けた。「でも、にわかには信じがたい話だ。きちんと整理できてるかどうか確認させてくれ。切手は――」

「ニューヨーク州オルバニーにある空調管理されたトランクルームに預けてある。まあ、正確にはレーサムだけど。それがどこだかあなたは知らないでしょうけど」

「オルバニーで充分だ。全部そこにあるのか？　おれの切手コレクションはすべて無疵《むきず》で、そこに行けば、引き取ることができるんだね？」

「あなたの好きなときにいつでも。面倒なことにならないよう、わたしも一緒に行ったほうがいいかもしれないけど。あなたがそうしたいなら、明日にでも一緒にオルバニーに飛んでもいいわよ」

「察するに」とケラーは言った。「それはきみの第一希望じゃなさそうだな」

「そうね、二、三日はここにいてニューオーリンズを観光したいわ。でも、そのあとはあなたに合わせるわ。あなたは切手を取り戻して、建設業がうまくいかなくなったときに備えて二百五十万ドルを手に入れる。あとはのんびりくつろいで人生を愉しめばいい」

「それとも？」

「あら、わたし、アイスティの最後の一杯も飲み干しちゃったの？　よかったら、あなたのピッチャーからもらってもいいかしら」

「もちろん」

「寝てるときに一時間に一回おしっこに起きることになったら、飲んだことを後悔するでしょうけど、それが最大の後悔だとしたら、わたしの体調は万全ってことよね、ケラー。わたしたちはふたりとも現時点ではかなり安全な状況にあると思う。警察はあなたが死んだかブラジルにいるかその両方かと思ってるみたいだし。こないだ電話が鳴るまで、わたしもまったく同じことを思ってたわけだけど。それに、われらが友のアルがどう思ってるか、はっきりとはわからないけど、今のところ彼の最大の関心事は別のところにあるみたいね。彼はわたしが死んだことを知ってる。だから、あなたの名前が彼のリストにまだ載っているとしても、順位はずいぶん下がってるはずよ。つまり、わたしたちが今どうしてもやらなくちゃならないことなんて何もないということよ」

「でも？」

ドットはため息をついて言った。「そう。これって性格的な欠点の表われにちがいないわね。こういう問題に対処するためのセミナーもきっとあるんでしょうよ。で、あるとすれば、きっとセドナでも開かれてるはずよ。でも、わたしが今後そんなセミナーを受ける確率ってどれぐらいだと思う？」

「かぎりなく低い」

「ご名答。ケラー、どうしても我慢できないの。あのくそったれに仕返ししてやりたくてたまらない」

「おれも頭がおかしくなりそうだった」とケラーは言った。「あいつは生きてるのに、きみはもう生きていないと思うと」

「わたしも同じ。あいつは生きてるのに、あなたは生きていないと思うと。今ではふたりとも生きてることがわかって、ふたりとも百万長者なんだから、もうそれでよしとするべきなのかもしれないけど、でも――」

「きみはあいつをやっつけたい」

「そのとおり。あなたは？」

ケラーはひとつ息を吸って言った。「とりあえずジュリアに話したほうがよさそうだ」

33

「彼女に会ってみたい」とジュリアは言って、ドットを夕食に誘うように提案し、ふたりで適当なレストランを探しかけた。が、その途中、ジュリアが言った。「いいえ、こうしましょう。彼女をここに連れてきて。わたしが料理するわ」

ケラーが迎えにいくと、ドットはケラーが会ったときとはまた別のスーツを着て、パンツではなくスカートを穿き、髪型も変えていた。「セドナのヴェトナム娘の予約をキャンセルしなくちゃならなかったから、コンシェルジェに訊いたのよ。そしたら、ぺらぺらぺらぺらおしゃべりの止まらない地元の特産品の世話になる破目になったんだけど、彼女がわたしの髪にしたことは気に入ってる」

ケラーはドットをジュリアの家に連れ帰り、ジュリアに紹介した。そして、脇にさがり、何かよくないことが起こるのを待った。が、ドットは家の中をひととおり見てまわっても、不適切なことばはひとことも口にしなかった。ケラーは、夕食の席に着いたときには、恐ろしいことなど何も起こりそうにないことを悟った。そんなふうになるには、ふたりの女性はどちらも育ちがよすぎた。

ジュリアはデザートをマガジン・ストリートの小さなベーカリーで買ってきていたが、今回はペカンナッツのパイだった。ドットはアイスティではなく、ふたりに合わせてコーヒーを飲んだ。その夜、ジュリアはずっとケラーをニコラスと呼び、ドットはなんとも呼ばなかった。それでも、ケラーがドットに二杯目のコーヒーを注いでいるときだけ、ケラーと呼んだ。

「ニコラスのことだけど」とドットは言って、テーブルの向かい側に坐っているジュリアを見やった。「わたしがここから千マイル離れたところに住んでいて、ほんとによかった。だって、あなたたちは友達のまえでわたしがうっかりしたことを口走るのをひやひやしながら見守らずにすむんだから。ジュリア、あなたはどう？　彼をケラーと呼んじゃったりしたことはない？」

ケラーが〈インターコンチネンタル・ホテル〉まで送っていく車中、ドットは言った。

「あなたにふさわしい素敵な女性を見つけたわね、ケラー。あら、ごめんなさい。でも、あなたをちがう名前で呼ぶことに慣れるまでにはちょっと時間がかかりそう。わたしにとってあなたは長いことずっと、なんでもないただの《ジャスト・プレーン》ケラーだったんだから」

「気にすることはないよ」

「でも、あなたのことをケラーと呼んだことがあるかって質問したとき、なんで彼女は顔を赤くしたのかしら？　なんとなんとなんと。ケラー、今はあなたが顔を赤くしてる」

「赤くなんかなってないよ」とケラーは言った。「いいから忘れてくれ、いいね？」

「わかった」とドットは言った。「わがクソ過ちなり、忘れたことにする」

「あなたをうっかりケラーと呼んだことがあるかなんて訊かれて、顔が真っ赤になっちゃったわ」

「ドットは気づかなかったと思うけど」

「そう？　あなたのお友達のドットには気づかないことなんてほとんどなさそうに見えるけど。でも、彼女のことは気に入った。わたしが思ってた人とはずいぶんちがってたけど」

「どんなふうに思ってたんだ？」

「もっと年配かと思ってた。それに、そうね、いくらか野暮ったい人みたいにも思ってた」

「まえはもっと老けてた」

「どういうこと？」

「彼女は老けて見えてたし、野暮ったくもあった、と思う。化粧をしていたこともなくて、だいたい着てるのはホームドレスで、のんびりしてた。主婦がたいてい着てるのってホームドレスっていうんだろ？」

「テレビを見て、アイスティを飲んで」

「それはどちらも今でもやってるけど」とケラーは言った。「でも、以前より外に出るようになって、体重をかなり落として、今では洒落た服も買って、髪もセットしてもらってる。髪は染めてもいる」

「わたしは衝撃さえ受けてるわ、ダーリン。彼女はいつもふざけていて皮肉っぽいけど、それは表面だけで、中身は本物の立派な女性よ。家の中を案内してまわっていたとき、彼女は窓辺の腰かけや何かを指差しては、ホワイト・プレーンズの家を思い出すって、そればかり言ってた。その家をとても愛してたのね。でも、情に溺《おぼ》れることなく決然と家に火を放った」

「彼女にはほかにあまり選択肢がなかった」

「それはわかってるけど、だからといって、彼女のしたことが簡単になるわけじゃない。そんなこと、わたしにできるかしら」

「必要に迫られれば」

「結局のところ、家はただの家にすぎないものね。それに、あなたがいれば、いつでもわたしに新しい家を建ててくれるだろうし。オープンプランのキッチンにお風呂場には陶製のタイルを敷いて」

「それにセントラルヒーティング」

「あなたはわたしのヒーローよ。でも、焼け跡から死体が発見されたって言わなかった?」

予期していた質問にケラーは答えた。「ドットは入れ歯を残してきたんだ。で、警察はその歯科記録から身元を確認した。彼女の歯が本物じゃないなんて全然知らなかったからね。そんな可能性はまったく思いつかなかった」

「なるほど。そういうことだったのね。ニコラス？」ジュリアは彼の腕に手を置いて言った。「過去にそういう関係だったことはないとしても、わたしは嫉妬するんじゃないかって不安だったの。でも、彼女のあなたへの接し方はお姉さんとメイム叔母さん（パトリック・デニスの同名のベストセラー小説の主人公）の中間って感じね。あなた、象の正体がなんだったかわかってる？」

「居間にいる象のこと？（その場にいる誰もが気づいていながら、口に出すことがはばかられる重要な問題の意）」

「わたしたちが慎重に避けて口にしなかったこと。あなたがこれからしようとしてることよ」

「しなきゃならないことなんておれには何もないよ」

「わかってる。切手は取り戻せた。あるいは、これから取り戻せる。それにお金もたっぷり手にはいる。わたしたちはこの生活をこのまま続けていくことができる。わたしがまさに送りたいと望んでいる生活を——」

「望んでるのはきみだけじゃない」

「——お金の心配もせずに快適に幸せに暮らしていける」

「でも？」

「でも、フレンチ・クォーターで心からくつろいで食事できる日は絶対に訪れない。彼らを見つけ出すとすれば、どこを探せばいいか。それはわかるの？」

「いや」

「デモイン？」

「やつらの中にデモインに住んでるやつがいるのかどうかもわからない。アルが住んでいないのはほぼ確実だろう。おれはデモインの電話番号を渡された。芝生に水を撒く以外は何もしたことのない、あの哀れな暗い男を片づけるときが来たかどうか確かめるために、毎日かけていた番号だ。危うく墓場への切符にパンチを入れられるところだったなんて、あの男には思いもよらなかっただろう」

「その電話番号からはどこにも行き着かない？」

「ああ」とケラーは言った。「行き着いたりするんじゃ、そもそもやつらはおれにその番号を教えたりしなかっただろう。でも、わかるかぎり、おれたちに残された手がかりはそれだけだ」

「悩ましいわね」とジュリアは言った。


朝になると、ジュリアはケラーとドットを空港まで車で送った。ケラーはタクシーを使うつもりだったのだが、ジュリアが頑として聞き入れなかったのだ。ドットはふたりだけの時間を与えるために、スーツケースを持ってさきに空港の建物の中にはいった。ジュリアは車から降りると、ケラーに別れのキスをして言った。

「気をつけてよ、いいわね？」

「ああ、気をつける」

「ドニーには急用ができたって言っておくわね。家庭の事情ということにしておく」

「ああ」ケラーはジュリアをじっと見つめた。「何か？」

「別に」

「ほんとうに？」

「大したことじゃないの」と彼女は言った。「あとに取っておくわ」

34

「市外局番は五一五」眼を細くして紙切れをにらみ、ドットは言った。「それってデモインの局番？　あなたはこの紙を何ヵ月も持ち歩いておきながら、一度も電話してみなかったの？」

「かける理由がどこにある？」

「言いたいことはわかるけど。彼らに渡された番号なんだから、どこにもつながるはずがない。それでも、とにかくかけてみて」

「どうして？」

「そうすれば可能性が除外できる。それに、ケイマン諸島に預けてあるお金のために、あなたの財布にスペースをつくることができる」

ケラーは携帯電話を取り出すと、開いて、また閉じた。「この番号が生きてるとして、おれがかけたら――」

「それ、セドナにいるわたしにかけるのに使った電話？　あなたにさえ番号がわからないやつ？」

「まあ、そうだけど——」

「その番号にかけて」ドットは言った。「もし耳毛の男が電話に出たら、その携帯電話は窓から捨てちゃいましょう」

クーウィート！

「思ったとおりね」とドットは言った。「でも、これではっきりしたわね。ほかには何がわかってる？　わたしはアルと電話で二、三回話をした。それほど長い時間じゃなかったし、彼は大してしゃべらなかったけど、わたしには声を聞けば、彼だとわかるかもしれない。声による面通しができれば、どの声が彼の声かわかると思う。そんなものがあったとしたら」

「せめて何か取っかかりがあればいいんだが」

「そのとおりね。彼はいきなり電話をかけてきて、わたしのことをどうやって聞きつけたのかも、誰に番号を教えられたのかも、そういうことについてはひとことも言わなかった。だけど、どこかから聞いたはずよ。ただ適当に番号をダイヤルしたわけじゃない。彼はわたしの番号を知っていて、住所も知っていた。お金のぎっしり詰まった最初の〈フェデックス〉の封筒、彼はその送り先をわたしから訊こうともしなかった。それもいきなり送りつけてきた」

「つまり、きみのことを知っている誰かが彼のことも知っているということだ」

「そこはなんとも言えないわ、ケラー。わたしのことを知っている誰かが、彼のことを知っている誰かに話したのかもしれないし、そこにさらに何人の誰かさんがからんでるかもしれないんだから。それに、長いこと親爺さんが仕事を取り仕切ってきたわけだけど、その長い歳月に番号を変えたことは一度もなかった」

「となると、番号を知りえた人間は大勢いるわけだ」

「その最初の人とアルとはすごく長い鎖でつながってる可能性がある。その途中、はずれた環がひとつでもあれば、どこにもたどり着けなくなる」ドットは顔をしかめた。「それでも、ある程度の人数に訊けば、誰かが何かを知ってるかもしれない。彼は電話に出るたびに名前を変えてると思う？　アルと呼んでくれ、ビルと呼んでくれ、カルロスと呼んでくれって」

「あるいは彼は習慣に縛られた人間で、どこまでいってもアルかもしれない」

「それなら自分が誰だったのか、覚えておくのが簡単だものね。ホワイト・プレーンズから持ち出した数少ないもののひとつがわたしの電話帳で、そこにはかけることのできる番号がたくさん書いてある。話す相手が増えれば増えるほど、こっちが何を言ってるのかわかる人が見つかる可能性は高くなる。可能性はもちろんほかにもあるわけだけど」

「きみが話す相手が増えれば増えるほど、誰かが自分を探しているとアルが気づく可能性も高くなる」

「そう、そういう可能性がある。それにわたしはわたしであることを相手に気づかれずに話さなくちゃならない。忘れちゃったかもしれないけど、わたしはホワイト・プレーンズの火事でもう死んじゃってるんだから」

「言われてみると、そんな話を聞いたような気がする」

「ほかに誰が知ってるかはわからないけど。ニューヨーク以外のところでは小さな扱いの事件だっただろうし。でも、わたしはある人にとっては生きてて、別の人にとっては死んでるなんてわけにはいかない。それには世界は狭すぎる」ドットは肩をすくめた。「何か考えてみる。送話口に取りつけると声が変わるっていう装置を使おうかしら。ほかに取っかかりになりそうなこともないみたいだから……」

「もしかしたらあるかもしれない」

「ええ？」

「やつらはおれに携帯電話をくれた」とケラーは言った。「やつらが選んだモーテルに連れていかれたときに、耳毛の男に渡されたんだ」

「〈ローレル・イン〉とかそんな名前のモーテルね」

「まさにそれだ。〈ローレル・イン〉。携帯電話を渡されて、連絡するときはそれを使えと言われた。まあ、その部屋に泊まるつもりがなかったのと同じぐらい、その電話を使うつもりもなかったが」

「初めから疑ってたわけね」

「無意識にある程度の警戒心は働くものだよ。でも、確かにそうだな。どこかしら疑ってた。でも、あれが最後の仕事だったわけだからね。そんなふうに感じてしまうのも自然な気はする。いずれにしろ、〈ローレル・イン〉に泊まるつもりもなければ、あの携帯電話でどこにもかけるつもりもなかったから、持ち歩くつもりもなかった。電源がはいっていようといまいと、やつらには携帯電話の在り処《あか》を突き止めることができる。そう思ったからだ」

「そんなこと、できるの？」

「誰でもなんでもできる。それがおれの経験則でね。だから、やつらが携帯電話のある場所を探してたら、〈ローレル・イン〉に行ってたはずだ。携帯電話はそこに置いてきたんだ」

「あなたの部屋に」

「二〇四号室に」

「部屋番号を覚えてるなんて。感心よ、ケラー。例の大統領の名前に関する特技と同じぐらい感動的。第十四代合衆国大統領は誰だった？」

「フランクリン・ピアス」

「よくできました。じゃあ、ここからはボーナスラウンドよ。その切手の色は？」

「青」

「青、フランクリン・ピアス、二〇四号室。大した記憶力ね。でも――」

「でも、だからなんなのか？　おれがこの携帯電話を買ったのと同じやり方でやつらもあの携帯電話を買い、耳毛男がおれに渡すまえは一度も使われてなかった可能性が高い」

ドットもそのことは考えていた。「でも、そうじゃなかったら、ボタンを押せば、最近かけた八件だか十件だかの電話番号の履歴が出てくる」

「まあね」

「それに、その電話の出所《でどころ》をたどれば、誰がいつ買ったか突き止めることもできるかもしれない」

「可能性はある」

「あなたと同じ質問をさせて、ケラー。〝だからなんなのか？〟。わたしは〈ローレル・イン〉に泊まったことは一度もないし、そこのルームメイドは平均的なオランダの主婦には及ばないかもしれないけれど、これだけ時間が経ったあとでも携帯電話がまだ部屋にあると本気で思ってるの？」

「あるかもしれない」

「真面目に言ってるの？」

「おれが通されたのはキングサイズのベッドのある部屋だった」とケラーは言った。

「それはいいことだったかもしれないけど、そのベッドで寝るつもりがなかったのなら――」

「携帯電話を部屋に置いていったときのことだが、誰にも使わせたくなかったからマットレスを持ち上げて、ベッドの奥まで押し込んだんだ」

「警察がどんなふうに部屋を捜索したか。それはあなたにも想像できると思うけど」

「世間を大いに騒がせた政治家暗殺事件だものな。ああ、想像はつくよ」

「警察としてはマットレスをベッドからはずすだけでよかった」

「そうしたかもしれない」

「しなかったかもしれない？」

「しなかったかもしれない」

「でも、携帯電話がまだそこにあったとしても、そもそもちゃんと使えるかしら？　もうとっくにバッテリーが切れてるんじゃない？」

「その可能性は高い」

「でも、バッテリーは売ってるわよね」

「アイオワのど真ん中でさえ」

「〈ローレル・イン〉か。ひょっとしてそこの電話番号を覚えてたりってことは？　まさかそんなはずはないわね。切手に印刷されたりしたことはないものね」

　ドットはまず番号案内に電話してから、〈ローレル・イン〉の予約担当者と話した。そのあいだ、ケラーは窓辺に立って市《まち》を眺めた。ドットは電話を切ると言った。「ねえ、〈ローレル・イン〉にはわたしのことを完全に頭のいかれた女と思ってる女がいるんだけど」

「つまり、うまくいったんだね」

「まず二階じゃないと困るって言ったの。わたしの夫は頭上の足音に我慢できないから。わたしはわたしで道路の音が嫌いで、光にも敏感で、ふたりとも階段のそばじゃなきゃ嫌だけど、階段をあがったすぐのところはお断わり。で、ホームページで見取り図も見てみたんだけど、わたしたちの希望に文句なしに適う部屋がある？　って訊いたわけ」

「確かにいかれてる」とケラーは言った。「でも、予約係を相手にしてるときには、完璧にすじが通って聞こえてた」

「明日から三泊、二〇四号室を予約したわ。どうかした？」

「いや、どうかな。一緒の部屋を使うには長い時間に思えるが」

「わたしたちふたりで一部屋を使うには一泊だって長いわよ、ケラー。あなたは〈ローレル・イン〉で一晩たりとも過ごすことはないし、それはわたしも同じ。予約したのはキーが手にはいるから。ただそれだけの理由よ。もしかしてこの数ヵ月、その部屋のキーをずっと持ったままだったりしてないわよね？　あの電話番号と一緒に」

「いや。それに持っていたとしても、どっちみち役には立たないよ。あのモーテルはカードキーを採用してたから。チェックアウトがすむたびにシステムをリセットしてるはずだよ」

「錠前破りを何年もかけて習得してきた人たちにはなんとも残念な話ね。ある朝眼が覚めたら、そこは電子化された世界だったなんて。コンピューターで活字を組む時代に生きるライノタイプ（行単位で鋳造植字する機械）のオペレーターみたいな気分を味わってるにちがいないわね。熟練の技が完全に無用の長物になってしまって。どうしてそんな眼でわたしを見てるの？」

「どんな眼？」

「気にしないで。三泊の予約にしなきゃいけなかったのは、たった一晩の宿泊のために、二〇四号室じゃなきゃどんなに困るかなんて馬鹿みたいなつくり話は押し通せなかったからよ。〈ローレル・イン〉のホームページに見取り図があるかさえ疑問よ」

「ホームページがあるかさえ」

「いいえ、きょうびホームページぐらい誰でも持ってるわ、ケラー。わたしでさえ」

「工事中だけど」

「それに当分のあいだそのままになりそうだけど。飛行機の切符は二枚手配する？　それとも、あなたは車で行きたい？　どれぐらい遠いの？」

「千マイルとかそれぐらいだろう」

「宿泊予約は明日の夜から。ということは飛行機ね。今でも銃を持ってる？」

「インディアナで手に入れたシグザウアーがあるが。飛行機には持ち込めない」

「預け入れ荷物の中でも？」

「銃に対する規制があるだろう。なかったとしても、注目を集めるには充分な行為だ。どこかの田舎警官が鞄に銃の輪郭を認めちまったら、それからあとは長い一日ということになる」

「あなた、車で行きたい？　わたしは飛行機で行って、ルームキーを受け取るから、あなたはあの埃まみれのトラックで旅すればいい。デモインはここの北よね？　でしょ？」

「この国の大半と同じく」

「でも、ほぼ真北でしょ？　ちょうどミシシッピ川沿いじゃないの？」

　ケラーは首を振って言った。「ミシシッピ川の西だ」

「そう言えば、あなた、アイオワに行ったことがあったわね。あのときはわたしたち、クライアントに騙されて――」

「あのときもだ」

「〈傭兵タイムズ〉の一件。あれはアイオワじゃなかった？　あのとき、あなたはミシシッピ川に何かを捨てなかった？」

「マスカティーン（アイオワ州東部の市）でね」

「そうそう、それよ。あのいまいましい場所の名前は。まえから思い出そうとしてたんだけど、どうしてもマスカテル（マスカットの香りのダージリン紅茶）ばかり浮かんできちゃって。それはちがうってわかってるのに。デモインはミシシッピ川沿いじゃなくて、マスカティーンの西？」

「正解」

「〈ジェパディ！（アメリカの長寿クイズ番組）〉に出てるんじゃなければ。でも、どうしてわたしはこんなくだらないことで頭をいっぱいにしてるの？　自分で自分がわからない。わたしは飛行機で、あなたは車で北上する？」

「銃を持っていくだけのために？　冗談じゃない。それに、車で行って、逆にデモインからニューオーリンズへの道を誰かに教えるようなことにもなりたくないし」

「そんなこと考えもしなかったわ。じゃあ、ふたりそろって飛行機にしましょう」ドットは自分の携帯電話を手に取った。「フライトの予約をするわね。もう一度あなたの名前を教えてくれる？　なんで覚えられないのかしら。郵政省がすべきこと、それは、ケラー、あなたの写真が載った切手をつくることね」

35

ふたりはデルタ航空の便をアトランタで乗り継ぎ、デモインに向かった。どちらのフライトにも変わったところはなかった。アトランタ発デモイン行きの便では、ふたりは三列離れて坐らなければならず、ドットは隣りの席の男が航空保安官にちがいないと思っていたことを除くと。「ちょっとでも不審な行動を取らないようにって、ずっと自分に言い聞かせてた」と彼女は言った。「心強さを覚えるのと同時に、神経をすり減らしもしたわね」

ドットは新しい名前、ウィルマ・アン・コーダー名義で便を予約していた。ケラーがニコラス・エドワーズを見つけたのと同じやり方で、彼女はその名前を何年もまえに見つけており、クレジットカード半ダースと一緒に、パスポートと運転免許証と社会保障番号といった身分証明セットをすでに一式集めていた。その名前で私書箱を借りて、カムフラージュに針編み刺繍の雑誌の定期購読まで申し込んでいたが、その雑誌は私書箱の中身を確認するたびに毎月捨てていた。「そんなことをしてたら」ドットは言った。「三年間の定期購読の契約をしてくれっていう悲しい請願書が送られてきた。針編み刺繍のどこに興味を持てって言うのよ？」

デモインでは、ウィルマ・アン・コーダー名義でレンタカーを借りた。〈ハーツ〉で借りたのでもなければ、車はセントラでもなかった。ケラーはそのことに少なからず満足を覚えた。〈ローレル・イン〉に向かう途中、ドットが言った。「あなたはついてたわ、ケラー。ニック・エドワーズはあなたに合ってる。特にその新しい髪型と眼鏡。それに、エドワーズなんて苗字はすごくありふれてるし。コーダーはけっこう珍しいけど、それでもあっちのコーダーやそっちのコーダーと関係はあるのかって、ひっきりなしに訊かれるぐらいの数はいる。で、コーダーは別れた亭主の姓で、彼の家族については何も知らないって言ってるの。ウィルマについてはわたしにしゃべらせないで」

「気に入らないのか？」

「耐えがたい名前よ。まわりにはその名前で呼ばないよう教え込んでるところよ」

「なんて呼ばせてるんだ？」

「ドット」

「どうすればウィルマの短縮形がドットになる？」

「これは大統領の最終決定よ、ケラー。文句はないって言いなさい」

「別にないけど、しかし――」

「〝みんなドットって呼ぶけど〟と言えば、たいていはそれで事足りるわ。誰かにそのわけを訊かれたら、長い話なのよって言えばいい。長い話だって言えば、普通みんなはその話をさせずに快くやり過ごしてくれる」

ドットがフロントでチェックインの手続きをしているあいだ、ケラーは車の中で待っていた。ドットがバックで駐車するか、せめて正面入口に面した一時駐車場以外のどこかに停めてくれればよかったのにと思いながら。ニューオーリンズ・セインツの野球帽を忘れず持ってくれればよかったとも思った。不必要にめだっているような気がしたのだ。このまえ〈ローレル・イン〉の人間には誰にも見られていないことを自分に思い出させはしたが。

ドットは二枚のカードキーを振りかざしながらオフィスから出てきて言った。「ひとり一枚ずつよ。ここから部屋まで行くあいだにはぐれちゃった場合に備えて。フロントにいた女の子の前世はきっとおしゃべりキャシーちゃん人形ね。〝ああ、二〇四号室のご予約のお客さまですね、ミズ・コーダー。ええ、二〇四号室はうちのモーテルのセレブリティ・スイートみたいなものなんです。オハイオ州知事を射殺した男がなんとその部屋に泊まってたんです〟」

「嘘だろ？　その女の子、ほんとにそんなことを言ったのか？」

「嫌ね。そんなわけないでしょ、ケラー。車を動かしたいんだけど。どこに駐車する？」

何かがケラーに二〇四号室のドアをノックさせた。ノックに対する返事はなかった。彼はキーをスロットに差し込み、ドアを開けた。

見覚えがあるかとドットが言った。

「わからない。もうずいぶんまえのことだからね。レイアウトは同じだと思うが」

「それを聞いて安心したわ。それで？」

返事をするかわりに、ケラーはベッドカヴァーを剥ぎ、マットレスの隅を持ち上げ、マットレスとボックススプリングの隙間を探った。手探りで、隙間は見えていなかったが、見る必要はなかった。いずれにしろ、最初のうち彼の手は何にも出会うことはなかった。ケラーは思った。まあ、それも当然だ。これだけ時間が経てば――

待て。

手が何かに触れ、触れたせいでそれは手の届かないところに動いてしまった。ケラーはまえのめりになり、泳いでいる人みたいに足をばたつかせた。いったいなんの真似なのかとドットが言っているのが聞こえた。それでも、さらに数インチ手を伸ばすと、指先がその何かをかすめた。ドットの質問になどかまっている暇はなかった。

またもとの姿勢になるのは一苦労だった。

「こんな可笑しなもの、見たことがない」とドットは言った。「なんだか一瞬、マットレスの中に何か生きものがいて、それがあなたを捕まえてマットレスの中に引きずり込もうとしてるみたいに見えた。スティーヴン・キングの小説に出てきそうな生きものよ。でも、まさか。信じられない。それがそうなの？」

ケラーは手を開いた。「これがそうだ」

「これだけ時間が経ってるのに、誰にも見つからなかったなんて」

「まあ、おれが今やる破目になったことを思えば」

「確かに、ケラー。マットレス・ダイヴィングが得意なスポーツなんて人はそう多くはいないものね。金属探知機を手に森の中を歩きまわるあの馬鹿な人たち同様。〝ほら、エドナ、墳の王冠だよ！〟なんて。どれぐらいの人たちが何も知らずにそのブツの上に寝たと思う？」

「さあ」

「そのうちのひとりが本物のお姫さまじゃなかったことを願うばかりね」とドットは言った。「だとしたら、可哀そうなお姫さまは一睡もできなかったでしょうから。でも、まあ、〈ローレル・イン〉はヨーロッパの王族にとって見逃せない観光スポットではなさそうだし。で？それがちゃんと使えるか確かめてみないの？」

ケラーは携帯電話を開いた。

「待って！」

「どうした？」

「罠が仕掛けてあるかも」

ケラーはドットを見た。「誰かがここにやってきて、この電話を見つけて、爆発するよう細工して、またもとの場所に戻した？」

「まさか。もちろんちがうわよ。やつらがあなたにそれを渡したときに、もう罠が仕掛けてあったとしたら？」

「おれはこれを使ってやつらに電話をかけることになってた」

「そして電話をかけたら――ドッカーン！」ドットは顔をしかめた。「ううん、それって意味ないわね。ロングフォードがまだ市《まち》に来てもいないのに、あなたはもう死んでることになるものね。開いて。携帯を開いて」

ケラーは携帯電話を開き、電源ボタンを押した。何も起こらなかった。ふたりは車に戻り、バッテリーを売っている店を見つけた。それで携帯電話は正常に起動した。

「まだ使える」とドットは言った。

「バッテリーが切れただけのことだった」

「でも、情報もまだ残ってる？　バッテリーが切れても？」

「確かめてみよう」ケラーは発信履歴の一覧が表示されるまでいくつかボタンを押した。履歴は十件。直近にかけた番号が一覧のトップに来ていた。

「いやはや、驚いた」とドットは言った。「ケラー、あなたって天才よ」

ケラーは首を振って言った。「ジュリアだ」

「ジュリア?」

「彼女のアイディアなんだ」

「ジュリア?　ニューオーリンズの?」

「電話は置いてきた場所に今でもあって、今でも機能するとしたら?　と示唆してくれたんだ」

「そうしたら電話はほんとうにあって機能もしてる」

「ああ」

「ねえ、ケラー」とドットは言った。「これだけは守るのよ、いい?　彼女を犬の散歩に行かせないこと。しっかりつかまえておくのよ」

36

ふたりは車の中に坐り、ケラーが電話番号を読み上げ、ドットがそれを書き写した。「携帯がドッカーンと壊れちゃった場合に備えておかないとね」とドットは言った。「わたしたちにまずできるのは、市外局番が五一五の番号をすべて除外することね。アルがデモインに住んでる可能性なんてあると思う？」

「思わない」

「ハリーについてはどう？」

「ハリー？　ああ、あの耳毛男か」

「そのほうがよければ。彼のことはハリーじゃなくて、〝イアリー（不気味な）〟って呼んでもいいわね。彼のほうは地元の人間だったと思う？」

「ハリーはこの市《まち》に詳しそうだった。〈ローレル・イン〉も簡単に見つけたし」

「それはわたしもそうだけど、ケラー。これまでわたしがデモインに一番近づいたのは、距離にして三万フィートのところで、そのときは飛行機の中にいたにもかかわらず」

「〈デニーズ〉のパティメルトをおれに勧めるぐらい詳しかった」

「だったら、彼は〈デニーズ〉のあるどこかの市《まち》に住んでるってわけね。これでずいぶん候補が絞られる」

ケラーは少し考えてから言った。「彼は地理に詳しかったが、それはただ入念に準備してあったからかもしれない。しかし、そういうことはどうでもいいんじゃないかな。どっちにしても、五一五で始まる番号は忘れていい。耳毛男が地元の人間だとしても、結局のところ、下っ端の人間だ。土地の人間を選んで、アルがあれこれ情報を提供してるとも思えない」

「確かに」

「実際、ハリーが地元の人間だとしたら、もしかしたら今頃はもう死んでるかもしれない」

「彼らは自分たちの始末もきちんとつけるでしょうね」

「アルがホワイト・プレーンズに男たちの一団を送り込んで、きみを殺して、家に火をつけるつもりだったら――」

「ケラー、あれはわたし。忘れたの？　わたしがやったのよ」

「ああ、確かに」

「でも、言いたいことはわかったわ。市《まち》の人間ではない相手に的を絞りましょう」

四件残っている着信履歴で、最も有望そうな番号が市外局番七〇二のラスヴェガスのスポーツ賭博の情報提供ダイヤル、もうひとつはサンディエゴのホテルの番号で、三度目の正直、とドットが言って、三つ目の番号にかけると、甲斐なく〝グーウィート〟という音が聞こえてきただけだった。

「これはもう」とドットは言った。「電話がまだそこにあっただけでもすごい奇跡なのに、それが役に立つと期待するなんて望みすぎだったと考えるしかなさそうね。残ってる最後の番号を試したら、〈ローレル・イン〉に戻って、このクソ携帯をもとどおりマットレスの下に突っ込めばいい」

ケラーは彼女がダイヤルし、携帯電話を耳にあて、驚いたように眉を吊り上げるのを眺めた。通じたのだ。誰かが出ると、ドットはすかさずボタンを押してスピーカーフォンに切り替えた。

「もしもし？」

ドットに視線を向けられ、ケラーは相手の声をもっと聞きたいと思い、〝さあ、しゃべらせるんだ〟と手で促した。地声よりいくらか高い声でドットは言った。「アーニー？　あなた、風邪をひいてるみたいね」

「おたくは番号をまちがえてるみたいだな」と相手の男は言った。「スナネズミ並みの脳みその持ち主ってことは言うまでもなく」

「まあ、嫌ねえ、アーニーったら」ドットは甘い声で囁いた。「やさしくしてよ。わたしが誰だかわかるでしょ？」

電話はそこで切れた。

「アーニーは遊びたくないみたい」とドットは言った。「どうだった？」

ケラーはうなずいた。耳毛男の声だった。

「まあ、彼が電話を切ったのも無理はないわね」とドットは言った。「彼の名はアーニーじゃないみたいだから」

「驚きだな」

「名前はマーリン・タガート。お魚のマーリン（マカジキ属とクロカジキ属の数種の魚の総称）。ブランドのマーロンじゃなくて。でもって、オレゴン州ビーヴァートンのベル・ミード・レーン七十一番地に住んでる」

「そう言えば、車の中にオレゴンの地図があったな」

「この車に？　今？」

「セントラに」

「彼がそこに置いていったと思うの？」

「いや、どうしてやつにそんなことができる？　それにあれはおれがレンタルした車じゃなくて、空港でナンバープレートを交換した車だ。忘れてくれ、なんの関係もない話だ。偶然の一致というやつだ」

「だったら、とことん面白い偶然の一致というやつね、ケラー。わたしの今日という一日をいっぺんで輝かせてくれたわ」

「すまん。ビーヴァートンはどこにある？」

耳毛男の名前と住所はいとも簡単にわかった。ケラーたちはヒックマン・ロードの〈キンコーズ〉にいて、さきほどからドットは一時間五ドルの使用料のパソコンのまえに坐っていた。ケラーはドットの肩越しにのぞき込んでいたので、どうやったのかと彼女に訊くまでもなかったのだが、といって、そのパフォーマンスに対する驚きは禁じえなかった。グーグルが彼らを導いてくれたサイトは、電話番号を入力しさえすれば、あとはそれが見つかるかどうか調べてくれて、情報入手が可能だという結果がひとたび出れば、十四ドル九十五セントで、その情報を購入するかどうか自由に選択できた。というわけで、あっというまのクレジットカード決済のあと、データが吐き出されたのだった。

「すぐにわかるわ」とドットは言った。「ほら、わかった。ポートランドの郊外ね」

「どこかの近く？」

「政府はすべてお見通しだということは知っていたが」とケラーは言った。「誰にでもできるとは知らなかった。やつの電話番号は電話帳には載ってないだろうと思ってた」

「そうよ。とりあえず、公にはされてない。だから、画面のそこにそう書いてある。なのに同時に、十五ドルでその情報を買いませんか、なんて申し出てきてくれちゃったりもするわけよ」

「値段の交渉はできない？」

「ただで手に入れる方法もあるのかもしれないけど」とドットは言った。「そのために時間を注ぎ込む気になれば。でも、答はノーよ。値段を交渉することはできない。この手のことにかかる費用の絶対最小値は銀貨三十枚（ユダが銀貨三十枚でキリストを売り渡したことから「裏切りの報酬」を意味する）だと思ってたけど。ポートランドへ飛ぶのは？」

「おれが行くよ」とケラーは言った。「きみが行かなきゃならない理由はどこにもない」

ドットはケラーを睨《にら》みつけた。

「なんだい？」

「わたしたちはふたりともポートランドに行くの、ケラー。言うまでもないことでしょうが」

「きみはたった今――」

「どこの航空会社が飛んでるのかって訊いたのよ、ケラー。思い悩む必要はないわね、神がグーグルを創造したもうてからは」

結局、ふたりは〈ローレル・イン〉に一泊した。部屋は別々にして。ユナイテッド航空のホームページを開いて、翌朝のフライトを予約したあと、ドットが思いついたのだ。「どこかに泊まる必要があるけど、一部屋はもう取ってある」

ケラーの部屋は一階の道路側にあり、ケラーはチェックインをしてシャワーを浴びると、二〇四号室にあがった。ドットは自動販売機で買ったスナップル（フルーツフレーヴァーの紅茶飲料）を飲んでいて、一口飲むたびに顔をしかめていた。ディナーにふさわしい店を知っているかと彼女に訊かれ、ケラーは、思いつく店は通りの反対側の〈デニーズ〉しかないと答えた。そこに行くのがいい考えと思ったわけではなかったが。

「この市《まち》に〈デニーズ〉はそこ一軒しかないわけじゃないでしょうけど、ほかのどの〈デニーズ〉にも行くのはやめておきましょう」そう言って、ドットはアイオワ一を謳っているステーキハウスをイエローページで見つけ、ふたりともそこがいい選択に思えた。

自分の部屋に戻ると、ケラーは〈A&E（アメリカのケーブルテレビ局）〉で刑事ドラマの再放送を見た。まえに見たことのあるエピソードのようだったが、別にかまわなかった。かまわずその番組を見た。

そして思った。家に帰ったら、ニューヨークに置いてきたやつみたいな大画面フラットパネルの立派なテレビに買い替えよう。それに〈ティーボ〉と、上等なDVDプレーヤーも買おう。ケイマン諸島の銀行に大金があるというのなら、買っていけない理由などどこにもない。

ジュリアに電話してはいけない理由についてはいくつも思いついたが、結局、最後には電話していた。〝もしもし〟という声が聞こえ、「おれだよ」と言うと、ジュリアは「ニコラス」と言った。彼女に名前を呼ばれるだけで、彼は胸がふくらむような感覚を覚えた。

「うまくいった。例のものはそこにあって、その中にあると思われていたものもあった。彼女はきみのことを天才だと言ってる」

「代名詞と不明瞭な名詞ばかり。電話で話してるせい？」

「夜は千の耳を持つからね」

「千の眼だと思ってたけど、耳があってもおかしくないわね。千の眼と千の耳。それに五百の鼻」

「うまくいったんで」とケラーは言った。「さらにいくつかの場所に行かなきゃならなくなった」

「わかった」

「電話はしないよ――」

「――すべてが終わるまで。それもわかってる。用心しなくちゃね」

「ああ」

「それもわかってる。あなたが用心するってことも。彼女によろしく伝えて」

「伝えるよ。彼女が言ってた、きみはおれの守護者だって」

「それはもうあなたにもわかってたでしょ」

「そうだな」とケラーは言った。「ああ、わかってた」

翌朝、ふたりはデンヴァー行きの便を待ちながら空港で朝食を食べ、デンヴァーに着くと、ポートランド行きの便に乗るまえにまた食事をした。当地のレンタカーは彼の名前で予約してあり、彼は運転免許証を提示し、クレジットカードで支払いをした。免許証もクレジットカードも、チェックインのときに見せたパスポートも含め、持ち歩いているどの身分証についても、心配する必要はなかった。それらは法で認められた本物だった。そこに書かれている名前は生まれながらのものでなかったにしろ。

ケラーが買った道路地図でベル・ミード・レーンの場所を探すのは簡単だった。が、いざ車で向かうと、そう簡単には見つからなかった。ビーヴァートンの西のはずれの開発中の一帯は、しばしばスタート地点とほとんど同じ場所に戻ってきてしまう、やたらと曲がりくねった道づくりをなにより心がけているようなところだった。さらには行き止まりになっている通りもふんだんにあり、地図の作製者の頭の中にしか存在しない架空の道路もいくつかおまけについてきて、なんともややこしい一帯になっていた。

「ここはフロントナックのはずなのに」とケラーは標識を睨みながら言った。「標識はショショニになってる。マーリン・タガートは夜どうやって家に帰り着いてるんだろう？」

「きっと通った道にパンくずを残してるのよ。その左のほうにはなんて書いてある？」

「ここからだと見えない。まあ、何にしろ、どこかには行き着くんだろうが」

「それもあてにしないほうがいいかも」

「やったぞ」数分後、ケラーは言った。「ベル・ミード・レーン。七十一番地だったよね？」

「七十一番地」

「じゃあ、左側だ。わかった、あそこだ」

美しく造園された広々とした敷地の奥に建てられた、窓枠の白い赤レンガ造りの平屋のまえで、ケラーは少しのあいだスピードをゆるめた。

「素敵な家じゃないの」とドットが言った。「木々がある程度まで成長したら名所になってもいいくらい。これはいい徴候よ、ケラー。こんな家に住めるぐらいなんだから、彼はただの使い走りじゃないはずよ」

「逆玉に乗ったんじゃなければ」

「言うと思ったけど、耳から毛が生えたけちな悪党に我慢できる女相続人がどこにいる？」

「なるほど」

「もちろんそうよ。これからどうする？」

「これからモーテルを見つける」

「そして明日まで待つ？」

「最低でも」とケラーは言った。「時間がかかるかもしれない。やつはここにひとりで住んでるわけじゃない。だけど、こっちとしてはやつがひとりになって、油断してるところを捕まえたい」

「あなたが仕事をするときみたいに。そういうことね？　出向いていって、あたりを見まわして、段取りを考える」

「ほかにいいやり方を知らなくてね」

「いいのよ、それで。理に適ってる。正直に言うと、もっと単純なものと思い込んでたけど。昨日のデモインみたいに。出向いていって、目的のものを手に入れたら、おさらばする」

「デモインには携帯電話を取りにいっただけだ」とケラーは指摘した。「ここでやらなきゃならない仕事はもうちょっと複雑だ」

「このむかつく家を探すだけでも、デモインでやったどんなことより複雑だった。明日またこの家を見つけられそう？」


すでに一度訪れていて、いつ地図を無視すればいいかわかってしまえば、探すのは簡単だった。翌朝、ベル・ミード・レーンに車を乗り入れ、ケラーは、家のまえで芝生に水を撒いているマーリン・タガートの姿を半ば期待しているのに気づいた。が、芝生に水を撒いていたのはグレゴリー・ダウリングだ。彼は今でも水を撒いているかもしれない。自分がどれほど死に近づいていたのか知ることもなく。マーリン・タガートの芝生では誰も水を撒いていなかった。

「それに永遠にその必要もないわ」とドットが言った。「だって、わたしたちはオレゴンにいるのよ。ここでは神さまがみんなの芝生に水を撒いてくれる。どうして太陽が出てるの、ケラー？　ここではひっきりなしに雨が降るはずじゃなかった？　それとも、そんなのはカリフォルニアの人間に引っ越してこられたくなくて、オレゴン人が世間に広めたただの噂《うわさ》？」

ケラーは通りの反対側の二軒先に車を停めた。そこからはタガートの家がよく見渡せた。一方、向こうからはよほどじっくりあたりを眺めようと思わないかぎり、ふたりに気づくのはむずかしそうだった。

それでも、そこに根を張るほど長時間、車を停めておくわけにはいかない。タガートはトラブルなど何も予測していないかもしれないが、彼の仕事はトラブルと完全に無縁になるということがない類いの仕事だ。あるいは、わけあってタガートの不幸を願う人間がこの世にひとりもいなかったとしても、彼が市と州と連邦のあらゆる種類の法の執行官の興味の対象になっていてもおかしくない。タガートと彼のボスは、デモインではうまくやり通せたかもしれないが、これまでのタガートの人生が平穏な人生だったとはとても思えない。本人に直接会ったケラーとしては、どこでどんな罪でとまでは言えなくとも、タガートには前科があるほうにいくらでも賭けられた。

だから、警戒しなければならない特別な理由がなくても、用心がタガートの習慣になっていても少しも不思議ではない。監視はそう簡単ではない。そのブロックにあまりに長く車を停めておくことはできない。頻繁に戻ってくることも。

その日の午後、空港に引き返すと、ふたりは別のレンタカー会社のカウンターに行った。そして、別料金まで払い、一日でケラーが借りたセダンとは異なるSUVを今度はドットが借りた。車が二台あれば、気づかれる可能性はかなり減る。もちろん、そうやって全戦艦を出動させても、監視は慎重におこなわなければならないが。さもないと、タガートはいたって単純な結論をくだしかねない。自由に使える一時待機車両を全車両集結させて、政府機関が自分を監視しているなどと勘ちがいしないともかぎらない。

ケラーとドットは一日に数回、二台の車のどちらか一台を使って、ベル・ミード・レーンに戻った。何度か家のまえを通り過ぎてから、五分から十分、道路脇に停めて、そのあとブロックを一、二周してからモーテルに帰るということを繰り返した。ふたりが泊まっているのは、近くの〈コンフォート・イン〉というモーテルで、そこからほんの半マイルほどのところにシネコンを併設するショッピングモールがあり、食事をする場所もふんだんにあった。それでも、ふたりは自分の部屋で坐って新聞を読むか、テレビを見るかして一日の大半を過ごした。

「わたしたちに銃があれば」とドットが言った。「もうちょっとテンポよくことを進められるのにね。ただ、玄関のドアまで歩いていって、呼び鈴を鳴らして、彼が出てきたら、撃ち殺して家に帰れるんだけど」

「別の人間が出てきたら？」

「〝パーイ、パパは家にいる？〟。バン！　でも、銃を持ってニューオーリンズからデモインまで車で来たとしても、ポートランドには持ち込めなかった。このろくでもない国を車で横断しないかぎり。ここで銃を調達するのは無理だと思う？」

「たぶん無理じゃないだろう」

「でも、あなたは買いたくない」

「ああ。だいたいやつを撃ち殺しちまったら、そのあとどうやってしゃべらせればいい？」


土曜日の朝、ふたりは通りをはさんでモーテルの向かいにある店で朝食をとった。そして、コーヒーを飲みながら、断続的な監視を数日続けてわかったことについておさらいをした。

マーリン・タガート。それがベル・ミード・レーン七十一番地に住む男の名前だとすれば、実際に本人の姿を何度か目撃したことで、デモインでケラーの連絡係を務めた男にまちがいないことが確認された。同じ肉づきのいい顔、同じ大きな鼻、同じだらしない口元、足を引きずるとまではいかないが、それに近い独特の歩き方。それにもちろん、同じダンボ耳。少しは見苦しくないように、彼の床屋が彼の耳に何か施したかどうかまでは遠すぎてわからなかった。

家族にはミセス・タガートと思《おぼ》しい女性がひとりいて、夫より若くて見た目もはるかによかった。子供は三人、男の子ひとりと女の子ふたり、年齢の幅は十歳から十四歳まで。犬はウェルシュ・コーギーで、子犬だった頃が記憶のはるか彼方にあるような老犬だった。ふたりは、タガートと子供のひとりがその犬を連れて、拷問的なまでにのろのろとブロックのまわりを散歩するところを一度見ていた。

タガート家のガレージには車が二台収められていた。茶色のレクサスSUVと黒のキャデラック。ミセス・タガートは、子供を連れて出るときにも連れずに出るときにも、レクサスに乗っていた。一度だけ犬を連れて遠出した以外、タガートはめったに家を出ず、敷地から足を踏み出すこともなく、キャデラックは基本的にガレージの中に置かれっぱなしになっていた。

「月曜の朝だ」とケラーは言った。「それまでおれたちはふたりともベル・ミード・レーンには一切近づかない。週末にやつがひとりのところを捕まえるのはむずかしいだろう。それと、おれたちの車がよくブロック内に停めてあったり、家のまえをよく通り過ぎたりしてることに気づかれていた場合、二日ばかり車を見せないのが得策だ。で、月曜の朝になったら、捕まえる」

そのあと、ケラーはドットにショッピングモールに行く気はあるかと尋ねた。面白いテレビ番組があるからというのが彼女の答だった。彼はひとりで金物店に行き、片方の端がU字型に曲がっている鋼鉄製の重いかなてこ、絵を掛けるのに使うワイヤーを一巻き、幅の太いダクトテープを一ロール、ワイヤーをカットするペンチなどを含め、いくつかの品を買った。そして、買ったものをトランクに入れると、映画館の入口に車をまわした。映画を一本見て、上映が終わると男子トイレに寄ってから、ポップコーンを買って別の作品を見るために別の上映劇場にこっそり忍び込んだ。

そんなことを毎日やっていたときのことを思うと、妙な感慨があった。今は少なくとも車中で夜を明かす必要はなかった。

37

月曜日の朝八時半、ケラーとドットはベル・ミード・レーンにいた。タガートの家が見える場所に車を停めて五分と経たないうちにガレージの扉が上がり、そこから茶色のＳＵＶが出てきた。

「子供たちを学校に連れていくのね」とドットが言った。「彼女がすぐに帰ってくるようなら、またの機会を待ったほうがいいと思うけど、でも、そんなことわかりようがない。でしょ？」

「彼女がこっちに曲がってきたら、わかるかもしれない」とケラーは言った。

「ええ？」

「来た」とケラーは言って、車が近づいてくると、ドアを開けて運転席から降りた。モーテルの部屋からギデオン協会の聖書を持ってきていた。が、それは車の中に置いてあった。彼は手のひらを相手に向けて掲げた片手を左右に振り、近づいてくるＳＵＶのまえに立った。レクサスが停まると、ケラーは眼鏡をかけ、頭の禿《は》げかけた学者肌の男がいかにも浮かべそうなおだやかな笑みを向けた。そして、車の脇に近づくと、ミセス・タガートが窓を開けるのを待って、フロントナック・ドライヴが見つからず、困っているのだが、と話しかけた。

「ああ、その通りは存在しないんですよ」と彼女は言った。「地図には書いてあるけど、そのあと誰かの気が変わったらしくて、結局、その道はできなかったんです」

「なるほど」とケラーは言い、彼女が走り去ると、車の中に戻って言った。

「思ったとおりだった。フロントナックは存在しない。地図が嘘をついてた」

「すばらしいわ、ケラー。それがわかって、今夜はすごくよく眠れそう。だけど、いったいどうして――」

「彼女はよそゆきの恰好をしてた」とケラーは言った。「ただ子供たちを降ろしたら、家にとんぼ返りするみたいな服装じゃなかった。口紅もイヤリングもつけていて、座席の横にはハンドバッグが置いてあった」

「子供は三人ともいた?」

「ふたりがうしろに、ひとりがまえにね。静かなものだったよ。ふたりはｉＰｏｄを聞いていて、男の子は両手の親指をやたらと酷使する何かで遊んでた」

「ビデオゲーム?」

「だと思う」

「素敵な小さな家族ってわけね。ケラー、あなた、もしかして躊躇してるんじゃない?」

ケラーは言った。「おれの予想だと、彼女は二、三時間は帰ってこないだろう。でも、無駄にできる時間はない。早いところ、片づけよう」

敷地内のドライヴウェイに乗り入れ、ふたりは車を降りた。ハンドバッグを抱えたドットがさきに立ち、石を敷いた小径を歩いて玄関に向かった。片手に聖書、片手にかなてこを持ったケラーは、彼女から一、二歩さがったところを歩いた。

ドットが呼び鈴を鳴らすと、チャイムが鳴るのが聞こえた。そのあといっとき何も聞こえず、やがて足音が聞こえた。ケラーは左手に持った聖書をすばやく開き、顔の下半分が隠れるように、あたかも読んでいるかのように顔に近づけた。かなてこを持った右手は脇に垂らして見えないようにして。

ドアが開き、マーリン・タガートが出てきた。アロハシャツに迷彩柄のカーゴパンツという恰好で、ふたりを見やると言った。「なんてこった《クライスト》い」

「まさにそのお話をさせていただこうと思って伺ったんです」とドットが言った。「これぞ神の思し召しですわね、ミスター・タガート」

「おれには必要ない」とタガートは言った。「悪く思わないでほしいんだが、あんたにもあんたが押しつけようとしてるイエスのクソにも用はないんだ。そういうのはどこかよそでやって——」

タガートに言えたのはそこまでだった。ケラーがかなてこの曲がったほうの端を彼のみぞおちに食い込ませた。

　タガートは見る者をいかにも鼓舞してくれる反応を示した。喘ぎ、腹を押さえ、同時に一歩さがり、よろめき、バランスを取ろうとした。ケラーはすかさず彼に迫り、ドットはそのすぐうしろに続いてドアを閉めた。タガートはさがりながらガラスの灰皿をつかむと、ケラーに向かって投げつけた。灰皿は大きく逸れ、ケラーは彼を追った。タガートは今度はテーブルからランプをつかんで投げた。

「このクソ野郎」と怒声をあげ、ケラーに突進し、右手で激しく殴りかかってきた。ケラーは屈《かが》んでパンチをよけ、かなてこを鎌みたいに振りまわした。それがタガートの脚をとらえると、骨が折れる音がした。タガートはうめいて床にくずおれ、ケラーは頭上に高くかなてこを振り上げた。そこですんでのところで自分を抑えた――もう少しでタガートの頭蓋骨《ずがいこつ》を打ち砕き、彼を永遠に黙らせてしまうところだった。

　タガートはさらなる攻撃を防ごうとして片腕を上げた。ケラーはかなてこでフェイントをかけると、ゆるやかな弧を描いてそれを振りおろし、相手の左のこめかみの上部に叩き込んだ。タガートは眼を剝いて横ざまに倒れた。ドットが言った。「ああ、なんてこと」

　ええ？　強く殴りすぎたか。顔を上げると、老犬が絨毯《じゅうたん》の上をよたよたと歩いてくるのが見えた。ケラーはかなてこを持ったまま犬に向かって近づいた。犬は彼を見上げようと涙ぐましい努力をして顔を起こした。

ケラーはかなてこをおろし、犬の首輪をつかむと、別の部屋に犬を放り込んでドアを閉めた。

「そこまでやってきたときには」とドットは言った。「今にも襲いかかってくるんじゃないかって一瞬思った。だけど、あの犬はエリザベス女王が散歩に連れていってくれるのを待ってただけだった」

タガートの様子を調べると、意識は失っているものの、息はしていた。ケラーはタガートの体をひっくり返すと、持ってきたワイヤーを何重かに巻きつけてうしろ手に縛り、さらにワイヤーで両方の足首を一緒にくくりつけた。

そして、身を起こすと、ドットにかなてこを渡して言った。「そいつを見張っててくれ」そう言って、キッチンを調べにいった。

キッチンのドアは隣接するガレージに通じていた。ケラーはガレージの扉を上げるボタンを見つけ、自分の車をキャデラックの横に停めると、扉をおろした。大して時間はかからず、ケラーが居間に戻ってもタガートはまだ意識を取り戻していなかった。タガートが投げたランプはテーブルの上に元通りに置かれ、ガラスの灰皿ももとの位置に戻されていた。

ドットが肩をすくめて言った。「しょうがないでしょ、ケラー。わたしは几帳面なのよ。この馬鹿はまだ意識が戻らない。どうする、水でもかけてみる?」

「もう少し待とう」

「ねえ、この男の耳毛のこと、わたしはあなたが大げさに言ってるんだとばかり思ってた。こいつが自分から目覚めなければ、毛抜きを見つけて耳毛を抜きはじめるといいかもね。そうすればきっと意識も戻るんじゃない？」

「こうするほうが簡単だ」ケラーはそう言って、タガートの脛を軽く爪先でつついた。かなてこで殴打したところにあたって、痛みが走り抜けたのだろう、タガートはかん高い叫び声をあげて眼を開けた。

「クソ野郎。脚が……骨を折りやがったな」

「だから？」

「〝だから〟？　だから、おまえはおれのクソ脚のクソ骨を折りやがったって言ってるんだよ。おまえらいったい何者なんだ？　これでおまえらがカルト宗教か何かだとしたら、こりゃまたとんでもない勧誘法だ。強盗だとしたら、運が悪かったな。家に現金は置いてない」

「それは賢明な方策だ」

「ああ？　おい、へらず口、なんでおれの家を選んだ？　おれが誰だか知ってるのか？」

「マーリン・タガート」とケラーは言った。「じゃあ、今度はそっちの番だ」

「ええ？」

「おれが誰だか言ってみろ」

「おまえが誰かなんて、そんなこと知るかよ？　いや、待て。まえにどこかで会ってるのか？」

「こっちが訊いてるんだ」

「くそ」とタガートは言った。「あのときの……」

「覚えてたようだな」

「まえとはちがって見える」

「そりゃこっちもいろいろあったもんでね」

「なあ」とタガートは言った。「予定とはちがった結果になって悪かったよ」

「いや、完全に予定どおりの結果になったんじゃないのか」

「報酬が支払われなかったんで、腹を立ててるのかもしれないが、そんなことなら解決できる。連絡をくれればそれですんだんだ。つまり、こんなことをする必要は全然なかったってことだ」

　このままだと時間がかかりすぎる。ケラーはタガートの脚を思いきり蹴りつけた。タガートはまた悲鳴をあげた。

「だぼらはもういいから」とケラーは言った。「おまえはおれを罠にはめ、吊るしたままにした」

「おれはただ」とタガートは言った。「金をもらって、やれと言われたことをやっただけだ。

この男を探せ、こいつをそこに連れていけ、これを見せろ、これを話せ。おれは自分の仕事をしてきただけだ」

「ああ、それはわかってる」

「個人的な恨みは何もない。なあ、それぐらいわかるだろうが。そもそもおまえはアイオワへ何しにいったんだ？　クソ赤十字社のクソ救済活動のために行ったわけじゃないだろうが。おまえは仕事をしにいって、おれが〝今日は駄目だ、今日は駄目だ〟って言いつづけなきゃ、薔薇を剪定してたあの哀れな馬鹿を殺してた」

「あの男は芝生に水を撒いてた」

「そんなことはどうでもいいよ。おれがひとこと言えば、おまえはあいつを殺してた。名前も知らずに」

「グレゴリー・ダウリング」

「へえ、おまえはやつの名前を知ってたわけだ。それで話はすべて変わるってか？　なあ、おれが言いたいのは、おまえは私情も何も関係なくやつを殺してたってことだ。おれはおれで自分の仕事をしただけだ。それまた私情も何も関係なく」

「そのとおりだ」

「だったら、おれになんの用なんだ？　金か？　金庫に二万ドルはいってる。欲しけりゃ持っていけ」

「家に現金は置いてないんだと思ってたよ」

「だったら、おれのほうはおまえらのことを貧民救護修道女会の腕力部門担当だと思ってたよ。望みは金か？」

ケラーは首を振って言った。「おまえもおれもプロだ。おまえに恨みはない。さっき言ってたように、おまえは自分の仕事をしただけのことだ」

「じゃあ、何が望みなんだ？」

「情報だ」

「情報？」

「おまえは誰の下で仕事をしてるのか知りたい」

「なんとなんと」とタガートは言った。「質問ならもっと簡単なのにしてくれよ。ジミー・ホッファ（全米トラック運転組合委員長。数々の不正を働き、一九七五年に謎の失踪を遂げた）の居場所とか。だけど、誰がロングフォードを暗殺したのか知りたいんだったら、おまえはまちがった木にしょんべんしてる。そんな情報はおれなんかのところに降りちゃこない」

「暗殺を命じた人間などどうでもいい」

「どうでもいい？　じゃあ、誰を探してるんだ、撃ったやつか？」

「いや」とケラーは言った。「そいつも自分の仕事をしただけのことだ」

「おまえとおれみたいに」

「おれたちみたいに。ただ、おれたちは生きてるが、そいつはもう生きてない気がするが」

「知るかよ、そんなこと」

いや、知っている、とケラーは思った。が、タガートが知っていようと知っていまいと、それまたどうでもいいことだった。そのことをあえて追及しようとは思わなかった。「狙撃者も仕事の依頼者もどうでもいい。こっちが気になってるやつのことを教えてくれたら、おまえのことを気にするのはすぐやめてやるよ」

「気になってるというと、たとえば？」

「〝私のことはアルと呼んでくれ〟」とドットが言った。

「はあ？」

「おれを雇いたいと電話してきた男だ」とケラーは言った。「おまえに指示を与えた男だ。おまえのボスだ」

「そういうことなら忘れてくれ」

ケラーは足でタガートの脛《すね》に触れ、メッセージが充分伝わる程度に踏みつけた。「どっちみちおまえはしゃべるだろう。あとはいつ話すかというだけのことだ」

「だったら、どっちがより我慢強いか確かめようぜ」とタガートは言った。

いい根性をしてる。それはケラーも認めざるをえなかった。「ほんとにもう片方の脚も折られたいのか？　もちろん脚だけじゃすまない。そんなことをほんとに望んでるのか？」

「おまえの望みのものを渡しちまったら最後、おれは死ぬことになる」

「望みのものを渡さなくても――」

「望みのものを渡さなくても、どっちみちおれは死ぬんだろ？　いや、死ぬかもしれないし、死なないかもしれない。おれを殺しにきたのなら、しゃべろうとしゃべるまいと、おまえらはおれを殺すだろう。しかし、実際のところ、おれが口を割らないかぎり、おまえはおれを生かしておくだろう。口を割ることを期待してな。だけど、裏切り者になってボスを売り渡したりしたら、それだけでもうおれは処刑場に向かって歩く死刑囚になる」

「おまえはもう歩けはしないが」とケラーは言った。

「ああ、この脚じゃ歩けない。それはおまえの言うとおりだ。だけど、おれが言ってるのは、おれを殺すのがおまえか彼かって話だ。どっちみち、結末は同じだ。だったら、おれとしちゃどれぐらい持ちこたえられるか、試してみようって気にもなるってことだ」

「そのことについてはひとつだけ問題がある」

「問題？」

「遅かれ早かれ」とケラーは言った。「おまえの女房が帰ってくる。よそゆきの恰好をしていたから、ショッピングにでも行くつもりか、女友達とランチでもするのか。いずれにしろ、女房が帰宅するまえにおれたちが姿を消していれば、女房は無事だ。おれたちがまだここにいたら、女房の扱いも考えなきゃならない」

「なんの罪もない女を痛めつけるつもりか？」

「大して苦しみはしないよ。犬と同じ目にあうだけだ」

「嘘だろ、あの犬に何をした？」

ケラーはかなてこを振りかぶり、それを振りおろす仕種《しぐさ》をしてみせた。「そんなことはしたくなかったんだが、あの犬が誰かに咬《か》みつく可能性を見過ごすわけにはいかなかったんでね」

「なんてこった」とタガートは言った。「可哀そうな老いぼれサルキーを？　あいつがこれまでに人を咬んだなんてことは一度もないよ。もう自分の餌だってろくに嚙めやしなかったんだ。そんな犬になんでそんなことをした？」

「ほかに選択の余地はなさそうだったんでね」

「ああ、あの哀れな老いぼれはおまえの顔を舐《な》めたかもしれん。あんたの顔を涎でべとべとにしたかもしれん。サルキーは関節炎を患ってて、まともに歩くこともできなかった。歯なんかほとんど抜けちまって――」

「ということは、どうやらおれはあの犬に慈悲を与えたわけだ」

「時々、おれも自分のことを思うよ、非情なくそったれだってな」とタガートは言った。

「が、思ったとたん、おまえみたいなクソ野郎に出くわすのさ。おれの子供たちはあのろくでもない犬が大好きだった。あいつは子供たちが生まれるまえから家族の一員だったんだ。

親友のサルキーが死んだなんて、どうやって子供たちに説明すりゃいい？」

「わんわん天国の話でもつくってあげるのね」とドットが言った。「子供ってみんなそんなくだらない話を信じるものよ」

「くそ。おまえはこいつより性質《たち》が悪い」

「子供といえば」とケラーは言った。「子供たちが帰ってきたときに、おまえがまだだんまりを続けてたら――」

「嘘だろ？」

「やりたくはないが、子供たちが姿を見せたときにおれたちがまだここにいたら、おれにどんな選択肢がある？」

タガートはケラーを見て、ドットを見て、折れた脚を見下ろした。「くそ痛くてたまらない」

「それについちゃすまんと思ってる」

「ああ、そうだろうとも。わかったよ、おまえの勝ちだ。おまえと彼、どっちかがおれを殺すにしても、彼はおれの家族までは標的にしないだろうからな」

「そいつの名前は？」

「ベンジャミン・ウィーラー。この名前を聞くのはおまえらにしても初めてのはずだ。それが彼のやり方なんだよ。誰にも名前を知らせないのが」

「〝私のことはベンと呼んでくれ〟」とドットが言った。

「なんだって？」

「いいから」とケラーは言った。「もっと話せ。ウィーラーの住所、スケジュール、思いつくことはなんでも」

38

「この家の子供たちはすごくいいパソコンを使ってる」とドットは言った。「それに超高速のブロードバンド接続。グーグルのイメージ検索を開いて、〝ベンジャミンウィーラー〟って入力すると、大量にヒットして、そのあと〝ベンジャミンウィーラー　ポートランド〟にすると、候補が絞られる」彼女は三枚の紙を手にしていて、一枚をタガートに見せた。タガートはうなずき、残りの二枚を見せられるとまたうなずいた。

ケラーはタガートがうなずいてみせた紙を一枚取ると、一頭の馬の横に男が三人立っているカラー写真を眺めた。騎手である四人目の男は鞍上《あんじょう》にいて、男のひとりは馬か騎手か馬主に贈呈されるトロフィーを抱えていた。ケラーには誰がトロフィーを受け取るのかわからなかった。どの男がウィーラーなのかもわからなかった——もっとも、騎手は除外しようと思ったが。

残りの写真も見たが、三枚すべてに写っている男はひとりしかいなかった。もう一枚の写真の中では、その男はふたりの女性と一緒にカメラに向かってポーズを決め、三枚目の写真には別の男と話をしている姿が収められていた。どの写真の中でも、ウィーラーは存在感を示し、ほかの誰より背が高かった。馬だけは別として。ひかえめな仕立ての高価なスーツに身を包み、引退した運動選手のようにさりげなく着こなしていた。黒髪は丹念に整えられ、顔はよく日に焼けていて、口ひげを生やしていた。

「〝大投資家、スポーツマン、慈善家〟」とケラーは声に出して読み上げた。

「大した男ね」とドットは言った。「あらゆる市民団体の委員。地元の文化活動の後援者。そこに写ってる女性のひとりはオペラ歌手だし、ほかに彼が新市長と握手してるなかなかいい写真もあったけど、三枚もあれば充分だと思って」

「写真は百枚でも手にはいる」とタガートが言った。「だけど、彼に近づけるのはそこまでだ。聖書を持って彼の家の呼び鈴を鳴らすわけにはいかないってことだ。彼はおれがこれまでに見た中で一番要塞《ようさい》に近い家に住んでる。敷地全体を電流フェンスで取り囲んで、丘の上に建ってる。家そのものに近づくにはゲートを通らなきゃならない。ゲートにいる男は誰を中に通すときにもインターフォンで確認する。フェンスを乗り越えたら、犬と闘う破目になる。その犬どもを片づけるには、哀れなサルキーを相手にしたときのようにはいかないだろうよ。まったく。犬を殺すなんてな。信じられないよ」

「だったら、信じなきゃいい」

「犬はローデシアン・リッジバックの雄と雌が一頭ずつ、そのうちの一頭でも殴りつけたら、雄のほうはおまえの手を手首から食いちぎり、そのあいだに雌のほうはディナー用におまえのキンタマをくわえてるだろうよ。どうにか犬どもをやり過ごして、家にはいれても、中には警護の男が四人もいる。その全員が銃を持ってて、使い方もちゃんと心得たやつらだ。彼が家を出るときには、そのうちふたりがついて、ひとりが運転席、もうひとりが助手席に坐る。あとのふたりは残って、家を警備する」

「そこまで警戒してるということは」とケラーは言った。「これまで何年ものあいだに何人もの人間が彼を殺そうとしたわけだ」

「どうして？　ミスター・ウィーラーはこの州全土で尊敬されてて、市長とも知事ともファーストネームで呼び合う仲なんだぜ。おれの知るかぎり、彼がこれまでの人生で標的にされたことなんか一度もないよ」

「冗談だろ？　おまえの銃はどこにある？」

「おれの銃？」

「わかるだろうが」ケラーは人差し指を突き出し、親指を動かして言った。「バン！　おまえの銃だ」

　書斎に錠前のかかる銃架があり、鍵はタガートがそこにあると言った場所——どんな子供でも必ず探しそうな場所、とケラーは思った——にあった。ケラーはショットガンを手に取り、弾丸《たま》を何発かポケットに入れた。ライフルには手をつけなかった。ライフルも撃てなくはないが、どんなものにでも命中させられるほどの自信はなかった。ショットガンなら、ターゲットに充分近づくだけでいい。クレーを狙って命中させるのはむずかしいかもしれないが、じっと立っている人間を撃ちそこねることはまずないだろう。

「ハンティング用だ」とタガートは言った。「実際、狩りに出かけたのはここ十年でせいぜい三回がいいところだが。くそ。おれがハンターなら、コーギーなんて飼うと思うか？　おまえがおれの犬を殺したことがまだ信じられない」

「それはさっきも聞いた。拳銃も持ってるはずだが」

「一挺だけな。ベッドサイド・テーブルの引き出しにはいってる。非常用だ」

銃は三八口径のリヴォルヴァー、アイヴァー・ジョンソンだったが、シリンダー錠で固定されていた。侵入者がタガートの寝込みを襲い、タガートが銃を引っつかみ、シリンダー錠のキーを取りに書斎に走る姿が思い浮かんだ。便利きわまりない。

「おまえがプロとはな」とタガートは言った。「おれの銃を持っていくのか？　自分の銃は持ってこなかったのか？」

「おまえはデモインでおれに銃を選ばせようとした」ケラーは彼に思い出させた。「それ以来、おれはおまえのことを馴染みの銃の供給者だと思うようになってね」

「あのときおまえはリヴォルヴァーを選んだ。そもそも使う気はあったのか？」

「いや」とケラーは言った。「しかし、あとになって重宝した」

「AK‐47を手に入れることができても、ミスター・ウィーラーに関してチャンスはないよ。おれがおまえらだったらどうするかわかるか？」

「言ってくれ」

「銃を戻して、外に出て、家に帰る。あんたらがここに来たことをミスター・ウィーラーが知ることはない。だから、誰かに探させることもない。この件について、おれの口から彼の耳にはいることは何もない」

「で、おまえは彼に、犬につまずいて脚を折ったと言う」

「くそ」とタガートは言った。「まだ信じられない。おまえがあの哀れなクソ犬を殺したなんて」

「はっきりさせておこう」とケラーは言った。「やりかけたことを途中でやめて家に帰るというのは協議の対象にはならない。だから、おまえがやるべきことはおれたちが彼を捕まえる方法を考えることだ」

「ミスター・ウィーラーを捕まえる？」

「ああ」

「おまえは人の銃を奪っただけじゃ気がすまず、そのあとその銃でどうすりゃいいか、考えろなんぞとおれに言ってるわけだ」

「ああ。なぜならそれがおまえにとっちゃとびきりのチャンスだからだ」

「おれにとっちゃとびきりのチャンス？　いったいどこを叩けばそんなご託が出てくるんだ？」

「いたって簡単な話だ」とケラーは言った。「生き延びたけりゃ、そうするのが唯一生き延びる可能性のあることだからだ。ウィーラーに立ち向かえば、おれたちは死ぬことになると言ったな」

「ああ、そうなるだろうな」

「おれたちが死ねば、おまえも死ぬことになる。おれたちがどうやって彼にたどり着いたか。そんなことはすぐにウィーラーの知るところとなるからだ。訊かれりゃ、おれたちはなんでもしゃべるだろうよ。しゃべらなくても、そんなことはすぐにわかるだろう。彼がおまえをどれくらい生かしておくと思う？　折れた脚でどれぐらい遠くまで逃げられると思う？」

「おれが協力すりゃ、それでめでたしめでたしってことになるとでも言いたいのか？　どうせそのあとはおれを殺すくせに」

「協力してくれたら殺さないよ。なんで殺さなきゃならない？」

「くそ。どうせ逃げられやしないのに、なんでミスター・ウィーラーを殺すんだ？　おれを殺すのは、それはおまえらがある種の精神病質者だからだ。ほかには思いつかないね。おまえらがサルキーにしたことを考えたらよけい」

「まったく」とドットが言った。

「まだ信じられない」とタガートは言った。「哀れな老いぼれ犬をいとも簡単に殺すなんて」

「こんなのにはもうとてもじゃないけど、くそ我慢できない」とドットは言うと、さっきケラーが閉めたドアまで歩いてドアを開けた。そして、舌を鳴らした。タガートがそっちに顔を向けると、老犬がよたよたと部屋にはいってきた。

「なんてこった」

「サルキーよ」とドットは言った。「生き返ったのね。と言っても、あなたにはそれも信じられないでしょうけど」

39

「あんたがおれの脚を折ったりしなきゃ」とタガートは言った。「こんなことはもっとずっと楽にできたろうに」

その点についてはケラーにも反論できなかった。居間の床からキャディラックの後部座席に男を移動させるには、三人ともそれぞれ苦労した。タガートの足首に巻きつけたワイヤーは切ったが、タガートを信用したわけではなかったので、手首はうしろ手に縛ったままだった。キッチンを通り抜けてガレージにはいるのも最初から最後まで苦労した。タガートはどうしてもあちこちにぶつかり、そのたびに苦痛の悲鳴をあげた。

「可笑しいのは」とタガートが言った。「おれがあんたに車に乗せてもらおうと思ってたことだ。自宅じゃ殺されたくなかったからな。女房が帰ってきて、床に横たわる亭主の死体を発見するなんてのはどうもね。女房が帰ってきて、死んだ犬につまずくだけでも充分ひどいと思ったけど。もちろん、これはあの犬が死んじまったと思ってたときのことだけど」

「おまえの女房は今度は生きてる犬につまずくだけだ」

ケラーがそんな軽口を叩いても夕ガートはさして面白そうな顔はしなかった。ケラーは運転に集中しており、後部座席に坐っている彼の顔は見えなかったが。ドットなら面白がってくれただろう。が、彼女はケラーの車のうしろにつけて、もう一台の車を運転していた。ベル・ミード・レーン七十一番地のガレージに車は一台もなく、ガレージの扉は閉められ、残りのドアにも鍵がかけられ、ケラーとドットが夕ガートの家を訪ねた痕跡は、家からショットガンとリヴォルヴァーがなくなっていること（二挺ともキャディラックのトランクに収められていた）と、電球が切れてしまったテーブルランプ、それにガラスの灰皿がぶつかってできた壁のくぼみだけだった。

「次で左折しておいたほうがいい」と夕ガートが言った。「やっぱり女房にそんなところは見せたくないからな。あるいは、子供たちも女房と同じ頃合いに帰ってきてたら、あの子たちにも。だから、どうにかしてどこかよそで死なせてもらうのが、おれにできるせめてものことだと思ったわけだ。このまま生き延びられるかもしれないなんて、まるで思ってなかったからな」

ケラーは対向車線の車の流れがとぎれるのを待って左折した。バックミラーからも眼を離さず確認した。ドットのほうはモーテルをめざして交差点を直進していった。

「もしかしたら、おれにもチャンスがあるのかもしれない。段々そう思えてきたよ」と夕ガートは言った。「とびきりのチャンスとはいかなくてもな。それでも、ないよりはましだ」

「電気を止めるのはどうかな」最初、タガートはそう言ったのだった。「送電線を断つ方法がわかれば、いっぺんにふたつのことが可能になる。フェンスには電流が流れなくなるから、あとはただ乗り越えりゃいい。それに、夜、忍び込めば、暗闇を利用することができる。明かりのない家の中で、みんなを走りまわらせ、ぶつかり合わせて、その混乱に乗じることができる」

「家に発電機がなければね」とドットが言った。「給電系統に支障が起きたら、自動的に作動するようなやつよ」

「そこまではわからないが、だけど、ミスター・ウィーラーの家にはいかにもそういうものがありそうだな」

「あんたを一緒に連れていったら？」とケラーは言った。「それですんなりゲートは通れるんじゃないか？」

「おれが行くことをミスター・ウィーラーが知っていて、中に通すよう警備員に言ってくれりゃな。おれが彼に電話して、会う理由を何かでっち上げるというのはできなくないが」

「たとえば？」

「そう、すぐには思いつかないけど。考えてみるよ」

「それに、なんでおれがおまえの車に一緒に乗ってるのか。その理由もでっち上げないとな」とケラーは言った。「それは難問だ」

「おれがあんたを取っ捕まえたことにすりゃいい」とタガートは言うと、指を鳴らした。「これだ！　おれたちがデモインではめた男がいきなり現われた。だけど、おれはなんとかそいつを取り押さえた。で、尋問するために連れてきたことにして、おれはあんたを中に追い立てる。だけど、がっちり縛られてるように見えたロープが実は見せかけだけで、あんたはそのロープをほどいて――」

ケラーは首を振った。

「わかった。だったらもっとうまい手がある」とタガートは言った。「おれが彼に会いにいき、なんでもいいから適当に話をでっち上げる。あんたはおれの車のトランクの中にはいってるんだ」

「おれがトランクの中に？」

「おれの車のトランクの中にな。おれは車を停めたら、ミスター・ウィーラーと家の中にはいる。あんたはタイミングを見計らってトランクを開けて――」

「内側から？」

「誘拐に利用されるのを防ぐため、今は内側からも開くようになってる。あるいは、中にはいって遊ぶのにちょうどいい、捨てられた冷蔵庫が見つからなくて、幼い子供が車のトランクにもぐり込んだ場合とかに備えて。とにかくあんたはそうする。で、トランクから飛び出して、やるべきことをする」

「芝生を刈るとか？」

「目的を果たすんだよ。相手は油断してるだろうから、心配しなきゃならないのは犬だけだ」

「ローデシアン・リッジバック」

「あいつらが凶暴なのはまちがいない」とタガートは言った。「だけど、停められてる車を気にしたりすると思うか？」

「興味を持つかもしれないわ」とドットが言った。「トランクが開くのをみんなが待ちかまえてたら。みんなが銃を手に立ってたら。あなたが運転して、彼はトランクの中？　冗談じゃないわ」

「おれを信じてないのか」とタガートは傷ついたような顔をして言った。

「そういうことを言えば、あなたに運転ができることさえ信じてない」と彼女は言った。

「その脚でどうやってアクセルを踏むつもり？」

「もう片方の脚を使えばいい」

「じゃあ、ブレーキは？」

「同じことだ。だって、クラッチペダルを踏まなきゃいけないってわけじゃないんだから。あのキャデラックはオートマ車だからな」

「嘘でしょ。車のメーカーってこの次にはどんなことを思いつくと思う？」

ケラーは言った。「送電線を切断するというのは悪くない。補助発電機というのは四六時中作動してるわけじゃない。明かりが消えたら、それを見てスウィッチを入れるんじゃないかな。だから、日中にやったら、フェンスの電気が切れてもすぐには誰も気づかない」

「誰かがテレビを見てたら？」とドットは言った。「エアコンをつけてたら？　プラグとスウィッチのあるものは照明器具だけじゃないわ」

「それでも夜よりはいい」

「あとは雨さえ降ればいい」とタガートが言った。「そうすれば、かなりの確率でミスター・ウィーラーは家にいるはずだ。今日みたいな日にはゴルフに出かけてしまうからな。なんだ？　どうしたんだ？　おれが何か言ったか？」


ベンジャミン・ウィーラーは三つのカントリー・クラブの会員で、ラウンドの手順はいつも同じだった。ふたりのボディガードがお供をし、あとのふたりは家に残る。運転手を務める男は車に残り、もうひとりの万能ボディガードといった感じの男が一番ホールまで同行し、そのあとはウィーラーとプレー仲間がゴルフカートに乗って十八ホールを終えるのをクラブハウスで待つ。

タガートの推測では、その日ウィーラーが選ぶ可能性の高いのが〈ローズ・ヒル〉というカントリー・クラブだった。で、ドットがそこにまず電話をかけ、ウィーラーのゴルフ仲間のひとりの秘書を装い、四人のスタート時間を確認したいと言った。十一時十五分にスケジュールされています――電話に出た気取ったイギリス訛りの若い女は言った――ですが、四人でいらっしゃるんですか？　ミスター・ウィーラーのご予約は三名になっておりますが。

「そう、三名」とドットは言った。「なんの問題もないわ、ミスター・ポッドストンは結局、都合がつかなくなるでしょうから」

ドットが電話を切ると、ケラーは尋ねた。「ミスター・ポッドストン？」

「もう少しでポンド・スカム（〝アオミドロ〟〝社会のくず〟などの意）って言いそうになったのよ。ポッドストンで精一杯だった。ティー・オフは十一時十五分。ということは、無駄にできる時間はあまりないってことね」

〈ローズ・ヒル・カントリー・クラブ〉の入口では、ゲートの係員とそのほかのさまざまな係員のチェックを受け、それがすむと、駐車係がやってきて、車を駐車場まで持っていってくれる。ケラーは車でそんな入口のまえを通り過ぎると、クラブのホームページにあった地図をたどった。ドットがプリントアウトしてくれており、ケラーはその地図をもう一度よく眺めて、七番ホールが一番よさそうだと判断をくだした。四百六十五ヤード、パー・フォー、左にドッグレッグしたコースで、右手に林がある。ウィーラーはボールをスライスさせて林にはいるにちがいない。ケラーはそこで彼を待ちかまえることにした。

フェアウェイから四、五十ヤード離れたところに車を停められる場所があった。そこに停めるのは完全に駐車違反になりそうだったが、誰が通るわけでもない道にオレゴン州ナンバーの洒落たキャデラックが停まっていたところで、警官もせいぜい切符を切るぐらいだろう。レッカー移動まではしないだろう。それもなんらかの対処をしなければならないと思ったらの話だ。

唯一の問題は、その駐車スペースと林のあいだにフェアウェイがあるということだった。林にはいるにはフェアウェイを横切らなければならない。ケラーにはいたって簡単なことながら、脚の骨を折った男にとってはそう簡単なことではない。タガートに腕をまわして彼の体重をケラーが支えることもできなくはないが、ホールをまわっているほかの人々の眼にそんなふたりはどんなふうに映るか。タガートがフェアウェイを横切るのにかかりそうな時間の長さを考えると、ひとつの四人組がそのホールを終えるまでじっと待っていることもできない。四人が半分まわった頃には、次の組のゴルファーがティーグラウンドにはいってきているだろうから。

男がひとりフェアウェイを速足で横切っていく。それは注目すべきことでもなんでもない。男がふたりいて、ひとりは歩けず、もうひとりはその男を必死に支えようとしている——ゴルファーみたいにひとつのことしか頭にない連中でさえ、何が起きているのか、力になれることはないか、とカートを飛ばしてやってくるだろう。

それに、そもそも支えがあっても、タガートにフェアウェイを渡りきれるかどうか。膝関節は言うまでもなく、膝から下全体が腫《は》れ上がり、炎症を起こしていた。足がふくれて靴がきついと文句を言ったときに靴は脱がしてあったが、今もさらにふくれ上がり、もう一方の足の二倍ほどの大きさにまでなっていた。

無理だ、この男はどこにも行けやしない。

「おまえさんにはここで待っててもらう」とケラーはタガートに言った。「トランクの中で」

「トランク！」

「それほど居心地が悪いものでもないよ。それに、それほど長くはいっていることにはならない。仕事が片づいたら急いで病院に運んでやる。病院でちゃんとした処置を受ければいい」

「だけど、もし――」

「おれが戻ってこなかったら？」

「そんなことは言いたくないけど」

「まあ、可能性はないとは言えない。しかし、トランクは内側から開けられるんじゃなかったのか？　だろ？　おまえさんが教えてくれたことだ。冷蔵庫の中で遊ぶ子供用に」

「うしろ手に縛られてて、どうすれば錠に手を伸ばせる？」

「確かに」とケラーは認めて、タガートの手首のワイヤーを切った。それでも、タガートをトランクに入れるのは簡単なことではなく、そのあいだずっとタガートはぶつぶつ文句を並べ立てていた――脚が痛くて死にそうだ、指がほとんど動かせない、肩がはずれたみたいだ、ぶつぶつぶつぶつぶつ。

「長くはかからないよ」とケラーは言って、トランクの中のタガートの腫れた脚の近くにショットガンを置いた。そして、リヴォルヴァーにはまちがいなく弾丸《たま》がすべて装塡されているのを確かめた。

「銃を置いていくのか？」

「ショットガンのことか？　ゴルフ場の中じゃ持ち歩きたくないからね。すぐに気づかれちまう」

「で、ここに置いていくのか？」

「四番ウッドと見まちがえられるだけかもしれないが。かさばるからな。持っていきたくはないよ」

車が一台近づいてきた。ケラーは見られないよう顔をそむけ、車が通り過ぎるのを待った。タガートは、ショットガンを置いていくほど信用してもらえて嬉しいよ、と言った。

「必ずしも信用に関わることとは言えないが」とケラーは言った。

40

四人のゴルファーが一緒にラウンドするのを〝フォーサム〟という。ベンジャミン・ウィーラーはほかのふたりの男と組になっていたから、〝スリーサム〟と言うべきところだが、そのことばは使いにくい。近頃、〝スリーサム〟と言えば、どうしても三人でベッドにはいり、ありえない体勢でからみ合っているところが思い浮かんでしまう。ほかの言い方もあるはずだが、ケラーにはなんと言えばいいのかよくわからなかった。トリオ？　かもしれない。

ケラーは今、七番ホールのフェアウェイを半分上がったところの林の中にいた。ジャケットは車の中に置いてきて、黒っぽいスラックスにポロシャツというゴルフ場にふさわしいなりになっていた。フェアウェイを横切るところは誰にも見られなかったはずだが、見られていたとしても、彼の姿に不審なところはどこにもなかった。カートもクラブもなく、木々の茂みのあいだに身をひそめていることについては――そんなところで何をしているのかということについては――疑問に思う者もいるかもしれないが。

しかし、ただひそんでいるから怪しく見えるのだ。うまく身をひそませるこつは、何かほかのことをしているように見せかけることだ。が、ケラーには何も思いつかなかった。身をひそめること以外、そんなところで人は何をするのか。そう、消えたゴルフボールを探すとか。しかし、お節介なプレーヤーに出くわしてしまったら、ボールを探すのを手伝おうと言ってくるのはいかにもありそうなことで、それはなんとしても避けたかった。

となると、一番いいのはやはり誰にも気づかれないことだ。ケラーは気づかれないよう林の奥に隠れ、時々まえに出てはやってきたゴルファーのグループを確かめた。そして、メンバーの中にウィーラーの姿がないことを確認すると、またそっと陰の中に戻るということを繰り返した。

アリゾナで――セドナではなく、トゥーソンで――ケラーはゴルフ場を取り巻くようにして建っている家を借りたことがあった。家にもゴルフにも興味はなかったが、ターゲットの住むゲートつき《ゲイテッド》コミュニティ（そこの住民が全員バイセクシュアルだったら、両刀使い《ダブル・ゲイテッド》コミュニティと呼んでもいいかも、などとドットは言ったものだ）にはいるには、それ以外に方法が見つからなかったのだ。ひと月の賃貸契約には、敷地内にあるカントリー・クラブの会員権と、チャンピオンシップ・ゴルフコースの使用許可も含まれていた。ケラーはクラブハウスのバーとレストランでゴルフ仲間と酒を酌み交わすことはあったが、結局、コースに出ることは言うに及ばず、ゴルフクラブさえ一度も握らなかった。

テレビでゴルフ中継を見ることはもちろん彼にもあった。見ていて夢中になることはなかったが。フットボールや野球ほど面白くはないが、バスケットボールやホッケーよりはましというのがゴルフに対するケラーの評価だった。アメーバーのような形をした黄褐色の砂がアクセントになっている、起伏する広大なグリーンを眺めていると、心がおだやかにもなる。アナウンサーの口調も静かなもので、ときにはしばらく黙り込むことさえある。ここまでくると、番組をさらに向上させるには、あとはもうテレビを消してしまうことしかないのではないか。そんなことさえ思うことがある。

こうして林の中から眺めている今は、つき合わなければならないアナウンサーもいなければ、コマーシャルもなかった。ティーグラウンドはケラーの左二百五十ヤード、グリーンは右に同じぐらいの距離のところにあり、眼にはいるのは、ゴルフカートに乗ってそばを通り過ぎるゴルファーが大半だった。ゴルフというものは成功した男たちが運動のためにするものと思っていたが、運動はあまり関係なさそうに見えた。ゴルフというのが〝苦悩の散歩道〟と呼ばれるのを聞いたこともあったが、それはゴルフをしながら実際に歩いていた時代の話だ。今は一打打ったら次のショットに向けてカートに乗って移動する。

ケラーはできるかぎり注意深くフェアウェイを見ていた。ベンジャミン・ウィーラーが現われたら即座にわかるかどうか、確信がなかったからだ。写真の顔がかなり特徴的だったのは確かだが、二百ヤード離れたところから見ても、それはどれほど特徴的なものか。

拳銃を腰のうしろのくぼみに押しあて、ベルトに差すのは数ヵ月ぶりのことだった。ショットガンをキャディラックのトランクの中に置いてきた判断はまちがっていなかったと思うものの、もうひとつの長い銃、ライフルのほうは持ってくればよかったと悔やまれた。遠距離から撃とうということではなく、あのライフルには望遠照準器が装着されていたからだ。望遠照準器さえあれば、ターゲットを見つけるのが格段に楽になる。そんなことを考えているあいだにも、ゴルファーはやってきて、ケラーはずっと眼を皿のようにして見つづけた。が、彼の待ち人はまだ一向に姿を見せなかった。

もうすぐだ、とケラーは自分に言い聞かせた。ウィーラーたちは十一時十五分にプレーをスタートさせるということだった。各ホールをまわるのにどれぐらいの時間がかかるものなのだろう？　通り過ぎていったフォーサムの中には、ほかの組より時間がかかるものもあった。ゴルファーの中には、ゴルフバッグから二、三本のクラブを取り出してからショットに使うクラブを決め、何度か素振りをし、さらに最後に風向きと風速を読むために空中にひと握りの芝を放り上げる者もいれば、すぐにボールに近づき、声をかけるだけで（〝ハロー、ボール！〟）ボールを叩く者もいた。

また、言うまでもなく下手な連中は打数が多いため、うまいゴルファーより時間がかかった。やっとグリーンまでたどり着いても、ケラーのところからだと、そこで何をしているのかはっきりとは見えなかったが、グリーンを降りるのに一生かかりそうな者もいた。

かなりの確率で彼らはスライスを打っていた。そんなボールはゴルファーの右に鋭く曲がり、ケラーのいるところからほんの数ヤードの浅いラフにはいり込んだ。ときには、彼が身をひそめている深いラフにまで飛んでくることもあった。そのたびにケラーは林のさらに奥深くにさがり、ゴルファーが迷子のボールを見つけるか、探すのをあきらめて別のボールを使うまでその場にとどまった。ウィーラーも人並みの腕で、そんなショットを打って、のこのこボールを探しにきてさえくれれば……

もうすぐだ、とケラーは改めて自分に言い聞かせた。

ケラーにはすぐにわかった。ウィーラーが七番ホールのティーグラウンドに立つなりわかった。

眼鏡のおかげでケラーの視力は鷹《たか》並みになっていたが、鷹でさえこれだけ距離があっては見るのに苦労しただろう。それに、ウィーラーはケラーのほうをまっすぐに向いていたわけでもなかった。なのに、どうしてすぐに見分けることができたのか、それはケラーにも説明できなかったが、もしかしたらウィーラーの姿勢と関係があるのかもしれなかった。しかし、彼を初めて見るのに、どうして彼の姿勢がわかる？　もしかしたら、獲物の存在を感知する捕食者としての純粋な動物的本能のせいかもしれない。

どれがウィーラーかわかってしまえば、また見つけられるかどうか、思い悩む必要はないはずだった。ウィーラーは、ドットがプリントアウトした三枚の写真すべてで地味な服装をしていたが、ゴルフ場ではまた異なる服装の規範を遵守していた。ゴルフ用スラックスは明るい紫色で、シャツは蛍光色のカナリア色。スライスピザみたいなくさび形の切れ端を貼り合わせて、その先端を集めたパイの中央に小さなボタンのある、タモシャンター（スコットランド高地人がかぶるベレー帽を大型にした帽子）風の帽子もかぶっていた。くさび形の切れ端の色は深紅とライムグリーン。

すばらしい、とケラーは思った。普段はずっと銀行員みたいな服装をしている男が、どうすればゴルフ場では孔雀《くじゃく》に変身できるのか。いずれにしろ、その服装のせいで、ほかのプレーヤーと見分けるのが簡単になるのはまちがいなかった。

そのまえのホールで勝ったのは別の男らしく、その男が最初にティーショットを打った。ボールの上のほうを打って、フェアウェイの真ん中まで転がした。大した飛距離ではなかったが、あとで苦労するようなショットでもなかった。ボールはケラーから五十ヤードほど離れたところで止まった。

次はウィーラーの番だった。こっちに来い、とケラーは念じた。こっちに飛ばすんだ、ベン。肩を下げて、ボールを引っぱって、思いきりスライスしろ。

ケラーはその日、永遠にも思えるほど長いことゴルファーを観察していた。テレビではもちろん何人ものプロも見ていた。そんなケラーの眼にウィーラーのフォームはいまひとつという感じがした。スタンスからフォロースルーまで、プロなら彼のスウィングに十項目は駄目だしをしそうだった。しかし、ひどいスウィングというのがどういうものなのか、そのゴルフボールにはわかっていなかったらしく、タイガー・ウッズその人に打たれたかのように飛んできた。フェアウェイの真ん中にまっすぐ飛んだのだ。なんとも腹立たしいことに、ケラーが待ちかまえているほうには飛んでこず、さらに彼がいる場所から数ヤードも越えた。

当然ながら、三人目の男の番になり、まえのホールで一番スコアの悪かったはずのその男は今度のホールでもビリになりそうなプレーをした。ケラーがウィーラーに望んだ理想どおりのショットを放った。ティーを離れた瞬間からまずいとわかる、ひどいスライスだった。打った本人にもそれがわかり、クラブをその場に落として両手で顔を覆った。仲間たちは彼を慰め、あるいはからかい——ケラーにはどちらともわからなかった——全員が電動カートに乗り込み、第二打のためにフェアウェイをくだった。

ケラーは三人目のボールが着地するのを見ており、不運なゴルファーがやってきたときに姿を見られないよう、林の奥に戻った。が、その馬鹿な男は一生かかってもボールの着地点にすらたどり着けそうになかった。そこらじゅう探しまわっても、なかなかそボールが見つけられなかった。

「エディ、手伝おうか？」

ウィーラーの申し出だった。そうだ、ウィーラー、とケラーは思った。頼むから、お願いだから、こっちに来て彼を手伝ってやってくれ。しかし、エディは、いいよ、すぐに見つかるだろうと言い、実際、見つけると、クラブを取りにカートに駆けて戻り、それからまたボールがどこにあったか探しはじめた。

大股で六歩、とケラーは思った。それしか離れていなかった。最初にボールを打って飛距離が出なかった男はもう二打目を打っていた。ウィーラーはそのさきにいて、次のショットはどうやって打とうかと、芝を空中に放っていた。誰もエディのほうは見ておらず、木と茂みのおかげで彼の姿は仲間たちからほとんど見えなくなっている。大股で六歩進めばエディに近づける。あとは銃を使うまでもなく、素手で片づけられる。それですべてが終わる。

このゴルファーたちの中の誰を殺したところで、それにどんなちがいがある？　誰を殺そうと同じじゃないのか？

ただの頭の中だけでのおしゃべりだ。ケラーはむっつりと自分に言い聞かせた。そんなのは狂気の沙汰だ。このおしゃべりの唯一いいところは、そんなものには耳を傾けなくてもいいということだけだ。

41

八番ホールもやはりパー・フォーだった。七番ホールを逆さまにしたコースで、林の反対側のへりに沿ってフェアウェイが伸びていた。三人のへぼゴルファーがグリーンに向かうあいだ、ケラーは林の中を突っ切って近道し、彼らが八番ホールのティーグラウンドに姿を見せるまえに手頃な場所を見つけた。

今回はウィーラーがオナーになった。ケラーは身構え、ウィーラーにスライスを打たせようとまた念を送った。七番ホール同様、林はプレーヤーの右手だったが、ウィーラーはまたしても非協力的だった。フェアウェイからははずれたものの、大きくはずれたわけではなく、転がったボールはケラーからさらに離れ、フェアウェイをはさんで反対側の浅いラフで止まった。

ケラーには名前の聞き取れなかった次の男の番になった。その男もティーショットをフックさせ、ウィーラーよりさらに深く左のラフにボールを落とした。最後のエディは右手の林に完璧なスライスを打ち込み、そのボールはケラーが隠れている場所からほんの数歩のところで止まった。

エディはまるでケラーに殺されたがっているかのようだった。それこそほとんどケラーのやるべきことであるかのように。

どんな音もたてないよう、ケラーはそっと奥に引っ込んだ。映画の中だと、ケラーと同じ状況に置かれた人間は必ず小枝を踏んでしまい、みんながその音に耳をそばだてることになっているようだが。避けようもなく、ケラーはいくつもの小枝を踏んだが、誰ひとり気づいた気配すらなかった。

今回はエディもすぐにボールを見つけ、賢く堅実なショットでボールをフェアウェイに戻した。ケラーはゴルフ場の地図を取り出し、次に取るべき行動を考えた。

九番ホールはパー・スリーで、ウォーターハザードにつかまることなく、グリーンにのせるのがポイントだった。潜水具がなければ、ケラーが身をひそめておける場所はどこにもなかった。十番ホールも同様、適当な隠れ場所がないことが地図を見ればすぐにわかったので、ケラーはまっすぐ十一番ホールに向かった。そのホールでは、カラフルな服装をした別の年配ビジネスマン・グループがあれこれへまをするのを鑑賞するのに間に合った。

待っていると、次にティーグラウンドにはいってきたのも別の四人組だった。ウィーラーと仲間が後半の九ホールはパスすることに決めていたら、どうする?

その可能性はあった。彼らは今まさにクラブハウスにいて、互いに軽口を叩き、忘れたほうが幸せと思われる九ホールを振り返っているのかもしれない。バーで何杯か酒を飲み、ほかの会員たちとおしゃべりをし、クラブの会員権が税金控除になるぐらいの仕事上の情報交換をしていたら？　なんとも言えないが。

チャンスを逃したのだという結論を出すまでどれだけ待てばいい？　もしそういうことなら、次は何をすればいい？

ケラーは行動可能な残された選択肢について改めて考えた。が、考えるそばからどれも気に入らず、オレゴンにあと数週間とどまることを余儀なくされる、長期的な計画を練りはじめたところで、ティーグラウンドを見やった。紫色のスラックスと鮮やかな黄色いシャツを眼にして、これほど嬉しくなったのは生まれて初めてだった。

まえのホールで勝利をもぎ取る方法を見つけたのだろう、エディが最初に打った。ティーショットをまっすぐフェアウェイの真ん中に飛ばし、ほかのふたりからリッチと呼ばれている次の男も同様のショットを打った。が、腹立たしいことに、ウィーラーも同様のショットを打ち、彼のティーショットがケラーの立っている場所の近くに飛んでくることはなかった。

頃合いを見計らい、ケラーは次のホールに移動した。

十二番ホールでは深いラフが両側ともにフェアウェイのすぐ近くまで迫っていた。ケラーとしても予測しなければならなかったわけだが、誤った予測をしてしまった。へぼゴルファーはフックよりスライスを打つことのほうが多い。そう思って、ゴルファーの右手の林を選んだのだ。実際、リッチとエディはスライスを打ち、エディのボールは林の中まで転がり込みさえした。が、いまいましいことに、ウィーラーはティーショットを反対側の林の中に余裕ではいるほどフックさせた。で、林の中にただひとりはいり、しばらく木々のあいだでボールを探していたのだが、ケラーのほうは為す術《すべ》もなく、フェアウェイの反対側で身をひそめているしかなかった。

十三番ホールの両側のラフもかなり深かったが、それでも身を隠せそうな木が一本も生えていなかった。ティーグラウンドからほぼ百二十ヤード離れたところに――フェアウェイ上に二、三十ヤードにわたって――さまざまな種類の広葉樹が生えているだけだった。つまり、そのホールのスタートの選択肢はふたつだった――木々を越すボールを打つか、確実な道を選んで右手のハザードを避けて通るか。

ケラーは木々のあいだから見ていた。リッチとエディはふたりとも安全な道を選び、右手のハザードのすぐ手前にボールを落とした。ウィーラーはボールをまっすぐフェアウェイの中央に飛ばした。一瞬、ボールは木々の真上を越えていくかに見えた。が、そこで失速し、木にぶつかり、石ころみたいにハザードのど真ん中に落ちた。

完璧だ。

ケラーは姿を見られない場所に移動して待った。息を止めた。肺を出たりはいったりする空気の音が、ゴルフカートのエンジン音をしのいで聞こえてしまうのを恐れるかのように。腰のうしろのくぼみにリヴォルヴァーの心強い感触を覚えながら、両足に体重を均等にかけて立ち、ただむなしく見つめた。カートのエンジン音を響かせるリッチとエディを両脇に従えて、ウィーラーがボールの落ちた地点にまっすぐにやってくるのを。三台のカートは同時に停まり、三人の男は全員カートから降りると、三人でウィーラーのボールを探しはじめた。

いいだろう、三人とも始末してしまえばいい。新聞の一面を派手に飾ってやればいい。〝三人の財界人、ローズ・ヒルで射殺〟。それに、そもそもさしてむずかしいことでもない。疑いを抱かせないよう、彼らに堂々と近づいていき、仕事を終えるまえに弾丸《たま》がなくなったら、そう、五番アイアンでけりをつければいい。

が、結局のところ、ウィーラーがボールを見つけ、さらに三打叩いて林の中からボールを出すまで、ケラーはその場にただじっと立ちつづけた。

十四番、十五番、十六番。次から次へ苛立たせられただけだった。十七番ホールが最後のチャンスになりそうだった。十八番ホールはハザードのバンカーがあり、隠れられそうな木がどこにも生えていないのだ。十七番ホールで幸運に見舞われなければ、ロッカーまでウィーラーのあとを尾《つ》けて、シャワーで溺死させることが唯一のチャンスになりそうだ。

あるいは、すべてを忘れてしまうか。

それがそんなに悪い考えだろうか。これは仕事ではない。ウィーラーの墓場への切符にパンチで穴をあければ、報酬がもらえるわけではない。この仕事にクライアントはいない。失敗したら返すことになる前金も受け取っておらず、仕事がきれいに片づいたらもらえるはずの最後の支払いもない。これは自分とドットのためにすることだ。復讐《ふくしゅう》のためにすることだ。借りを返すためにすることだ。

しかし、そもそも借りを返す必要などあるのだろうか。

ケラーはベン・ウィーラーを知らなかった。ウィーラーのほうもケラーを知らず、ケラーを見てもたぶん誰だかもわからないだろう。名前も思い出さないだろう。それもそもそも名前を知っていればの話だ。ウィーラーはケラーの人生をまるごと奪うようなやり方で彼を利用した。少なくとも、あのときはそんなふうに思えた。が、今はどうか。ドットは生き返り、ケラーはまた百万長者になり、切手まで手元に取り戻した――正確には、オルバニーに回収しにいけばすぐに手元に戻るということだが。確かに、アパートメントはなくなり、ニューヨークでの人生は終わり、生まれたときから持っていた名前はもう二度と名乗れなくなった。しかし、それはどうしても折り合いをつけられないことか。

いや、もうすでに折り合いをつけているのではないか。すでに快適に暮らしてもいるではないか。ニューヨークが好きだったのと同じぐらいニューオーリンズが好きになっている。

面白いと思える仕事にも就いている。そして、それは国じゅうを移動して人を殺すより、続けていくのが簡単な仕事だ。さねはぎ接《つ》ぎの床を敷いた翌日に――かつてやっていたように――頭の中でその日の仕事のイメージを灰色にして、徐々に小さくしていき、記憶の負担を軽減する必要など感じたことは一度もない。刺激的であると同時に、安心して一緒に暮らしていける女性がいて、この無意味な復讐からいっさい手を引きさえすれば、彼女のもとに戻り、ニコラス・エドワーズとして新しい人生を生きていくことができる。

ウィーラーがまえのホールの勝者で、最初にティーショットを打った。ケラーは右手の林に身をひそめていた。ウィーラーのボールはケラーがいる方向に飛んできた。が、それほどひどくスライスしたわけではなく、林と低木が密集しはじめるところからたっぷり十二ヤードは手前のラフに落ちた。

次に打ったリッチのティーショットは正確で、ボールは空高く飛び、フェアウェイの左側に落下して、最初のふたつのバンカーの近くまで伸びた。ティーグラウンドにいる男たちは三人ともボールが飛んでいくほうを見守っていた。ケラーはちがった。その隙に林から飛び出し、ウィーラーのボールに向かって全速力で走り、ボールを拾い上げると、また林の中に駆け戻った。

そして、足を止め、木の幹に寄りかかって息の乱れが収まるのを待った。三人の男たちがケラーのほうを一瞥《いちべつ》でもしていれば、誰に姿を見られていてもおかしくなかった。が、見られていたらなんらかの反応があったはずだった。思いきって木の陰からのぞいてみると、三人は相変わらずティーグラウンドにいた。エディがゴルフバッグにクラブを一本戻して別の一本を取り出していた。そのあと、エディはお決まりの素振りの儀式をすべてこなしてからようやくボールに近づいた。スライスはやめてくれ、とケラーは念じた。ケラーのその思いが通じたのか、エディの打ったボールはスライスすることなく、フェアウェイの真ん中を無心に転がった。

三人はそろってエディのボールが転がったところに向かい、ウィーラーとリッチはエディがボールをさらに百ヤードほどピンに近づけるのを見守った。そのあと、エディとリッチはそれぞれのボールが飛んだほうに向かい、ウィーラーも自分のボールが着地するのが見えたところへまっすぐカートを走らせた。

もちろん、ボールはもうそこにはなかった。ウィーラーはいかにも当惑した様子で、あたりに円をいくつも描いて歩きまわった。普通なら、林の中を探してみようという気になりそうなものだが、くそウィーラーはボールがどこに着地したかはっきり見ており、そこしか探すつもりがないようだった。

声を低くして、ケラーは言った。「なあ、探しものはこれかい?」

ウィーラーは顔を上げた。ケラーは手招きした。ほかのふたりに見られただろうか? ふたりは別の方向を見ていた。問題はなさそうだった。が、念のため、ケラーは彼らと自分たちとのあいだに一本の木が来るよう左に移動して言った。

「ボールは岩にぶつかって、怯えたウサギみたいにぴょんと跳ねた。こっちに」

「あんたがいなけりゃ、ここまでは探さなかっただろうな」とウィーラーは言った。「ひとつ借りができたね」

「こっちこそ」

「ええ?」

「待ってくれ」とケラーは言った。「あんたを知ってるかもしれない。あんた、ベンジャミン・ウィーラーじゃないか?」

ウィーラーは笑みを浮かべて認めてから、眉をひそめ、額に皺《しわ》を寄せて言った。「私もおたくに見覚えがある。どこかで会ったんだったかな?」

「いや、会ってはいない」とケラーは言い、彼に手を伸ばした。「だけど、おれのことはアルと呼んでくれ」

42

「グリカランド・ウェスト」ケラーの肩越しにのぞき込んで、ジュリアが言った。「それって国？」

「かつてはそうだった」彼はカタログに手を伸ばし、該当するページを見つけた。「ほら、ここに書いてある。〝もともと喜望峰のケープ植民地の特別区であったグリカランド・ウェストは、一八七三年に英国直轄植民地と宣され、グリカランド・イーストとともに一八八〇年にケープ植民地に編入された〟」

「つまりそこにあったってこと？　南アフリカに？」彼はうなずいた。「グリカランド・イーストの切手は持ってるの？」

「グリカランド・イーストの切手は発行されなかった」

「発行されたのはグリカランド・ウェストだけ」

「そう」

彼女はアルバムのそのページをじっと見つめて言った。「どれもみんなまったく同じに見えるけど」

「どれも喜望峰で発行された切手で、あとから〝G〟が加刷されてる」

「グリカランド・ウェストの〝G〟ね」

「そのつもりだったんじゃないかな。赤い加刷もあれば黒い加刷もあって、〝G〟の字体にもいくつものヴァリエーションがあるんだ」

「だから、そのそれぞれのヴァリエーションの切手も別の切手として集めなくちゃならない」

「大して意味はないだろうけど」

「意味なんてないほうがいいのよ」と彼女は言った。「これは趣味で、あなたにはルールを決める必要がある。ただそれだけのことなんだから。〝G〟の中にはひっくり返ってるのもあるのね」

「逆加刷っていうんだ」

「ほかのものより価値があるの？」

「それはどれだけその数が少ないかによる」

「これってきっと少ないんじゃない？　あなたが切手を取り戻すことができて、ほんとうによかった」

ゴルフ場ではキャディラックに戻るのにかなりの距離を歩かなければならなかった。その頃にはさすがにケラーも心配になっていた。車がすでにバッジをつけた人間の関心を惹いてしまっているといったことはないだろうか。車は停めてあった場所にあった。乗り込むと、ショッピングモールへ走らせ、ショッピングモールの一方のはずれに駐車して、ドットに短い電話をかけた。そのあと車の内部をきれいに拭き、車から離れるときには忘れずにジャケットを持って出た。

シネコンはショッピングモールの反対側のはずれにあり、ケラーはそこまで歩いて、南極に生きるペンギンが主役の映画のチケットを買った。その映画はまえにも見たことがあり、ドットも見ていたが、ラストがどうなるか知っていると台無しになるような類いの映画ではなかった。で、最後列に坐ると、すぐに映画に夢中になり、誰かが隣りの席に坐ったのにもほとんど気づかなかった。

坐ったのはもちろんドットで、彼女はケラーにポップコーンを勧めた。彼は一握り取った。ふたりはそこに坐り、ポップコーンのバケットの中身が空《から》になるまで、どちらもひとこともしゃべらなかった。

「古い映画のスパイになった気分」とドットが最後に囁いた。「この映画、もう見たんでしょ？　わたしもよ。最後まで見なくちゃならない理由が何かひとつでもある？」

そう言って、ドットは返事を待たずに立ち上がった。ケラーも彼女のあとに続いて劇場を出た。「最後のポップコーンの一粒まで」とドットは言い、ポップコーンのバケットをゴミ箱に放った。「オールドミスは別として。何よ？　この言いまわし、聞いたことない？」

「初めて聞いた」

「オールドミスはポンと弾けないから。で？　細工は流々？」

「ああ。車は適当な場所に駐車したから、一日か二日は誰も気づかないだろう。トランクにショットガンを置いてきた」

「それってあなたが使った――」

「いや、ショットガンは扱いにくいし、現場がむごたらしくなるんで、リヴォルヴァーにした。ウィーラーの手に握らせてきた」

「彼の手に握らせてきた？」

「別に悪くはないだろ？　首の骨の折れた男が手に銃を握ってるなんて、わけのわからない話にちがいないが、タガートの体内から発見された弾丸《たま》がその銃から発射されたことが確認されたら、警察もきっと何かしら辻褄《つじつま》の合う話を考えつくだろう」

「ポートランドの暗黒街の報復」

「まあ、そんな話だろうな」

「明日の早朝のフライトを予約してあるんだけど、乗り継ぎが二回ある。時差も含めると、オルバニーに着くまで丸一日かかりそう」

「別にかまわない」

「レンタカーと、空港から四百メートルほどのところにあるモーテルの部屋を二部屋予約したわ。水曜の朝一番にレーサムのトランクルームまで車で行ったら、そのあとはまた空港で降ろしてくれればいい」

「で、きみは飛行機でセドナに帰る」

「途中でさらにいくつか乗り継いでね。正直言って、ケラー、わたしはこんなくそみたいなことをするには歳を取りすぎてる」

「それはきみだけじゃないよ」

「家に着いたら、しばらくはじっとしてるわ。大きなピッチャーにアイスティをつくって、テラスに腰を落ち着けて」

「そして、ベルロックに耳を傾ける」

「くそディンドンにね。ベルロックと言えば、〝ビッグ・ベン〟とは面倒なことにはならなかった？」

「一番きつかったのは一日じゅう彼のあとをくっついてまわったことだな。ウィーラーにもほかの連中にもあの小さなゴルフカートがあるわけで、おれだけひとりフル・コース歩いてまわらされた」

「だったら、自分の幸運に感謝することね、ケラー。あなたが彼よりずっと体調がいいのはそのおかげなんだから。彼にはあなたが誰だかわかった？」

ケラーはウィーラーとの最後のやりとりを話した。「だけど、そのことがあの男にとってなんらかの意味があったとも思えないな。眼には何かが浮かんだけど、それはこれから何が起きるのか察しただけのことだったかもしれない」

「死神がサンドウェッジをスウィングすることをね。タガートのほうは？」

「造作もなかった」とケラーは言った。「あの男は脚の骨を折られて車のトランクの中にいたわけだからね。手強いターゲットとは言えない」

「心が邪魔をしなければ」

「心？」

「だって、彼は協力してくれたわけだから」

「タガートが協力したのはそうするしかなかったからだ。それで、もうちょっと長生きできるかもしれないと思ったからだ。だけど、彼を殺すことに疑問の余地はまったくなかった。そんな危険を冒せると思うか？」

「わたしを納得させる必要はないから、ケラー」

「できるだけ早く終わらせようとはしたよ」とケラーは言った。「それでも、今から何が起こるのか、タガートにもはっきりとわかった一瞬があった。でも、驚いてるようには見えなかったな。たぶん生きて逃れられるとは初めから思ってなかったんだろう」

「昔ながらの無情な世界」

「そんなところだ。あの男は女房に自分の死体を発見されるのを嫌がった。だから、おれたちはそんな真似はしなかった。それにやつの犬も生きてる」

「それに、タガートはわたしたちの要求に応えていなければ、たっぷり三十分は早死にしてた。もっとあったかも。まるまる一時間はあったかもしれない。それってドッグイヤーに換算したらどれぐらいの長さになるか、考えてもみて」


ふたりは飛行機をふたつ乗り継ぎ、オルバニーの空港のモーテルで十時間過ごし、そのあとレーサムまで車を走らせた。そして、ケラーが一番最後に借りたレンタカー、トヨタ・カムリのトランクに切手のアルバムをどうにか運び込んだ。カムリの乗り心地は快適で、トランクに重みが加わると、走りがさらに安定した。

「ここからの道のりは長いけど」とドットは言った。「切手を宅配便《UPS》で家に送って、自分は飛行機で帰る。そんなのは嫌だったでしょ？　ちがう？　わたしもそう思ったの。じゃあ、いい旅を、ケラー。あなたが切手を取り戻すことができて、ほんとによかった」

「きみが生きていてほんとによかった」

「わたしたちふたりとも生きていてほんとによかった」とドットは言った。「それに、彼らは生きていなくて。あなたたちがセドナに来るようなことがあれば……」

「あるいは、きみがニューオーリンズに来ることがあれば」

「そういうことね。そうしたくなったら、電話して。そのとき番号をなくしてたら、電話帳で見ればいい。ちゃんとわたしの名前が載ってるから」

「ウィルマ・コーダー」

「友達のあいだではドットで通ってるけど。さよなら、ケラー。元気でね」


ニューオーリンズまでは丸三日かかった。もっと飛ばすことも、逆にもっと時間をかけることもできたが、ケラーは気持ちの赴くままに任せた。

一日目の夜はインターステイト八一号線から少しはずれた〈レッド・ルーフ・イン〉に泊まった。切手はカムリのトランクに置いたまま、部屋で三十分過ごすと、そのあとフロントに行き、一階の部屋に替えてもらい、車を移動させ、切手のアルバムを十冊すべて部屋に運び込んだ。

二日目の夜はチェックインの時点で一階の部屋を指定した。三日目の夜はジュリアの家のドライヴウェイに車を乗り入れた。鍵を開けて中にはいると、キッチンにジュリアがいて、そのあとはあれやこれやで、彼が切手を取りに外に出たのはその二時間後のことだった。

ドニーはケラーを見て喜んだ。またケラーが仕事に復帰することも喜んでくれた。ケラーとジュリアがでっち上げたつくり話は、もっともらしい一族の緊急事態だったので、ドニーは礼儀正しく、ケラーの敬愛する伯父が健康上の危機に陥ったことについて、ケラーには答えられない質問をあれこれしてきた。ケラーはサイドステップして、その質問をどうにかかわし、切り抜けた。そのあと、ドニーは有望と思っている家屋のことを話題にした。そういう話ならケラーにはいくらでもできた。

コーヒーを飲みながらジュリアが言った。「〈リンズ〉を読むかぎり、最近の子供たちは切手蒐集に興味がないみたいだけど」

「インターネットのポルノサイトがあるからね」とケラーは言った。「あとはチャンネルが百もあるケーブルテレビ。今の子供にはおれが子供だった頃よりやることがたくさんある」

「宿題もたくさんある」と彼女は言った。「中国人に遅れを取らないように」

「そういうことをして効果があると思う？」

「いいえ、思わない」と彼女は答えた。「幼い男の子はもっと郵趣に——この言い方であってる？」

「それ以上適切な言い方を聞いたことがない」

「父親が子供にもっと郵趣の面白さを教えれば——郵趣というものを紹介してあげれば——もっと関心を持つんじゃないかな」

「〝ビリー、郵趣を紹介させてくれ。郵趣、これがビリーだ〟」

「効果があると思わない？」

「かもしれない。おれの家には父親がいなかったが」

「ええ、そうね」

「でも、父親がいたら、そして父親が切手を蒐集していたら……でも、おれは自分から切手を趣味にしたわけだからな」

「つまり、どうなるかはわからない。どっちみちそうなったからってこと？」

「そういうことだ」

「でも」とジュリアは言った。「どうなるかわかるかもしれない」

ケラーは彼女を見た。

「男の子かもしれない」と彼女は言った。「そうしたら、あなたは切手のことをすべて教えることができる。グリカランド・ウェストがどこにあるかとか、そういう役に立つことも。すぐには無理よ。歩きだして話せるようになるまで待たないとね。でも、いずれは」

ケラーは言った。「きみはさっき何か言った？　なのに、おれは聞いてなかったとか？」

「いいえ」

「でも、きみは今、何かを話してる」

「そうね」

「おれたちに息子ができる？」

「必ずしもそうとは言えない。確率は五分五分ね。まだ超音波検査は受けてないから。受けるべきだと思う？　わたしは待ったほうがいいとずっと思ってたんだけど、近頃ではほとんどみんな生まれるまえに性別を調べるみたいね。だから、教えてもらわないなんて馬鹿なのかも。あなたはどう思う？」

「おれが今思ってるのはコーヒーが飲みたいということだ」とケラーは言って、コーヒーのおかわりを注ぎに席を立った。そして、カップを手にテーブルに戻ると、言った。「おれがデモインに出発するまえ、きみは何か言おうとした。でも、あとに取っておくことにした。あのときこのことを言おうとしたのか？」

「そう。そのわたしの判断は正しかった。実際あとに取っておけた」

「あのとき聞いてたら、おれはデモインに行かなかったかもしれない」

「それもあとに取っておくことにした理由のひとつよ」

「きみはおれを行かせたかった？」

「あなたが行くのを引きとめたくなかった」

ケラーはジュリアが言ったことをしばらく考えてからうなずいて言った。「それが理由のひとつ。そのほかの理由は？」

「あなたにどう思われるかわからなかった」

「わかるわけがない。今、聞かされて、自分でもどう思ってるのかわからないんだから。もちろん興奮してるし、嬉しいけど――」

「ほんとに？　興奮してるし嬉しい？」

「もちろんだ。きみはおれがどんなふうに思うと思ったんだ？」

「そう、問題はそれよ。わからなかったのよ。あなたにそうしてほしいなんて言われるのが怖かった」

「そうしてほしい？」

「どうにかしてほしいって。わかるでしょ？」

「中絶とか？」

「わたしはそんなことはしたくなかった」

「そんなことをさせたいと思うわけがない」と彼は言った。

「でも、そうしてほしいなんて言われたらと思っただけで怖かった」

「言わないよ」

「女の子かもしれないけど」と彼女は言った。「女の子でも切手を蒐集することはできる？」

「できない理由が何かひとつでもあるかい？」と彼は言った。「女の子のほうがむしろ切手蒐集に使える時間は多いんじゃないかな。インターネットのポルノサイトを見る時間がずっと少ない分。なあ、すぐには信じられない」

「わかるわ」

「おれが父親になる」

「パパに」

「なんとね。おれたちは家族になる。思ってもみなかった。そんな選択肢があるなんて。たとえ頭にあったとしても、自分が望むことだとは夢にも思わなかった」

「でも、望んでる？」

「ああ。おれたちは結婚しなきゃ。早いほどいい。だろ？」

「絶対しなきゃいけないことじゃないわ」

「オルバニーから車で帰るあいだ、ずっとそのことを考えてた」

「そして、毎晩モーテルの部屋に切手を運んでた」

「振り返ると、確かに馬鹿みたいに思えるけど、どんな危険も避けたかったんだ。立ってくれないか？」

ジュリアは立ち上がった。ケラーはジュリアを抱きしめ、キスをして言った。「こんなことが起こるなんてほんとうに考えもしなかった。おれの人生は終わったと思ってた。実際、確かに終わった。そして、かわりにすっかり新しい人生を手に入れた」

「明るくも暗くもない茶色の髪になって」

「遠近両用の。これは言っておかなきゃいけないな。切手の作業をするとき、眼鏡の効果がはっきりわかる」

「それに眼鏡もかけて」

「くすんだ茶色だ」

「ふうん」と彼女は言った。「それってとても大切なことよ」

解　説

伊坂幸太郎

シリーズ第一作『殺し屋』の訳者解説で、田口俊樹さんが、殺し屋ケラーシリーズについて、こう書いている。〈話そのものは、悪く言ってしまえば、どれもどうということのないものばかりである〉〈それでは読んでつまらないかというと、そんなことはない〉「まさにその通り」僕は強くうなずく思いだった。それこそが、このシリーズの魅力だからだ。

確かに、ストーリーだけを取れば、「どうということのない」ものではある。ただ、よく考えてほしい。この作品の主人公は、殺し屋だ。「殺し屋」とは、「かけがえのない命を奪う」行為を職業としている。これほど恐ろしく、これほど劇的な人物はいないだろう。つまり、「殺し屋」が登場してくれば、お話には大きな起伏が生じ、サスペンスやアクションを伴うのが、自然というものではないか。にもかかわらず、ケラーシリーズは、「どうということのない話」になっている。矛盾する言い方になるが、それが、「どうということのない話」のわけがない。

だからなのか、ケラーシリーズの魅力について思いを巡らせると、「小説にとって、話の筋（ストーリー）とはいったいどういう役割であるのか」と考えずにはいられない。

もちろん、ストーリーが重要な要素であるのは間違いがない。曲で言えば、メロディのようなものだろう。美しい旋律、心地よいメロディを持った曲が、人を魅了し、広く伝播《でんぱ》しやすいように、ストーリーの面白い小説は広く読まれる可能性が高い（ストーリーの面白さは説明が容易だからかもしれない）。

ただ、小説はストーリーだけでできあがっているわけではない。音楽の魅力が、メロディだけではなく、リズムや音、演奏の熱量にもあるように、小説の場合も、ストーリー以外の、語り方であったり、文章の味わいであったり、会話のおかしみであったり、もしくは、ストーリーとは直接結びつかない登場人物の思索であったり、そういったものが混ざり合い、作品を作り出している。メロディが覚えやすい曲ほどすぐに飽きる、という現実もある。

殺し屋ケラーの小説におけるストーリーは、先にも述べたが、それほど凝ったものではない。捻りやどんでん返しが用意はされているものの、それがメインとは到底思えない。劇中のケラーの行動はといえば、ドットから依頼を受け、その殺しの仕事を遂行するためにニューヨークから出かけ、標的を殺す。おおよそ、それだけだ。人違いであったり、予期せぬ依頼をされたりと興味深い事件は起きるが、紙幅の大半を占めるのは、殺害するまでのケラーの日常的な時間だ。標的を調査したり、切手蒐集のために店を訪れたり、誰かと会話をしたり、思索に耽ったりする場面がほとんどだ。だいたい、殺人を実行する場面はたった二行ほどの文章で表現されているのに、その殺し屋が、「自分の固定電話の暗証番号を変えたほうがいいかな。どうしようかな」と四ページ弱も考えていたりするのだ。

まさに、「どうとでもない話」でありながら、どこにもない小説となっている。

「ストーリー」とは、読者を先へ先へと導いていくエンジンのようなものでもあるから、そういう意味では、ケラーシリーズは、エンジンを積まないグライダーとも言えるかもしれない（と譬《たと》えておきながら、僕はグライダーに乗ったことはないのだけれど）。

上空からゆっくりと風を感じながら、旋回をし（はたして、グライダーは旋回をするものなのかどうかも僕は知らない）、少しずつ降りてくる（これはたぶん、そうだろう）。エンジンがないものだからいつ到着するのかもはっきりしない。では、つまらないか？　とんでもない！　そのグライダーから眺める景色は、本当に素晴らしく、目的地に着くことよりも（あらすじを堪能することよりも）、その飛行を堪能することが幸せで仕方がないのだ。そもそも、早く目的地に着くために、グライダーに乗る人なんているのだろうか。

そのため僕は、ケラーシリーズを読んでいる際には、いつも決まって、「このまま、読み終わらなくてもいい」と感じる。ストーリーははっきりしない。分かりやすい感動とは無縁だ。さらに言えば、人の心の機微を細やかに描いているわけでもなければ、人間の苦悩を表現しているわけでもない。「いい人かもしれないな」とこちらが感じはじめた人物を、呆気なくケラーは殺害してしまうのだから、感情移入もできない。「どうして殺してしまうんだ」と悲しくなった直後に、「考えてみれば、彼は殺し屋なのだから、当然のことか」と自分にたびたび、言い聞かせる。それなのに、幸福な、のどかさが漂っており、ケラーのことが嫌いになれない。むしろ好きになっている自分がいる。

そろそろ、本書『殺し屋　最後の仕事』について触れていく。そのためにはまず、四年前に出た、前作『殺しのパレード』について言及せずにはいられない。

私事で申し訳ないのだが、その頃、僕は、『ゴールデンスランバー』という題名の長編小説を発表したばかりだった。宅配運転手の男が、パレード中に首相を殺した犯人だと濡れ衣を着せられて、仙台中を逃げ回る話だったのだが、それが書店に並ぶのと前後して発売されたのが、『殺しのパレード』だった。もちろん、すぐに手に取った。連作短編集と謳われてはいるものの、過去の作品同様、殺し屋ケラーの生活と仕事、心の移り変わりが描かれた「長編」として読める（人間の一生が、日々の短い出来事を積み重ねてはいるように見えても、本質としては長編ドラマであるのと同じではないだろうか）。

9.11の貿易センタービルの出来事がケラーの精神にちょっとした（この、「ちょっと」の匙《さじ》加減が絶妙なのだ）影響を与え、ケラーはグラウンド・ゼロで救助隊に食事を配るボランティアに参加したり、自分の殺し屋としての仕事に疑問を覚えたりする。エンジンなしのグライダーの魅力は変わりなく、淡々としつつも、おかしみに満ちた読み心地にうっとりとし、「このような小説をいつか、自分も書くことができるのだろうか」と憧れる思いで、溜め息を吐くことになった。

そして、巻末の訳者あとがきを読み、はっとした。

そこには、ケラーの本国での最新作について紹介がされており、あらすじとしてこう紹介があったのだ。

引退を考えていたケラーのもとに仕事の依頼があり、それを最後の仕事にしようとケラーは引き受けるのだが、〈実はその依頼はケラーにオハイオ州知事殺害の濡れ衣を着せるための罠だった。ケラーはその罠にまんまとかかり、全国指名手配となり……〉

これはまさに当時、僕が発表したばかりの『ゴールデンスランバー』のプロットと重なっている。もちろん、「大事件の濡れ衣を着せられたため、逃亡する」という「逃亡者」のプロットは、エンターテインメントの王道とも呼べるに違いなく（だからこそ僕もあえてそれにトライした）、アイディアが同じであることに驚いたのではない。ただ、同じ時期に、同じような筋書きの話をローレンス・ブロックが書いていたのかと思うと、胸が躍った。同じ宿題を、別々の場所で、二人で取り組んでいたような気分になった（僕はもう提出したけれど、あなたはどうですか?)。

そもそも、僕は、ローレンス・ブロックから大きな影響を受けている。今回、ケラーシリーズを読み返し、「こういったところを自分は模倣していたのか」であるとか、「自分の作品のあの着想は、このケラーの台詞から来ているのか」であるとか驚くことが多かった。あからさまに真似をしているところもあれば、偶然、同じようなことを書いている箇所もある。今から考えれば、『重力ピエロ』という作品を書いた際、頭のどこかでは、「ローレンス・ブロックのような会話を使って、家族の人情の話を書きたい」という思いもあったのかもしれない。大変おこがましいけれど、「この作家は、僕と同じことを考えている」と感じることもあった（ブロックはニューヨークで、僕は仙台だ）。だから、この、プロットが重なったことは本当に嬉しかった（実は、本書の中で、「オーデュボン・パーク」という公園が登場してきたことすら、僕は嬉しかったりする。僕のデビュー作のタイトルは、『オーデュボンの祈り』だからだ）。

ただ、僕が、『殺しのパレード』の巻末解説を読み、はっとしたのは、自作との類似ということだけではなかった。そのこと以上に、もっと別のことに、興奮したのだ。

このあらすじ紹介を読み、真っ先に思ったのは、「エンジンを載せるのか！」と、そのことだった。

先ほどから書いているように、ケラーシリーズは、殺し屋が出てくるにもかかわらず、サスペンスやアクションに傾くことがない。エンジン抜きのグライダーのような趣が魅力なのだ。それが、シリーズ最新刊では、「濡れ衣を着せられて逃亡する」という、娯楽小説の王道エンジンを載せたというのだから、興味を抱かないほうがおかしい。もちろん、ローレンス・ブロックがその気になれば、「エンジンを積んで、ぐいぐい引っ張っていく」作品を作ることなど造作もないのは、たとえば、マット・スカダー物の『墓場への切符』や『倒錯の舞踏』といった作品を読んでみれば、一目瞭然だ。スピード感に溢れ、一気読み必至の作品を書こうと思えば書けるわけで、つまり、ケラーシリーズは、エンジンを積めなかったのではなく、あえて、積んでいなかったのだ。それが、シリーズ最新作ではエンジンを、ストーリーを、載せた。訳者の田口さんの書いてくれたあらすじから考えれば、そうとしか思えない。いったい、それはどのような作品になるのか、と僕は興奮し、いつかそれが読める日が来るだろうか、と夢想した。

さて、その僕が夢見た本こそが、この、あなたが手に取っている『殺し屋　最後の仕事』だ。四年が経ち、ようやく読めることに、僕は感慨を覚えずにはいられない。

ここからは少し、説明が駆け足になる。あとは、読んでもらえば分かるからだ。冒頭の、ケラーが切手のディーラーと喋っている場面は、いつもの雰囲気であるが、ラジオを聴いたディーラーの、「とんでもないことが起きた」の台詞で、物語全体にエンジンがかかる。ぶるるん、と音が鳴り響くのが聞こえるかのようだ。それからは今までのケラーシリーズでは考えられないような、スピーディーな展開になる。

が、もちろん、普通のサスペンスにはならない。冒険小説ともならない。エンジンを積んだからと言って、それを駆動させ、どんどん目的地に着くようなことは、やはり、ブロックはしなかった。勢い良く進んだかと思えば、エンジンを止め、グライダーに戻り、景色を楽しませた後でまたエンジンを動かし、加速したかと思うと、のんびりと進む。なんと贅沢なのか。エンジンを積み、キャッチーなメロディを使ったとはいえ、ケラーはケラーなのだ。

過去のシリーズを読んできた者からすると、ドットと連絡が取れなくなった場面の心細さや悲しみは言葉にならないし、危険を冒してまで自宅に帰ろうとする、その動機には、「説得力がある」と（にやにやしながら）感心した。そういう意味では、この本を読む方はできるならば、過去のケラー物を一冊でも読んでおいたほうがいいようにも思う。第一作でも良いし、たとえば、本書で、ケラーにちょっかいを出してくる男アルの存在に触れられている前作『殺しのパレード』でも構わない。とにかく、エンジンなしのケラー物を味わった上で、この新作を読むとさらに面白みが増すのは間違いがない。

この新作で、ケラーがどうなるのかは書かない（当たり前だ）。ただ、たとえば、ゴルフ場での、あれほどオフビートな対決シーンを誰が思いつくというのか。仮に思いついたとしても、実際に書けるとは思えない。ストーリーに重きを置く読者がどう感じるのかは僕には分からない。ただ、この作品に僕はとても満足した。

おしまいに、小説作法の本（『ローレンス・ブロックのベストセラー作家入門』）でブロックが最後に書いている文章を引用しておく。生真面目で、どこか謙虚さを感じさせる、愛すべき殺し屋は、この作家だからこそ作り出せたのだろう。

〈そして神よ、いつも感謝します。作家であることに。心からやりたいと思った唯一の仕事をしていることに。そうするのに誰の許しも必要ないことに。書くための手段と、書きたいと思うことさえあれば。それがあることに感謝します。〉

（二〇一一年八月・小説家）

ザ・ミステリ・コレクション

殺《ころ》し屋《や》　最後《さいご》の仕事《しごと》

著者　ローレンス・ブロック
訳者　田口俊樹《たぐちとしき》

発行所　株式会社 二見書房
東京都千代田区三崎町2－18－11
電話　03(3515)2311［営業］
03(3515)2313［編集］
振替　00170－4－2639

印刷　株式会社 堀内印刷所
製本　合資会社 村上製本所

落丁・乱丁本はお取り替えいたします。
定価は、カバーに表示してあります。

ISBN978－4－576－11121－6
http://www.futami.co.jp/